无根之木

[美] 娜奥米·诺维克
NAOMI NOVIK 著

雏城 译

天地出版社 | TIANDI PRESS

图书在版编目（CIP）数据

无根之木／（美）娜奥米·诺维克著；雒城译．—成都：天地出版社，2017.1（2020年4月重印）

ISBN 978-7-5455-2486-4

Ⅰ．①无… Ⅱ．①娜… ②雒… Ⅲ．①长篇小说－美国－现代 Ⅳ．① I712.45

中国版本图书馆 CIP 数据核字 (2016) 第 013206 号

著作权登记号 图字：21-2016-264

无根之木

出 品 人	杨 政
作 者	[美] 娜奥米·诺维克
译 者	雒 城
责任编辑	陈文龙 张璐路
版权编辑	郭 燊
装帧设计	古涧文化
责任印制	葛红梅

出版发行	天地出版社
	（成都市槐树街2号 邮政编码：610014）
网 址	http://www.tiandiph.com
	http://www.天地出版社.com
电子邮箱	tiandicbs@vip.163.com
经 销	新华文轩出版传媒股份有限公司

印 刷	北京文昌阁彩色印刷有限责任公司
版 次	2017年5月第1版
印 次	2020年4月第2次印刷
成品尺寸	145mm×210mm 1/32
印 张	14.25
字 数	340千字
定 价	38.00元
书 号	ISBN 978-7-5455-2486-4

版权所有◆违者必究

咨询电话：（028）87734639（总编室）
购书热线：（010）67693207（市场部）

本版图书凡印刷、装订错误，可及时向我社发行部调换

好评如潮

令人激赏……（诺维克）精心构思的故事既有宏伟华丽的气度，又有泥土一样的谦卑，它像《格林童话》一样似曾相识，但又富有时代气息和新鲜创意，让人完全无法拒绝。未来很多年，这都将是奇幻爱好者必读之书。

——《出版人周刊》

以波兰文化遗产和大量民间传说为起点，诺维克写出了一个富有创意和真实感的幻想世界，必将吸引她的长期粉丝和新读者。这本适合成人及青少年的幻想小说，应该会受到民间传说爱好者的喜爱，比如罗宾·麦金利《纺缍尖》的读者群体。

——《图书馆杂志》

《无根之木》脱颖而出，已占据本人年度最佳图书宝座……它凄美动人，极富阅读乐趣，让我觉得它就是自己等了一辈子的奇幻小说。拿起这本书之前，请务必提前处理好紧急事务，因为你会舍不得放下它。

——美国国家公共广播电台

《无根之木》里面的魔法富有现实意义，而又能如此真实生动，感觉你简直也可以照做，这本书就是这么神奇。

——厄休拉·勒古恩（屡获殊荣的畅销书作家）

《无根之木》属于少数值得反复阅读的作品之一，就是有那么强的魅力。冒险故事扣人心弦，你甚至会忍不住翻到书末偷看结局，希望一切无恙。而娜奥米写出的尾声也让读者非常满足。这本书在我书架的"经常重读"区赢得了一席之地。

——凯文·赫恩（《纽约时报》排行榜畅销书作家）

娜奥米·诺维克的《无根之木》是一本奇幻杰作，足以跟《哈尔的移动城堡》比肩。她的世界设定、人物和魔法都极具才情。我是一口气读完的。太棒了！我还想要！

——托德·麦卡弗里（《纽约时报》排行榜畅销书作家）

第一章

　　我们的龙君，并不会吃掉那些被他带走的女孩——不管山谷外面的故事里怎么说。从过路的旅人那里，我们有时也会听到那些故事。传说中，我们像是在拿活人当祭品，而他也是个真正可怕的龙。这当然是假的：他的确是个不朽的巫师，但毕竟还是人类，要是他真的每隔十年吃掉一个女孩，我们的父辈肯定要联合起来把他消灭掉的。他保护我们免受黑森林的祸害，对此我们心怀感激，但没有感激到那种不理智的程度。

　　他并不会真的吞食那些女孩，只是给人一种类似的感觉。他会把一个女孩带进自己的高塔，十年后才放她离开，但到那时候，女孩已经脱胎换骨。她会有极其华丽的衣服，说话像朝中大臣一样优雅，而且她跟一个男人单独生活了十年之久，当然不会有什么好名声。尽管所有的女孩都说，龙君从来没有碰过她们的身体。她们还能怎么说呢？这还不算太糟糕——毕竟，在离开高塔之前，龙君会给她们一个装满银币的钱包作为嫁妆，所有人都还愿意迎娶她们，才不管这些女孩名声怎样。

无根之木
UPROOTED

这些女孩自己，却不愿嫁给任何人，她们甚至不愿继续留在山谷中生活。

"她们已经忘记了怎样在这儿过活。"曾有一次，我的父亲突然这样对我说。那时我坐在空空的大车上，就在他身边，我们送完这一周的木柴，正在回家的路上。我们住在德文尼克村，这儿不是山谷里最大的村子，也不是最小的，也不是距离黑森林最近的：我们离林子还有七英里呢。不过，那条路会带我们爬上一座大山。你如果在山顶上，晴天里就可以沿河远望，一直看到林地边缘那片灰黑的焦土，更远处就是阴沉沉的树墙。龙君的高塔在另一个方向，也很远；那座细长的灰白色建筑，就耸立在西山脚下。

那时，我还很小——我觉得应该不超过五岁，但我就已经知道不能随便议论龙君，也不能对他带走的女孩说三道四。所以，父亲违背这条法则的事，就给我留下了特别深的印象。

"她们总忘不了那份恐惧。"我的父亲这样说。但也仅此而已。然后他就对着马儿吆喝，让它们继续拉车，我们下了山，又进入林荫路。

当时的我并不明白这些话。我们都害怕黑森林，但山谷就是我们的家，一个人怎么可能离得开家呢？但那些女孩从来都留不住。龙君放她们出了高塔，她们会回来跟家人住上一小段时间，一星期，有时一个月，但从来不会更久。然后，她们就会带上那包当作嫁妆的银币离开。其中大多数会去克拉里亚上大学。多半会嫁个城里人，或者就成为学者、店主，尽管也有传说，曾有个名叫杰维佳·巴赫的女孩，六十年前被龙君带走，后来成了一名男爵也可能是伯爵的相好，或者情妇。但等到我出生时，她已经是一个普通老富婆，时而会给外孙辈的孩子们寄来昂贵精美的礼物，但从不来访。

所以说，这并不是把女儿送给怪物吃掉，但毕竟也不是什么好事。山谷里村落稀少，入选的可能性并不小。龙君从来都只选十七岁的女孩，生日要在某年十月份到下一个十月份之间。在我那个年龄组共有十一个女孩可选，倒霉的可能性比掷色子输钱还要大。每个人都说，那些生在"龙君年"的女孩年龄越大，父母对她们的爱就越纠结；人们免不了会有顾虑，因为明知道有可能会轻易失去她。对我父母来说，情况却不是这样。等到我年龄够大，知道自己有可能被龙君选中时，我们都已经确信：他会带走卡茜亚。

只有那些不明所以的过往旅人，才会对卡茜亚的父母夸奖他们女儿的美貌、聪慧和乖巧。龙君并不总是选择最美丽的女孩，但他总会选择某些方面最特别的那一个：比如一个女孩的美貌实在太出众，或者最聪明，或者舞跳得最好，或者特别善良，他总会选中这样的女孩，尽管在他确定人选之前，几乎都没跟这些女孩说过一句话。

而卡茜亚偏偏集中了所有的长处。她有一头浓密的小麦金色头发，扎着及腰的长辫，棕色眼眸温柔和善，她的笑声富有旋律感，简直可以像歌儿一样唱出来。她精通所有最高级的游戏，会讲自己创作的故事，跳自创的舞蹈。她能烹饪盛宴，而当她用她父亲的绵羊毛纺线时，纺轮上的毛线既不会崩断，也不会打卷儿。

我知道，我简直把她说成了神话故事里的人物。但这个相似性其实是相反的。当妈妈给我讲纺纱公主的故事、勇敢的牧鹅少女，或者河神女儿的传说时，我脑子里想象出的形象，多多少少都会有些像卡茜亚。我心目中的她就是这样完美。因为我那时还小，不懂事。想到她有一天会离开我们，我反而更喜欢她，而不是有所保留。

她说她并不在意这些。她是个勇敢无畏的女孩：这是她妈妈温莎教出来的。"这孩子必须勇敢。"我记得有一回听她妈妈这样对我妈妈说。当时她妈妈逼卡茜亚爬一棵大树，卡茜亚害怕，而我妈妈含着眼泪抱着她，保护她。

我们两家之间只隔三座房子，我没有亲姐妹，只有三个比我大很多的哥哥。卡茜亚就是跟我最亲近的人。我们从摇篮时期就一起玩，最开始一起被关在我妈妈的厨房里，免得给大人们碍手碍脚，后来是在两家外面的街道上，直到我们长大一些，开始到林子里撒野。要是能跟她手拉手去枝叶下疯跑，我从来都不肯乖乖待在家里。在我的幻象里，那些枝杈会弯折下来，用长满绿叶的长臂保护我们。我当时无法想象，要是龙君把她带走，我该怎样承受那样的打击。

就算没有卡茜亚这样完美的女孩，我父母也并没有太多理由为我担心。十七岁时，我还是个瘦瘦的野丫头，大脚丫，土棕色乱分叉的头发，而我唯一的"才能"（假如这也能称作才能的话）就是能在一天之内，把身上所有的衣物扯破、弄脏，或者搞丢。我十二岁时就已经把老妈逼到彻底放弃，任由我穿着哥哥们的旧衣服到处乱跑——仅有节日例外。那种时候，我会被迫在出门前二十分钟换好衣服，然后坐在门口板凳上，干等着全家人一起出发去教堂。就算这样，都不能保证我在到达村子里的公用草地前不会挂上树枝，或者给自己搞上一身泥巴。

"你将来只能嫁个裁缝了，我的小阿格涅什卡。"我爸爸会笑呵呵地说，当他深夜从树林赶回，我跑去接他的时候。我肯定是一脸脏东西，身上的衣服至少一处破洞，手绢从来没找到过。他会抱起我来转个大圈，亲我的脸蛋儿。我妈妈只能是一声轻叹："龙君年"出生的女孩有些毛病，又有几个父母会真的难过呢？

第一章
chapter 1

我们被龙君挑选之前的那个夏天，漫长、炎热又满是泪水。卡茜亚倒是没哭，但我哭得很多。我们会在密林里待到很晚，尽可能享受宝贵的每一天，我会又累又饿地回到家里，摸黑倒在床上。妈妈会来到我房间里，抚摩我的头发，温柔地唱歌，直到我哭着睡着。然后在我床边留一盘食物，等我半夜饿醒了再吃。她并没有尝试过其他安慰我的办法：她又能怎么做呢？我们两个都知道，不管她本人多爱卡茜亚，多爱卡茜亚的妈妈温莎，她内心深处还是免不了有几分庆幸——还好不是我的女儿，不是我唯一的女儿。而当然，我也并不希望她不是这样想。

几乎整个夏天，都是我和卡茜亚独处。其实我们这样形影不离，已经有很多年了。小的时候，我们会跟一大群村子里的孩子一起跑着玩。但随着我们的年龄越来越大，卡茜亚越来越美丽迷人，她妈妈就对她说："你最好别再跟那些男孩走得太近，保持距离，对你和他们都好。"但我还是缠着卡茜亚，而我妈妈也对卡茜亚和温莎母女有相当的好感，让她不至于强迫我们彼此疏远，尽管她心里也清楚，到头来，这只会让我受到更多伤害。

在一起的最后一天，我找了一片林间空地。那里的树还没有落叶，金黄和火红的叶子在我们头顶沙沙作响。地上到处是熟透的栗子。我们用树枝和枯叶生了一小堆火，烤熟了几个。明天就是十月的第一天，人们将设下最盛大的宴席来款待我们的保护神和主人。明天就是龙君降临的日子。

"做个游吟诗人一定很逍遥。"卡茜亚说，她闭着眼睛躺在地上哼了几句歌儿。有个云游的歌者来参加盛宴，那天早上还在草地上演练过他的曲子。整个一星期，都有献礼的车辆从各处赶来。"能走遍波尼亚王国各个角落，还能给国王唱歌。"

无根之木
UPROOTED

　　她说话时若有所思，不像个肆意狂想的孩子，反倒像是真的在考虑离开山谷、一去不回的人。我伸出手，握住她的一只手："但是，你每到冬至都要回来，给我们唱你学会的所有歌曲。"我们的手紧紧相握，我不允许自己想起：那些被龙君带走过的女孩，都不愿意再重返家乡。

　　当然，在那个瞬间，我对他只有强烈的愤恨，但他并不是个差劲的领主。在北部山脉的另一边，黄沼泽的男爵维持着一支五千人的军队来参与波尼亚王国的战事，他拥有一座城堡，配有四座高塔，还有一个老婆——她喜欢佩戴血红色宝石，常穿一件白狐皮的斗篷。而这一切，都要依靠跟我们山谷同样贫瘠的领地来供养。那里的臣民不得不每周在男爵的土地上劳作一天，男爵占有了最肥沃的地块，还把看着顺眼的男孩征召进军队里。到处都有成群的士兵游荡，女孩们一旦长大成人，就不得不待在家里，或者结伴出行。就这样，他还不能算是很坏的领主。

　　龙君只有一座高塔，没有一名武装随从，甚至连仆人都没有一个——除了被他选走的那个女孩。他不必供养军队：他对国王承担的义务，只是他自己的劳动，他的魔法。他有时不得不回到王宫，重申他的效忠誓言。我估计，国王也有权召唤他去参战，但大部分时候，他的职责就是镇守此地，监视黑森林，让整个王国免受林中可怕事物的侵袭。

　　他唯一的奢侈品就是书。以村民的标准判断，我们这儿的人都算是读书较多的，因为他愿意为一本巨著支付金币，所以总有书贩远道而来，尽管我们的山谷已经是波尼亚王国的最边缘。而他们每次来，都会在骡子的鞍袋里装满各种旧书和便宜书，几个大子儿就肯卖给我们。山谷里谁家的壁龛里要是不摆两三本书装点门面，就显得过于寒酸。

　　这些看起来或许都是无关紧要的小事，远不足以让人献出自己的女儿，任何没有居住在黑森林边缘的人，都不会真正理解。但我亲身

第一章
chapter 1

经历过"绿夏"。那时有一阵热风，从黑森林吹来好多花粉，深入山谷腹地，侵入我们的农田和菜园。庄稼变得极为繁茂，但也变得奇异，畸形。任何吃了这类庄稼的人，都会变得暴躁易怒，攻击家人，如果没有被捆绑起来，他们就会跑进森林里，一去不回。

那年我刚刚六岁。我的父母想要尽可能把我保护起来，但即便如此，我还是清楚地记得当时四处弥漫的冰冷恐惧感。每个人都在害怕，而我的肚子总是持续受饥饿煎熬。那时候，我们已经吃光了去年的存粮，只能等着来年春天的收获。我们有个邻居饿昏了头，吃了几颗绿菜豆。我至今还记得那天深夜他家里发出的惨叫声，我从窗户往外看，发现我的父亲正跑去帮忙，随手还带上了靠在谷仓边的干草叉。

年幼的我还不懂那年月的险恶。那个夏天的某一天，我从疲惫、瘦弱的母亲身边逃开，独自跑进森林里。我找到一丛半死的黑莓，它长在一处风吹不到的凹地里。我拨开那些干枯的枝叶，找到严密保护下的核心，神奇地摘到了一捧黑莓果，它们一点儿畸形都没有，完整、多汁、鲜美，每一颗放进嘴里都像是怒放的欢乐花朵。我吃了两捧，然后又摘了好多，兜在裙子里。我把它们带回了家，紫色浆液渗透了我的衣服，妈妈看到我脏兮兮的脸，吓得直哭。那次我并没有病倒，那些黑莓神奇地逃过了黑森林的诅咒，而且味道也很好。但妈妈痛哭的样子还是把我吓坏了，以至于其后好几年我都不敢吃黑莓。

那年，龙君被召唤到了王廷。他提早返回，径直策马到田野里，唤来魔火烧毁了所有被污染的庄稼。这些都是他的本分。此后，他还亲自去每个有病人的家里，给他们喝下一点儿魔法甘露，帮他们清醒头脑。他下达训令，让更西边没有遭受花粉灾害的村子跟我们分享收成，甚至完全免除了他那一年的贡品，以免有人饿死。第二年春天播种之前，他

无根之木
UPROOTED

再次巡视田野，把少数残余的变种植物烧死，防止它们死灰复燃。

但是，尽管他救了我们，我们并不爱戴他。他从来不像黄沼泽的男爵那样，在收获时节走出高塔宴请臣民，也不会像男爵夫人和女儿常做的那样，在市场上购买些华而不实的小东西。山谷里有时会有旅行剧团演戏，或者罗斯亚的歌者翻山而来。龙君也都不会来看这些人的表演。给他送贡品的车辆到达时，高塔之门会自动打开，人们把东西送进地下储藏室，甚至都不曾见到他本人。他跟村长说话总是寥寥数语，甚至对奥尔申卡的市长也敷衍了事。那里是整个山谷最大的城镇，又在他的高塔附近。他根本就不想赢得我们的爱戴。我们之中没有一个人真正了解他。

而且当然，他是黑暗巫术方面的大师。即便是在晴朗的冬夜，他的高塔周围也可以电闪雷鸣。灰白的光球状小精灵会从他的窗户里飘出来，在深夜沿着道路或河川疾行，到黑森林里替他值守。有时，当黑森林困住了某个人——比如追赶羊群时过于靠近其边缘的牧羊女，或者喝错了泉水的猎人，又或者哼着歌儿过关口却被魔爪抓破了头的不幸旅行者——这么说吧，龙君也会从他的高塔赶来救助这些人，但被他"救走"的人，从来都不会再返回人世间。

他不算邪恶，但高高在上，又威严可怖。而且他还要掳走卡茜亚，所以我痛恨他，之前好多年一直都痛恨他。

那最后一个晚上也没有改变我的立场。卡茜亚和我一起吃烤栗子。夕阳西下，我们的小火堆已经熄灭，但我们还在那片空地流连，直至最后一丝暮色消弭。第二天早上我们不必赶路。平常年份，收获节庆典会在奥尔申卡举行，但在龙君选择少女的年份，总是选在至少有一名备选少女居住的村庄，以便让女孩们的父母少走些路。我们村有卡茜亚。

第一章
chapter 1

　　第二天，我穿上绿色新裙子的时候，比平时更痛恨龙君。妈妈给我梳头，她两只手都在颤抖。我们都知道肯定是卡茜亚入选，但这不代表我们自己就不担心害怕。不过我还是把裙摆高高提起，远离地面，尽可能小心地坐上马车，沿途注意了各种树枝木棒，并容许我老爸帮忙。我下定决心今天要好好表现。尽管明知无用，我也想让卡茜亚知道：我对她的爱，至少足够给她一个公平的脱险机会。我不会故意让自己一团糟，嘴歪眼斜，臃肿懒散，尽管有些女孩会这样做。

　　我们集中在村子中央的草地上，所有十一个女孩排成一排。

　　庆典桌摆成方形，中间围着一块草地。桌子上的东西显得过于拥挤，因为桌子偏小，不足以放下整个山谷献纳的贡品。其他人都聚集在桌子圈外面。装小麦和燕麦的口袋在草地上堆成金字塔形。只有我们站在草地上，身边是我们的家人，还有女村长丹卡，她在我们面前紧张地来回踱步，嘴唇无声地翕动，演练问候龙君的词儿。

　　我跟其他女孩都不熟，她们不是德文尼克村的。当时我们都沉默不语，身体僵硬，穿着好看的衣服，头发梳得一丝不苟，看着大路的方向。龙君还是没有动静。我脑子里全是狂野的想象。设想龙君来到时，自己挺身挡在卡茜亚前面，告诉他：把我带走好了；或者向他宣布：卡茜亚才不想跟他回去。但我清楚，自己根本没勇敢到那种程度。

　　然后他就到了，出现的方式很可怕。他根本就不是从大路上来的，而是突然凭空出现。他出现的时候，我还正好在朝那个方向看：手指头显现在半空，接着是一只胳膊一条腿，然后是半边身体，那么邪门，那么难以置信，尽管我觉得胃里翻江倒海一样不舒服，却无法移开视线。其他人运气比我好一些，他们甚至完全没有发觉——直到他向我们跨出第一步，我周围的人都硬撑着才没有被吓退。

无根之木
UPROOTED

　　龙君跟我们村子里任何一个男人都不一样。他本应该老迈，弯腰驼背，头发灰白——毕竟已经在高塔里生活了一百年，但他实际上很高，腰杆子笔直，没胡子，皮肤紧致。如果在街上偶尔看一眼，我可能会把他当作年轻人，只比我自己大几岁；如果在宴会上遇见，他是那种我会隔着桌子送上微笑的类型，或许还会主动邀他共舞。但他脸上有一种不自然的特质：鬓角有蜘蛛网一样的细纹，就好像岁月无法触及他，但辛劳可以。即便如此，那张脸也不难看，只是太冷淡，有些不讨人喜欢。他那副样子像是在说：*我才不是你们中的一员，现在不是，将来也不会是。*

　　他衣着华丽——这是自然。仅仅那件祖潘长袍[1]所用的锦缎，就足够普通人家一年的花销，这还不考虑那些金扣子。他本人很瘦，就像个四年有三年歉收的农夫。他样子很警觉，像只猎狗似的，看起来特别急着离开此地。这是我们所有女孩一生中最恐怖的日子，可他对我们却毫无耐心。我们的村长丹卡鞠躬行礼，对他说："尊贵的大人，请允许我向您介绍——"他却中途打断了她，直接说："行了，我们马上开始吧。"

　　父亲温暖的手搭在我肩上，站在我身边鞠躬行礼，母亲在另一边，紧紧握着我的手。他们很不情愿地跟别的父母一起后退。我们十一个女孩本能地彼此靠近。卡茜亚和我站在接近队尾的地方。我不敢握她的手，但我靠近到了两人的胳膊能互相接触。然后我狠狠瞪着龙君，越来越讨厌他，越来越恨他，他沿着队伍走来，抬起每个女孩的脸，用指尖

---

1 祖潘是一种波兰特色的系有编织腰带的长款服饰，是十六至十八世纪波兰主要的民族服饰之一。它可以直接穿作外衣，但人们通常将其穿在孔塔奇（长袖披风）的里面。其剪裁设计源自中东的男式长袍。——以上注释内容来自中国国家博物馆波兰艺术展说明

支起对方的下巴看她们。

他并没有对我们中的任何一个人说话。对我前面那个从奥尔申卡来的女孩，他也什么都没说。尽管她爸爸鲍里斯是整个山谷最好的养马人，她本人穿了一件染成鲜红色的羊毛长裙，黑发编成两条美丽的长辫，中间点缀着红丝带。等轮到我时，他皱起眉头扫了我一眼——黑眼睛冷冰冰的，苍白的嘴唇噘起来，问我："你叫什么，丫头？"

"阿格涅什卡，"我回答，或者至少是努力回答；我发觉自己嘴里很干，于是勉强咽了一下口水。"阿格涅什卡，大人。"我又说了一遍，声音很小。我脸上发烧，于是垂下眼睑。这时我才发现，尽管加倍小心，我的长裙上还是多了三块大大的泥巴印。

龙君继续前进。然后他顿住，打量着卡茜亚，之前，我们其他人都没有过这样的待遇。龙君手撑她的下巴站在那儿，细微的笑意爬上他细瘦又尖刻的嘴角，而卡茜亚也勇敢地跟他对视，并没有畏缩。她没有试图让自己的嗓音沙哑难听，声音一如既往的沉静动听："卡茜亚，大人。"

龙君再一次对她微笑，不是亲切友好的那种，而是像一只满意的猫。他敷衍了事走到队尾，对后面两个女孩几乎没正眼看过。我听到我们身后的温莎深深吸气，那声音近乎啜泣，因为龙君又回过来看卡茜亚，脸上还带着刚才那副满意的表情。他再次皱眉，侧过头，直视我。

我已经激动到忘乎所以，最终还是握住了卡茜亚的手。我拼命握紧她的手，她也在回握。她很快放手，我也赶紧把两只手缩到身前，脸颊火热，很是害怕。龙君看着我，眼睛眯得更紧了一些。然后他抬起一只手，在他手指之间，一个小小的蓝白色火焰之球显现出来。

"她没有任何恶意的。"卡茜亚说，好勇敢好勇敢好勇敢，我刚刚就没有这么勇敢地维护过她。她的声音在颤抖，但清晰可闻，而我像一只吓呆了的兔子，只知道傻傻看着那个火球。"求您，大人——"

"闭嘴，小丫头。"龙君说着，把手伸向我，"拿住它。"

"我——什么？"我问。即便他把火球直接丢到我脸上，也不会让我那么吃惊。

"别像个呆子一样傻站着，"他说，"拿住它。"

我手抖得厉害，抬起手拿火球的过程中，不由自主地触碰到他的手指，尽管我绝对不想碰到。他的皮肤像发烧的人一样热。火球本身却像大理石一样凉凉的，碰到它一点儿都不难受。我很吃惊，也松了一口气，把火球捏在手指间，呆呆盯着看。他则带着厌烦的表情看着我。

"好吧，"他用很讨厌的腔调说，"就是你了，我觉得。"他把火球从我手里拿走，攥起拳头握住它。它迅速消失，跟出现时一样突然。他转身对丹卡说，"等准备好了，就把贡品送上去吧。"

我还没明白过来。我觉得当时应该还没有人反应过来，甚至包括我父母在内。这一切都发生得太快，我原以为，他正眼都不会看我一下。我甚至都没机会转过身，最后说一句再见，他就走过来抓住了我的手腕。只有卡茜亚在动，我回头看见她正要伸手抓住我，不甘心让我被掳走。但龙君已经很不耐烦，急匆匆地扯住我，我跌跌撞撞地跟在他身后，遁入了空气中。

我们从空中再次步出，我用另一只手捂住嘴巴，想吐。他放开我的胳膊，我就势蹲了下去开始呕吐，还根本没看清此时身在何处。他嫌恶地低声叫了一下（我的呕吐物溅到了他雅致的皮靴尖头）说："真没用。别吐了，笨丫头。把那些脏东西给我收拾干净。"他离我而去，转眼就不见了，脚步声在石板地面回响。

第一章
chapter 1

　　我哆哆嗦嗦留在原地，直到确认自己不会继续吐，然后才用手背抹了下嘴巴，抬起头傻傻看着。我站在石地板上，不是普通的石板，而是纯白底色的大理石，上面还有鲜绿色的纹脉。这是个小小的圆形房间，有几处窄长条窗户，它们离地面太高，无法看到外面，我头上的房顶向中间倾斜，坡度很大。可见我是在石塔最高处。

　　这个房间里什么家具都没有，也没有能用来擦地板的东西。最后我用了自己的长裙摆：反正它也脏了。我坐了一会儿，越来越害怕，但没有任何事情发生，我站起来，轻轻地，小心翼翼地朝着走廊方向走。要是还有其他通道，我绝对不会走他离开的那一条。但是没有。

　　不过他已经走远了。外面的短走廊空着，脚下还是同样冷硬的大理石，高处有灯投下不友好的苍白光芒。那些也不是真正的灯，就是大块抛光的石头，里面发光。走廊里只有一扇门，此外就是通往楼梯的拱门了。

　　我把那扇门推开，紧张地朝里面看，因为这总比直接错过它，完全不知道里面有什么好一些。但门后也只是一个小而空的房间，只有一张床、一张小桌子和一个脸盆。对面倒是有一扇挺大的窗户，可以看到天空。我跑过去，身体探出窗台向外看。

　　龙君的高塔就在他领地西部边境的山脚下。我们整个长长的山谷都在东边，那里有众多村庄和农田。从这里能看到整条斯宾多河，银蓝色的河水贯穿谷地中央，土棕色的大路就在它的一侧延展。大路跟河流并排伸展到龙君领地的另一端，大路时而消失在小片树林里，然后又在村庄那里出来，直到渐渐消失在巨大黑暗的森林边缘。只有河流继续蜿蜒到密林深处消失，不再出现。

　　那边是奥尔申卡，最靠近高塔的小镇，每个礼拜日都有市集：爸爸

无根之木
UPROOTED

带我去过那里，两次。再远一些是波尼兹，还有莱多姆斯科，环绕着它旁边的小湖，然后就是我的小村德文尼克，那里有大大的绿色方块。我甚至能看到那些大白桌子，摆上了龙君不肯留下来享用的宴席。然后我滑下去，跪着把头放在窗台上，哭得跟个小娃娃似的。

但妈妈没有走过来用手摸我的头，爸爸也没有把我拉起来，逗我破涕为笑。我只是哭了个够，直到头痛得没法儿继续哭，我又觉得冷，浑身僵直，因为在硬得要死的地板上待得太久。我还开始流鼻涕，又没有能用来擦掉的东西。

于是我又用了自己裙子的另外一个部分做这个。我坐在床上，想考虑一下怎么办。房间空荡荡的，但是通风很好，而且很整洁，就像刚有人搬走似的。也许事实就是这样。某个其他女孩在这里住了十年，独自一人，俯瞰山谷。现在她已经回家，去跟家人说再见，把这个房间留给了我。

床对面的墙上，巨大的镶金框里挂着孤零零的一幅画。它看上去非常突兀，过于华丽，完全不适合这么小的房间，而且也不是什么真正的图画，就是宽宽大大的灰绿一团，边缘是灰棕色，一条闪亮的银蓝色线条，曲曲弯弯穿过中央，有和缓的转折，还有些更细的线从边缘引过来跟它会合。我盯着它看了半天，不知道这是否也是某种魔法。我从没见过这样的怪东西。

但在那条银线沿途的地方画了一些小圆圈，它们的间距似曾相识，我看了一会儿之后才意识到，这幅画里是整座山谷，只不过是抹平了，展示成高飞的鸟儿向下看到的样子。那条银线就是斯宾多河，从群山一直流到黑森林，而那些小圈就是村镇。画的颜色鲜活，颜料富有光泽，还有小小的突起。我几乎能看到河水里的波浪，还有洒在水面的阳光。

它深深吸引我的眼睛，让我想要一直一直看着它。但与此同时，我又很不喜欢它。这幅画是个封闭的盒子，把活生生的山谷困在中间，把它封闭了起来。看着它，我会觉得自己都被关押起来了似的。

我看向别处。当时来说，我好像也不能一直留在这个房间里。我早饭一点儿都没吃，昨天的晚饭也一样，这段时间吃什么都跟吃灰似的。现在我本应该更没有食欲，因为刚刚遭遇了从来未曾料想到的重大打击，实际上，我却饿得要死，而且这座塔里并没有仆人，所以也没人给我做饭。我想到了更可怕的事：要是龙君还指望我给他做饭呢？

然后，就是更更可怕的想法：晚饭之后会发生什么？卡茜亚一直都说，她相信那些回来的女孩，相信龙君没有对她们下手。"他带走女孩的事情已经发生了一百年，"她总是很坚决地说，"如果有事，总会有人承认，然后大家就都知道了。"

但是几周以前，她还是私下找我妈打听过，要我妈告诉她，女孩结婚后会发生什么——如果她要结婚，这些事本来应该是她亲妈讲的。我当时刚从树林里回来，隔窗听到了她们的对话。我站在窗边听，有热泪流过脸颊，我愤怒，为卡茜亚感到愤怒。

而现在，遭难的却将是我自己。而我并不勇敢——我不认为自己能深呼吸，避免身体过度紧绷，像我妈妈教卡茜亚的免痛窍门说的那样。我发觉，有那么一个可怕的瞬间，我在想象龙君的脸如此靠近我自己的脸，甚至比他选女孩看我时更近——他那双黑眼睛如此冷漠，像黑石一样泛着寒光，那些钢铁一样坚硬的手指偏又热得邪门，正从我身上一件接一件剥去衣衫，同时他还对我露出那种油滑又满足的笑。要是他全身都那么热怎么办？我会觉得他像一块巨型火炭，整个压在我身上，摁住我，然后——

无根之木
UPROOTED

我打个寒噤，止住胡思乱想，站起来。我低头看床，又看看这个根本就无处藏身的小房间，我赶紧离开这里，回到走廊。廊道一端有段楼梯，向下延展的螺旋形很是窄小，所以，我看不到下次转弯后面有什么。下个楼梯都害怕，这听起来有点儿蠢，但我确实害怕，我差点儿就逃回刚才那个房间里。最后，我一只手扶着平整的石墙，开始慢慢向下走，我把两只脚放在同一级台阶上，停下来听一会儿，才敢继续下一小段。

我这样走下一整圈之后，并没有任何东西扑向我，我开始像个白痴一样胆儿肥起来，走得更快一些。我又走完一整圈，但还是没有到达平台；再转一圈还是没有，我重新开始害怕，这次是怕楼梯来自魔法，会这样一直一直延伸下去并且——你知道的。我开始跑得越来越快，我连跳三级台阶，到了下一楼层的平台，一头撞在龙君身上。

我瘦得皮包骨头，但我爸是全村个子最高的人，我都能到他肩膀，龙君又不是大块头。我们两个险些一起滚下楼梯。他一把抓住扶手，动作很快，另一只手扯住我的胳膊，好歹让我们两个都没跌倒。我发现自己紧紧靠在他身上，扯住他的外套，直瞪着他愕然的面孔。有一会儿，他错愕到无法思考，看起来就像个突然受到惊吓的普通人，有一点儿傻，有一点儿露怯，大张着嘴巴，圆睁着双眼。

我自己也很吃惊，所以原地没动，就在原处，无助地张大嘴巴傻看着他。他恢复得很快，怒火从脸上掠过，把我从身前推开，让我自己站住。然后，我才意识到自己刚才做了什么，抢在他前面结结巴巴地说："我——我是在找厨房！"

"真的吗？"他狡猾地反问，脸上一丝刚才的那份惊惶也没有了，变得冷酷又愤怒，而且并没有放开我的手臂。他手上用力，捏得我好痛。我隔着上衣袖子都能感觉到那份热力。他把我拖向面前，朝我俯下身——我觉得吧，他应该是想达到泰山压顶式的震慑效果，因为我个子太高达不到，就更加气急败坏。如果给我点儿时间想一想的话，我本应该向后弯腰，缩起身体，但我当时太累太怕，没做出应有的反应。所以他的脸就在我对面，近到他的呼吸能喷到我的嘴唇上，我能在感受到的同时，听到他冷酷且不怀好意的低语声："也许我该带你去那儿。"

"我能——我能——"我试着回应，一边哆嗦，一边试图仰身避开他。他转身背对我，硬拖着我下楼梯，转了一圈又一圈，这次我们转了五圈才到下一层，然后又是三圈，光线变暗，最后他才把我拖到高塔最下面一层的地板上，这是一个巨大而没有窗的地牢式房间，石块砌成，有一个巨大的壁炉，看上去像一张嘴角下拉的嘴巴，传说中地狱烈焰一样的火苗充斥其中。

他把我拖向壁炉，在盲目的恐惧中，我意识到他要把我丢进火里去。他太强壮，这跟他的身量很不相称，轻易就能把我拖下那么长的阶梯，但我也不会任由他把我丢进火里。我不是淑女式的乖女孩，我这辈子都在树林里疯跑、爬树、钻灌木丛，慌乱中力量又加倍惊人。我被拖着靠近壁炉时大声尖叫，接着就拼命挣扎、抓挠、扭打，所以这一回，我还真把他掀翻在地了。

我跟他同时跌倒，我们两个的头都撞在石头地板上。晕头转向四肢纠缠着蒙了一会儿。火苗就在我们身边升腾跳跃，噼啪作响，我的慌乱渐渐褪去，突然发觉壁炉边墙面上有小小的铁炉门，炉火前还有烤肉签，上方宽大的柜子里装了不少锅具。这里只是厨房而已。

过了一会儿，他用几乎是惊奇的语气问："你疯了？"

"我还以为你要把我扔进烤炉里。"我说，头还有点儿晕，然后就开始大笑。

其实这不是什么真正的笑——我那时候已经有几分歇斯底里，六神无主，肚子又饿，被拖下楼梯后脚裸和膝盖青肿，倒地又摔得脑袋很痛，但一笑起来，就收不住。

但是他不了解内情啊。他知道的，就是这个被他选中的乡村傻丫头正在嘲笑他本人——龙君，整个王国最伟大的巫师，该丫头的领主和主人。我觉得，那之前的一百年，恐怕都没人敢嘲笑他。他坐起来，把我的腿从他自己的腿上踢开，站起身，对地上的我怒目而视，像只愤怒的猫儿。我只是笑得更厉害，他突然转身离去，留下我一个人在地板上傻笑，就好像他也想不出什么办法对付我似的。

他走后，我的干笑渐渐停息，空虚和恐惧感都减轻了一些。他毕竟没把我丢进火炉，甚至都没扇我耳光。我自己站起来，环视房间：当时并不容易看清，因为壁炉太亮，这里又没有别的灯光。但当我背对火焰，就开始分辨出大房间的样子：其实还是有分隔的，这里有些凹室和矮墙，还有些架子上放满了闪亮的玻璃瓶——我认出那是葡萄酒。我舅舅曾经给我外祖母家带过一瓶，过冬至时用。

这里到处都储存着食物：好几桶苹果用稻草分隔，成袋的土豆、胡萝卜和防风根，还有长辫的圆葱。房间正中的桌子上，我看见一本书，立在没有点亮的蜡烛、墨水瓶和羽毛笔旁边。我打开它，发现这是一部账本，里面有所有食品的库存清单，字迹非常有力。在第一页底部，有一段很小的字迹，我点燃蜡烛，弯下腰，眯起眼睛细看，才勉强看清内容：

早饭八点，午间正餐一点，晚餐七点。提前五分钟把食物摆放在书房，你就一整天不必见到他——知名不具。勇敢些！

第一章
chapter 1

无价的忠告，而那句"**勇敢些！**"就像友善之手的爱抚。我把账本抱在胸前，这一天头一次不再觉得孤单。天色看起来接近中午，而龙君并没有在我们村子里吃过饭，所以我开始张罗正餐。我不是什么优秀厨师，但妈妈至少监督过我学会凑出一顿饭，而且我承担了全家的采摘工作，食材好坏还是能分清的，也会分辨水果何时成熟。我以前从来没有过这么多材料可用：这里甚至有几抽屉的香料，闻起来就像是冬至时的蛋糕，还有一整桶新鲜的软质灰盐。

房间尽头有个特别冷的奇怪地儿，我在那里找到些挂起来的肉类：一整只鹿，还有两只大兔子。一大箱鸡蛋，用稻草隔开。壁炉上有一块新烤的面包，已经用布包好，我还在面包旁边发现了一整罐炖菜——兔肉、荞麦粉加红小豆。我尝了一口：美味得像是宴席主菜，咸里透着点儿甜，软到入口即化，这又是账本上不知名的书写者留给我的礼物了。

我根本不知道怎样做出那么美味的食物，想到龙君可能习惯了这么好吃的东西，我就更加心虚。但我还是感激涕零，很高兴能有这么一大罐现成的东西。我把它放在火炉上方的架子上加热，其间洒了一点点在我裙子上——我打了两个鸡蛋，放在平底锅里煎，又找来一副托盘、一只碗、一个盘子和一把勺子。等到兔肉热好，我把它放在托盘上，切好面包——我必须得切它，因为等着兔肉加热时，我把面包的一头揪下来自己吃掉了——然后摆上黄油。我甚至还烤了一只苹果，撒上香料：我妈妈教我这样做的，冬天礼拜日晚餐可以吃这个，这间厨房有那么多灶孔，我可以在别的食物烹饪过程中做这个。等到所有食物都在餐盘里摆放就位，我甚至还有一点点得意：这看起来就像是节日大餐，虽然有一点点奇怪，因为只有一人份。

我小心翼翼地端起托盘上楼，到这时才意识到：自己并不清楚哪里

无根之木
UPROOTED

是书房。如果我当时好好想想，可能会猜出它不会在最底层。实际上就不在。但直到围着巨大环形走廊转了好半天，我才确认这一点，这里的窗户挂着厚窗帘，还有个王座一样的椅子放在最里面。更远处还有一扇门，但当我推开它，看到的只是前厅和高塔的巨大正门，高度有我身高的三倍，还有一根包铁的粗木条闩着。

我回转身，再次穿过走廊，回到楼梯那里，又上一层楼，这里的石板地面上铺着软毛厚布。我之前从未见过地毯。这就是我没听见龙君脚步声的原因。我紧张地沿着走廊偷偷摸摸往前走，透过第一道门往里看。我马上就赶紧倒退回来：这间房子到处是长桌、奇形怪状的瓶子、冒泡的古怪药物，还有不自然的火星——世上任何壁炉都不会冒出来的那种，我不想在这里多待一秒钟。即便如此，我还是神奇地把裙子挂在门上扯烂了。

终于，走廊更远处的那扇门里面，是一个放满了书的房间：木架从地板上高高耸起，直到房顶，里面满满的都是书籍。这里有一股尘土味，只有几扇窄窗能让光线透进来。我终于找到书房，特别高兴，最开始都没有发觉龙君在场：他坐在一张大椅子里，一本书摊开在大腿上方的小桌子上，那本书超大，每一页都有我前臂那么长，打开的封面边缘挂了一把黄金锁。

我呆呆看着他，愣在了原处，感觉被账本里的建议骗了。不知为何，我想当然地以为龙君应该避开我，等我把他的食物放好之后才会出现。他并没有抬头看我，我却没有安静地把托盘端到房子中间的桌子上摆好，然后悄悄消失。我傻站在门口，说："我……那个……我把饭端来了。"得到他的允许之前，我不想自己闯进去。

"是吗？"他话里带刺地说，"路上没掉进水沟里吗？我好震惊。"

直到这时，他才抬头看了我一下，皱起眉头，"也许你的*确*掉进过水沟里？"

我低头看看自己的衣服。裙子上有好大一块丑陋的污痕，那是呕吐物——我在厨房时已经尽可能擦过了，但确实没能擦干净。还有一块脏东西，是擤鼻涕弄上去的。兔肉汤留了三四块痕迹吧，还有些水迹，是我擦洗炊具时溅上的。裙角有今天早上沾的泥巴，我还在没发觉的情况下又扯出了几道口子。那天早上，妈妈给我梳过头，盘好了发辫，用发簪固定好，但现在，辫子早已从头顶滑落，成了老树根样子的一大坨，歪在我脖子旁边。

我都没有注意到，这对我来说太平常了，唯一的例外，就是在这所有的脏兮兮的表象下面，我还穿了一套好衣裳。"我在……我做了饭，打扫过卫生……"我试图解释。

"这座塔里最脏的东西，就是你自己。"他说——这倒是实话，但这么说终归不友好。我脸涨得通红，低头走向桌子。我把所有东西摆好，自己看了一下，心里一沉，发觉在我走来走去浪费掉的时间里，所有的东西都冷掉了，除了黄油，它化成了软软的一摊，流得盘子里到处都是，甚至连我可爱的烤苹果都被粘上了。

我丧气地低头看着它们，想知道现在怎么办。我是应该把它们端回去吗？或者他并不会在意？我回头看，险些惊叫起来：他就站在我背后，正从我肩膀上面看那些食物。"我知道你为什么担心我会把你烤掉了，"他说着，探身舀起一勺炖兔肉，肉汤表面结起了一层肥油，然后他把勺子丢回去。"你本人都比这些东西好吃。"

"我不是什么好厨师，但是——"我开了腔，本想解释说，我做饭并没有那么糟糕，只是今天还不熟悉环境，但他哼了一声，打断了我。

无根之木
UPROOTED

"世上有没有你能做好的事情呢?"他问,显然在挖苦我。

要是我学会更多家务就好了,要是我早料到自己有可能中选,多做点儿准备就好了,要是我没那么伤心没那么累就好了,要是我在厨房里没那么自鸣得意,要是他刚才没有嘲笑我的样子一团糟——其实爱我的人也会这样笑我,但那是带着亲情而不是恶意——要是没有这些事,要是我不曾在楼梯撞到他,发现他并不会把我丢进火堆里,我可能就只会涨红了脸,逃跑完事。

相反地,我当时生气地把餐盘拍在桌子上,喊出声来:"那你为什么要选我呢?你为什么不选卡茜亚?"

话一出口,我马上就闭紧了嘴巴,感觉自己很可耻,又害怕。我本想开口,马上收回这句话,告诉他我很抱歉,我不是这个意思,我并不是说他应该放过我,去把卡茜亚抓来,我是说我愿意回去,再给他重新送一盘上来——

他不耐烦地问:"你说谁?"

我愣愣地看着他。"卡茜亚!"我说。他用那种表情看着我,就像我只是给了他更多证据证明自己是弱智,而我也在混乱中忘记了自己刚才的高尚动机。"你本来就是要选她的!她……她很聪明,而且勇敢,而且很会做饭,而且……"

他每一分钟都显得更加厌烦。"是的,"他狠狠打断我,"我确实想起那个女孩了:既不是一张马脸,也不是邋遢到一塌糊涂,而且我估计,现在也不会冲着我鬼叫。你够了!你们这些村姑刚来的时候全都一样讨厌,只是程度不同。但你,在蠢笨无能方面还真是出类拔萃呢。"

"那你就不用把我留在这里了!"我怒目而视,真生气,而且受伤。说我一张马脸,真伤人自尊。

第一章
chapter 1

"让我自己深感遗憾的是，"他说，"这点你还真说错了。"

他抓住我的一只手腕，把我的身体拧转回来；他站在我身后，让我那只胳膊悬在桌子上方。"利伦塔勒姆[1]，"他说，这个奇怪的词儿从他嘴里说出来还挺流畅，在我听来却很刺耳，"跟我说一遍。"

"什么？"我问，以前从来没听过这个词儿。但他更加逼近我后背，嘴巴就在我耳边，很可怕地小声威胁："跟我说！"

我当时在发抖，一心只想让他放开我，于是跟他一起说了"利伦塔勒姆"，与此同时，他把我的手放在那些食物上方。

食物上面的空气在波动，看起来很可怕，就像整个世界都是一片池塘，而他可以朝里面扔石子一样。等到波动平息，食物全都变了样。曾是煎鸡蛋的地方，现在是一只烤鸡。那碗炖兔肉消失，被一堆幼嫩的春香豆取代，尽管它们生长的季节已经过去了七个月。那只烤苹果变成了果味小馅饼，里面是纸一样薄的苹果片，中间夹着肥大的葡萄干，还淋上了蜂蜜。

他放开了我，而我离开他的支撑后，马上就步履摇晃，要抓住桌沿才能站住，肺里一点儿气都没有，就像有人在我胸口坐过一样；我觉得自己像一只被挤干了汁水的柠檬。眼里银星乱冒，我半晕着，身体倾斜。我只是在恍惚中看到他低头俯视餐盘，脸上有古怪的愁容显现，就像他又吃惊又厌烦。

"你对我做了什么？"我能呼吸时，有气无力地问。

"别哼哼唧唧，"他不耐烦地说，"只是个不入流的小把戏。"他不管是因为什么吃惊，现在都过去了，坐下来吃饭的同时，他向门的方向甩

---

1 本书中的咒语全部采用了音译。书末另有附表，按出现顺序列出了各种咒语的基本含义。

无根之木
UPROOTED

甩手。"行了，出去吧。我知道你将来还会浪费掉我无数时间，但今天我受够了。"

　　这条指令，至少我还是愿意服从的。我并没有试图拿起餐盘，而只是慢慢溜出了书房，把我那只手紧紧抱在身上。我还是虚弱到脚步打晃，花了将近半小时才爬完所有阶梯，回到顶层，我进入那个小房间，关上门，用小桌子把门挡上，倒在床上。就算我睡着时龙君来过门口，我也什么都没听到。

第二章

此后四天，我都没有再见过龙君。我一直待在厨房，从早忙到晚：我在那儿找到几本烹饪书，正在逐个试做里面的菜式，疯狂努力，要成为前所未闻的绝顶厨师。食品库里材料很多，浪费一点儿我也不在乎。如果做出来的不好吃，我就自己吃掉。我按照那条提示来做，每次正好提前五分钟把饭送到，而且把盘盏全都盖起来，快去快回。我到达时，他每次都不在，所以我很满意，也没听到他有什么抱怨。我房间的一个箱子里有些家织布衣物，多少算适合我——我膝盖以下的双腿和手肘以下的胳膊都会露出来，而且我还要自己把它们缠在腰间，但我已经整洁到前所未有的程度。

我并不想取悦他，但同样不想让他对我做那种事，不管那咒语到底是什么。它都让我一晚上做梦，能吓醒四回，每次都感觉利伦塔勒姆这个词儿就在我唇边，感觉到它粘在我嘴里，像是赖着不肯走那样，而他滚烫的手还贴在我的胳膊上。

恐惧和辛勤工作也不完全是坏事，至少可以排遣孤单。它们都胜过

无根之木
UPROOTED

孤独，还有更深一层的恐惧：我将有十年见不到父母的事实，我再也不能住在自己家里，再也不能在树林里自由奔跑，不管龙君的女孩们到底经历过何种异变，都会慢慢降临我身上，最终把我变得面目全非。至少，当我在炉膛前挥汗如雨，忙着切切拌拌时，我不用考虑所有这些麻烦。

过了几天，当我意识到他不会每顿饭都来对我使用那可怕的咒语之后，我不再疯狂研究厨艺。然后就发现，我已经无事可做，就算是努力找活儿干也没用。尽管石塔很大，却并不需要打扫：不管是角落还是窗台，全都纤尘不染，甚至连那幅镶金巨画的线条也不例外。

我还是不喜欢自己房间里的地图装饰画。每到深夜，我都觉得会听到里面传来轻微的汨汨声，就像流水倾泻到街沟里，白天，它就特别神气、特别扎眼地盘踞在墙上，试图诱使我看它。对它怒目很久之后，我跑到楼下，倒空了地下室的一口袋萝卜，拆开缝线，用口袋布把画罩了起来。它的金边和壮丽的画面被盖住之后，我的房间马上感觉舒服多了。

那个上午剩余的时间，我都用来俯瞰整座山谷，觉得好孤单，想家想到心痛。这是个普通的工作日，地里有忙着收获的男子，河边有洗衣的妇人。甚至连那片黑森林，看上去都让我有些安心，那么浩大狂野，无法穿透的乌黑一片：至少它永恒不变。一大群属于莱多姆斯科村的绵羊在谷地北端山脚下的坡地上吃草，它们看上去像是一片悠游的白云。我看了会儿它们这些自由自在的家伙，哭了一小下，然而伤心也是有限的，到了中午吃饭时，我已无聊得要命。

我家不算穷，也不算富。家里有七本书，我只读过其中四本，我这辈子几乎每一天，在野外的时间都比室内更长，雨天和冬天也不例外。

但现在的我，已经没有太多别的选择。所以，那天下午送饭到书房之后，我到书架前看了看。我拿本书看看，肯定不会有什么不便。其他女孩一定也拿走过书籍，因为每个人都说：她们结束了这里的劳役之后，全都博览群书。

我大着胆子走到一面书架前，抽出一本几乎是在呼喊着让我触碰的书：它装帧极美，外皮是光亮的小麦色皮革，在灯光下泛出微光，色泽丰满诱人。一把它拿下来，我就开始犹豫，它比我们家任何一本书都更大更厚，封面上还有漂亮的金丝图案。但上面并没有上锁，我把它带到楼上自己的房间，多少有一点点负疚感，于是试图说服自己：这种感觉本身才是真的傻。

我打开书，更加觉得自己蠢，因为我根本就看不懂它。不是通常意义上的那种看不懂，不是不认识字，也不是搞不懂字面意思——我的确每个字都认得，也知道每句话在说什么，至少前三页如此，然后我就停下来，开始纳闷，这本书到底想讲些什么？我回答不出，完全不知道自己刚读完的是什么东西。

我折回开头，又试了一次，这次我又觉得自己开始懂了，每句话都好有道理——简直精辟到不行；它给人一种窥见了真理的感觉，就好像在解说某种我在内心深处一直明白，却无法说清楚，还有我从来不懂得的，讲得非常清晰平易。我当时满意到连连点头，进展极好，这次我撑到第五页，再次意识到，我根本无法向任何人说清第一页讲过什么，就连刚读完的那一页，也是一样说不清。

我愤愤地瞪着那本书，再次打开第一页，开始大声朗读，一字一顿。这些词儿像是会唱歌的小鸟一样从我嘴里飞出，感觉特美，像蜜汁果脯一样甘甜。我还是没办法在脑子里跟上书中的思路，但我继续朗读，如梦似幻地继续，直到房门突然进开。

到这时，我平常已经不再用家具抵门。我坐在自己床上，而床也被我推到窗台下，因为这里光线好。龙君此刻就出现在我正对面，身体挺立在门廊正中间。我惊异地愣住，停止阅读，傻张着嘴巴。他看上去特别愤怒：两只眼睛闪闪发光，极其可怕，他伸出一只手说："图阿利代塔。"

那本书试图从我手里跳出去，飞过房间到他面前。我在某种严重路痴的本能驱使下，盲目地想要把它抓回来。书在我的手中挣扎，还想飞走，但愚蠢又顽固的我用力一拽，最终还是把它扯回自己怀里。龙君吃惊地看着我，看上去怒火又升了一级。他风风火火大步闯进小小的房间，而迟钝的我这时才想爬起来往后躲，但我已经无路可退。他转眼就到了我面前，把我推倒在我的枕头上。

"那么，"他一只手按在我的锁骨上，把我固定在床上动弹不得，有些阴险油滑地开了口。我当时觉得自己的心脏在肋骨和后背之间来回弹跳，每一下心跳都让我浑身发抖。他把书从我手里一把夺走——至少我还没有笨到继续抢夺的地步——把它随手丢开，书落在了小桌子上。"你叫阿格涅什卡，对吗？德文尼克村的阿格涅什卡。"

他看似在等我回答。"是的。"我小声说。

"阿格涅什卡，"他轻声嘟囔，向我弯下腰，我意识到他是要吻我。我很害怕，可是又有点儿希望他这样做，然后这事就可以过去，我就不用继续每天担心，但这之后，他根本没有做那种事。他开口继续说话，近到我能在他眼睛里看到自己眼睛的倒影。"告诉我，亲爱的阿格涅什卡，你实际上从哪里来？是鹰爵派你来的吗？还是国王本人？"

我不再心惊肉跳地盯着他的嘴唇，把视线移到他眼睛的方向。

第二章
chapter 2

"我……什么？"我问。

"我肯定能查出真相。"他说，"不管你的主人咒术多么高超，总免不了留下破绽。你的——家人——"他冷笑着说出这个词儿，"——或许也以为他们记得你，但他们不可能有你童年生活的一切物品。一双手套、一顶破帽子，或者一堆玩坏的玩具——我在你家找不到这类东西，不是吗？"

"我所有的玩具都坏掉了吗？"我无助地问，只能接着我勉强听懂一点点的这条往下说，"它们——真的？我所有的衣服倒是全都会被穿破，我们家装破布的口袋里全都是我的旧衣服——"

他重重地把我摁回到床上，弯腰逼近。"休想说谎骗过我！"他恶狠狠地说，"我会把真相从你喉咙里挖出来——"

当时他的手按在我的脖子上，一条腿在床上，我两腿之间。在极度恐惧之下，我两只手放在他胸口，用尽全身力气抵着床，把我们两个一起推了下去。我们重重地摔在地上，他在我下面，我像一只受惊的兔子从他身边逃开，跑向门口。我逃向楼梯，当时也不知道自己想逃到哪里：因为我跑不出前门，所以并没有其他地方可去。但我还是在跑，我跑下两段楼梯，当他追赶的脚步声渐渐逼近，我冲进了幽暗的实验室，那里到处是火焰和烟雾。我绝望地钻到桌子底下，躲进高柜后面的一个角落里，把两条腿死命蜷到身前。

我进来之后就关了门，但这好像并不能妨碍他猜到我的去向。他打开门，向房间里张望，我从桌角后面看到他，他冷酷又愤怒的眼睛出现在两个玻璃烧杯之间，脸被火焰映成了不同色调的绿色。他步幅均匀，不紧不慢地绕过桌子，趁他转弯时，我迅速向桌子另一侧冲去，打算夺门而出——我甚至想过把他锁在这间屋子里，但我撞在了墙边的一个窄柜上。一个封口的小罐子掉在我后背上，滚下去，在我脚边的地板上摔碎了。

灰烟在我周围滚滚升腾，涌进我的鼻子和嘴巴里，让我喘不上气，也动弹不得。我感到眼睛刺痛，却无法眨眼，也抬不起手来擦拭它们，两只胳膊完全不听使唤。咳嗽声卡在喉咙里，我的整个身体渐渐被固定在原地，还是蹲在地上的姿势。但再也感觉不到害怕，过了一会儿，甚至还觉得挺舒服。我觉得自己的身体非常沉重，同时却又毫无重量，茫然若失。我像是听到龙君极轻微的脚步声从很远处传来，他靠近了站在我身边，居高临下地看着，我却毫不担心他会做什么。

他站在那儿看我，冷漠又不耐烦。我没有试图猜想他要做什么，我当时既无法思考，也无法好奇。整个世界灰暗，静止。

"不，"他稍微过了一会儿才说，"不，就你这样的，不可能是间谍。"

他转身走开，把我留在原地，反正有一段时间——我无法告诉你有多久，可能是一小时，一星期，甚至一年，不过后来我知道了，只有半天。他终于回来了，嘴角带着不满。他手里拿着一团破烂，它曾经是只小猪宝，用羊毛布缝制，肚子里塞了稻草，后来被我拖到森林里遛了七年，我这辈子的最初七年。"这么说来，"他说，"你不是间谍，只是个自作聪明的家伙而已。"

他把手放在我头顶，开始念咒语："*特扎翁塔胡兹，特扎翁塔胡兹基维，坎鬃里胡斯。*"

他并不是在背诵那套词儿，更像是吟咏，近乎歌唱，在他说话的同时，我的世界重新有了颜色、时间和呼吸，我的头可以移动，然后从他的手下避开。我被石化的肌肉渐渐恢复。先是胳膊能动，摇摆着想抓住什么来支撑身体，仍在石化中的双腿却把我牢牢定在原处。他抓住了我的两只手腕，所以当我终于全身恢复自由时，还是被他单手抓着，完全没有机会逃走。

不过，我也没有尝试逃走。我的思想突然重获自由，想法正在十几个方向同时游走，就像它们都在努力挽回失去的时间，但在我看来，如果他想重重惩罚我，完全可以让我继续保持石化状态，不予理睬，而且，他至少已经不再怀疑我是间谍。我不明白他为什么要怀疑有人想派间谍监视他，更不要说国王本人了；他明明就是国王的巫师，不对吗？

"你现在老实告诉我：当时你到底在做什么？"他问，那双眼睛还是狐疑、冷酷，而且闪闪发光。

"我只是想随便找本书看。"我说，"我不觉得，不觉得这样有什么不好——"

"而当你想随便读本书时，却碰巧从书架上拿了卢瑟召唤术秘典，"他说，语调特别讽刺，"还纯属偶然就——"也许是我那惊异又空洞的表情说服了他，他停下来，带着不加掩饰的反感对我说，"你制造灾难的能力怎么能这么强，简直无人能及。"

他皱起眉头向下看，我跟着他的视线看过去，看到我们脚边那些碎玻璃碴儿。他从齿缝里嘘出一口气，很突兀地说："把那些清理干净，到书房来。还有，绝对不要动其他任何东西。"

他大步走开。我一个人去厨房找来破布捡碎玻璃，还有一个桶：我把地面也洗了一下，尽管看不出任何东西溅落的痕迹，就像那些魔法物质全部蒸发，像淋在布丁蛋糕上的烧酒。我时不时停下来，让手离开石板地面，翻来覆去地看，确认自己的手指没有再次被石化。我忍不住想，他怎么会存放这种东西在柜子里，有没有把它用在别人身上过——这人或许早就成了某处的一尊石头雕像，双眼呆滞地站着，任由时间流逝，却浑然不知；我打了个寒噤。

我非常非常小心，避免碰到这个房间里的任何东西。

等我终于鼓起勇气走进书房，我拿走的那本书已经回到了书架上。他在来回踱步，放在小桌子上的那本书被推到一边冷落着，我进门时，他又对我皱眉。我低头看：裙摆上又有刚才擦地留下的水迹，而且它本来就偏短，几乎遮不严我的膝盖。我的女式汗衫更糟糕：那天早上给他做饭时，溅了些蛋液在上面，我急着把面包取下以免烤煳的时候，又把手肘那里烤焦了一块。

"那么，我们就从那个开始吧。"龙君说，"我不想每次看到你时，都感觉受到了冒犯。"

我强迫自己闭上嘴，不去道歉：如果我开始为自己的邋遢道歉的话，这辈子就不用干别的了。尽管只在塔里住了几天，我也知道他喜爱任何美丽的东西。甚至连他数不尽的图书，也都没有重样的：它们的皮封套有各种颜色，搭扣和铰合部用黄金打造，有时还坠有其他各种形态的宝石。任何人能在这里看到的任何东西，不管是这间书房窗台上的吹塑玻璃杯，还是我房间里的画作，都很美，而且都摆放在各自的小天地里，尽情展示它们的魅力。我是这一大片完美中极其扎眼的巨大污点，但我不在乎：我并不觉得自己有义务为了他变成什么美女。

他不耐烦地示意我走过去，我小心翼翼地向他的方向跨出一小步；他抓过我的两只手，让它们在我胸前交叉，指尖放在对侧肩膀上，然后说："现在你说，*瓦纳斯塔勒姆*。"

我瞪着他，表示无声反抗。他刚才说的这个词儿，在我听来跟之前对我使用的魔法一个样。我能感觉到这个破词儿就想闯进我的嘴巴里，吸收我的力量。

第二章
chapter 2

他抓住我的肩膀，手指捏得我好痛，我能感觉到他每个指尖的热量穿透我衬衫。"我或许不得不忍受你的愚蠢，但我绝不会原谅懦弱行为。"他说，"马上说。"

我想起被变成石头的事，他还能对我做什么？我开始发抖，开口说话时声音极小，就像声音小了，那咒语就不会控制我一样，"瓦纳斯塔勒姆。"

我的力量通过身体积聚起来，从嘴里喷出，而在它离开我体内的地方，空气开始震荡，并沿着螺旋形线路环绕我的全身。我跌坐在地，喘息不止，身上已经穿了一件造型奇特的巨大长裙，它是窸窣作响的丝绸做的，绿色跟叶褐色搭配。大团的丝绸裹着我的腰，淹没了我的双腿，裙摆长到没完。我的头被压到向前低垂，因为头上还有一套弯曲的金属头饰，加上一条纱巾坠在后背，上面有金线绣花的蕾丝纹。我迟钝地打量龙君的靴子，它们也是精细加工过的皮革：上面同样绣了雅致的藤蔓图案。

"看你那副没精打采的样子，这次也不过是微不足道的小把戏而已，"他在高处说，看上去对自己的手工成果极其不满，"至少你的外表改善了一点儿。看你能不能从现在开始保持仪容庄重。明天，我们会尝试另外一种。"

那靴子转向，从我身边走开。他坐回自己的椅子，我想他是继续读他的书了，但不是很确定。过了一会儿，我手脚并用爬着离开书房，身上还是那件美丽的套裙，头也没抬。

接下来的几周，大致都是一个样子。每天早上，我都是在天亮之前一会儿醒来，然后躺在床上等窗户发白，试着想出逃跑的办法。拟定逃跑计划失败之后，我把早餐送进书房，而他会跟我一起施放又一个咒语。如果我没能保持仪容整洁——通常我都做不到——他就会先对我使用瓦纳斯塔勒姆，然后还有下一个咒语。我所有的家织布衣物一件接一件消失，而那些笨拙又复杂的套裙则像一座座小山占据着我的房间，上面的锦缎那么多彩，刺绣那么鲜艳繁复，几乎不用我穿，自己也能接近站立起来。我睡觉时，几乎无法从这些衣服里面挣脱，而内层的鲸骨支架也挤得我呼吸困难。

那种痛苦的昏沉感从来没有离开我。每天早上的折磨之后，我都会在崩溃中爬回自己房间。我估计龙君自己做了午饭，因为我肯定是什么也没给他做。我在自己床上一直躺到晚饭时间，这时候我通常能爬到楼下，勉强做点儿简单的晚餐，主要动力是我自己肚子饿，而不是对他的需求有任何关心。

最让我难受的，就是不理解：他到底为什么这样虐待我？深夜里，在我熟睡之前，我会想象故事和传说里最恐怖的情节，那些吸血鬼和梦淫妖，吸取无辜少女的生命力，我会发誓第二天一定要设法脱身。当然，我从未做到。我仅有的安慰，是自己并非第一个受害者：我告诉自己，他也曾用同样的方式对付我之前的所有女孩，而她们都坚持下来了。这并没有多大的安抚作用：在我看来，十年就像是永远没完。但只要是能让我好受一点点的想法，我都会抓住不放。

他自己一点儿也不会让我舒服。我每次进到他的书房，他都会不爽，甚至包括我设法保持整洁的少数几天，也不例外：就像我的每次出现，都是存心来烦他，打断他，而不是他在折磨我，利用我。等到他通过我施法完毕，而我瘫倒在地上的时候，他就会皱着眉头俯视我，说我没用。

有一天，我想尝试下完全逃过他。我本以为，如果我特别早给他送饭，他或许会一天想不起我。于是，我在天刚破晓时给他摆好早饭赶紧离开，藏到厨房深处。但到了七点整，他的一只小精灵手下，就是我以前看见过、沿着斯宾多河飞向黑森林的那种，飘然飞下楼梯。离近了看，它就像是个奇形怪状的肥皂泡，表面波动，形状持续变化，除非有阳光照耀它彩虹色的表面，其他时候几乎看不到。那只小精灵在各个角落进进出出，直到发现了我的藏身处，赖在我膝盖前面不肯走。我从蹲着的地方瞪着它，看到的却是自己的脸部轮廓，跟鬼一样回看着我。我只好慢慢起来，跟着小精灵回到书房，他坐在自己那本书旁边，凶巴巴地瞪着我。

"尽管我也想省掉看你瘫软的所谓'乐趣'，并不期待见证你上次用完雕虫小技之后像条半死的鳗鱼一样扑倒的模样。"他厌烦地说，"但我们也都看过了任你自由行动的后果。你今天又干了多少邋遢事呢？"

其实我一直在付出艰苦卓绝的努力，保持着装整洁，以求至少躲过每天的第一条咒语。今天我做早饭时，也仅仅沾了几小团污渍和一道菜油印而已。我捏住裙褶，把那些脏东西尽可能藏起来，但他还是嫌弃地看着我。我循着他的视线看去，才发现显然是刚刚躲在厨房深处时，沾来了一张蜘蛛网——我估计，也是整座高塔上仅有的一张——它现在正被拖在我裙子后面，跟一片破掉的面纱似的。

"瓦纳斯塔勒姆，"我跟在他后面重复，略微觉得有一丝解脱，眼看橙黄两色丝绸组成混乱的美丽波纹，从地板上翻涌上来包围了我，就像秋天山路上被风吹落的树叶。我摇晃了一下，呼吸粗重，而他已经再次落座。

"现在看好，"他说。他在桌子上摆了一摞书，一把将它们推倒，成了散乱的一堆。"要把它们整理好，说达伦登塔。"

无根之木
UPROOTED

他挥手向桌子示意。"达伦登塔。"我跟在他后面咕哝，那咒语挣扎着从我喉咙里逃出。桌子上的书战栗了一下，一本接一本飞升起来，旋转着落到各自的位置，就像不自然的、身上点坠了珠宝的小鸟，它们的封皮有红有黄，有棕有蓝。

这一次，我并没有瘫倒在地板上：我只是两只手抓住桌子边缘，靠着它站住了。他皱着眉头看那摞书。"这又是什么犯蠢的新花样？"他质问，"你根本没有按顺序来嘛——自己看看。"

我看了下那堆书。它们明明排成了相当整齐的一堆，颜色相近的在一起——

"——颜色？"他提高声调说，"按颜色？你——"他对我大动肝火，就好像这能怪我一样。也许这给他的魔法添了乱，当他借用我的力量来施法的时候？"哦，你马上出去！"他大吼，我快步离开，心里满是恶作剧成功式的快感：噢，要是我在某种程度上破坏了他的魔法，我本人是很开心的。

楼梯爬到一半，我不得不停下来喘气，因为那些裙撑让人难以呼吸。但就在这时，我突然意识到我不是在蜗行。我还是累，但并没有头昏脑涨。我甚至一口气爬完了剩下的阶梯，中途没有再停下来休息。尽管我还是倒在床上，睡掉了半天时间，但至少没有觉得自己像是被掏空了的谷壳。

随后的几个星期，我的眩晕程度不断减轻，就像这种练习会让我变得强壮，更能承受他强加给我的随便什么折磨。这些会面开始一点点变得——也不是好玩啦，但至少不再可怕；只是有点儿累人的例行任务，就像不得不用冷水刷锅的那种。我又可以整夜安睡，情绪也开始好转。每天我的身体都更健壮一些，不满也与日俱增。

第二章
chapter 2

　　我没有任何正常合理的办法重新穿上那些荒谬的华贵礼服——我试过，但我甚至无法够着身后那些纽扣和系带，而我想要脱掉它们，有时就不得不崩断缝线，或者折坏裙撑。所以每天晚上，我都把它们堆在不碍事的地方，每天早上穿一套家织布衣服，尽可能保持整洁，每隔几天，他还是会失去耐心，把那件衣服变掉。现在，我只剩一套家织布长袍。

　　我双手捧着那最后一条样式平常、没有染色的羊毛布长衫，感觉它像是一根救命稻草，然后，在突然爆发的反抗情绪中，我把它留在床上，自己套上那件绿褐两色的丝裙。

　　我系不上背后的纽扣，就把头饰上的面纱取下，在腰间缠了两圈，打上一个结，将将足够让整件衣服不会从身上掉下来。然后我雄赳赳地下楼，开进到厨房。这次我甚至没有竭力保持整洁：我把拖盘送到书房，挑衅似的满身蛋液、火腿油脂和茶叶渍，头发也乱七八糟，就像某个贵妇人突然发疯，从舞会逃进了森林。

　　这套衣服当然撑不了多久就阵亡了。我带着反感跟他念完瓦纳斯塔勒姆之后，他的魔法马上抓住我，甩掉我的污点，把我再次塞进裙撑，头发定死在脑后，又把我变成了模范娃娃形象，足以陪同某位公主游玩。

　　但那天早上的我，是几星期以来最开心的，从那天起，这也成了我自己专有的反抗方式。我想要他每次看到我都抓狂，而他也总是会用难以置信的皱眉表情满足我。"你怎能这样作践自己？"有一天，他几乎是有些惊奇地问我，因为我出现在他面前时，脑袋上顶着一坨米糊——我是手肘偶然碰了汤勺，有些米糊飞到了空中——还有一长条红色果酱痕迹，留在我奶白色的丝绸前襟上。

　　那最后一套家织布衣服，我一直留在自己的衣柜里。每天等他使唤

无根之木
UPROOTED

过我之后，我就上楼挣扎着脱下舞会礼服，扯掉发网和头饰，把镶珠宝的胸针丢在地板上，穿上那件软软的、穿过好多次的半长裙和家织布衬衣，我坚持手洗，保持它们洁净。我下楼到厨房，做自己的面包，烤面包时就靠在壁炉旁边休息，全不在意衣裙上蹭到一点儿灰尘和面粉。

我又一次有了足够的精力感到无聊。不过这次，我完全没想过再去书房拿书。取而代之地，我开始做针线活儿，尽管我一直都不爱缝缝补补。既然我每天早上都要被这些华而不实的荒谬衣服耗得精疲力竭，我最好还是把它们改造成稍微有用的东西比较划算：床单吧，也许，或者手绢之类。

针线篮在我房间，之前我都没动过：除了我自己的衣服，这小城堡里并没有任何需要缝补的东西，而它们，直到最近，我都宁愿保持破损状态。当我打开针线篮，却在里面找到一张字条，是用一块坚硬的木炭写的：字迹属于我在厨房的那位朋友。

你肯定害怕：别怕！他不会碰你的，他只想要你漂漂亮亮的。他不会想到给你任何东西，但你可以从某间客房里拿件好看的裙子，改成你能穿的尺寸。等他叫你去时，为他唱首歌，或者给他讲个故事。他想要人陪伴，但不喜欢被缠着不放：你只要给他送饭，其他时候尽可能回避，他就不会再有其他的要求。

要是我早些打开针线篮，第一天就看到这张纸，这些话会有多宝贵啊。现在我手拿这张字条，身体颤抖着回忆之前的事，他的声音跟我迟疑的声音重叠在一起，从我体内掠走魔咒和力量，迫使我穿丝绸和天鹅绒衣物。我一直都想错了，他根本就没对其他女孩做过这些事。

第三章

那天晚上我蜷缩在床上，完全睡不着，再一次陷入绝望。我逃离高塔的意愿加强，并不会降低我的逃跑难度。第二天早上，我的确去过大门，第一次尝试把巨大的门闩举起来，不管这样的尝试看起来有多荒谬。我当然是撼动不了它，一丝都不行。

回到食品储藏室，我把一口长柄锅当作杠杆，把垃圾坑的巨大铁盖掀开，向下看。下方深处有火光闪耀，我同样不可能从这里逃跑。我吃力地把铁盖放回原处，用两只手摸遍了周围的墙，搜遍每个阴暗的角落，想找出口、秘道之类。就算是有，我也没能找到。然后，晨光就已经沿着楼梯斜照下来，这金光并不受欢迎。它预示着我不得不做好早饭，送到自己受难的地方去。

我一边摆放食物，鸡蛋、火腿、蜜饯等，同时一遍又一遍看那把精钢闪亮的剔骨尖刀，木格上方的刀柄正好朝我的方向突出来。我用它切过肉，知道它有多锋利。我父母每年都会养一头猪。杀猪的时候，我也帮过忙，拿着木桶接猪血，但考虑用尖刀刺杀人类，可完全是另外一码事了，根本无法想象。所以我也没有想象。我只是把刀也放在了托盘里，然后上楼。

我进入书房时，他站在窗口，还是背对我，两肩紧绷，显得有些厌烦。我机械地放下餐盘，一个接一个摆在桌子上，直到托盘里不再有别的，除了那把尖刀。我的裙子上溅满了燕麦片和鸡蛋液，再过一会儿他就会说——

"快摆好，"他说，"上楼去吧。"

"什么？"我迟钝地问。尖刀还在餐布下面，淹没了我的其他想法，过了一小会儿我才明白，自己被暂免了今天的折磨。

"你是不是突然又聋了？"他没好气地说，"别再摆弄那些盘子，走开。待在你的房间里，等我叫你再出来。"

我的裙子又脏又皱，带子系得乱七八糟，但他甚至都没有回头看过我。我抓起托盘，逃离房间，不再需要更多敦促。我跑上楼梯，脚下没了那种可怕的疲惫感，觉得自己就像能飞起来似的。我进入自己的房间，关上门，扯掉那身丝绸美装，穿上我的家织布衣，躺倒在床上，如释重负地抱住自己的肩膀，像逃脱了父母责罚的孩子。

我看到了被丢弃在地上的托盘，那把刀亮闪闪地露在外面。噢，噢，我可真蠢，居然会想那样的事。他是我的主人，如果因为某种可怕的巧合，我真的已经杀死他，我肯定会因此被处死，而我的父母也很可能要被连坐。杀人罪根本就逃脱不了刑罚的，与其那样，还不如我直接从窗户里跳出去摔死算了。

我甚至还转身朝窗外看了看，眼神凄惨，然后我才看到龙君带着反感遥望的东西。那不是一辆普通的小马车，而是巨大的华盖四轮车，简直像一座有轮的房子：一队喷着响鼻的马儿拉车，还有两名骑手在赶车

第三章
chapter 3

人前方开路，所有人都身穿灰绿两色外套。车后还有四名骑手追随，穿着相似的衣服。

车子停在大门口：它有一件绿色顶饰，是一只有很多颗脑袋的怪兽。所有的骑手和护卫都翻身下马，特别忙乱的样子。他们稍稍退后一点儿，石塔大门悄然开启，就是那两扇我完全撼动不了的大门。我伸长脖子朝下看，看见龙君独自从门里走出，站在门口的平台上。

一名男子从车里弯腰钻出：他很高，金发，宽肩膀，穿一件同样是鲜绿色的长袍。他从别人摆好的阶梯上轻巧地跳下，单手接过某一随从双手奉上的宝剑，昂首阔步从两列手下之间走来，他干净利落地把宝剑挂在腰间，人已经到了门前。

"我讨厌马车，胜过讨厌奇麦拉[1]。"他对龙君说，声音洪亮到连我都能听到，尽管我在塔顶，那些马儿又在喷响鼻、刨前蹄。"居然要被困在那东西里面一个星期：你怎么就不能主动到王廷来呢？"

"王子殿下请务必海涵。"龙君冷冷地回答，"我的职责，让我不得不在此守护。"

我当时向外探身太长，完全有可能偶然掉下去摔死，这样就不会担惊受怕，悲悲切切。波尼亚国王有两个儿子，但王储西格蒙德不过是个谦恭守礼的好青年。他受过良好教育，娶了一位北方王族的公主。这桩婚事给我们带来一个盟国和一座港口。他们已经确保了王室传承，生了一个男孩，还有个女孩备选。据说他是位优秀的官员，将来会是贤明的君王，没有人需要为他操心，也不会特别喜欢他。

马雷克王子的魅力可就强多了。我至少听过一打关于他的故事和歌

---

1 希腊神话中的吐火女怪，狮头，羊身，龙尾。

谣，讲他如何杀死暴虐的九头蛇——许德拉。传言大相径庭，但每个讲述者都声称自己的细节绝对真实。此外，在上次抗击罗斯亚的战争中，他至少斩杀过三四个甚至九个巨人。他曾一度跨马出征，想要击杀真正的巨龙，结果那次只是一帮农夫撒了谎，装作被龙攻击，然后把绵羊藏起来，声称被龙吃掉，以达到逃税的目的。而他没有处死那些农夫，反而责罚了他们的领主，因为他的税率太高。

如今就是这位王子跟龙君一起进入石塔，大门在他们身后隆隆关闭；王子的随从们开始在门外平地扎营。我缩回到自己的小房间里，开始绕圈徘徊；我终于出了门，爬下楼梯尝试偷听，一步步向下凑，直到我能听见书房传来谈话声。他们每说五句话，我最多也就能听清一句，但能确定他们在谈跟罗斯亚打仗的事，还谈到黑森林。

我并没有很努力偷听了；对他们谈的事情，我也没有太大兴趣。对我来说重要性大很多的，是被救走的渺茫希望：不管龙君对我做的到底是什么，但这样吸取他人的生命精华，肯定有违王法。他也曾叫我躲开，不要被人看见。原因恐怕并不是我邋遢不体面——他一句话就能扭转这一点；怕是不想让王子知道自己做的事吧？要是我跪下来请求王子开恩，而他把我带走的话——

"够了。"马雷克王子说，他的声音打断了我的遐想：这句话变得更清晰，就像他正走向门口。他听起来很生气，"你和我父亲，还有西格蒙德，你们所有人都像绵羊一样，只知道讲丧气话——不，够了，我不会轻易放弃这件事。"

我赶紧光脚跑上楼梯，尽可能不弄出任何声音：客房在第三层，我的房间跟书房之间那层。我坐在楼梯最高处，听他们的脚步声从下面传来，直至消失。我不确定自己有没有胆子直接违抗龙君的指令；如果他发现我在敲王子的门，一定会对我做出什么可怕的事来，但他已经在对我做可怕的事。如果是卡茜亚，一定会抓住这样的机会，我确信——如果是她在这里，她会去打开门，跪在王子面前求他搭救，不会像个惊惶失措喋喋不休的小毛孩子，而是像故事里受难的少女。

我回到自己的房间，开始演练这个场景，太阳西沉，我一直在小声嘟囔着编词儿。等到黑暗终于降临，夜渐深，我心脏狂跳，偷偷下了楼，但我还是害怕。首先我到达更低层，确认书房和实验室熄了灯：龙君睡下了。在第三层，第一间客房门下透出一道橙黄色的微弱火光，而我看不到龙君的卧室门；它完全隐没在走廊远处的阴影里。但我还是在楼梯口犹豫了一下——然后，我下楼去了厨房。

我对自己说，我饿了。我吃了几口面包和奶酪来给自己鼓劲儿，同时站在炉火前哆嗦，我再次上楼梯，一直上一直上，又回到自己房间里。

我还是无法迫使自己想象这样的情景，我来到王子门前，跪在地上，不失风范地娓娓讲述。我不是卡茜亚，不是任何特别的人。我只会哭得一塌糊涂，看上去像个疯子，而他很可能会把我丢出来或者，更糟糕的是，叫来龙君，让我受到应有的处罚。他为什么要相信我？一个身穿家织布罩衫的农家女，龙君家低贱的奴仆，半夜把他吵醒，讲一个令人难以置信的故事，说什么伟大的魔法师专门折磨我？

我无精打采地回到自己房间，愣住了。马雷克王子，他站在我房间的正中，正打量着那幅画：他把我盖上的布片扯下了。他转过身，带着一丝怀疑的表情上下打量我。"大人，王子殿下。"我说，但又没完全说。我声音太小，他不可能听到，无非是一点儿难以辨认的杂音。

他看上去并不在乎。"那么，"他说，"你并不是他的美人之一，对吧。"他穿过房间，几乎只要两步：他往这儿一站，房间就像被缩小了。他一只手放在我的下巴上，把我的脸左转右转，来回看着。我傻傻地盯着他。如此靠近他的感觉很奇怪，有压迫感：他比我高，肩膀很宽，体重是那种几乎终生披坚执锐的类型，像肖像画一样帅气，胡子刮得干干净净，刚洗过澡；他的金发在脖根那里有些变黑，湿漉漉地卷曲着。"但或许你有什么特别的一技之长，比如个性甜美可人，足以弥补姿色不足？他有这类口头禅，对吗？"

他听起来并不残酷，只是在调笑，而且他居高临下对我笑的样子也似乎别有深意。我一点儿都没觉得受伤害，反倒是因为受到如此程度的重视而有些头晕，好像我还什么都没说，就已经得救一样。他大笑，吻了我，很高效地伸手脱我的裙子。

我吓坏了，像条试图跳出渔网的鱼，开始极力挣扎。但这就像是对抗石塔大门一样，根本不可能做到。他甚至没有发觉我在反抗。他又笑了一次，亲吻我的喉咙。"别担心，他不会反对的。"他说，就像我只有这一个反抗的原因似的，"他毕竟还是我父亲的臣属，就算他更喜欢躲在这个偏僻的地方，对你一个人作威作福。"

其实他也没有什么制伏我的成就感。我还是没有出声，我的反抗也仅止于胡乱地拍打他而已，一边自己还在奇怪：他当然不会这样做，马雷克王子不会的，他可是英雄；他甚至都不可能想要我。我没有尖叫，没有哀求，我觉得他甚至没想过我会有任何抗拒。我猜，要是在普通贵族的房子里，早就有某个心甘情愿的厨房使女主动溜进他卧室，甚至不用他自己去找。其实我自己都可能愿意接受他，要是他直接开口问，并且给我足够的时间克服惊诧，给他答复：我挣扎，更大程度上是本能反应，而不是我真的想要拒绝他。

但他还是制伏了我，我开始真的感到害怕，一心只想脱身。我推他的双手，说："王子，我不要，求你，等等。"其间不时被迫中断。尽管他没有料到我会反抗，遇到反抗时也并不在乎：他只是有些不耐烦。

"好了，好了。没什么的。"他这样说，就像我只是一匹马，需要被管住，安静下来，他把我的一只手夹在身体侧面。我的布裙只用腰带打了个简单的结；他已经把衣带解开，掀起我的裙子。

我当时试图放下裙子，推开他，重获自由，但都没用。他毫不费力就能控制住我，他把手伸向自己的裤子，在绝望之下，我想都没想，就大叫了一声："瓦纳斯塔勒姆。"

力量从我体内突然涌出。坚硬的珍珠和鲸鱼骨像盔甲一样从下面向他的双手靠近，他赶紧把手从我身上拿开，后退一步，超级臃肿的天鹅绒长裙像是一堵墙，沙沙响着掉落在我们之间。我手扶这堵"墙"，全身发抖，极力平复呼吸，而他呆呆凝视着我。

他开口说话，语调完全变了，是一种我无法理解的调子："你是个女巫。"

我像只警觉的小动物一样退开，远离他。我头很晕：呼吸完全无法恢复正常。礼服救了我，里面的裙撑却紧到令人窒息，裙摆长而且重，就像它们成心做成了无法摆脱的样式。他这次放慢了速度向我逼近，单手伸开，说："听我说——"但是我一点儿都不想听他说。我抓起那个早餐托盘——它还在我的床头柜上，挥起来猛击他的头。托盘一角响亮地砸在他的颅骨上，把他敲得踉跄斜行。我双手抓紧托盘，高高举起，一下接一下全力怒拍，盲目又绝望。

门突然被打开，龙君出现时，我还在挥托盘。他在睡衣外面罩了一条华丽的礼服长袍，眼神很凶的样子。他跨进房间一步，然后停住，

无根之木
UPROOTED

目不转睛地看着。我也停下来，气喘吁吁。托盘还被举着，定在挥击中途。王子已经双膝跪倒在我面前。脸上的血迹乱七八糟像迷宫一样，额头到处是肿破流血的伤口。他双眼闭合，"砰"的一声栽倒在我面前的地上，不省人事。

龙君看着这情形，又看看我，说："你这白痴，这回又干了什么？"

我们一起把王子抬到我窄小的床上。他的脸肿到发黑；地上的托盘变得凹凸不平，上面印了他颅骨的轮廓。"好极了。"龙君咬牙切齿地说，他检查了伤者——王子两只眼睛直勾勾的，怪异，毫无神采，撩起眼皮都没反应；而他的胳膊被抬起之后，会软绵绵掉回小床上，垂到一边摇摆。

我站在一边看，在紧身胸衣里喘气，从绝望中爆发出来的怒火消去，我现在只剩下恐惧。尽管说起来有点儿怪异，但我当时担心的并不只是自己的下场；我同样不希望王子死掉。在我脑子里，他还有一半是传说中光彩照人的大英雄，这跟刚才占我便宜的禽兽形象诡异地杂糅在一起。"他不会——他不会已经——"

"如果你不希望一个人死，最好不要一遍又一遍猛击他后脑勺。"龙君没好气地说，"下楼去实验室，把最里面柜子透明小瓶里的黄色酏剂[1]给我拿来。不是红的那个，也不是紫的——如果可能的话，上楼过程中最好不要把它打碎，除非你想试着说服国王，证明你的贞操比他亲儿子的命还重要。"

他双手放在王子头部，开始轻声吟诵，那些词儿会让我的脊柱跟

---

1 由药物、甜料和芳香性物质配制而成的水醇溶液。有时也称作甘香酒剂，但并不一定是香的。

着颤动。我提起裙子，跑向楼梯。我只用了很短的时间就把那瓶醌剂取回，这通猛跑加上可恶的裙撑让我喘到不行，我发现龙君还在忙碌：他没有中断吟诵，只是不耐烦地向我伸出一只手，着急地索要；我把瓶子放在他手里。他单手拔出瓶塞，往王子的嘴里倒了一口。

那味道极其难闻，跟臭鱼似的。我只是站在附近，就恶心得喘不上气。龙君头也不回，把瓶子和盖子塞给我，而我不得不憋住气把它塞严。他正用两只手闭紧王子的上下颌。尽管重伤后失去知觉，王子还是扭动身体，想把那东西吐出来。那醌剂在他嘴巴里透出某种微光，亮到我可以看到他的颌骨和牙齿轮廓，跟骷髅似的。

我设法封紧瓶塞，没有呕吐出来，然后快跑上前帮忙：我把王子的鼻孔捏住，过了一会儿，他终于吞下了药剂。那亮光沿着他的喉咙下行，进入腹部。我可以看到它仍在向身体各部位输送，从他衣服下面透出光芒，在流向四肢的同时渐渐暗淡，直至暗到无法看出。

龙君放开王子的头，也不再继续吟唱咒语。他软软地靠着墙，紧闭双眼：他比我以前见过的任何时候都更疲惫。我紧张地站在床边，看着倒下的他们两个，最后我开口问："他能不能——"

"反正不会感谢你。"龙君说，但这消息已经够好了：我放松下来，瘫倒在地上，身体周边全是奶白色天鹅绒，我把头埋在床边，放在自己裹满绣金丝带的双臂上。

"那么，现在你该喋喋不休了吧，我猜。"龙君在我背后说，"你到底在想什么？如果不想引诱他的话，又何必穿上那么荒唐的一套衣服？"

"这也比原来那套好，因为他从我身上扯掉了它！"我叫起来，抬起头：我完全没有眼泪；到这时，我的眼泪已经哭干，余下的只有愤怒。"可不是我自己选择来到这个——"

无根之木
UPROOTED

我停下来，手里抓了好大一团丝绸，愣愣地看着。我上次念咒语，龙君根本就不在附近。他并没有使用任何魔法，抛出任何咒语。"你对我做了什么？"我小声问，"他说——他把我叫作女巫。你把我变成了女巫。"

龙君哼了一声："要是我能把人变成女巫，我当然不会选个半疯半傻的农家女来培养。我对你没有做别的，只是试着把几条雕虫小技级别的咒语……灌进你那个死不开窍的木头脑袋里去而已。"他疲惫地吸着气，从床边站起来，强打精神，跟我在那些可怕的几周时间里差不多，那时候他一直在——教我魔法。我还跪在地上，抬头看着他，极度吃惊，但还是不愿接受。"但是，你又为什么要教我？"

"我自己倒是很愿意把你留在你那个硬币大小的村子里烂掉，但可惜，我的选择范围小之又小。"见我一脸懵懂，他皱着眉头继续道，"那些有魔法天赋的人必得到传授，这是国王的法律要求。无论如何，我要是放任你留在外面，就过于白痴了：你就像一颗成熟的梅子，早晚会被黑森林里出来的某种东西吃掉，那个吃掉你的怪物，就会变成极为恐怖的强敌。"

当我被这恐怖的前景吓到，瑟缩后退时，他又把皱眉表情抛给了王子，这位刚刚发出一点儿呻吟，睡梦里动了动：他快要醒了，摇摇晃晃抬起一只手去揉脸。我赶紧站起来，警觉地从床边退开，更靠近龙君一点点。

"听着，"龙君说，"卡利库奥。这招呢，要比动手打晕情郎更好。"

他蛮期待地看着我。我盯着他，看看慢慢醒来的王子，又看看他。"如果我不是女巫，"我说，"——如果我不是女巫，你能否允许——我可不可以回家？你不能把魔力从我身上取走吗？"

第三章
chapter 3

　　他默然不语。这时候，我看惯了他那张年轻又老迈，自相矛盾的巫师脸。尽管他年龄相当大，却只有眼角有些许皱纹，眉间有一道竖印，加上嘴角有明显的法令纹；再无其他。他行动起来像年轻人一样敏捷，如果别人年龄大了会变得温和宽容的话，他肯定没有。但现在，有那么一会儿，他的眼神苍老又怪异。"我不能。"他这样说，我就信了他。

　　他摆脱这种状态，用手指一点：我回头，发现王子已经用手肘撑着坐了起来，眨巴着眼睛看我们两个——他还有点儿晕，没认出我们，但就在我看他的同时，他脸上显出恍然大悟的样子，想起了我。我小声说："卡利库奥。"

　　魔力从我体内涌出。马雷克王子再次倒在枕头上，闭上眼睛继续睡觉。我摇摇晃晃来到墙边，顺着墙滑到地面坐下。剔骨刀还在它掉落的地方。我把它拿起来，终于用到了它：来割开长裙和我裙撑上的带子。我的裙子在身体一侧完全绽开，但至少，现在我可以呼吸了。

　　我闭上眼睛靠墙坐了一会儿，然后看龙君，他懒得再看我累瘫的蠢样，不快地俯视王子。"天亮以后，他的手下不会找他吗？"我问。

　　"你以为你可以把马雷克王子关在我的石塔中，永远沉睡下去？"龙君头也不回地丢给我这么一句。

　　"那么，等他醒了，"我开口，然后停下，最后还是继续问，"能否麻烦你——你能不能让他忘掉这些事？"

　　"哦，当然。"龙君说，"他一点儿都不会起疑心，如果他早上起来头痛得要死，而且还失去了好长一段记忆。"

　　"那要是——"我挣扎着站起来，手里还拿着那把刀。"——那要是他不记得其他事，只知道在自己房间上床睡觉呢——"

　　"请努力暂停犯傻。"龙君说，"你说过，你没有引诱过他，所以他是自己上来的。那么这个动机何时形成的呢？是在他今晚上床之后吗？还是在他赶来的路上就有了这类念头——温暖的床，期待的怀抱——是，我知道你没期待他，你已经提供了足够有力的反证。"他抢在我反对之前，快速说完这番话，"据我们所知，他没出发之前就有了这么做的想法——这是早有预谋的冒犯。"

我想起王子说过的话，提到龙君的"口头禅"——的确像是他早就想好，几乎是胸有成竹。"故意冒犯你？"我问。

"他以为我接收女人在塔里，只是为了满足自己的淫欲。"龙君说，"其实大多数朝臣都这么想：要是他们有这类机会，自己也会这样做。所以我猜，他把这个当成给我戴绿帽子。我确信，他一定很乐于在朝廷里到处宣讲这件事。这正是大人物们喜欢的浪费时间的方式。"

他说得倒是很轻蔑，满不在乎，但最初闯进房间里的时候，他可真的是相当愤怒。"他为什么想要冒犯你？"我怯生生地问，"他不是来——求你施魔法的吗？"

"不，他只是来看黑森林的风景。"龙君说，"他来找我，当然是为了魔法，而我让他去忙自己该做的事，也就是砍杀敌方骑士，而不是掺和自己几乎一无所知的领域。"他哼了一声，"他已经开始相信手下游吟诗人的鬼话：他想去试着救回王后。"

"但是王后已经死了。"我困惑地说。那正是一系列战争最初的导火线。罗斯亚国王储瓦西里曾作为使节来访问波尼亚，那是大概二十年前。他跟汉娜王后彼此相爱，两人一起私奔，等国王手下的士兵逼近时，两人一起遁入黑森林。

这就是故事的结局了：没有人闯进黑森林之后还能出来，至少无法完全保持原貌。有时候，他们会瞎眼之后尖叫着出来，有时候，身体极

第三章
chapter 3

度扭曲变形，完全认不出来；最可怕的那一种，是他们回来的时候面貌完全正常，却暗藏杀心，内心变得极为险恶。

王后跟瓦西里王子根本就没有再出来过。波尼亚国王埋怨罗斯亚王储拐走了她，而罗斯亚国王则痛恨波尼亚国导致其王位继承人死亡，从此之后，两国接连开战，其间只有几次短暂的停战和几份短命的和约。

我们山谷里的人，听到这个故事都会摇头叹息；每个人都觉得，这事从一开始就是黑森林的错。那位王后，自己已经有了两个小孩，却要离家出走？跟她自己的丈夫为敌？他们之间也曾有过著名的爱情故事。世上流传着一打关于他们盛大婚礼的歌谣。我妈妈曾经为我唱过一首，只是她记得的一个段落。当然，现在没有一个云游的歌者愿意唱那些歌儿。

一定是黑森林在背后捣鬼。也许有人对这两个人下过毒，用的是黑森林边缘的河水；也许是某个越过山间关卡出使罗斯亚的朝臣偶尔在林边的黑树下睡过觉，回到朝堂时，身体里已带了其他东西。我们知道是黑森林的错，但这并不会改变现实。汉娜王后还是失踪了，她也确实是跟罗斯亚王子一起走的，所以我们两边一直打仗，黑森林每年都蚕食两国更多的土地，从这对情侣的死亡和此后的所有死亡中汲取力量。

"不，"龙君说，"王后没有死，她还在黑森林里。"

我瞪着他看。他听起来只是在陈述事实，很确信，尽管我以前从未听别人这样说过。但即便我相信这样的事，也足够可怕了：被困在黑森林里足足二十年，被某种邪术永远囚禁——这还真像是黑森林干的事。

龙君耸耸肩，向王子一挥手。"她根本不可能再被救回来，而他贸然闯入，只会带来更大的麻烦，但他不听我的意见。"他哼了一声，"他以为，杀了一只当天出生的九头蛇，自己就是了不起的大英雄了。"

无根之木
UPROOTED

那些歌里的任何一首，都没提到过暴虐九头蛇当天才出生，这对故事传奇性的破坏可不是一星半点儿。

"不管怎样，"龙君说，"我猜他确实觉得很不爽。这些领主跟王公们本来就反感魔法，当他们痛切需要时，只会更加痛恨。是的，这一类小小的报复，的确很可能发生。"

我很容易相信这样的解读，也听懂了龙君的意思。如果王子打定主意要得到龙君的情侣，不管那个女孩是谁——我感觉到一阵恶心，设想卡茜亚在我现在的位置，没有无意中学到的魔法来救她——他就不可能直接乖乖上床睡觉。那样的回忆无法安然释放在他脑子里，那不是他思想拼图的组成部分。

"不过，"龙君补充说，语调里带了一丝降尊纡贵的认可，就像我是只偶尔乖一天，没有啃鞋子的小狗一样。"你这个主意倒不是完全无用：我应该可以把他的记忆调整到相反方向。"

他抬起一只手，困惑的我追问说："相反？什么方向？"

"我会给他一段得到你欢心的回忆。"龙君说，"回忆中的你表现出足够的激情，而他也得到了愚弄我的巨大满足。我确信，他一定可以顺利接受这段回忆。"

"什么？"我说，"你要让他——不！他会——他会——"

"你是想对我说，你还在乎他对你的看法吗？"龙君挑起一侧眉毛问。

"如果他以为我曾跟他上床，怎么才能保证他不会——不会想再要一次呢！"我说。

龙君满不在乎地摇摇手。"我会让这个回忆烦人一点儿——手忙脚乱，女方过于激动，傻笑不止，转眼就完事。或者你有什么更好的建议

第三章
chapter 3

吗？"他尖刻地补充了这么一句，"也许你想让他醒来之后，还记得你竭尽全力杀死他的样子。"

所以，就有了第二天一早的尴尬情形：我看着马雷克王子在石塔外止步，抬头看窗户，并向我的方向兴致勃勃地抛出一个嚣张的飞吻。我往外看，只是为了确认他真的走了，我当时几乎是耗尽了全部的谨慎克制，才没有往他头上丢东西，我不是说什么表示敬意的纪念品。

但龙君的小心谨慎并没有错：即便有了这样一段舒爽的回忆在他头脑里，王子还是在马车阶梯前停留了片刻，微微皱起眉头看我，就像有什么东西让他感到不安，然后才钻进马车，让车子载着他隆隆远走。我站在窗前，目送车后的飞尘沿途远去，直到它完全彻底消失在山丘后面，直到那时，我才敢走开，感觉自己终于重获安全——这份安全感真的好奇怪，明明我就在一座魔法高塔里，陪着一名黑暗魔法师，而且魔力也在我自己的肌肤之下涌动。

我穿上那件绿褐两色长裙，慢慢下楼梯来到书房。龙君回到了自己的位子上，那本书在膝头摊开，他转身看着我。"好啦，"他像往常一样苦着脸说，"今天我们来试试——"

"等等，"我打断了他，他停下，"你能否教教我，怎样才能把这个变成我能穿的衣服？"

"要是你这么长时间还没能掌握瓦纳斯塔勒姆，我真是没有任何办法帮你。"他冷冷地说，"事实上，我倾向于相信，你是天生的……脑袋有问题。"

"不！我不想用——那个咒语。"我说，悬崖勒马没有说出那个词儿。"穿那种长裙，我动都没法儿动，也没办法自己系好衣带，或者清洁任何东西——"

无根之木
UPROOTED

"你为什么不用那些清洁短咒呢？"他问，"我至少已经教过你五种。"

而我一直在竭尽全力忘掉。"我自己动手清洗，都比念咒语轻松！"我说。

"是啊，我能看出你天赋异禀，将来定能化作明星辉耀苍穹。"他愤愤地说。但这话一点儿都不会伤到我：所有的魔法都很差劲，我一点儿也不想做强大威严的女巫。"你还真是个古怪的家伙！难道不是所有的村姑都梦想着得到王子和漂亮裙子吗？那，你就试着降低标准吧。"

"什么？"我问。

"把这个词儿丢掉一部分，"他说，"含混过去，咕哝着说，反正就用这类办法——"

"只是——随便丢一部分就行吗？"我怀疑地说，但还是试了一下，"瓦纳勒姆？"

这个短一点儿的词儿在我嘴里感觉舒服好多：更短小，也在某种程度上更友好，尽管这些可能都是我的狂想。那套华服颤抖了一下，周围的裙摆在收缩，变成了一件雅致的连身裙，用原色亚麻布做成，长度刚到小腿。上面罩一件简洁的棕色短外套，用一条绿衣带系住，不松也不紧。我高兴地深吸一口气：再也没有沉重的负担从肩膀压到脚踝，再也没有憋死人的紧身胸衣，或是没完没了的裙裾：平常、舒适、合身。这样的魔法甚至也没有过分消耗我的精神，我完全没有觉得累。

"如果你已经打扮到让自己满意的话，"龙君说着，从书架上召唤来一本书——他语调里的讽刺味都要滴出水来了，"我们从咒语的音节组合开讲。"

第四章

　　尽管我十分不喜欢拥有魔法天赋，但从此不用再终日惴惴不安，还是有些开心的。但我也不是什么理想的门徒：他教我的咒语词儿，就算没被完全忘掉，从我嘴里说出来也会变味。我会口齿不清，音节粘连，或者混淆不同的咒术，所以，本来要为一种馅饼备好十几种调味料的魔法，结果却是——"我当然不是在努力教你配制毒药"，这是他的刻薄评价：材料结成了死硬的一大块，甚至不能给我自己当晚饭吃。还有一种魔法，本来是要把一团火移动到书房，我们正在演练的地方，结果却像是毫无效果——直到我们听到遥远但可怕的噼噼啪啪声，我们跑上楼，发现头顶正上方的客房壁炉里，正有绿色火焰喷涌出来，绣花桌帏已经被吞没。

　　他终于把固执又倔强的魔火扑灭之后，足足向我怒吼了十分钟，说我没脑子，是个猪倌养出的羊头小鬼——"我爹其实是伐木人，"我说——"那就是只会挥斧头的笨蛋生养的！"他凶巴巴地号叫。即便如此，我也不会再害怕。他也不过是喷到自己精疲力竭，然后让我走人，

无根之木
UPROOTED

我根本就不在乎他的喊叫，因为我知道他只叫不咬，反正也伤我不着。

我几乎感到一丝惭愧，因为自己没有更优秀一点儿，我现在能看出，他沮丧的根源，在于对漂亮和完美事物的真爱。他本不想要什么学徒，但既然已经被迫收下我，就想把我变成强大博学的女巫，想让我学会他的一身本领。当他向我演示更高级的咒术，复杂强大、姿态与念诵结合的歌舞式大招时，我能看出他爱自己的艺业：他的双眼会在魔法中沉醉，变得炯炯有神，他的脸上透出若有若无的光芒，甚至有几分英俊。他爱自己的魔法，他本可以跟我分享这份爱。

我却仅仅满足于胡乱念完几条短咒，混过不得不上的课程，然后兴冲冲跑到地下厨房，继续手工切圆葱。这把他气得不行，其实这么生气也有道理。我知道我这样很蠢，但我真的不习惯把自己当成重要人物。我一直都能找到更多坚果、蘑菇和浆果，超过其他任何人，即便是在被别人扫荡过五六次的林地里；我能在秋天找到晚凋的药草，春季摘来早熟的梅子。像我妈妈常说的，我擅长任何能把自己搞脏的事情；要是我不得不挖土达到目的，或者钻入灌木丛，或者爬树，我都会带着整篮战利品回家，收买我妈，让她仅仅给我一声宽容的叹息，而不是因为我的衣服大喊大叫。

但我的全部天赋也就到此为止，我一直都是这样想的。其实除了我的家人，这——我的无能，跟别人也没关系。甚至到现在，我都没有想过魔法到底是什么，除了制造出荒谬绝伦的衣服，处理些动手就能办到的生活琐事。我并不在意自己的缓慢进展，也不在乎他有多抓狂。我甚至可以获得某种满足感，直到时间一天天过去，冬至来临。

我从自己的窗户向外看，可以看见每个村子里的广场上都有蜡烛树点亮，像一束束闪亮的小灯塔，装点着整个山谷，直到黑森林边缘。在

第四章
chapter 4

我家，妈妈肯定正在烤火腿上涂抹猪油，同时给下面烤盘里的土豆翻个儿。我爸和哥哥们一定在把整大车的节日用柴火送到每户人家，用新砍下来的松枝遮盖在车顶。他们应该砍伐了我们村的蜡烛树，它肯定又高又直，而且枝繁叶茂。

我家隔壁，温莎一定在烤栗子、梅子干和胡萝卜，加上一厚片牛肉来提味，还有卡茜亚，卡茜亚一定会在那儿。卡茜亚会在壁炉前的烤架上旋转她的辛卡奇蛋糕[1]，每转一圈，就加一层奶油面糊，做出松针层叠的样子。她是在我们十二岁那年学会这个本事的：温莎把自己出嫁时戴的蕾丝纱巾，有她两倍身高那么长的一条，给了斯莫尔尼克的一个妇女，只为了求她教卡茜亚这个秘诀。这样子，卡茜亚就会有所准备，将来能给大人老爷们做饭了。

我努力为她感到高兴。但当时最主要还是为自己难过。这时节很难挨，独自一人，只能待在冰冷的塔顶小屋里，锁在远离人迹的地方。龙君根本就不过节；在我看来，他甚至不知道当天是什么日子。我还跟其他日子一样去书房，哼哼唧唧学过又一种咒语，他喊了一会儿，就打发我走了。

为了排解孤独，我下楼到厨房，给自己做了一份节日宴——火腿、荞麦粥加烤苹果——但当我把盘子摆好，它们还是给我一种平常、空洞的感觉，以至于我第一次为自己使用了利伦塔勒姆，因为我痛切需要一点儿节日庆典的感觉。空气荡漾着泛出微光，突然之间，我面前有了一大浅盘的烤猪肉，热腾腾，粉红色，鲜美多汁；加上我最爱喝的大麦粥，熬得稠糊糊，中间加了一大勺融化的黄油和焦脆的面包屑；还有一

---

1 波兰和立陶宛传统食品，一种在开放式炉火前烤制的蛋糕。

057

无根之木
UPROOTED

碟翠绿的鲜豆角，我们村的人要到春天才能吃到的那种；外加一块泰格拉蛋糕[1]，之前我只尝到过一次，是在村长家的餐桌上，那年轮到我们家人收获时到她家做客：里面的水果蜜饯像是多彩的珠宝，面糊烤成完美的金黄色，榛子仁小而白，整个小蛋糕表面用蜜汁糖浆装点，光滑油亮。

但这还不是冬至宴席。我没有饿到肚子痛，没有整日不停地忙于清洁和烹煮；这儿也没有太多人挤满餐桌的喧闹，没有欢笑着伸手拿盘子的亲人。看到我这小小的盛宴，只会让我备感孤单。我想妈妈，她只能独自忙碌，甚至没有我这个小笨帮手在一边帮她，我觉得双眼刺痛，只能把它们埋在枕头里，没吃一口的晚餐还在小桌子上放着。

两天过去了，我还是眼圈发黑，情绪低落，甚至比平时更加笨拙。骑手就是这天来的，先是急促的马蹄声，然后有人大声拍门。龙君放下他试图教我的那本书，我跟他一起下楼。大门在他面前自动开启，使者险些摔进来：他身穿黄沼泽的黄色外衣，脸上汗水淋漓。他跪下来，紧张地咽口水，脸色苍白，但还是没等龙君许可就开了口。"我们爵爷求您马上动身相助，"他说，"有一只奇麦拉闯进了我们的地界，已经穿过山口——"

"什么？"龙君刺耳地质疑，"现在根本不是那种季节。到底是什么样的怪兽？是不是某个傻瓜把两脚飞龙当成了奇麦拉，其他人就以讹传讹——"

使者用力摇头，像绳头上拴着的重锤似的："蛇形的尾巴，蝙蝠一样的翅膀，山羊似的头——我亲眼所见啊，龙君大人，所以我们爵爷才

---

1 犹太人的传统甜食。

派我来——"

　　龙君轻声嘶吼，很不耐烦：区区一只奇麦拉，怎么敢来打扰他这样的大人物，尤其是还没有按季节出现。在我这儿，我完全不懂奇麦拉为什么还要有季节；它不是魔法生物吗？应该可以为所欲为吧？

　　"试着不要当彻头彻尾的傻瓜。"龙君说，我当时跟在他后面，回到了实验室，他打开一个小皮箱，让我给他拿这个瓶儿那个瓶儿。我闷闷不乐地遵命，特别小心地执行。"奇麦拉是邪恶魔法的产物，但这并不意味着它没有生命，它也有自己的天性。它们算是蛇类的后裔，大致吧，因为它们是从蛋里孵出来的，属于冷血动物。冬天里，它们通常会静卧不动，尽可能多晒太阳。夏天才到处飞翔。"

　　"那么，这只为什么现在出现呢？"我问，努力追上他的思路。

　　"很可能它根本就没来，楼下那个气喘吁吁的乡巴佬自己吓自己，不知看到了什么其他怪东西。"龙君说。但是，我觉得那个气喘吁吁的乡巴佬一点儿都不像傻子，也不像懦夫，而且我觉得，龙君本人也不太相信自己的话。"不是，不是红色那瓶，傻丫头，那是火焰之心；奇麦拉要是得到机会，能喝掉一加仑，然后就变成了真正的巨龙的近亲。我要紫红色那瓶，往里，隔两瓶。"在我看来，这两瓶都是紫红色。但我还是调换药瓶，给了他想要的那种。"好了，"他说着，关上皮箱，"不要读任何一本书，不要碰这个房间里的任何东西，要是你能忍住，最好不要碰任何房间的任何东西，要是你做不到前面几条，至少争取不要在我回来之前把这里夷为平地。"

　　我到这时才意识到，他要把我留在这里，我不满地看着他。"我一个人待在这里能做什么呢？"我说，"我就不能——跟你一起去吗？你要多久回来？"

无根之木
UPROOTED

"一星期，一个月，或者一去不回，如果我有其他事儿，做了特别蠢的事，或者被奇麦拉撕成两片儿的话。"他冷冷回答道，"也就是说：答案是不行，你不能去。而且你要尽最大可能，绝对不做任何事情。"

他风风火火地走了。我跑到书房，从窗口向外看：他走下台阶的同时，大门轰然关闭。使者跳起来跟上。"我骑你的马。"我听见龙君说，"你跟在我后面走到奥尔申卡；我会把马留在那里等你，自己另换一匹。"他翻身上马，不耐烦地挥了一下手，念念有词：一团小火球在他面前冰雪覆盖的路面上空点亮，像球一样滚动开去，在路中间为他融开一条道路。他马上就催马疾驰，尽管那马儿耳朵贴紧身体，很紧张的样子。我猜，那个让他能跳到德文尼克村再回来的魔法，并不能覆盖这么远的距离，也可能他只会在自己的领地用那种魔法。

我站在书房，一直目送他消失。他在的时候，其实也没能让我有过什么好心情，但他一走，这座石塔变得更加冷清。我试着把他不在的时间当休假来过，但我平时就没那么累。我无精打采地缝了一会儿被子，然后就呆呆坐在窗前，看整个山谷：我曾喜爱的田野、村庄和树林。我遥望成群的牛羊去河边喝水，大路上偶尔行驶的木柴车和孤独的骑手，不连贯的片片积雪，最后，我靠在窗框上睡着了。突然醒来时已经是深夜，在黑暗中，我看见那一长串号火在远处燃烧，几乎贯穿整条山谷。

我愣愣地看着它们，睡意未消，满脑子混乱。有一会儿，我以为是有人再次点燃了蜡烛树。我这辈子只见过德文尼克村的号火点燃过三次：绿瘟的夏天；我九岁那年的雪马之灾，怪物从黑森林里跑了出来；还有一次魔藤疯长，一夜之间吞掉了村子边缘的四座房子，那年我十四岁。那几次龙君都及时赶到；他击退了黑森林的侵袭，随即离去。

我的心越来越慌，开始查找号火的源头，看消息最早从哪里传来，

第四章
chapter 4

当时感觉自己全身血液发凉：共有九束号火，排成直线，沿斯宾多河延展。第九束号火就在德文尼克村。警报是从我们村发出的。我站在那里，遥望火焰，然后才突然意识到：龙君不在。他现在应该在群山深处，前往黄沼泽的中途。他不可能看到号火，就算是有人给他带去消息，他也只能先解决奇麦拉。要一星期，他曾说过，而现在并没有任何其他人——

这时候我才意识到自己一直有多蠢。我从来没想过使用魔法，我的魔法，我一直觉得它完全无用，直至那时我站在窗前，认识到此刻再无别人，只有我一个。认识到不管我有多大一点儿本事，不管多贫乏、多笨拙、多不熟练，我的魔法能力都已经超过我们村的所有人。他们需要帮助，而我成了唯一能提供帮助的人。

我愣了一会儿，转身飞快地跑到楼下实验室。我惊恐地深吸一口气，拿了一个灰色药瓶，就是曾把我石化的那种。我还拿了火焰之心，还有龙君用来救活王子的那种酏剂，加上一个绿色小瓶，他提过一次，说它可以用来种植物。其实我想不出这些药瓶都能怎样用，但至少我知道它们是干什么用的。其他那些魔药，我既不知道名称，也不敢碰。

我把它们包起来，拿回自己房间，开始绝望地撕扯我剩余的套裙。把一段段丝绸接起来，做成一根长绳。等它足够长——我希望是吧——我就把它丢出窗外，循着它的方向俯视。夜色浓黑，下面也没有灯光可以帮我看清绳子是否长及地面。但我别无选择，只能实际试一下了。

之前我曾用扯破的裙子缝过几个包，这是我小小缝纫计划的一部分成果，现在，我把玻璃瓶放进其中一个小包里，用布片好好分隔开，把包斜挎在肩上。我努力不去想自己在做什么，现在我紧张到喉咙打结。我两只手抓紧丝绸的长绳，爬出窗外。

无根之木
UPROOTED

　　我以前爬过老树：我最爱老橡树，只要扔一根破绳子到树枝上，就敢爬到它们上面。但这次的攀爬跟那时候完全不同。塔身的石料平整到异乎寻常，甚至它们之间的缝隙也相当狭小，还抹了灰泥，表面完全抹平，这么多年也没有开裂或者脱落。我踢掉鞋子，任由它们掉下去，但就算是光脚，还是找不到蹬踩的地方。我全身的重量都在那根丝绸长绳上，手心冒汗，两肩酸痛。我向下滑行，再抓紧，有时就悬吊在空中，那袋子来回摇摆，在我背上充当丑陋的负担，瓶里的液体汩汩作响。我一直向下，因为别无选择。现在要爬上去，比下去还要难。我开始幻想松手的后果，因此知道自己的力气快要用完，我几乎已经说服自己，相信现在摔下去可能也不会太惨，却意外地发觉脚被戳了一下，好痛，原来我已经到了平地上，直接踩穿了塔身边缘半尺厚的松软积雪。我把鞋子从雪里挖出来，沿着龙君开辟出的前往奥尔申卡的小路狂奔。

　　我刚到那里的时候，他们完全不知道该拿我怎么办。我跌跌撞撞跑进小酒馆，一边大汗淋漓，一边又冷得要死，我的一部分头发黏在额头上，靠近呼吸路线的发梢上却结了冰霜。那里的人我全都不认识。我倒是认出了镇长，但以前也没跟他说过一句话。他们很可能把我当成一个疯婆子，但鲍里斯在那儿：他是玛莎的爸爸，玛莎是跟我同岁的一个女孩，他也去了龙君选侍女的现场。他说："那个是龙君的女孩。她是奥德雷的闺女。"

　　以前那些女孩，在十年期满之前都没有离开过石塔。尽管号火一定代表紧急状况，但我觉得，他们一开始肯定是宁愿自己设法应对黑森林派出来的任何妖物，也不想看到我突然闯到面前，我本身绝对是麻烦，又不见得能帮大家解决任何问题。

　　我告诉他们，龙君去了黄沼泽；我还说需要人帮忙送我去德文尼克村。他们不开心地相信了前一条；我很快意识到，他们完全没有执行第二条的意愿，不管我怎么说自己上过魔法课。"你到我家来，我老婆会带你过夜。"镇长说着，转身看向别处，"达努赛克，骑马去德文尼克村：他们需要知道现在只能自己坚持，不管碰到了什么麻烦，我们还需要知道，他们需要怎样的帮助。我们会派一个人进山——"

"我才不会到你家过夜！"我说，"如果你们不送我去，我就自己走着去。我还是会比其他能帮忙的人更早赶到！"

"够了！"镇长对我吼道，"听着，你这个笨孩子——"

他们当然害怕。他们以为我是偷跑出来的，只想趁机回家而已。他们不想听我哀求帮助。我觉得很大一部分原因，是因为他们自己也觉得羞耻，要交出一个女孩给龙君；他们知道这样做不对，但还是这样做了，因为别无选择，而这件事又没有严重到迫使他们起义的程度。

我深呼吸，又一次使用了我的武器瓦纳斯塔勒姆。龙君几乎可能会为我这次的表现感到骄傲，我觉得，因为每个音节，我都说得像磨尖的刀刃一样清晰。魔力在我身边波动，所有人都退避开来，魔法光芒让壁炉的火光相形见绌。等到光辉散去，我的身高增加了几英寸，样子庄严华贵到可笑。脚下是高跟的朝靴，衣裙像是服丧的王后：一件用黑天鹅绒做成的长裙，配了纯黑的蕾丝边，饰有小小的黑珍珠，跟我半年没晒过太阳的肤色形成鲜明对比，肥大的衣袖裹紧我双臂，上面有多条金色流苏。而在裙子外面，更为夸张的，是红金两色丝绸的闪亮外衣，脖子周围又是黑色皮草，腰间是一条黄金带。我的头发用一根金丝发网束起，饰有各种小小的硬质宝石。"我才不蠢，更没有说谎。"我说，"就算帮不上什么忙，我至少可以想办法做一点儿努力。马上给我备车！"

第五章

　　当然，对我有利的是：他们中没人知道这个咒语微不足道，也没人见过别人使用类似的魔法。我也没对他们说。他们给最轻快的雪橇套上四匹马，送我沿着河边冰冻的大路疾驰而去，我还穿着那套荒谬绝伦——但是相当暖和——的华服。马儿很快，但很不舒服，在结冰的大路上飞驰，几乎让人喘不过气。但无论是速度，还是不舒服的程度，都不足以打消我的担忧，我觉得自己这一去希望渺茫，怕是什么也做不了，只能送命，甚至还死得没什么用。

　　鲍里斯主动提出驾车送我：不用说我就明白，他多少有些负疚感。我被龙君选中——而不是他的女儿，不是他的宝贝。她安全在家，也许在找婆家，甚至已经订婚。而我被带走才不到四个月，现在面目全非。

　　"你知道德文尼克村出了什么事吗？"我蜷缩在后车厢的一堆毯子里问他。

　　"不知道，还没有消息传来。"他向后回答，"号火才刚刚点燃。骑马的信使应该还在路上，假如——"他顿住。假如还有骑手能派来报信的话，他本来想这样说。"我猜想，我们会在半路上碰到他。"最后他只是这样说。

如果用我爸爸的大马车和几匹壮马，夏季时要花一整天，才能从奥尔申卡回到德文尼克村，中途休息一次。但深冬时节的大路有一尺深的积雪，几乎冻得结结实实，表面一层浮土，当时天气晴朗，马儿都钉了适合在冰上赶路的马掌。我们在夜色下飞驰，天亮前几小时，我们在沃伊斯纳村换了马，但并没有真正停下来休息：我甚至没爬下雪橇。他们没问任何问题，鲍里斯也只说："我们要赶去德文尼克村。"他们带着兴味跟好奇看着我，并没有任何质疑，当然也没认出我是谁。新来的马儿上套时，马厩主人的妻子拿来一块新鲜肉饼和一杯热葡萄酒给我，她自己也裹着好厚的皮裘保暖。"您用这些暖暖手好吗，尊贵的夫人？"她问。

"谢谢。"我尴尬地说，感觉自己像个冒牌货，几乎有一半像做贼。但这并不妨碍我十口吃掉那张肉饼，喝掉了那杯葡萄酒，主要是想不出其他任何不失礼的处理办法。

喝完以后我觉得有点儿晕，反应也更迟钝了一点儿，整个世界变得平和、温暖又舒适。我的担忧程度大大下降，这意味着我真的喝多了，但还是觉得感激。鲍里斯有了新马，速度更快了些，又走了一小时，太阳照亮了我们前面的天空，我们在远处看到一个人，正吃力地迎面走来，步行。我们靠近，对面来的却不是男人。是卡茜亚，穿了男孩的衣服和大靴子。她径直向我们走来：当时也只有我们在赶往德文尼克村。

她喘息着抓住雪橇侧面，行了屈身礼，马上一刻不停地说："它在家畜身上——它控制了所有牲口，如果它们的牙咬到了人，也会把他控制。我们已经把它们大多数困在围栏里，我们围住了它们，但所有男人

無根之木
UPROOTED

都脱不开身——"我从那堆毯子里钻出来,向她伸出手。

"卡茜亚。"我说了半句就哽住了,她也停下来。她看着我,我们两个静默了好半天,然后我说,"快,快点儿上来,我路上跟你说。"

她爬上来,坐在我旁边,盖上那堆雪橇毯:我们两个看上去极其不搭调,她穿着粗糙的家织布衣,像个小猪倌,长头发塞在暖帽和厚羊皮外套里,而我却衣饰奢华:我俩在一起,就像是神仙教母下凡,刚刚见到壁炉边打扫的灰姑娘小玛莎。但我们还是四手紧紧互握,这纽带比我们之间的任何其他东西都更真实。雪橇急速行进的途中,我断断续续讲了整个故事的各个片段——最开始的可怜摸索,随后的几个星期,龙君开始传授魔法阶段的整天晕头转向,还有此后的那些课程。

卡茜亚一直都握着我的手,等我最终犹犹豫豫地告诉她我会使用魔法时,她却了句把我惊得喘不上气的话:"我早该想到了。"然后我就目瞪口呆地看着她。"你身上总是会发生各种怪事。你以前去树林里,会带回各种不合时令的水果,或者是其他人谁都没见过的花儿。我们很小的时候,你总会给我讲松树们给你讲的故事,直到有一天你哥哥嘲笑你,说你故弄玄虚,你才不再讲。甚至你的衣服总是乱七八糟的事——就算你故意朝那方向努力,都不可能搞得那么脏,而且我也知道你没想那样做,你从来没想弄得那么脏过。我曾看到一根树枝故意伸过来,把你的裙子扯破,它真的是成心弯过来的——"

我畏缩向后,出声抗议,她住了口。我并不想听这些。我不想听她对我说,我生来就有魔法,一辈子都无法摆脱。"其实这东西一点儿用都没有,除了把我搞得脏兮兮,假如它还有什么影响的话。"我故意避重就轻,"我这次赶来,仅仅因为他不在。现在跟我说说,到底发生了什么?"

第五章
chapter 5

卡茜亚开始给我讲：牲畜们是一夜之间染病的。最早只有几头身上出现了咬痕，就像某种奇怪又巨大的野狼咬到了它们一样，尽管今年整个冬天，附近都未曾出现一只狼。"它们都是泽西家的牲畜，他没有马上杀死它们。"卡茜亚闷闷不乐地说。我点头。

泽西本不该这么傻——他应该马上把它们从畜群里拉出来，割断它们的喉咙，一旦发现它们身上有狼的咬痕，还跟其他动物在一起，就应该马上动手的。没有任何正常的狼会做这样的事。但——他很穷。他没有地，没有手艺，其他什么都没有，只有几头母牛。他老婆以前曾经不止一次来我们家，悄悄讨要面粉。每次我去树林里采摘收获较多，妈妈都会叫我给她送去一篮。他苦熬了好几年，想攒够钱买第三头母牛。这意味着将摆脱赤贫，而仅仅两年前，他设法达成了这个目标。他的老婆克丽丝塔娜收获时戴了一条新的红头巾，还带蕾丝花边呢，他也新买了一件小红马甲，两人都为自己的新衣感到骄傲。他们曾有四个孩子在命名日之前夭折。她现在又快生了。所以，他没有及时杀死染病的牲畜。

"它们咬了他，混到了其他家畜里面，"卡茜亚说，"现在它们都变成了怪物，危险到让人无法靠近，涅什卡。你打算怎么办呢？"

龙君或许知道把疾病从牲畜体内驱除的办法。我不知道。"我们只能烧死它们。"我说，"我希望他能让一切回归正轨，等过一段时间，但现在，我不知道还能做什么。"说实话，尽管这件事很可怕，也浪费，我还是有点儿高兴，简直高兴到不行。还好不是什么喷火的怪兽，或者致命瘟疫，我多少知道一点点能做的事。我把那瓶火焰之心取出来，给卡茜亚看。

等我到达德文尼克村，没有一个人反对我的计划。看到我从雪橇上下来，我们的女村长丹卡跟卡茜亚和奥尔申卡的男人们一样吃惊，但她

无根之木
UPROOTED

还有更大的麻烦需要操心。

每个健康的男人，甚至一些较为强壮的女人，轮番上岗，负责把那些备受折磨的可怜牲畜围困起来。他们手执干草叉和火把，踩在溜滑的冰面上，双手冻得几乎失去知觉。我们村子里的其他人，则忙着让这些人不会挨饿受冻。这是一场耐力的较量，而我们的村子正渐渐失势。他们自己已经尝试过一轮火攻，但是天气太冷。丢入的木柴还没能烧起来，就被牲畜们挑散开了。我一告诉丹卡小瓶里是什么，她就连连点头，指派围栏守护者以外的所有人去找冰镐和铁锹，要做出一条阻火带。

"我们还需要你父亲和哥哥们运来更多木柴。"她很突兀地说，"他们都在你家：因为已经忙了一晚上。我可以派你去叫他们，但等你事后返回石塔，这可能会让你们大家更伤心。你想去吗？"

我咽了下口水。她说得没错，但我除了答应，也说不出别的。卡茜亚还紧握着我的手，我们一起跑过村子来到我家。我说："你能不能先进去，让他们有个准备。"

所以，在我进门的时候，妈妈正在哭。她完全没看到那件奇怪衣服，只看到我本人，我们两个扑倒在地上，在大团的天鹅绒中间互相拥抱。这时候，我爸爸和哥哥们摇摇晃晃地从里屋出来，一个个睡眼惺忪，然后就看到我们。尽管我们都互相提醒现在没时间流泪，但还是全家人抱在一起哭了一通，我一边哭，一边跟我爸说了该干什么。他和哥哥们火速跑到院子里套好马车。谢天谢地，因为关在自家旁边坚实的马厩里，它们都没有受到影响。我抓住最后一点儿时间，陪我妈在厨房桌边坐了一会儿。她一遍又一遍摩挲我的脸，还是那样眼泪涟涟。"他没碰过我，妈姆莎，"我对她说，一句也没提马雷克王子的事，"他算是个

第五章
chapter 5

不错的人。"她不回答，只是不停抚摩我的头发。

我爸探头进来说："我们准备好了。"我得走了。妈妈说："再等一下，"她跑进卧室，拿回一个小包袱，里面全都是我的衣服和其他东西。"我本来想叫奥尔申卡来的什么人把这些带到石塔交给你。"她说，"到开春，他们给他送过节礼的时候。"她再次亲吻我，拥抱我，然后放开我。这的确会让人更加难过。没错。

我爸去了村子里的每户人家，哥哥们跳下车，把每家木柴存放处的柴火全部抢回来——本来也都是他们送来的，他们把大抱的木柴装进周围插了高竿的雪橇上。等车子装满，他们来到围栏，我才看到那群可怜的牲畜。

它们甚至不再是牛的模样，身体肿胀变形，犄角变得巨大，沉重又扭曲。时不时会有一头身上带箭，甚至是几根标枪深深扎进它们的身体里，像可怕的尖刺一样突出。黑森林里出来的怪兽通常都很难杀死，除非用火烧，或者直接斩首；平常的外伤，只会让它们更加疯狂。很多牲畜的前肢和胸口有焦黑痕迹，那是它们早些时候踩熄火苗留下的伤痕。它们在猛烈冲击厚实的木栅栏，摇晃着不自然的长角，嗓音低沉地吼叫，这平常的声音，如今听来却异常可怕。周围的人成群结队抵挡它们，干草叉、长矛和尖木棒像丛林一样围在四周，把牲畜驱赶回去。

有些女人在挖掘地面，畜栏周围多半都不再有积雪，人们正在刨掉地面的干草。丹卡在现场督促大家，她示意我爸继续前进，我们的马儿闻到了空气中的异味，不安地喷着响鼻。"好了，"她说，"正午之前我们就能做好准备。我们会把木柴和干草挑进去，扔在它们中间，用那种魔药点燃火把投进去。药水要尽可能少用，因为我们可能要试第二轮。"她对我补充说。我点头答应。

无根之木
UPROOTED

周围的人手越来越多，更多村民提前结束了休息，来协助最后一次努力。每个人都知道，牲畜们身上着火时，会本能地向外猛闯；甚至连只能找到棍子的人，也加入了阻挡它们的阵营。其他人开始把大捆的干草投进围栏，草绳提前截断，所以它们落地后就散落开来，我的哥哥们开始投入木柴捆。我紧张地站在丹卡身边，手里拿着魔药瓶，感觉到里面的魔法在我手指下火热地翻腾、躁动，就像预感到很快将获得自由，大展身手。终于，柴草准备到了丹卡满意的程度，她向我递过来第一束需要引燃的火把：一根长而干燥的干柴，从中间劈开一半，开口处夹入细枝和干草，末端再用干草扎紧。

我一打开封印，火焰之心就试图从里面一跃而出：我发觉自己不得不重新封死它。魔药很郁闷地落回瓶底，我迅速拔出瓶塞，倒出一滴——极少量的一点点，滴在木条火把末端。那木条起火速度之快，让丹卡几乎没有时间把它扔进围栏，她赶紧丢出火把，马上把手插进积雪里，表情痛苦，她的手指被燎出水疱，肌肉泛红。我当时忙着封紧瓶塞，再抬头时，半个围栏已是一片火海，牲畜们惨叫声不断。

我们都被这魔药的霸气效果惊到，尽管我们都听过火焰之心的传说——它出现在无数关于战争和围城的谣曲中，当然也出现在它制作方式的传说里，据说它需要一千倍重量的黄金，才能做出一小瓶，只能由最强大的魔法师，用纯净的石墨坩埚调配出来。我自己当然并没有把这种魔药带出石塔的许可，但我加倍小心，没有告诉任何人：如果龙君事后发火，我希望他能只针对我一个人。

但所有那些故事，都比不上亲眼看到它的威力。我们都没有准备，而那些感染的牲畜已经发狂。有十头聚在一起，向畜栏后墙猛撞，完全无视等在前面的长棒和尖刺。而我们所有人都害怕被它们顶到或者咬到，甚至碰都不敢碰它们；黑森林的邪法太容易传播。那个方向的少数守卫者纷纷后退，丹卡焦急喊叫，那段围栏开始崩坏。

龙君花费过无数精力和耐心，试图教我几种修复类的小咒语，但我没有一种能熟练使用。绝望之下，我还是做了尝试：我爬上父亲的空雪橇，指着围栏说："帕兰、基维塔斯、法兰特姆，帕兰、帕兰、基维塔姆！"我肯定是念错了某个音节，我心里清楚，但一定是相当接近念对：最粗大的那根木柱，本来在断裂，现在跳回原处，恢复完好，甚至还长出了嫩叶新枝，而老旧的铁质横杆，也恢复直顺坚实。

只有汉卡老婆婆没有退却，——"我脾气这么臭，死神不收。"她后来说，用这个来给自己的勇气找借口——当时，她手里只剩很短一截草耙，尖头早就断掉，卡在一头牛的犄角上。我的咒语念完，她的短棍就变成了亮闪闪的金属长标，精钢制造，她马上用它刺入一头疯牛张开的嘴巴里，让它无法继续破坏围栏。那矛尖一直一直扎进去，从牛的后脑贯穿出来，那头庞然大物重重跌倒在围栏边，瘫软在地上，也阻挡了其他牲畜逃走的路线。

事后证明，那一刻最为凶险。我们在其他方位都守住了队形，又坚持几分钟之后，任务就容易多了：这里所有牲畜都开始烧起来，可怕的恶臭味传来，让人肚子很不舒服。它们在慌乱中失去了邪恶的智慧，又变成了头脑简单的牲畜。没头苍蝇一样乱撞围栏，乱撞同伴，直到最终被火焰放倒。我又用了两次修复咒，最后也精疲力竭倚在卡茜亚身上，她早已爬上雪橇来扶我。大一点儿的孩子正满场飞奔，带来半融的雪水扑灭落在地面的火星。所有男女村民都累到极度疲劳，用他们的长棍和工具围守，红光满面，热到大汗淋漓，后背又被严寒折磨，但我们同心协力，没有让一头牲畜冲出围栏。不管是火势，还是它们携带的恶疫，

无根之木
UPROOTED

都没有传播开来。

最后一头牛终于倒下。现场烟瘴腾腾，火中仍有油脂爆裂声。我们都累到瘫倒，在畜栏周围坐成松散的圆圈。大家避开浓烟，眼看火焰之心的威力渐渐平息，火势变弱，把一切化为灰烬。很多人在咳嗽，没有人说话或者欢呼。没有什么值得庆祝的。我们都很高兴看到巨大的危险消除，但也付出了惨重代价。泽西并不是唯一因为这场大火重返赤贫的人。

"泽西还活着吗？"我小声问卡茜亚。

她犹豫了一下，然后点头。"我听说，他感染得很严重。"她这样说。

黑森林的恶疾并非总是无法治愈——我知道龙君救治过其他人。两年前，一阵东风曾经让我们的朋友特蕾娜染病，她当时在河边洗衣服。她到家时步履蹒跚，满脸病容，篮子里的衣物上覆盖了一层银灰色花粉。她妈妈不让她进门，她把衣服扔进火里，把特蕾娜带到河边，一遍又一遍给她浸水，同时，丹卡马上派人骑快马去奥尔申卡。

龙君那天深夜来过。我记得自己去了卡茜亚家，我们两个从她家后院窥探。我们并没有看见他本人，只有一道冷蓝色光芒从特蕾娜家楼上的窗户里投射出来。第二天早上，特蕾娜的姑姑在井边跟我们说，她会安然无恙：两天后特蕾娜就起床正常活动，只是有一点儿疲惫，像感冒刚好的人一样。她甚至还有点儿开心，因为她爸爸正在家门口凿井，这样，她以后再也不用大老远跑到河边洗衣服了。

但那次仅仅是一股不洁净的妖风而已，只是飘过来一些花粉。这次——这次却是我记忆中最严重的状况之一。那么多牲畜染病，症状如此严重，又那么能传染：这些都表明情况非常严重。

第五章
chapter 5

丹卡听到我们谈论泽西。她来到雪橇边，直视我的脸。"你有没有什么处置他的办法？"她开门见山地问。

我当时就知道她这句话背后的意思。要是这感染不能驱除，死亡过程将会缓慢又残忍。黑森林渐渐吞噬一个人，就像被砍倒的树日渐腐朽，从内部一点点把你掏空，只剩下一个可怕的空壳，满腹怨毒，一心只想着继续传播毒素。如果我说自己没有任何办法，如果我承认自己一无所知，如果我承认自己别无他法——泽西感染得如此严重，龙君却要一周后才能回来——丹卡就会下令。她会带几个人去泽西家。他们会把克丽丝塔娜带到村子另一端。人们会进入房子，出来时抬着一块沉重的裹尸布，带他的尸体到这里来。他们会把尸体扔进火葬堆，跟牛马一起烧成灰烬。

"我还可以想想办法。"我说。

丹卡点头。

我缓慢又笨拙地从雪橇车上下来。"我跟你一起去。"卡茜亚说，她挽起我的胳膊支撑着我：一句话不用说，她就能看出我需要帮助。我们一起慢慢走向泽西家。

泽西的房子位置偏僻，接近村庄边缘，离畜栏最远，林地就在他家小菜园旁边。才到下午，这条路就已经静得反常，因为多数人都还在畜栏那里。我们的脚踩在昨夜落下的残雪上，沙沙作响。我穿着累赘的裙子，身体特别笨拙地左摇右摆，但又不想耗费任何气力换上更灵便的衣服。我们接近房子时听到他的声音，一种从喉咙深处发出的号叫和呻吟声，一刻不停，越接近，声音就越大，让人很难鼓起勇气敲门。

房子很小，我们等开门的时间却很长。克丽丝塔娜终于把门打开一条缝，向外窥探。她愣愣地看了我半晌，没认出来，我也几乎没认出她。她眼睛下面有黑紫色的圆圈，怀了宝宝的肚子特别硕大。她看看卡茜亚。卡茜亚说："阿格涅什卡从石塔赶来帮忙了。"她才再次打量我。

过了好大一会儿，克丽丝塔娜才说："进来吧。"她嗓音嘶哑。

她刚才坐在火炉前的摇椅上，就在门旁边。我意识到，她在等：等他们来把泽西带走。这里只有一个另外的房间，也只有一条布帘分隔。克丽丝塔娜回到摇椅边，再次坐下。她没有缝补衣物，也没有让我们喝茶，只顾盯着火苗在椅子上摇。房子里呻吟声更响。我紧握住卡茜亚的手，我们一起来到布帘前面。卡茜亚伸手拉开布帘。

泽西躺在他们的床上。那是张又重又粗糙的床，用短粗的木条钉成，现在这种场合反倒很实用。他手脚都被绑在床腿上。还有绳子绕过他腰间，缠过整张床。他的脚趾末端发黑，指甲正在脱落。绳子磨到身体的地方，有几道明显的伤口。他在拉拽绳子，嘴里发出怪声，舌头肿大发黑，几乎填满了整张嘴，但看到我们进来，就住了口。他抬起头，直勾勾地看着我，然后咧开嘴笑，牙齿上血迹斑斑，眼珠泛黄。他开始狂笑。"看看你，"他说，"小女巫，看看你，看看你。"他拖着长腔，唱歌一样的声音特别诡异。他身体猛地一挺，整张床向门口方向跳了一英寸，向我逼近，而他就对着我不停地冷笑。"靠近点儿，来，来，来！"他哼唱着，"小小的阿格涅什卡，来，来，来。"这情形和声音，都像儿歌里一样，特可怕，那张床在地板上一下接一下跳动着向我逼近。而我双手颤抖着打开魔药包裹，竭力不去看他。我以前从未如此接近被黑森林控制的人。卡茜亚两只手扶住我的肩膀，身体挺直，非常冷静。我觉得，要不是她在这儿，我已经转身逃走了。

我当时不记得龙君给王子用过的咒语，但他教过我一种治疗小伤用的咒语，应对做饭或打扫时的烧伤或者割伤。我觉得……有咒语就念

第五章
chapter 5

念，反正也不会有什么害处。我开始轻声念诵它，同时倒了一口酏剂在大汤勺里，皱起鼻子抵挡它的臭味，然后卡茜亚和我一起，小心地接近泽西。他用牙齿向我们的方向咬，两只手死命扭动想挣脱绳索，搞得血淋淋的，试图抓挠我们。我犹豫了一下，生怕被他咬到。

卡茜亚说："等一下。"她去了另外一个房间，拿回一根拨火棍和一只厚皮手套，都是用来搅动木炭的。克丽丝塔娜看她来了又去，眼神迟钝，样子并不好奇。

我们用拨火棍横向压住泽西的脖子，从床的两边把他按下去。然后我们勇敢无畏的卡茜亚戴上手套，伸手从上方捏住他的鼻子。泽西的头左右乱扭，卡茜亚也坚持不放手。直到他不得不张口呼吸。我把那口酏剂倒进去，勉强及时跳开。他下巴上顶，设法咬住了我天鹅绒衣袖上一条长长的流苏。我扯断了退开，仍用抑扬顿挫的语调念诵咒语，卡茜亚也放开他，回到我身边。

随后并没有出现我记忆中的灿烂光芒，但至少泽西可怕的吟唱声停了下来。我看见透出微光的酏剂流下他的喉咙。他躺倒在床，身体左右扭动，发出粗重的抗议声。我继续吟唱咒语。我已经两只眼睛流泪：我觉得太累了。这简直就跟刚进龙君石塔的日子一样辛苦——甚至更糟糕，但我还是继续念诵，一想到有可能终止眼前的可怕场景，我就不能停下来。

听到我的念诵声，克丽丝塔娜慢慢在另外一个房间站起来，来到门口，脸上带着可怕的希望。酏剂的光芒像一团火炭一样，在泽西腹部闪烁，他胸部和手腕上的几道血痕在慢慢愈合。就在我念咒语的同时，丝丝缕缕的暗绿色浊流掠过那光源，就像轻云飘过满月表面。越来越多的浊流在周围集结，渐渐浓重，直到光源全部被吞没。他慢慢停止挣扎，在床上安静下来。我的念诵声逐渐平息。我小步靠近一点儿，还抱着希望，但——他抬起头来，眼睛焦黄——而且疯狂，又开始对我尖声大笑。"再试一次，小阿格涅什卡。"他说着，像狗一样凌空撕咬，"过来，再试一次，过来，过来！"

克丽丝塔娜惨叫出声，顺着门框瘫倒在地上。泪水刺激着我的眼睛：我因为失败觉得恶心，内心一片空洞。泽西正在可怕地大笑，又扭动身体让床逼近，沉重的床腿重重击打在木地板上：情况并没有一点儿改观。黑森林赢了，这污染过于强大，程度过强。"涅什卡。"卡茜亚轻声叫我，她很难过，也是在问我。我用手背抹了一下鼻子，一脸凝重地再次伸手到包里。

"把克丽丝塔娜带出房子。"我说，等着卡茜亚扶起克丽丝塔娜出门。她已经在柔弱地哭泣。卡茜亚临走时关切地看了我一眼，我想要给她一个微笑，嘴巴却不听使唤。

缓缓靠近那张床之前，我解下套装厚厚的丝绒罩裙，用它蒙住脸，鼻子和嘴都包了三四层，差点儿把自己憋死。我深吸一口气，闭住气打开那个烟雾腾腾的灰色小瓶，倒了一些石化药水在泽西扭曲的、怪笑着的脸上。

我把瓶盖塞回去，尽快向后跳开。他吸了一口气：那烟正渗入他的鼻孔和嘴巴。他的脸上掠过一丝惊异，皮肤开始变灰，硬化。他瞠目结舌地定住，再也发不出声音，身体也安静下来，双手交握，腐蚀气息淡去。石化状态像波浪一样涌过他全身，转眼就完成，我浑身发抖，释然又恐惧：现在有一尊雕像躺在床上，只有疯子才可能刻出的那种雕像，愤怒的脸扭曲成了非人的怪样。

我确定瓶口彻底封死了，把它放回背包，然后才去打开门。卡茜亚和克丽丝塔娜都站在院子里，积雪没过脚踝。克丽丝塔娜满脸是泪，茫然无助。我把她们带回房子里：克丽丝塔娜走到狭窄的门边，看床上那尊奇怪的雕像，它已经暂停一切生命迹象。

"他现在感觉不到任何痛苦，"我说，"也感觉不到时间流逝：这些我可以向你保证。这样子，如果龙君真的有办法祛除他体内的邪气……"我没说下去。克丽丝塔娜瘫软在椅子里，垂着头，就像无力负担自己的体重。我并不清楚自己是真正帮到了她，还是仅仅停止了自己的煎熬。我从来没听过被侵蚀到泽西这程度的人恢复正常。"我不知道该怎样救他，"我小声地说，"但或许——龙君会知道，这样就可以撑到他回来。我觉得值得一试。"

房子里至少暂时清静下来，不再有号叫声和恶臭味。克丽丝塔娜脸上那种可怕的空洞感渐渐消失，回想起来，之前她像是失去了思考能力。过了一会儿，她一只手按住隆起的腹部，低头看向那里。她已经如此接近预产期，我觉得甚至能看出胎儿在衣服下面蠕动。她抬头看我，问了句："牛儿们呢？"

"烧死了。"我说，"一头都没剩。"她低下头：没了丈夫，也没了奶牛，还有孩子马上要出生。丹卡当然会试着帮她，但今年冬天，村子里每个人的日子都会很艰难。我突然说，"你有没有衣服给我穿，我拿这套跟你换？"她愣愣地看着我，"我穿这身儿，真是一步都走不动了。"她翻出一套破旧的家织布衣服很怀疑地递给我，加上一件做工粗劣的羊毛斗篷。我高高兴兴地把那堆天鹅绒、丝绸和蕾丝边衣物堆在她身旁的桌子上：这些东西的价值，至少超过一头奶牛，而这段时间，村子里的牛奶肯定要涨价。

卡茜亚跟我终于离开时，天快要黑了。畜栏那边的火堆还在继续燃

无根之木
UPROOTED

烧，从村子另一端发出橘黄色光芒。所有人家还都空着。冷气侵入我单薄的衣服里面，我累得不成样子。我硬着头皮紧跟在卡茜亚后面，她在雪地里给我踩出一条路。时不时还回来扶住我，给我些支撑。我好歹还有一个念头值得高兴：我已经无力马上返回石塔。所以，我可以回家找我妈，直到龙君赶来找我：现在还有什么更好的地方可去呢？"他至少也要过一星期才能回来，"我告诉卡茜亚，"也许他受够了我，就让我留在家里算了。"其实这个想法，连我自己脑子里都不该有的。"不要告诉任何人。"我赶紧补充。她站住，转身张开双臂，把我紧紧抱在怀里。

"我一直都做好了被带走的准备。"她说，"这么多年——我一直都鼓起勇气准备被带走，但当他带走你的时候，我还是觉得难以承受。就好像一切准备都变得毫无意义，世界还跟以前一样，就像你从来没有出现过——"她停下来。我们站在那儿，拉着手，又哭又笑，然后她的脸色突然变了，拉住我的胳膊，把我往后拽。我转身去看。

它们缓缓走出树林，步幅很大，脚掌张开，轻柔到无须踩破积雪坚硬的表层。我们村子旁的树林里，有时会出现狼群，它们来去如风，平常只是一群轻捷的灰影。有时会带走一只受伤的绵羊，但在猎人面前会望风而逃。这些可不是我们常见的狼。这些狼体态强壮，一身白毛，后背到我腰那么高，粉红色舌头从大嘴里伸出好长：巨口，长满密集的尖牙。它们看着我们——它们在看我——用那些灰黄眼眸。我想起卡茜亚说过的，最早出现异常的牛，身上都有狼咬的伤痕。

打头那只狼要比其他同伴小一点儿。它嗅嗅我们这方向的气味，微微侧开头，眼睛还在我身上。又有两只狼从树林中悠然走出。狼群分散开来，就像得到了第一只的信号，向我的两侧展开阵势，想要把我合围。它们在围猎，目标是我。"卡茜亚，"我说，"卡茜亚，快走，赶紧跑。"我的心在狂跳，把手从她的手中扯回来，在包里摸索。"卡茜亚，快跑！"我一边喊叫，一边拔出瓶塞，在头狼跃起的同时，向它泼洒出石化魔药。

灰雾在它周围腾起，一尊狼形雕像掉落在我脚边，跟石头一样，它咆哮的长嘴还想咬我的脚踝，却渐渐被石化，动弹不得。还有另外一只狼沾到了魔法烟雾边缘。一波石化咒缓缓向它全身延展，它前爪在雪地上急促踩踏，拼命挣扎。

卡茜亚没有逃走。她抓住我的胳膊，带我后退，逃向最近处的房子，伊娃的家。狼群震怒，发出可怕的长啸声，小的用鼻子触碰那两尊石像，其中一只开始狂吠，它们重新集中，继续向我们逃走的方向追来。

卡茜亚带我穿过伊娃家菜园的篱笆门，把门关上。但狼群像鹿一样轻巧，一下子就能跳过菜园周围的矮墙。没有保护措施的情况下，我并不敢泼洒火焰之心，我今天已经见识过它的威力：如果乱用，它说不定会吞噬我们整个村子，或者整个山谷，我们俩肯定是要被烧死的。相反地，我拿出那个绿色小管，只希望它能转移狼群的注意力，让我们有时间躲进房子里。"它只能种些野草。"此前我问它的作用，龙君曾轻蔑地这样解释说：它温暖又健康的颜色曾让我感觉很友好，跟他实验室里其他冷冰冰的药水都不一样。"还有很多其他种类的杂草；没什么用，除非你想把一块地烧平。"我本以为，等用过火焰之心以后，我可以用它重新绿化我们村的草地。现在我用发抖的双手打开瓶盖，药水在我手边流下：气味很好闻，美好、洁净又清新，让人愉悦的那种黏稠感，像是春天被捻出的草叶汁，我把这些黏稠的液体捧起来，洒在冰雪覆盖的菜园里。

无根之木
UPROOTED

　　狼群正向我们疾驰。藤条像突然跳起的蛇那样，钻出死气沉沉的菜畦，颜色鲜绿，它们马上缠绕在那群狼身上，粗壮的藤条缠裹住它们的四肢，把它们固定在离我们几英寸远的地面上动弹不得。一切都开始突然疯长，就像一年的时间被压缩成了一分钟，菜豆、蛇麻和南瓜在地面到处延展，果子大到不合情理。尽管白狼们拼命撕咬拉扯，它们还是不依不饶挡住了攻击我们的线路。藤条越来越粗壮，长出刀子那么长的尖刺，有一只狼被树干那么粗的藤条挤死，一个巨型南瓜落下，砸到了另一只，南瓜摔碎，狼也倒地。

　　我张开大嘴呆看的同时，卡茜亚拉起我就跑，我转身跌跌撞撞跟在她身后。尽管卡茜亚又推又扭，房门还是没能打开。我们转而躲进一个空着的小棚屋，其实本来是养猪的，现在我们硬闯了进去。这儿也没有干草叉之类的东西，因为全在畜栏那里。仅有一把劈柴用的小斧头，勉强能当作武器。我绝望地拿起它，卡茜亚闩上门。其他的狼冲出了绿意爆发的菜园，又向我们冲来。它们人立起来挠门，用嘴撕咬，然后突然停下来，这一静更可怕。我们听到它们的脚步声，突然有一只在棚屋另一端号叫，就在小而高的窗户外面。我们惊恐地转身看时，有三只狼从窗户里飞跃起来，一只接一只跳入。其他的在门外号叫。

　　我当时脑子里一片空白。试图想起任何管用的咒语，只要我学过的，能有一点儿帮助也好。也许那种植药水恢复了我的活力吧，就像菜园一样，也或许我就是被吓出精神头来了：我不再觉得累到几乎晕倒，又能施放点儿魔法了，但就是想不起任何有点儿用处的招数。我在狂想，瓦纳斯塔勒姆能不能召唤出盔甲来，说了句"劳塔勒姆？"——我蒙的，把这个跟磨刀咒语混在一起——同时拿起一个薄铁皮做的舀水盘。我本来也不知道这个乱七八糟的咒语有啥用，但至少是抱有一点儿希望的。也许我的魔力想要救我，还有它自己，因为那水盘变平变大，成了一面巨大的盾牌，用厚实的钢板做成。卡茜亚和我蜷缩到棚屋一角，把盾牌挡在身前，狼群向我们扑来。

她从我手里抢过斧头，用力砍它们的爪子和长吻。狼们想把盾牌扯开或者扳倒，卡茜亚见它们就砍。我们俩拼命拉紧盾牌把手。感觉被逼到了绝境，有一只特别精明的狼——它只是一只狼啊——用鼻子把门闩拱开了。

其他的狼全部拥了进来。我们再无路可退，口袋里也没了新奇的魔法。卡茜亚和我互相搂抱，抓紧盾牌。然后，背后那面墙突然不见了。我们向后倒在雪地上，在龙君的脚边。狼群马上整齐划一地向他扑去，一边齐声嚎叫。他只是抬起一只手，念出长到不可思议的一大串咒语，中间居然没有换气。与此同时，那些狼就在空中被折断了，那声音挺诡异，就像折干树枝一样。它们成堆掉落在雪地上，纷纷死去。

狼尸一个接一个在我们身边掉落时，我和卡茜亚还抱在一起。我们抬头看着他，而他低头狠狠瞪着我，脸色好难看，又那么凶，还在那儿喊："你明明有那么多其他白痴事可做，可你这个半傻的疯丫头却偏偏——"

"小心！"卡茜亚大喊，但已经太晚了：最后那只一瘸一拐的狼，皮毛上沾满南瓜汁，突然从菜园的墙上猛扑下来，尽管龙君转身的同时念出一条咒语，那畜生死掉的同时还是挥出一爪，挠中了龙君的胳膊。三滴鲜红的血珠落在他脚边的雪地上。

他双膝跪倒，抓住自己的手肘。他短上衣的黑色羊毛被扯开了几条大口子。伤口周围，他的肌肉开始中毒变绿。那可怕的颜色止于他手指握住的地方，他指尖发出微光，但小臂上的血管开始肿胀。我在自己口袋里找出那瓶疗伤酏剂。"倒在上面,"他咬着牙说,我本来是要拿给他喝的。我把药水倒在伤口上,我们所有人都屏住了呼吸,但那黑色痕迹并没有消退,只是蔓延速度减缓了一点儿。

"石塔。"他说,额头上布满汗珠。他的下巴几乎咬紧到无法说话,听着,"绍金恩、瓦里苏,阿凯内兹、希尼苏,考卓恩、瓦里苏。"

我愣住了傻看:他没搞错吗?难道是要我念咒语传送我们两人回去?

但他没再说别的,显然是把所有力气都用在了控制毒素扩散方面。我这时才迟钝地想起,他说过的,黑森林得到我的严重后果,尽管我还只是个无用的初级女巫,黑森林却能利用我做出很可怕的事。要是被控制的是他自己,整个王国最强大的魔法师呢?

我转身面对着卡茜亚,取出那瓶火焰之心,放到她手里。"告诉丹卡,派人去石塔。"我说,声音平静又严峻,"如果我们没有亲自出来,说明一切都好,要是有任何疑问——就把石塔烧成平地。"

她的眼里全是为我担心的神情,但还是点头答应。我回到龙君这里,跪在他身边的雪地上。"好。"他简短地对我说,迅速看了一眼卡茜亚。我这才明白,自己最担心的事并没有搞错。我拉住他的胳膊,闭上眼睛,想象石塔中的房间,念出那条咒语。

第六章

　　我扶着龙君，摇摇晃晃挨过那段短短的走廊，进到我小小的卧室里，那条用丝绸裙做成的长绳还在窗外晃荡。现在完全没有把他送回自己房间的希望。我把他放在床上时，他就已经重得要命。他还抓着自己受伤的胳膊，多少能控制一点儿毒素扩张的速度，但他手上的微光越来越暗淡。我把他轻轻放倒在枕头上，焦急地站在他旁边观察了一会儿，等他开口说话，告诉我应该怎样做，但他并没有开口。他的眼睛像是什么也看不到，一直只盯着房顶。那几条小伤疤现在肿得极其可怕，像是最恐怖的那种蜘蛛的咬伤。他在急促喘息，手握部位以下，小臂整个变成了可怕又恶心的绿色——跟泽西皮肤上的颜色一样。他手指末端的指甲也在变黑。

　　我跑向书房，沿着楼梯疯跑，路上小腿被刮得血淋淋的，自己甚至都没有感觉到。书籍还像往常一样，排成整齐雅致的行列，冷静而且无忧无虑，对我的麻烦漠不关心。到这时，我已经很熟悉其中的一些书：应该把它们称为"老冤家"吧，里面那些咒语和符文，到了我嘴里

无根之木
UPROOTED

无一例外全都会出错，我碰到它们的时候，每一页纸都会不悦地轻轻抖动。我爬上梯子，还是把它们从架子上拿下来，一本接一本打开，翻看目录，但一无所获：迷迭香精华的提取方法或许非常有用，适合多种魔法，但现在对我毫无帮助，而这个节骨眼儿上看到药瓶木塞的六种制作方法，哪怕只用了一瞬间，都会让人抓狂。

但这些无用的寻找，倒是让我放慢了节奏，足以想得更清楚一些。我意识到，要解决这么可怕的麻烦，答案根本就不可能在他教我的书上得到：正如他一遍遍向我强调过的，里面全都是雕虫小技和常识，几乎所有初级巫师都应该马上能掌握的东西。我不确定地看看书架底层，他存放自己常读书目的地方，也是他再三警告不许我碰的那些书。有的用新削制的整张皮革包裹，镶着金边；有的老旧到几乎散架；有的大得跟我整条胳膊接近，也有的小得和我的手掌一样。我双手抚过它们的侧面，本能地抽出较小的一本，里面乱七八糟插了好多小纸片：这本书的封皮已经被磨平，封面的印刷字体也朴素单调。

这是一份笔记，原作者字迹小而潦草，乍看几乎无法阅读，里面还有好多简写。那些纸片是龙君自己的笔迹，几乎每页都有一张到几张，每一种咒语，他都在上面写了好几种施放办法，加上对自己用意的详细解释：这个至少看起来更有希望，就像他的声音可以在字纸背后指导我一样。

这本册子里有一打咒语可以用来疗伤以及清洁伤口——都是针对疾病或者坏疽，还不是遭遇魔法侵蚀，但至少值得一试。我读完一条咒语，它建议割开中毒的伤口，用迷迭香和柠檬皮包扎，同时做一件……作者称为"给它以呼吸"的事。就这条咒语，龙君密密麻麻写了整四页纸的说明，还画出表格，列出近六十种不同的成分配比：用多少迷迭香，干还是鲜；用多少柠檬，带白瓤还是不带白瓤，用钢刀还是生铁刀，还有几种不同的配套咒语。

他并没有写下哪种办法效果更好，哪种更差，但既然他费了那么多精力研究，这个办法一定是有些用处的。我现在要做的，就是让他的病情缓解一些，让他能对我说哪怕几句话，给些指导就好。我跑到厨房，找了一大束挂在高处的迷迭香和一个柠檬。我拿了一把干净的削皮刀，一些干净的亚麻布，还有一壶热水。

我犹豫了一下，眼光又落到那把巨大的剔骨刀上，它此刻正躺在切菜石板上。如果我做不了其他事，如果我不能让他恢复说话的气力——我不知道自己能不能做到，能不能把他的胳膊砍下来。但我想到床上的泽西，满口胡言乱语，像个怪物，远远不是人畜无害，他本来是个特别忧愁的人，路上见到我总会点点头。我又看到克丽丝塔娜空洞的面庞。我咽了下口水，拿起那把剔骨刀。

我把两把刀都磨了一下，下定决心不要胡思乱想，然后把我的这套用具带到楼上。门窗都是开着的，即便如此，可怕的恶臭还是开始在我的小屋里弥漫。这让我肚子里灌满恐惧，又觉得恶心想吐。我觉得自己还是无法接受龙君被腐蚀的可能性，他所有干净利落的个性都被抹掉，讥诮变成号叫和呻吟。他的呼吸已经变得急促，眼睛半睁半闭，脸色苍白得吓人。我把亚麻布放在他胳膊下面，用细麻绳捆住。我剥下大块的柠檬皮，把迷迭香叶子从枝干上揪下来，把它们一起揉碎，放进热水里，以便发出芳香，驱除恶臭。然后我咬紧嘴唇，咬紧牙关，用削皮刀割开伤口。绿色黏稠的脓液从里面流出来。我一杯接一杯向伤口上倒热水，直到污血洗净，我抓起一整把浸泡过的草叶和柠檬皮，把它们全部糊在伤口上。

无根之木
UPROOTED

  龙君的笔记里完全没提"给伤口以呼吸"的事，所以我弯下腰，靠近它来念对应的咒语，试过一种，再试下一种，我的声音磕磕巴巴。从我嘴里念出来，感觉每一种都是错的，古怪又僵硬，也没显出任何治疗效果。绝望中，我回头又看了下字迹潦草的原始版本：上面有一行写道：卡伊和提哈斯，用看似最好的方式唱出来，会有特别好的效果。龙君的所有咒语中，都包含这两个词的变种，但被其他好多章节包围，共同组成特别复杂的短语，读来佶屈聱牙。现在我弯下腰，只是不断唱"提哈斯，提哈斯，卡伊提哈斯，卡伊提哈斯"，一遍又一遍，感觉自己掉进了生日歌的调子，祝愿小孩长命百岁的那首。

  这听起来很荒谬，但曲调简单又熟悉，唱着相当舒服。我不再想自己唱什么词儿：它们随机跳进我嘴里，像杯子里倒出的细流一样连绵不绝。我不再试图回想泽西的狂笑声，还有那扑灭了他体内光球的绿色浊流。现在只剩下简单的歌曲旋律，还有围在桌子旁的笑脸。魔力终于开始流动，但并不像在龙君魔法课上一样，突然从我体内奔涌出来。在我看来，那首歌儿像是变成了一股清流，慢慢引导着魔力的走向，而我就站在那条小溪边，手拿一个永远不会馨尽的水罐，接连不断地把银色细流倒入奔腾的浪涛里。

  在我手中，迷迭香和柠檬皮的清香越来越浓郁，压倒了腐蚀伤口的恶臭。越来越多的脓液从伤口那里流走，直到我唯一的担心是康复速度过快：那可怕的绿色痕迹不断消退，青黑肿胀的血管开始恢复原样。

  我累得喘不上气。但与此同时，又在某种程度上觉得已经大功告成，无须再继续。我给自己的吟唱一个简单的收尾，让一个音符上上下下旋转了几次：到最后，我不过是在哼歌而已。现在，他握住胳膊的手指光线加强，也更明亮，突然之间，细细的光亮线条从握持处喷出，沿着他的血脉扩张，像树枝一样延展。那毒素正在彻底消失：他的肌肉显得很健康，皮肤也恢复了原样——又变成他平常那种不见阳光的苍白肤色，但至少是他的本相了。

我屏住呼吸看着这一切，几乎不敢抱有希望，然后他整个身体动了起来。他长长地深吸一口气，恢复知觉的眼睛眨巴着看看房顶，手指一根接一根放开了紧握自己手肘的位置。我几乎欣慰得要哭出来：难以置信，又怀着希望，看着他的脸，我的嘴角不由自主地露出微笑，却发现他正一脸震惊和愤怒地瞪着我。

龙君挣扎着从床上坐起来。他把胳膊上的迷迭香和柠檬皮扯掉，手把住细看，一脸难以置信，然后伸手从他腿上的小被子上面拿过那本手记：我把它放在那儿，以便动手的时候随时参考。他盯着那条咒语，掉转那本书看书脊，就像不敢相信自己的眼睛，他开始对我唠叨："你这难缠的、讨厌的、没脑子的坏东西，你这次又干了什么？"

我坐在自己脚后跟上，有些生气：这反应？刚才我可不只是救了他的命，还免除了他可能变成某种怪物的风险，让整个王国免受他变身的危害。"那你说我该干什么呢？"我反问，"我又怎么知道该怎样去做？顺便问一句，我做成了，对吧？"

不知为什么，这些话只是让龙君更加愤怒，怒到语无伦次，他从我床上跳起来，把书扔到房间的另一头，所有那些笔记到处乱飞，他本人一句话没说，就闯到外面走廊里。"你本可以感谢我的！"我在他身后喊道，自己也非常生气，直到他的脚步声消失，我才想起他是为了救我受的伤——而且他为了及时赶到，一定是仓促出发的。

但是当然，这个想法只会让我更加烦躁。同样让我烦的，还有清理自己可怜的小房间，换洗床单的那堆麻烦。那些痕迹完全洗不掉，味道

无根之木
UPROOTED

还特别难闻，尽管已经没了那股邪气。我最终决定，为了洗好它们，还是用魔法算了。我开始用龙君教过我的一种魔法，但中途放弃，转而跑到屋角，把那本笔记捡回来。我很感激那本小书，还有写成这本书的那位魔法师，尽管龙君不念我的好。我很高兴地发现，在开头部分就有一种清理房间的魔咒。提斯塔，婉转悠扬地唱，费心说好你要啥。我一边在脑子里想这条咒语，一边抽出所有那些潮湿、污损的褥套。等我施法完毕，所有床单都变得干净又鲜艳，像是刚刚洗完晒好，被褥也干爽洁净，闻起来像盛夏的干草堆一样清新。我把自己的床重新铺好，重重地坐上去，几乎有些吃惊。最后一丝绝望也从我身上散去，我感到浑身无力。我躺在床上，沉睡之前，勉强还能给自己盖上被子。

我慢慢醒来，内心平和宁静，阳光透过窗户照在我身上，过了一会儿，才发觉龙君在我房里。

他坐在窗前那张小小的工作椅上，瞪着我。我坐起来，揉揉眼睛，也瞪着他。他用手举起那本小书。"你为什么会偏偏把它选出来？"他问。

"因为里面有好多笔记呀！"我说，"这让我觉得它一定很重要。"

"它一点儿都不重要好不好，"他说，尽管他看上去非常生气，我却不是很相信他的话。"它根本就没有用——一直都毫无用处，写成五百年以来一直没用，研究它一百年，也还是没能让它有一点点用。"

"好吧，时至当前，它已经不再无用。"我说着，双臂在胸前交叉。

"你怎么知道该用多少迷迭香？"他问，"该用多少柠檬？"

"你那些破表格里写了各种的用量！"我说，"所以我觉得，数量应该不重要。"

第六章
chapter 6

"那些表格全是**失败**的先例，你这莽撞的白痴！"他喊起来，"其中任何一种配比都是完全无效的——不管用何种比例、何种工艺，配哪一种咒语——你到底做过什么？"

我盯着他说："我就是用了足够的材料，让味道好闻一点儿，然后继续加料，让香味更浓。我用了书页上的咒语。"

"这书里根本就没有任何咒语好不好！"他说，"只有两个无关紧要的读音，一点儿魔力都没有——"

"但是我唱了足够长时间之后，它就能引导魔力了。"我说，"我是用'祝你长命百岁'的调子唱的。"我补充完这句。他的脸更红了，更加气急败坏。

随后的一小时，龙君都在对我严加盘查，追问我施放魔法的种种细节，问得越多，就越是心神不定：我几乎回答不了他的那些问题。他想要精确得到每一个发音，每个地方的重复次数，他想知道我离他的胳膊到底有多远，他想知道迷迭香有几枝，柠檬皮有几片。我尽最大努力告诉他，但这样做的同时，又强烈感觉到这样做不对，最后我终于冲口而出，当时他正在笔记本上奋笔疾书。"但这些细节都不重要。"他抬起头，凶巴巴地瞪着我，我还是要说，虽然磕磕巴巴，但是很确信，"那只是一种——行为方式，并没有一成不变的做法。"我向他的笔记示意。"你是在完全没有路的环境下，硬要找出一条路来。这就像——这就像到森林里采摘，"我突然说，"你必须在树林和灌木之间找出通道，每次去，能走的路都不一样。"

我带着胜利的喜悦闭上了嘴，很高兴自己找到如此贴切的比方，清晰到让我非常满意。他却只是丢下笔，气呼呼地靠到椅子背上。"这是胡扯。"龙君几乎有些哀怨地说，然后又特别失败地看看自己的胳膊：

就好像他宁愿自己继续保持中毒状态，而不是被迫承认自己的知识体系有错。

我这样说的时候，他狠狠瞪我——其实到那时候，我自己也开始生气了，又渴，而且特别饿，身上还穿着克丽丝塔娜的破衣服，它软塌塌地搭在我的肩膀上，又不能保暖。我受够了，站起来，无视他的表情，郑重宣告："我要去厨房喽。"

"行！"他冷冷地说，气势汹汹地去了他的书房，但他受不了问题没有答案。我的鸡汤还没炖好，他就再次出现在厨房桌旁，带来一本浅蓝色封面、镶白银的书，样子大而且酷。他把书放在桌子上的菜板旁边，坚定地说，"当然，原因一定是你有医疗魔法方面的天赋，这份天赋让你能够本能地推演出魔法的真正精髓，尽管你已经忘了具体的细节。这就可以解释为什么你平时的魔法能力低下了：医疗魔法是整个魔力体系中特别偏远的分支。我觉得，一旦等我们把魔法学习的重点放在医疗方向上，你的进展就会大大加快。我们就从格罗斯诺的初级魔药开始讲起吧。"他一只手按在那本大书上。

"在吃完午饭之前，我什么都不要学。"我说，动作一刻没停：我当时在切胡萝卜。

他小声嘟囔了些什么，关于村子里来的白痴之类。我无视他。他也满足于坐在桌子旁，给他汤他就喝，汤碗上只有一片农家面包——是我前天烤的，我现在才想到。我离开石塔只一天一夜，看起来却像是过了一千年。"那只奇麦拉怎样了？"吃饭时，我含着勺子问。

"弗拉基米尔并不是白痴，还好。"龙君说，用他召唤出的手绢抹抹嘴。我愣了一下，才想到他说的是男爵。"他派出使者之后，就开始把怪物引向边界，办法是故意放出小牛引导，同时让手下的民兵从其他各个方向袭扰。他失去了十名手下，成功地把怪物引到了距离山口仅有一小段骑马距离的地方。我很快就杀死了它。它个头还小，大约也就是小马那么大。"

他听起来特别严肃。"杀死怪物，一定是好事吧？"我问。

他不快地看着我。"那是陷阱好吧？"他恨恨地说，就好像有脑子的人全都能看出来一样。"敌人的用意就是要让我离开此地，直到黑森林的侵蚀传遍整个德文尼克村，并让我到场之前就疲惫不堪。"他低头看自己的胳膊，伸手又握拳。他把衬衣换成了绿色羊毛料子的，腕部有金色圆圈。衬衫遮住了胳膊，我不知道下面有没有留下疤痕。

"那么，"我大着胆子问，"我赶去就对了？"

他的表情就像夏天留在外面的牛奶一样酸："如果有人这样说，就一定要无视事实，忘掉你在不到一天时间内浪费掉五十年分量的宝贵魔药。你有没有想过，要是这些东西能这样挥霍，我完全可以给每位村长一样半打，自己就不用满山谷乱跑了？"

"它们总不至于比人命更金贵。"我反击。

"现在你眼前的一条人命，到三个月后，就要用别处的上百条人命来交换。"龙君说，"听着，你这傻瓜，我的提炼室里当前只有一瓶火焰之心，它是六年前开始炼制的，当时国王还能凑出必要数量的黄金给我，而它也要四年之后才能炼成。如果我们在那之前耗尽所有存货，你以为罗斯亚国不会烧光我们的收成，让我们挨饿，迫使我们求和吗？假如他们知道我们无法还以颜色。你浪费的每一瓶魔药，全都价值不菲。更要命的是，罗斯亚国有三名大魔法师可以炼制魔药，而我国只有两名。"

"但我们现在又没有打仗！"我继续抗议。

无根之木
UPROOTED

"我们到春天就可能开战。"他说,"假如他们听到一首新歌,关于火焰之心、石肤咒和丛林召唤咒,以为他们掌握了明显的魔法优势的话。"他停顿了一下,又沉重地补充了一句,"或者,如果他们听说这里有个足够强大的治疗者,甚至能修复黑森林的侵蚀,等你学成出师,局面将变得对我们有利。"

我咽了下口水,低头看自己那碗鸡汤。这一切都让人感觉很不真实,他居然说罗斯亚国会因为我宣战,因为我做过的事,或者我可能做到的事。但我再次想起了他离开时,我看到号火那个瞬间感觉到的恐惧,那时的我,知道自己能为自己所爱的人做到的有多么少。我现在还是毫不后悔拿走了那些魔药,但我已经无法装作自己学不学魔法完全不重要。

"要是我学成出师,你觉得我能治好泽西吗?"我问他。

"治好一个完全被侵蚀掉的人?"龙君皱起眉头看我。但随后,他还是极不情愿地说,"本来呢,你也应该不可能治好我的。"

我端起碗,喝掉剩余的那些鸡汤,隔着到处是刀痕和麻点的厨房桌子对他说。"行吧,"我郑重地答应,"那我们就开始吧。"

不幸的是,愿意学好魔法,跟实际上能够学好魔法,根本就不是一回事。格罗斯诺的初级魔药就把我彻底难倒,而麦特罗多拉的召唤术更是坚决不肯被我召唤出来。这样过了三天,龙君一直让我学医疗类魔法,但所有法术都跟以前一样,让我觉得笨拙又别扭。第四天,我拿了那本小破笔记,雄赳赳地闯进书房,把它放在龙君面前的桌子上,他的眉头紧皱。"你为什么不教我这个?"我问。

"因为它根本就没法儿教。"他一口回绝,"我费尽心思,也只勉强把里面最简单的小咒语规范化到勉强能用的程度，而其中那些高端咒语，尽管女作者臭名昭著，却没有任何实际效果。"

"你说'臭名昭著'，是什么意思？"我说着，又看了一眼那本书，"这是谁写的？"

他皱紧眉头看我。"亚嘎[1]。"他说，有一会儿，我浑身发凉，愣在原处。老亚嘎死了很长时间，但关于她的歌谣并不多，游吟诗人们唱起来小心翼翼，每次都是夏天，正午时才唱。她已经死了，被埋入地底五百年，但在四十年前，她突然在罗斯亚国再次出现，参加了一位新生王子的洗礼。她把六名试图阻挡她的卫兵变成了癞蛤蟆，将另外两名魔法师催眠，她来到小婴儿面前，皱着眉头打量他。她挺直身体，不高兴地说："我搞错时间了。"然后就消失在一阵浓烟里。

所以说，虽然她已经死了，也难保不会突然跳出来，抢走她的魔法书，但龙君看到我的表情，甚至更加生气。"别像个六岁孩子似的一脸严肃。老百姓的传说不可靠，她现在真的是死了。不管之前她做过怎样的时间旅行，我可以向你保证，她绝对有更重要的事情要做，没有闲到偷听别人讲她坏话的程度。至于说这本书，我花了好多钱，费了好大力气才搞到它，当时还挺得意，直到我发现它有多不完整。作者显然只是用它来提醒自己的：里面完全没有正规魔法书里必不可少的细节信息。"

"但是，我试过四种，每一种都很管用啊。"我说，他死死盯着我。

龙君一直不肯相信，直到让我使出五六种亚嘎女巫的魔法。它们都很相像：简单几个词儿的咒语，几个动作，一点儿草药和其他材料。没

---

1 巴巴亚嘎是东欧民间故事里的著名女巫，有关她的传说非常多。她有时怪癖，有时邪恶，但总是很强大。不同传说中，她有不同的形象，但经常都是住在长了腿的房子里，能在时间中穿梭。此前的中文书籍中，她的名字还被译作"巴巴亚亚""巴巴加加"等。

无根之木
UPROOTED

有任何细节至关重要，施法也没有严格的顺序。我倒是也明白了，龙君为什么说她的魔法无法传授，因为我使用这些魔法时，甚至自己都记不住做过什么，更不要说解释清楚每一步的用意，但对我来说，这些魔法带有一份难以言传的解脱感，在我练了那么多一板一眼、过于复杂的龙君魔法之后。我最初的描述还是准确的：我感觉自己就是在走过一片从未来过的树林，而她的话，就像是前方一位有经验的采集者，时不时回头对我说，北边山坡下面有蓝莓，或者那边白桦树底下，长着美味的蘑菇，又或者左边灌木丛的后面，有一条更好走的路。她不在乎我怎么摘到那些蓝莓，她只是指出正确方向，随便我怎么走过去，我要自己凭感觉找对路线。

他如此痛恨这种感觉，我甚至有一点儿同情他了。他终于变成了站在我身后，盯着我使用最后一种魔法，然后记下我的每一个细小动作，甚至包括我吸到太多桂皮气味打喷嚏的事，等我做完，他就自己尝试了一遍。看他做这些，给人感觉特别奇怪，就像是一面有延时、加上美化效果的镜子：他的每个动作都跟我本人的一样，但动作更优雅，更有风度，精准到无可挑剔，甚至模仿了我念错的每个音节，但他还没做完一半，我就已经知道无法成功。我特别想打断他。他狠狠瞪了我一眼，我只好放弃，让他完成掉进荆棘丛的旅程——在我看来就是这样子。等他做完，没有任何成果时，我说："你当时不应该说'米考'的。"

"但你说了！"他反驳。

我无奈地耸耸肩：我并不怀疑自己这样说过，尽管老实说，我实际上并不记得。但这种细节并没有重要到必须记住。"我当时那样说是可以的，"我说，"但你这样做的时候，就不对了。就像——你沿着一条林间小路往前走，但在半路上，有棵树倒了，横在路上，或者有一丛灌木新长了出来，你如果还沿着原来的路线走，不绕开的话——"

"根本就没有什么灌木丛！"他吼起来。

"我觉得吧，原因在于，"我思考了一下，对着空气说，"某人独自在家的时间太久，已经忘了一件事：有生命的东西，并不会一直留在你把它放下的地方。"

他一本正经地生着气，命令我出去。

我必须承认他也有可取之处：那周剩余的时间他都愤愤不平，但随后就从书架上找出一小堆其他咒语书，积满尘土、无人问津的那种，里面全都是亚嘎女巫那种拖泥带水的魔法。它们都像久别重逢的老友，一头扎进我手里。他在这些书里挑选一番，又参考过几十本其他藏书之后，给我制订了一套学习和练习计划。他警告过我，高级法术会伴随各种各样的风险：魔法中途失去控制，到处肆虐；在魔法中失去自我，梦游一样活在自以为真实的世界里，肉身却死于饥渴；尝试超过自身能力的魔法，被其吸干自身能量。尽管他还是不懂那些适用于我的魔法如何生效，但还是成了我魔法的严厉批评家，逼我每次施法之前说出自己要达成的目的，当我无法精确预测时，他就迫使我一遍又一遍重做，直到我能预测。

简单总结，就是他尽可能教我，我在自己的魔法森林中乱闯时，他能给出忠告，尽管他自己完全不熟悉这些地界。他还是不甘心接受我的成功，并非出于嫉妒，而是涉及原则：我那种拖泥带水的做法能成功，完全不符合他对世界秩序的认识，不管我是做对了什么，还是犯了什么明显的错，他的反应都是皱眉。

我的新课程进行一个月之后，龙君有一次瞪着我，看我笨拙地制造出一朵花的幻影。"我就是不懂啊。"我说——其实是在发牢骚，假如我说实话：这个魔法难得出奇。我前三次尝试，做出来的花儿都像是破棉布拼成的。现在，我终于设法凑出一朵还算逼真的野玫瑰，只要你不去闻它的气味。"自己种一朵花可是容易多了：为什么有人会用这种无聊的魔法？"

"区别在于规模。"他说，"我向你保证，制造一支幻影军队，要比真的召集一支军队容易得多。可是，你这到底怎么做到的？"他忍不住问，就像他有时候被我差劲到极致的魔法雷到，情不自禁开口时的那样子，"你根本就没有维护现在这个魔法——没有念诵，也没有做手势——"

"但我还在给它魔力，好多好多魔力。"我不开心地补充说。

最开始那几种轻易完成，施放起来不像拔牙一样痛苦的魔法，曾让我自以为找到了诀窍，从此再也不用回到地狱一般痛苦的日子：我曾以为自己掌握了魔力的真髓，不管龙君怎么说，施法就应该得心应手，轻松自在。好吧，我很快就更新了上述结论。我最初成功的能量来自绝望和恐惧，而且最早尝试的项目，也跟他教我的入门咒语一样，都是不入流的雕虫小技，是他想让我轻松掌握的东西。然后，他就残忍地把我带进了真正的魔咒世界，而一切就又变得——就算没有一开始那样难以承受，至少也是非常困难。

"那么，你是怎么向它输送魔力的呢？"他咬着牙问。

"我已经找到了路！"我说，"沿着现有的路线继续走，就可以了。你就没有——感觉到吗？"我突然问，把捧着那朵花的手伸向龙君。他皱眉，两只手环绕那朵花，说，"瓦迪亚、儒萨、依利卡、图伊"，第二个幻影在我那朵假花的同一位置绽放，两朵玫瑰在同一空间里——他

第六章
chapter 6

那朵，可以想象了，有三重无可挑剔的花瓣，而且芳香怡人。

"试着做成一样的，"他漫不经心地说，手指微微颤动，我们一步一步，颤巍巍地把幻象中的花朵向对方的样子接近。直到几乎无法分辨哪一朵属于谁，他说了一句，"啊。"突然之间，我开始窥见他的魔法奥妙：那手法就像他桌子中间的古怪钟表，全都是闪亮的机械移动的部件。一时冲动之下，我开始合并我们的魔法成果：在我的想象中，他的就像水磨房里的扇形轮，而我的魔法就是推动它转动的水。"你在干——"他开口质问，突然之间，我们的手中就只剩下一朵玫瑰，而它开始生长。

而且，出现的不只有那朵玫瑰，青藤开始在四面八方的书架上攀爬，缠在古老的典籍上，然后探出窗外，撑起走廊拱顶的立柱被不断生长的白桦树遮挡，那些树木正在长出手指样粗的树枝；地板上长出苔藓和紫罗兰，娇嫩的蕨类叶片不断伸展。到处都有花儿开放：好多花儿我都没有见过，奇美的花朵悬在空中，有些带有尖刺，颜色特别鲜艳，房间里充斥着它们的芳香，夹杂着碎叶片和刺鼻的草药味。我东张西望，兴奋又惊奇，魔力还在不断输送出去。"你刚才说的就是这意思吧？"我问他，这的确并不比做出一朵花更困难。但他也在环顾周围疯长的花儿们，跟我一样震惊。

他看着我，有些困惑，头一次显出不自信的样子，就像他在毫无准备的时候，突然碰到了大问题。他修长的双手环绕在我的双手周围，我们两个一起捧着那朵玫瑰。魔力在我的体内歌唱，借着我的身体流出，我感觉到他的力量，也在唱着同一首歌。我突然觉得浑身发热，特别不自在。我把两只手抽了回来。

第七章

　　第二天我一直傻傻躲着龙君，太晚才意识到：我的成功，只能说明他也在努力躲着我，因为在这之前，他从来没容许过我错过一堂课。我并不愿去考虑这背后的原因。我想要装作这一切无关紧要，装作我们都需要暂时中断辛苦的魔法训练，休息一天。但那天晚上我也没睡好，第二天去书房的时候带着黑眼圈，还特紧张。我进屋时他没有看我，只是简单地说："从弗姆基亚开始，第五十四页。"这是完全不同的咒语，他始终低着头看自己的书，我也乐得躲藏进自己的任务中去。

　　我们就在接近无话的状态下坚持了四天。我觉得，要是没人打扰的话，可能我们之后的几个月都说不了几句话。但到了第四天早上，有台雪橇停在了石塔前面，我向外看，驾橇的是鲍里斯，但他不是一个人，他送来了卡茜亚的妈妈温莎，她蜷缩在雪橇里，苍白的圆脸从围巾下面抬起来看我。

　　自从号火点燃那天晚上的事件以来，我还没见过德文尼克村的人。

　　丹卡把那瓶火焰之心送回了奥尔申卡，还有一队表情严峻的护卫，

第七章
chapter 7

从山谷里各个村庄召集起来。他们这一大帮人，是我带龙君传送回石塔之后的第四天来的。这些人还挺勇敢的，尽管只是农夫和手工艺人，来面对任何人都未曾经历过的可怕前景；而且他们很难相信龙君已经痊愈。

奥尔申卡的镇长甚至有胆量要求龙君把伤口展示给镇上的医生看：他勉强同意了，挽起衣袖，让他们看到那条浅白色伤疤，伤口只留了这么一点点痕迹，镇长甚至还让那人从龙君指尖放了一点儿血：血色鲜红。那帮人还带来了年迈的老教士，身穿全套紫色法袍，给龙君念了一套祝祷词。这让他气得不行。"你浪费时间做这些蠢事有什么用？"龙君问那位教士，两人显然打过交道，"之前我让你给一打遭到黑森林侵蚀的人赎罪，可曾有一个坟上开出紫色玫瑰花，或者突然显灵，宣告自己得救，被成功净化了吗？要是我真的遭到侵蚀，你对我念这废话又有什么用？"

"这么说你没事喽。"教士干巴巴地说，他们终于相信，镇长也如释重负地交回了那瓶火焰之心。

但是当然，我爸爸和哥哥们都没有获准赶来。那队人没有一个来自我们村，要真把我烧死，他们肯定会难过。而那些实际在场的男人，他们都看到了我站在龙君身边，我不知该怎么描述他们的眼神。我现在重新穿回了舒适又朴素的衣服，但他们离去时看我的眼神，不能说是反感吧，但肯定也不像看到了德文尼克村伐木工的女儿那样子。就像我一开始看马雷克王子那样的眼神。他们看我，就像是看到了故事里走出来的人物。那种眼神让我望而生畏，我还挺愿意躲回塔里的。

我就是那天拿了亚嘎女巫的书去书房，要求龙君不要再继续假装我有什么医疗天赋，以为我能在这方面表现更好，最好让我学自己能用的

无根之木
UPROOTED

魔法。我并没有试着给家人写信，尽管我估计龙君会允许我寄信。我能说什么呢？我回过家，也挽救了自己的村子，但那里已经不再属于我。我无法径直去到村子里的广场，跟原来的朋友们一起跳舞，正如六个多月前的我不能大摇大摆闯进龙君的书房，坐在他的书桌前一样。

但当我看到温莎的脸，即便是在书房窗前，我都没感觉到任何疏远。我把施了一半的魔法留在空中，未完成，这是他多次强调绝对不能犯的错误之一，跑下楼梯。龙君在我背后喊，但我根本就听不见：因为如果卡茜亚能来，温莎绝不会亲自跑来。我跳下最后几级台阶，进入底层大厅，在门口也只稍稍停了一下："依隆纳，依隆纳。"我大叫：这个只是解开线扣的小咒语，而且还念得口齿不清，但我给这个小魔咒注入了极强的魔力，就像我要用斧子砍开一丛灌木，而不是找出绕过它的路。那门像是被吓了一跳，赶紧在我面前打开了。

我突然感觉两脚发软，跌跌撞撞扑出大门——正如龙君喜欢带着讽刺语调提醒我说的，强大的魔法通常都更为复杂，这是有道理的——但我还是摇摇晃晃跑上前去，握住温莎正要抬起来敲门的手。靠近了看，她脸上全是泪水。头发披散在背后，好多都从粗大的发辫上散开，衣服破破烂烂，满是灰土：她穿的是睡衣，外面随便裹了件外套。"涅什卡，"她说，用力握着我的手，握得我几乎失去知觉，她的指甲陷进我的肌肉里。"涅什卡，我不得不来求你。"

"赶紧告诉我。"我说。

"它们今天早上抓走了她，那时她只是去打水。"温莎说，"它们有三只，三只树人。"她哽咽着。

平常年景，如果春天有一只树人从黑森林里出来，就已经很严重，因为它们会像摘果子一样抓走森林外的居民。我曾经看到过一只，那次

第七章
chapter 7

距离很远，隔着树林：它就像一个巨大的、树枝做成的昆虫，站在灌木丛中，你几乎看不到它，又觉得它身体的关节极其不正常，样子诡异又可怕，所以当它移动时，我害怕得赶紧退开，心神不定。它们有胳膊有腿，都像树枝一样，还长有枝条样子的粗大手指。它们会在林间穿行，然后潜藏在小路边、水池旁、空地边缘，静静等待猎物。要是有人走到它们的手臂范围内，那就没救了，除非你身边正好有一大帮人拿着利斧跟火把。我十二岁那年，有人在扎托切克村外一英里的地方抓到一只，那个特别小的村子是山谷里的最后一个，再远就是黑森林了。那只树人抓了一个小孩，一个小男孩，他到河边提水，给他妈妈洗衣服用。妈妈看到他被抓住了，马上开始叫嚷，周围有好多妇女传达警报，并且阻止了树人逃跑。

村民们用火阻断了它的逃跑路线，但还是花了一整天时间才把它砍成碎片。树人捏断了那个男孩的胳膊和双腿，还一直不肯放手，直到他们最终砍开了它的身体，把它的四肢截断。甚至到那时候，还要三个男人一起，才能把它的手指从男孩身上掰开，而男孩身上后来一直都有树皮样子的伤疤。

那些被树人抓进黑森林里的人，可就不像男孩那么幸运了。我们并不知道他们经历过什么，但他们有时候会出来，并被侵蚀到了最可怕的程度：这些人面带微笑，兴高采烈，身体也完好无损。在不熟悉他们的人看来一切正常，你甚至可能跟这样一个人聊大半天，都没有发觉任何异样，直到你发现自己拿起一把刀，要砍掉自己的手，挖出自己的眼睛、自己的舌头，而他们一直都笑容可掬，边笑边说——就是这么可怕。然后他们就会拿起你的刀，跑到你家找你的孩子，而你已经躺在外面，眼睛瞎了，近乎咽气，甚至没有办法喊叫出声。如果我们有亲爱的

无根之木
UPROOTED

人被树人抓走，唯一能为他们祈祷的结果，就是死，就连死都是奢望。我们永远都无法确信，直到有一个人从林中出来，证明他没有死，然后就要被别人猎杀。

"不要是卡茜亚，"我说，"不要是卡茜亚。"

温莎低下头。她伏在我手心里哭，自己的两只手还像铁箍一样握紧我的手。"求你，涅什卡，求你。"她哑着嗓子说，并没有带多少希望。我知道，她无论如何不可能来找龙君帮忙。她也知道求他没有用，但她来找了我。

她哭得完全停不下来。我把她带到石塔里面，经过小小的门厅，龙君不耐烦地大步走进房间，给她递上一杯喝的，她从他面前退开，把脸藏起来，直到我把杯子交给她。她喝完以后，几乎马上就放松下来，脸色也平静了：任由我扶她上楼到我的小房间，静静躺在床上，尽管眼睛还睁着。

龙君站在门口看着我们。我把温莎脖子上戴的小金盒摘下来，拿给龙君看。"她有一束卡茜亚的头发。"我知道这是她在龙君选侍女前夜从卡茜亚头上剪下来的，以为自己再也没有什么可以想起自己的女儿。"如果我用洛伊塔勒咒——"

他摇摇头。"你以为自己能找到什么？除了一具面带微笑的尸体之外？那个女孩相当于已经死了。"他用下巴指向温莎，她正慢慢闭上眼睛。"她睡醒之后会冷静一些。告诉她的车夫，明天上午来接她回去。"

他转身离开。最可怕的，就是他那种陈述事实一样的冷静态度。他并没有对我凶，也没有骂我笨。他没说一个村姑的生命不值得冒险——相对于黑森林得到我魔力的巨大风险而言。他没说我是个白痴，乱撒魔药有了一点儿成果就忘乎所以，刚刚能从空气里变出一朵小花，就自以为能把黑森林劫走的人救回来。

那个女孩相当于已经死了。他听起来甚至有些难过，尽管话说得很绝。

我坐在温莎身边，麻木，寒冷，把她冻红的、长满老茧的手放在自己膝头。外面天快黑了，如果卡茜亚还活着，她就在森林里，目送日影西沉，躲在落叶间等死。要花多长时间，才能把一个人的内心完全吞食一空呢？我想象卡茜亚在树人的掌控下，细长的手指握住她的胳膊和腿，我始终都清楚现在正在发生什么，将来她会落到何种下场。

我留下温莎一个人睡觉，独自下到书房里。龙君在那儿，正在查阅他做记录的巨大账本。我站在门口，盯着他的后背。"我知道你跟她很亲近。"他头也不回地说，"但给人不切实际的希望，并不是什么仁慈的事。"

我什么都没说，亚嘎女巫的魔法书摊开来躺在桌子上，显得小而破旧。我这个星期学的全都是土系魔法：弗姆基亚，弗梅代斯，弗米斯塔，坚实又牢固，跟风与火焰的魔法相距极远，可以说完全在魔法世界的两极。我把书拿起来，背着龙君把它放进衣袋里，转过身，悄悄走下楼梯。

鲍里斯还在外面等着，他的脸拉得好长，表情惨淡：我走出石塔时，他在披了毯子的马儿旁边抬起头。"你愿意驾车带我去黑森林边缘吗？"我问他。

他点头，我爬上他的雪橇，用毯子裹紧身体，他再次让马儿做好准备，雪橇跳起来，穿过雪原开走。

那天晚上，月亮高挂在空中，圆满又美丽，周围雪地上泛着蓝光。

无根之木
UPROOTED

我们飞驰的路上，我打开亚嘎女巫的书，找到一个加快脚力的魔法。我轻轻把它唱给马儿听，它们竖起耳朵听人念诵，我们耳畔的风声渐渐变得模糊、粗重，紧紧压在我的脸颊上，让我视线模糊。完全结冰的斯宾多河像一条与我们平行的银色长路，一片阴影在我们东面渐渐膨大，越来越大，那些马儿感到不安，自己减速并慢慢停下，尽管没有人下令或者扯动缰绳。整个世界不再移动。我们停在一片小小的松林下。黑森林就在前方，一大片连续的雪地后面。

每年冰雪消融的时节，龙君都会带上所有十五岁以上的未婚男子来到黑森林边缘。他把一条开阔地烧得寸草不留，乌黑一片，其他人跟在他的火焰后面，给地上撒盐，以便让周围再没有任何东西能生长或者扎根。在所有村子里，都能看到这边有烟腾起。我们也能看到罗斯亚那边的烟，知道他们在做同样的事。但火焰蔓延到黑森林边缘的阴影下面时，总是会熄灭。

我从雪橇上爬下来。鲍里斯低头看着我，他的脸色紧张，有些害怕。但他还是说："我会等你。"尽管我知道他不能等：等多久？等什么？在这里，在黑森林的阴影下等人？

我想象了一下自己的父亲在这里等玛莎，假如我跟她换位的话。我摇头。如果我能把卡茜亚带回来，我觉得应该就有能力带她回石塔。我希望龙君的魔法能容许我们进入。"你回家吧。"我说，突然有了好奇心，就问他，"玛莎还好吗？"

鲍里斯微微点头。"她已经结婚了，"他说，犹豫了一下，又补充说，"很快就会生宝宝。"

我想起选侍女时的她，五个月之前：她的红裙子，她美丽的黑辫子，她惊恐又苍白的脸。现在，简直感觉我们不可能曾经并肩站在一

第七章
chapter 7

起，像当时那样：先是她，然后是我，然后是卡茜亚，排成一排。这让我呼吸困难，心里有些痛，想到她坐在自家壁炉前，成为年轻的女主人，等着孩子降生。

"我为她高兴。"我说，这话说得有些吃力，我尽可能不马上闭嘴，以免暴露我的嫉妒。我并没有那么想要丈夫和孩子：或许在将来，很遥远的未来可以有，我从来不愿设想太多细节。但他们意味着生活：她在继续生活，而我没有。即便我有办法活着走出黑森林，我也不会拥有她已经得到的东西，而卡茜亚——卡茜亚甚至可能已经死了。

但我不能带着对别人的怨念步入黑森林。我用力深呼吸，迫使自己说："我祝愿她生产顺利，能有个健康强壮的孩子。"我甚至让自己真心实意这样说：尽管生小孩的事情较为常见，但也足够可怕了。"谢谢您。"我又说，转身穿过那片荒野，到高墙一样的黑色树林中去。我听见挽具上的铃铛在身后响起，鲍里斯掉转马头，小跑着离去，但那声音有些模糊，很快就消失了。我没有回头看，一步一步向前，直到我停在第一条树枝下面。

当时下着一点儿小雪，轻柔又安静。温莎的金盒在我手心里，很凉。我把它打开，亚嘎女巫有十几种不同的寻物咒语，每个都简短又容易——看来她一定经常乱放东西。"洛伊塔勒，"我轻声对卡茜亚的那一小缕头发说：能从一个部分，找到它属于的整体，这条咒语的手写说明是这样说的。我的呼吸变成一小团灰白的云朵，从我面前飘走，引导着我进入树木之间。我在两根树桩之间跨过，跟在它后面闯入黑森林。

我预期的状况，要比当时的实际经历更可怕一些。但一开始，那儿看上去就像是一片很古老很古老的树林。这里的树，就是无边无际的黑

无根之木
UPROOTED

暗厅堂里高耸的柱子，远离彼此，它们扭曲多结的根隐藏在暗绿色的苔藓下面，小小的羽毛状蕨叶在夜间轻轻卷起。高大苍白的蘑菇一团团地生长，像正在行军的玩具兵。雪没能落到大树下的地面上，甚至在深冬也做不到。薄薄的一层寒霜附着在叶子和细枝上。我小心翼翼地越林行进的途中，听见一只猫头鹰在远方的某处叫。

月亮还在头顶，清亮的白色光辉从秃秃的枝丫间穿过。我跟随自己那一团浅淡的气息，想象自己是一只躲避猫头鹰的小老鼠：这只小老鼠只想找一枚橡果，一枚隐藏的坚果。我以前到森林采摘的时候，常常会做白日梦。我会迷失在荫凉的绿树下，迷失在鸟儿和青蛙的合唱中，迷失在小溪流过岩石的细语里。我现在试图用同样的方式忘掉自己，努力成为森林的一个组成部分，完全不值得留意。

但当时确实有某种东西看着我。我进入黑森林的距离越深，就越强烈地感觉到它的存在，那是一份沉重的负担，像一副铁轭，重重地压在我肩上。我进来的时候，几乎预期会在每条树枝上看到一具悬挂着的尸体，狼群从阴影里向我扑来。很快，我反倒在盼望有狼群出现。这里有比狼更恐怖的东西。那种怪物，我曾在泽西的眼神里感觉到过，现在又是同样的感觉，它是某种活物，而我就像是在一个没有空气的房间里，跟它一起被囚禁，被它逼到一个小角落里。这片森林里也有一首歌，却是很狂野的歌，轻声诉说着疯狂、撕咬和怒火。我继续潜行，收紧肩膀，让自己更不起眼一些。

我跌跌撞撞地来到一条小溪旁，它几乎可以算一条小河了，两岸都结了厚厚的冰霜，黑沉沉的河水还在中央流淌，月光从河面上空的树冠间隙照射下来。河对岸有一只树人，它奇特的窄枝条脑袋俯到河边喝水，嘴巴就像是木柴脸部上的一道裂缝。它抬起头，直勾勾地看着我，嘴角还在滴水。它的眼睛是木料中的斑痕，圆圆的黑色凹洞，以前可能有某种小动物住过。一条腿上还挂了一块绿色羊毛布，卡在它膝盖那里的一截断枝上。

我们在细细的河流两岸对视。"弗梅代斯。"我说，我的声音在颤抖，树人脚下的地面开裂，把它的两条后腿吞没。它用其他几条长长的肢体扒裂缝边缘，无声地挣扎，扑起几道水花，但地面已经在它腰部重新合拢，它无法挣脱大地的掌控。

但我也弯下腰，强忍着没有呼痛。那感觉，就像有人在我的后背用棍子猛抽了一下似的：黑森林感觉到了我的魔法，我完全确信。现在，黑森林在寻找我的行踪。它在看，很快就能发现我。我必须赶紧行动。我跳过溪流，继续追着咒语影响下的气团猛跑，它还是飘浮在我前面。绕过那只树人身旁时，它想用干树枝样子的手指抓住我，但我安全通过了。我穿过一大圈粗壮的树干，发现自己来到一块较小的树周围的空地上，这里的地面上有厚厚的积雪。

这里有棵倒下的树，横跨整个空地。它很巨大，躺倒的树干直径超过我的身高。它倒下的时候砸出了这片空地，而在空地中央，一棵新生的树长起来，像是要取代它的位置。但不是同一个品种。我在林子里看见的其他树，都是平常的种类，尽管它们树干上有些污点，树枝扭曲的方向也不自然：橡树和黑桦树，还有高大的松树。但这棵新生的树，不是我见过的任何种类。

它的树干粗到我无法环抱，尽管这棵巨树倒下的时间一定不长。它有平整的灰色树皮，树干有奇怪的节瘤，长长的树枝在主干周围排成规则的圆形。像落叶松一样，它的树枝在较高处才开始出现。虽然是冬天，它的树枝也不是光秃秃的，而是挂着些银色枯叶，在风里沙沙作

无根之木
UPROOTED

响。这声音像是从别处传来，就像有人在视线之外轻声低语。

我的残息消失在空中。俯视深雪，我能看到树人的腿留下的印迹，还有它的腹部拖出的线条，全都指向那棵新树。我小心地在雪地上跨出一步，靠近它，然后又一步，停住。卡茜亚就被绑在那棵树上，背靠树干，胳膊被动地向后扯出，也绕在树干上。

我一开始没能看到她，因为树皮已经漫过她的身体。

她的脸被迫向上抬起一些，透过外层树皮，我可以看出她嘴巴张开，在被树皮裹进去的时候应该在喊叫。我感到无助，强压住呼叫声，摇摇晃晃向前走，伸出双手触摸她。我手指碰到的树皮已经硬化，那灰色表面坚硬平滑，就像她被整个吞到了树干里，她整个儿身体都成了这棵树的一部分，成了黑森林的一部分。

尽管我疯狂地用力抓挠，还是找不到地方把树皮扒开。但我最终还是在她脸颊那里扯掉了一小片，感觉到了她柔软的皮肤——还有温度，她还活着。就在我指尖触到她脸颊的同时，树皮迅速再次闭合，我不得不缩手，否则自己也会被卡住。我用手捂住嘴巴，感到越来越绝望。我还只知道那么一点点：现在想不起任何能用的魔法，没有能把卡茜亚救出来的办法，甚至没有办法变出一把斧头、一把小刀到自己手里，即便还有足够的时间救她。

黑森林知道了我的存在：甚至现在，它的怪物们都在向我逼近，轻捷的脚步穿行于林间，树人、野狼，还有更可怕的其他生物。我突然确信，还有些强大的怪物，从来都没有走出过黑森林，可怕到没有任何活人见过，而它们已经在路上。

赤脚踏在泥土里的弗米亚魔法，若你有十倍的信念，它就足以撼动大地的根源，如果你的力量也够强大。亚嘎女巫的书曾这样告诉我，

108

而龙君也足够相信它的威力，到了禁止我在石塔周围练习这种法术的地步。我感觉到的其实只有怀疑，而不是信念：我一直都不信自己会有任何理由摇动大地之根。但现在，我伏倒在地，挖开积雪、落叶、腐土和苔藓，直至到达冰冻的泥土。我拿起一块大石头，开始猛砸地面，一次又一次，我砸开冻土，吹气让它变软，我敲打手边融化的积雪，擦掉自己眼中流下的热泪。卡茜亚还在我身边的高处站立，头被迫仰起，张开的嘴巴发出无声的喊叫，就像教堂里的雕像。

"弗米亚，"我说，十指深入泥土，把手指间坚硬的冻土块捏碎。"弗米亚，弗米亚。"我一遍又一遍念诵，断裂的指尖流着血，我感觉到大地听到了我的呼唤，心神不安。就连这里的大地也遭到了侵蚀，中了毒，但我还是向泥土里吐口水，同时大喊"弗米亚"，想象我的咒语像水一样渗入地底，寻找裂缝和薄弱之处，在我双手之下扩展它的威力，在我湿漉漉的膝盖下面延展，大地在战栗，辗转反侧。轻微的颤动在我的两只手插入地面的地方开始，它跟着我开始拉扯那棵树的根须。根系周围的泥土全都开始微微开裂，那颤抖一波接一波，像海浪一样连绵不绝。

我头顶的树枝开始疯狂抖动，像是感到了恐惧，树叶的低语声变成了含糊的吼叫。我双膝跪地挺直身体。"放她出来！"我对那棵树喊叫：用沾满泥土的双拳击打树干。"放她出来，否则我就把你放倒！弗米亚！"我愤怒地吼叫，又一次俯身地面，我的拳头击中地面的地方，大地像痛苦的河流一样起伏不定。魔力从我体内不断涌出，成为一道洪流：龙君给过我的所有忠告都被忘记，丢在一边不予理睬。就为了把那棵臭树扳倒，我真的宁愿耗尽所有魔力，死在当场：我无法想象活在那样一个世界，把这一切都丢在身后，卡茜亚的生命和心灵成了这棵邪恶生物的营养来源。我宁愿死，被自己召唤出的地震挤瘪，跟它同归于尽。我用力拉扯地面，准备撕出一个足够宽的裂缝，把我们全都吞没。

然后，随着春天冰面破裂一样的声音，那树干突然裂开，沿着卡茜亚身体的方向，裂缝上下延展。我马上从泥土里跳起来，双手伸进裂缝里，把边缘拉宽，伸手进去抓住她。我握住她的手腕，她的胳膊又软又重，我用力拉。她像个玩具娃娃一样，从那可怕的黑色裂缝中出来了，向前栽倒。我向后退，把毫无知觉的她拖回到雪地上，两只手拉着她的一侧手腕。她的皮肤像鱼一样苍白、病态，像所有的日光滋养都被从她体内吸除。春雨味道的树汁流遍她全身，像好多条绿色溪流，而她一动不动。

我跪倒在她身边。"卡茜亚，"我哭着叫她，"卡茜亚。"树干已经自行愈合，像拉链一样封闭了她刚才所在的地方。我用又湿又脏的双手拿起卡茜亚的两只手，把它们放在我的脸颊上，放在我的嘴唇边。它们很凉，但我自己的手更凉；这说明她还有一息尚存。我弯下腰，把她背在肩上。

第八章

　　黎明时分，我摇摇晃晃走出了黑森林，把卡茜亚斜扛在肩上，跟一捆木柴一样。一路上，黑森林都在给我让路，像是害怕把我逼急了，再使用那条咒语似的。弗米亚还在我的头脑中回响，像深沉的钟声，跟我每一下沉重的脚步声共鸣。卡茜亚的体重压在我身上，我抓紧她手脚的双手上，还沾着泥土。我从卡茜亚身体下面爬出来，推她翻身向上。她还是双眼紧闭。她的头发被树浆浸透，依然黏黏地粘在脸颊旁边。我抱起她，让她的头靠在我肩上，闭上眼睛，念出了传送咒。

　　龙君在高塔中的房间里等着我们。他的脸比我见过的任何时候都更加沉重严峻，他捏住我的下巴，用力掀起我的头。我回望着他，精疲力竭，心里一片空白，而他不断打量我的脸，在我眼睛里搜寻。他手里拿着一瓶甘露酒，看了我半天之后，拔出瓶塞，硬塞进我手里。"喝掉它，"他说，"整瓶都喝光。"

　　他去了卡茜亚四肢张开、一动不动匍匐在地的位置：伸出一只手在她身体上方，当我出声并伸手抗议时，他狠狠瞪着我说："够了，"他

111

无根之木
UPROOTED

很不耐烦，"除非你想逼我马上烧死她，好腾出手来对付你。"他一直等到我开始喝，然后快速念诵了一段咒语，撒了些干燥的粉末在她身上：一张闪亮的琥珀金色的网出现在她身体上方，像一个鸟笼，他回头看我喝甘露酒。第一口的感觉，是说不出的舒服：像是嗓子酸痛时喝了一口温暖的蜂蜜柠檬水。但当我继续喝下去，就觉得整个肚子里翻江倒海，甜腻得很不舒服。我不得不半途停下来，"我喝不下，"我强忍住恶心说。"全喝光。"他说，"要是我觉得必要，待会儿可能还要再来第二瓶。快喝。"我硬是吞下一口，又一口，直到喝光一整瓶。他擒住我的手腕说，"乌劳兹斯特斯、索夫金塔，梅吉奥特、科卓，乌劳兹斯特斯、梅吉奥特。"我开始尖叫：当时觉得我的身体就像是被他点燃了。我能看到光芒从自己体内发出，把我的身体变得像灯笼一样，我抬起双手，惊恐地发现有浅淡的阴影在皮肤下游走。我忘掉了浑身火烫的痛苦，抓起裙子从头顶脱了下来。他跟我一起跪在地上。我像个小太阳一样强烈发光，而那淡淡的阴影依然在我体表以下游动，就像冬天冰面以下的游鱼。"把它们拿走，"我说，看到它们之后，突然也感觉到了它们的存在，正在我体内留下黏液一样的痕迹。我之前还相当愚蠢地认为，既然我没有擦伤、割伤、咬伤，应该就是安全的。我还以为他只是以防万一。现在我懂了：我仅仅是曾在树枝下呼吸，就已经受到侵蚀，之前没有察觉，是因为它们是悄悄潜入，一点点慢慢渗透的。"把它们拿走——""行了，我正在努力呢。"他咬着牙说，现在抓紧了我的手腕。他闭上眼睛，又开始念念有词，一段漫长又缓慢的吟咏，看上去没完没了，不断给那团火焰注入能量。我眼睛紧盯着窗户，看着照进房间里的阳光，在身体燃烧的感觉中努力呼吸。眼泪像小河一样顺着脸颊流下，感觉滚烫。只有这次，他握着我胳膊的手显得更凉一点儿。

第八章
chapter 8

　　我皮肤下的阴影正在缩小，它们的边缘被那光芒烤掉，就像沙砾消解在河水里。它们还在四处游走，妄图找到藏身之处，但他让那光明照遍所有角落。我可以看到自己的骨骼和内脏，都是自己体内清晰的轮廓，其中一颗，就是我胸腔里狂跳不止的心。它在减速，每一下都更沉重。我在恍惚中明白，现在的问题，是他能不能在我的身体崩溃之前，就把我体内所有的毒素清除。我在他的扶持卜摇摇摆摆。他用力摇我的身体，我睁开眼睛，看到他狠狠瞪我：他始终都没有停止念咒语，但眼神的含义不言自明：你这胆大妄为的白痴，我绝不允许你让我白白浪费时间，他那双暴怒的眼睛这样说道，我只好暗自咬牙，再多坚持一小会儿吧。

　　最后几条阴影式小鱼正在被融解，变成扭动的丝缕，然后连它们也渐渐消失，细到了肉眼看不到的程度。他减慢了吟诵速度，暂停。那火焰燃烧的感觉消失了一会儿，那份解脱感真是好到不行。他沉着脸问："够了没有？"

　　我张开嘴，想说，够了，想说，拜托你，别再继续。"不够。"我小声说，现在已经吓慌掉了。我还能感觉到流沙一样浅淡的阴影仍潜藏在我体内。如果我们现在住手，它们会深藏起来，躲进我的血管和肠胃里。它们会扎根，不断生长，生长，生长，直到把我完全吞噬掉。

　　他点了一下头，伸出手，念了一个词儿，又一瓶甘露酒出现。我打了个冷战，他不得不拿起瓶子，喂我喝了一口。我强咽下去，他又开始念刚才的咒语。我体内又开始有着火的感觉，没完没了，让人头晕目眩，持续煎熬。

　　之后我又喝了三口，每次都能把魔火拨旺到最大，我几乎可以断定。之后，我迫使自己又来了一口，以防万一，然后，我几乎是哭着说："够了，真的够了。"但这时，他趁我不注意，又给我强灌了一口。就在我唾沫飞溅表示愤慨的同时，他用一只手捂住我的口鼻，用了另外一种咒语，这次没有烧灼感，而是闭合了我的肺叶。有五次心跳的可怕时间里，我完全无法呼吸，只能抓挠他，凭空陷入溺水一样的窒息状态：这次的折磨胜过以往所有。我当时盯着他，看到他的黑眼睛也注视着我，毫无心软迹象，还在搜寻着什么。我感觉那双眼睛开始吞没整个世界，我的视线开始模糊，双手虚弱无力，他终于住手，我那焦灼的肺也终于重启，像风箱一样猛烈吸气。我随之呼喊，是那种盛怒之下无言辞的喊叫，我猛地把他推开，使他在地板上翻滚着远离。

他拧身坐起，极力让那瓶甘露酒不洒出来，我们两个互相怒目而视，同样生气。"在我见过的所有极度愚蠢的行为里，你这次真是登峰造极。"他对我吼。

"你本应该先告诉我一声！"我喊道，双手抱紧自己的身体，还是惊魂未定。"其他我都忍了，这个我应该也能忍住——"

"要是你真的已经被侵蚀，就不能说，"他打断我，干巴巴地解释，"如果你被控制得很深，而我又警告过你，你就会极力回避。"

"那你不就知道了，很好啊！"我说，他紧紧绷住嘴唇，成一条细线，带着一丝古怪的僵硬态度看向一边。

"是，"他简单回答，"那样我会知道。"

然后——他就只能杀死我。他会在我苦苦的哀求之下把我消灭，也许吧；那时我会哀求他，还装作——也许就像之前的我一样，坚信自己——没有被侵蚀。我静默下来，呼吸缓缓平复，深入而且有力。"那么我现在——现在没事了吗？"我终于问，自己也害怕答案。

"是的，"他说，"没有任何侵蚀能躲过刚才最后一种咒语。如果我们用它过早，它就会让你丧命。因为阴暗力量将不得不利用你的血液来呼吸，维持它的生存。"

我瘫软下去，捂住脸。他吃力地站起来，封紧瓶塞。他嘟囔了一句"瓦纳斯塔勒姆"，动了下双手，走到我面前：他生硬地递过来一件仔细折叠的斗篷，厚厚的，丝绸镶边的天鹅绒，墨绿色，绣有金花。我空洞地看着它，然后又抬头看他，只在他不快地、僵硬地看向别处时，才意识到自己皮肤下最后那层闪烁的琥珀色正在褪去，而我还是全裸的。

我猛然站起来，抱着那件斗篷，却忘了穿。"卡茜亚。"我着急地说，转身看躺在金笼子下面的她。

龙君什么都没说，我绝望地回头看他。"去穿好衣服，"他终于说，"现在不用急。"

我一回到高塔，他就抓住了我：他一点儿时间都没有耽搁。"一定会有办法的，"我说，"一定会有办法的。它们才刚刚把她抓走——她在那棵树里的时间一定不长。"

"你说什么？"他警觉地问。他听我讲述那片空地、那棵怪树的事，眉头越皱越紧。我试图告诉他黑森林的可怕威胁，总在暗中窥探我的那种力量，被猎杀的感觉。我在整个过程中语无伦次：总感觉语言不足以传达那份恐怖。他的脸色却变得更加阴沉，直到最后，我讲到自己跌跌撞撞跑到外面洁净的雪地里。

"你已经幸运到难以置信。"他最后说，"而且也疯狂到难以描述，尽管在你身上，两者像是一回事。没有人曾像你这样深入黑森林，然后还能活着出来：上一次还是——"他停住了，但不知为什么，我猜他是要说亚嘎女巫：那个曾经进入黑森林，又安全返回的亚嘎。他看出我猜到了答案，瞪了我一眼。"那时，"他冷冰冰地说，"她已经有一百岁，

无根之木
UPROOTED

魔力极为强大，所到之处，连纯黑的毒菇都会给她让路。而即便是她，也没有蠢到在森林中央使用那么复杂的魔法，尽管这次我也承认，这招确实救了你的命。"他摇摇头，"我觉得，那个农妇跑来趴在你肩膀上哭完之后，我就应该用铁链把你锁起来。"

"温莎，"我说，迟钝又疲惫的头脑终于又碰到了一件能打起精神去做的事。"我得去告诉温莎。"我看了下走廊，但他阻止了我。

"跟她说什么？"他问。

"说卡茜亚还活着，"我说，"说她逃出了黑森林——"

"然后说她最终还得死？"他毫不隐讳地说。

我本能地退向卡茜亚身旁，用身体挡在他俩之间，双手高举——其实如果他想制伏我，我怎么做都没用。但他只是摇摇头。"别像只公鸡一样冲我夆毛。"他说，那表情更像是疲惫，而不是生气，那语调让我整个胸腔发紧。"我们现在最不需要的，就是你再展现一次为她不顾任何后果的情怀。只要我们还能控制她，你就可以让她继续活下大。但最终，你会觉得死也是一种仁慈。"

我还是告诉了温莎，在那天上午晚些时候她醒来时。她瞪着眼睛，紧握着我的手，"让我看看她。"她这样要求。但龙君早就明确禁止过。

"不行。"他说，"你要是愿意，爱怎么折磨自己都可以，但我也只能容许这么多。不要让那女人有任何奢望，也绝对不能让她靠近。如果你接受我的建议，最好是跟她说那个女孩死了，让她继续过自己的生活。"

但我还是硬着头皮跟她说了实话。我以为这样更好，让她知道卡茜亚已经逃离黑森林，她的痛苦折磨可以有个尽头，就算没有什么治愈的

第八章
chapter 8

希望。我并不确信自己的做法正确。温莎又哭又闹，对我苦苦哀求。要是我能做到，肯定违抗龙君的禁令，带她去看女儿了。但龙君根本就不放心把卡茜亚交给我：他已经把她带走，锁在高塔地底的某个地方。他跟我说，在我学会某种自保魔法之前，都不会带我下去，那种魔法可以让我对抗黑森林的侵蚀。

我不得不对温莎说自己做不到；我不得不手按心口赌咒发誓，一遍又一遍，她才相信我。"我根本不知道他把她关在哪里，"我最后不得不喊起来，"我真不知道！"

她不再哀求，死盯着我，气喘吁吁，她的两只手紧紧抓住我的胳膊。她说："你邪恶，嫉妒——你一直都痛恨她，一直。你就想让她被带走！你和加琳达，你们早知道他会带走她，你们知道，而且幸灾乐祸，现在你还是恨她，因为你自己被掳来——"

她在摇晃我的身体，抽风似的一阵接一阵，有一会儿，我无力阻止。那太可怕了，听她对我说这种话，像是在我寻找清水的地方，突然有毒液流出。我当时累得要死，被龙君的清疮魔法折腾得很不舒服，自己的全部力量都耗在带回卡茜亚这件事上。我终于挣脱，逃离那个房间，无法继续承受，我站在走廊里，对着墙号啕大哭，累到甚至没有力气擦眼泪。过了一会儿，温莎跟出来，她自己也在哭。"请原谅我，"她说，"涅什卡，原谅我。我不是故意的，真的不是。"

我知道她不是有心那样说，但那话也有真实的一面，一点点吧，有说中的地方。它挖出我内心深处的负疚，我曾经的哭喊：你为什么不选卡茜亚？我这么多年的确曾经暗自高兴，我和我妈妈，我们都以为我不会被选中，而我被带来之后的确也曾非常难过，尽管我从来没有因此痛恨过卡茜亚。

无根之木
UPROOTED

　　龙君打发温莎回家时，我并没有感到难过。在他拒绝当天就教我避瘴魔法时，我甚至也没有特别反对。"试着不要在犯傻的方向上全力以赴。"他冷冷地说，"你需要休息，就算你不需要，我也要养精蓄锐，然后才能开始尝试把必要的自保方法灌进你的脑袋里，对我来说，那无疑会是一种折磨。这件事不用急，反正也不会有任何改变。"

　　"只有几条阴影从你齿缝里混入体内；马上清理的做法，让它们无法在你体内立足。"他说，"但当前的情况完全不同，甚至不是什么间接感染，像那个无端被你石化的倒霉蛋，放牛的那个人一样。你知不知道，你看到的那棵，是黑森林的'林心树'之一？它们生根的地方，黑森林就会拓展边界，树人以它们的果实为食。她被黑森林魔力侵蚀的程度，已经是最严重级别。早点儿去睡吧。对她来说，几个钟头改变不了任何东西，却可能让你少做几件蠢事。"

　　我当时的确太累，自己心里也清楚。尽管不愿承认，尽管顶撞的话在肚子里准备喷发，我还是把它们留到以后使用了。但如果我从一开始就听从他的劝导和警告，卡茜亚就会还在那棵林心树的主干里，被吞噬，被腐蚀；如果我无条件接受他对魔法的见解，我肯定还在被些小咒语耗得精疲力竭。他曾亲口对我说，没有一个被林心树吞没的人被救回，也没有人进入黑森林后安全返回——但亚嘎女巫就做过，现在我也做到了。他可能会犯错，他对卡茜亚的判断就是错的。绝对是。

　　第二天，天一亮我就起床了。在亚嘎女巫的魔法书里，我找到一个用来寻找邪恶的咒语；很简单的几句词儿，艾斯艾斯艾斯麦，我到厨房使用这条咒语，找出木桶后面一个长了青苔的地点，墙上有灰泥老化的地方，还有一个臭苹果和一棵烂白菜，它们滚到了一个酒柜下面。等到阳光终于照亮楼梯，我上楼去书房，开始很大声地拍打架子上的书，直

到他出现，睡眼蒙眬，一脸的不高兴。他倒是没有责怪我，只是微微皱
了下眉头，默默转身。我倒宁愿他大喊大叫。

但他只是取出一把小小的金钥匙，打开房间深处一个小小的黑色木
头柜。我探头看看，里面是平整的薄玻璃板，厚厚一摞，中间夹了好多
羊皮纸文稿。他拿了一张，取出来。"这个东西，我主要是当作有趣的
文物保存的，"他说，"但看上去，它倒是很适合你。"

他把那张羊皮纸放在桌面上，纸稿还在两片玻璃板之间夹着：只有
一页纸，字迹乱糟糟的难以辨认，很多字母的样子都很怪，还有简陋的
插图，画的是一根松枝，上面冒出的烟正飘入一张脸上的鼻孔里。有十
几种不同的咒语：苏伊塔、瓦戴，苏伊贾塔、阿考拉塔，瓦戴拉伦，阿
考戴尔，埃斯特彭，还有好多其他的语句。"我用哪一种呢？"我问他。

"什么？"他问，脸色越来越难看，因为我说那些是分开的咒语，
并不是一条长长的咒语，表情显然能说明，他以前都没有看出来。"我
一点儿头绪都没有。"他简短地回答，"自己挑一个试试看喽。"

我忍不住暗自感到一阵狂喜：这又是一个他并非无所不知的明证。
我去实验室找来松针，在书房桌面的玻璃碗中生起一小团冒着浓烟的
火，然后急切地俯身在羊皮纸上念，"苏伊塔"。我一边念，一边感觉
它在我嘴里的状态——但它有些不对劲，就像语调有些偏似的。

"瓦洛迪塔兹、阿洛伊托，凯斯、瓦洛弗斯。"他说，这个严峻又
恶毒的声音像鱼钩一样插入我的身体，然后迅速抬起一根手指，我的两
只手从桌子上抬起来，接连击掌三下。这并不像是完全无法控制自己，
更像是在下坠的梦中做出的本能反应。我能感觉到这个动作背后的操控
者，就像有木偶线连接到我皮肤下面。有人动了我的胳膊，却不是我本
人。我几乎想找个咒语抽他，他又弯了下手指，那鱼钩和控制线都离开

无根之木
UPROOTED

了我的身体。

我已经站起来，退开了足有半个房间的距离，喘息了半晌才控制住自己。我瞪他，但他没有向我道歉。"等到黑森林做这种事，"他说，"你不会有上钩的感觉。再试一遍。"

我花了一小时才理出一条可用的咒语。它们没有一条是直接能用的，不能按照纸面的样子照搬。我必须把它们念出来，放在舌尖上体会，用多种方式尝试不同发音，渐渐才发觉，有些字母的发音不是我最初认定的样子。我试着改变它们的读音，直到碰见自己感觉正确的读法，再试下一个词儿，再下一个词儿，直到能把一句话连起来说。他又让我一遍遍演练了足足四小时。我吸入松烟，念出咒语，他就用一种令人不快的新奇诅咒来攻击我。

到了正午，他终于准许我停下来稍作休息。我倒在椅子上，像只豪猪一样炸了毛，而且完全累倒，我的魔法屏障倒是能坚持住了，但我感觉很像被人用尖棍棒戳了一上午。我低头看那份皮纸文书，那样仔细地被收藏起来，带着那些怪里怪气的字体，我想知道它已经有多少年的历史。

"非常古老。"他说，"比波尼亚王国还要古老：它甚至可能比黑森林都更古老。"

我吃惊地看着他，以前我从来没想过，黑森林并不是一直都在，也不是一直都这副样子。

他耸耸肩。"据我们所知，它一直都在。它当然比波尼亚和罗斯亚这两个王国更古老：早在这条山谷有我们两国人民定居之前，它就已经存在。"他用手指敲打玻璃中间的那张羊皮纸，"这些文字，来自最早定居此地的那些人，我们只知道他们生活在数千年前。他们的魔法师兼国王把魔法带到西方,在这条山谷中扎根;更早期,其祖先生活在罗斯亚王国遥远东方的荒芜地带。黑森林吞没了他们,摧毁了他们的城池,把他们的田地化为废墟。现在,已经很少有他们文明的遗迹了。"

"但是,"我说,"如果他们最早在山谷定居时还没有黑森林,黑森林又是从哪里来的呢?"

龙君耸耸肩:"如果你去国都,会见到好多游吟诗人,乐于为你演唱各种版本的黑森林起源传说。这是他们中间的热门主题,至少在这个问题上,听众比他们更无知:这给了他们巨大的幻想空间。我觉得,或许他们中的某人会碰巧讲出真相。点火,我们继续吧。"

直到那天傍晚天色渐暗,他才对我的练习成果表示满意。他试着打发我去睡觉,但我坚决不听。温莎的话还在我脑子里回荡,折磨着我,搅扰着我,而且我还怀疑,他是蓄意让我这样劳累,以便再拖延一天。我想要亲眼看到卡茜亚,我想要知道自己需要面对什么,了解这种我必须战胜的魔力侵蚀。"不行。"我说,"绝对不行。你答应过了,我能自保的时候就可以去看她。"

他摊开双手。"好吧,"他说,"跟我来。"

他带我来到楼梯底端,到厨房后面的地下室。我记得自己曾在绝望中搜索过所有这些墙,在我怀疑他吸取我生命力的日子里。我曾用手摸过每一面墙,手指插到每一条裂缝里,拖拽过每一块松动的砖头,想找出一条逃走的路。但他直接把我带到一面很平整的墙前面,这里有一大块灰白色巨石,中间没有任何泥灰。他用一只手的手指尖按在石板表面,像蜘蛛爬行一样在上面轻点,我感觉到他的魔法起效时的轻微响动。整块石板缩进墙面,露出用同样的灰白石料砌成的阶梯,台阶上有微光闪耀,陡直地深入地下。

无根之木
UPROOTED

　　我跟着他走下这条通道。这里跟石塔内的其他区域不同：更古老，也更怪异。阶梯两端坚硬规整，中间较为松软，两面墙根那里都刻了长串的字母，这种文字不是我们的，也并非来自罗斯亚国：倒是更像防护魔法皮纸上的字形。我们看上去往下走了很长一段，我越来越感觉到周围石料的沉重压力，还有那份可怕的寂静。这里感觉就像一座坟墓。

　　"这本来就是坟墓。"他说。我们到达阶梯尽头，进入一个小小的圆形房间。这里的空气显得更为湿重。文字从阶梯一侧延续下来，环绕圆室一周，连伸到对面，然后折而向上，在墙面上勾出一座拱门形状，又回到地面，延伸并接回楼梯另一侧。拱门中有一块颜色较浅的石块，靠近底端——就像这座墙的其他部分先建成，这道门最后才被密封一样。那块石头，看上去正好够一个人钻出来。

　　"那么，现在这里还埋葬着某个人吗？"我怯生生地问，声音很小。

　　"是的，"龙君说，"即便是国王，一旦死了，也就不再反对跟别人共享。现在听我说，"他转过身来面对着我，"我不会教你穿过这道墙的法术。如果你想见她，我可以带你穿过去。但如果你试图触碰她，如果你容许她接近到你一臂范围以内，我会马上把你带出来。现在，如果你坚持要继续的话，就施放你的保护魔法吧。"

　　我在地板上点燃那一小把松针，念完咒语，把脸伸到松烟里，让他握住我的手，带我穿墙而过。

　　他已经让我担心最可怕的情况：卡茜亚像泽西一样备受折磨，口吐白沫，抓挠自己的身体；卡茜亚浑身都是那种蠕动着的侵蚀阴影，吞噬她体内的一切。我准备好应对一切，我很紧张。但当他带我穿过墙，她只是蜷缩在房间一角的薄草垫上，双手抱膝。身边地板上有一盘食物和饮水，而且她显然吃喝过；她还洗过脸，仔细梳过头发。她看上去有些累，有些害怕，但并未特别慌乱，她挣扎着站起来，伸出双手走向我。"涅什卡，"她说，"涅什卡，你找到了我。"

"别再靠近，"龙君面无表情地说，然后补充了一句，"瓦拉、波尔齐斯。"一条炙热的火焰分隔线出现在我俩之间：我情不自禁，已经向她的方向伸出手，自己都没有意识到。

我把双手垂在身边，把它们握成拳——卡茜亚也后退开，留在火焰内侧。她顺从地朝龙君点头。我站在原地呆呆地看她，感到无助，心里又充满一厢情愿的希望。"你是不是——"我开口说，后半句却卡在了喉咙里。

"我不知道。"卡茜亚说，她声音颤抖，"我也——不记得。它们把我带到黑森林里之后，我就什么都不知道了。它们把我带进黑森林，然后它们——它们——"她停住，微微张开嘴。她眼里透着恐惧，那是我在树里发现她时，她被深埋在树干里的那种恐惧。

我必须强制自己不向她伸出手。我自己也像是回到了黑森林中，看到她盲目又震惊的面容，哀求一样伸出的双手。"别再说那些了。"我说，声音粗重又伤心。我感到一阵盛怒，针对龙君，不满他把我阻挡这么久。我已经在我脑子里制订出计划：要用亚嘎女巫的魔法找出卡茜亚体内魔法侵蚀的根源，然后我会让龙君教我用来给我解毒的魔法。我会在亚嘎女巫的书里找出类似的办法，把邪魔从她体内清除。"现在先不要想那些，只要告诉我，你现在有什么感觉？你有没有觉得——恶心，或者身体发冷——"

我终于环顾了一下这个房间本身。墙面也是那种骨白色的大理石，房间里有一个深深的壁龛，其中有一口厚重的石盒，长度超过人的身高，顶盖上刻着同样的文字，侧面还有其他浮雕装饰：高大的花树，

无根之木

UPROOTED

彼此牵绊的藤条。它的上方有一团孤零零的蓝火在燃烧，空气从墙面上的一道细缝中流入。这是个美丽的房间，但特别冷；不适合任何活物停留。"我们不能把她关在这里，"我激动地对龙君说，尽管他只是摇头。"她需要阳光，还有新鲜空气——我们可以把她锁在我的房间里——"

"这里总比黑森林更好！"卡茜亚说，"涅什卡，请你告诉我，我妈妈还好吗？她试图追踪那些树人——我担心它们把她也抓去。"

"还好。"我说着，抹了下脸，深呼吸。"她没事。她为你担心——特别担心。我会告诉她你平安无事——"

"我能给她写信吗？"卡茜亚问。

"不能。"龙君说，我转身瞪着他。

"我们可以给她一支铅笔头和一点儿纸！"我生气地说，"这不是什么过分的要求。"

他的表情有些哀伤。"就算是你，也没有那么蠢。"他对我说，"你真以为她在林心树里被活埋一天一夜，出来之后还能淡定地跟你正常聊天吗？"

我停住，沉默，害怕。亚嘎女巫的侵蚀寻找咒语就在舌尖打转。我张口想要念诵——但这可是卡茜亚。我亲如姐妹的卡茜亚，我对她的了解，超过世界上任何其他人。我看她，她也看我，不开心，而且害怕，但还是拒绝哭泣，拒绝屈服。这就是她。"它们把她放进那棵树里，"我说，"它们把她特意留给了那棵树，但我抢在它得手之前——"

"不对。"他淡然否定。我瞪他一眼，继续回头看卡茜亚。她还是对我微笑了，一个挣扎着的、勇敢的微笑。

"没关系的，涅什卡。"她说，"只要我妈妈安然无恙就好。那么——"她哽了一下，"我会怎样？"

第八章
chapter 8

我不知该如何回答她。"我会想出办法来净化你。"我说，几乎是绝望的，也没有看龙君。"我会找到一种魔法，来确认你没事——"但这些只是空话。我不知道自己怎样才能让龙君相信卡茜亚没事。他显然不准备相信这样的论断。而如果我没办法说服他，如有必要，他会让卡茜亚有生之年一直被关在这里，跟一位古代国王的尸体做伴，得不到一丝阳光——永远见不到她爱的人，永远都无法继续生活。对卡茜亚来说，他是跟黑森林一样严酷的威胁——他根本就不想让我救她出来。

而即便是在更早的时候，我突然带着幽怨想到，他还曾想把她从我生活中抢走——他想占有她的意愿，跟黑森林一样强烈，都想用自己的方式吞噬她。此前，他会毫不犹豫地将她连根拔起，打断她的生活，把她变成高塔中的囚徒，只伺候他一个人——现在他又为什么要关心，有什么动机冒险让她获得自由？

他当时就站在离我几步之遥的后面，离火焰和卡茜亚更远一点点。他的脸看起来高深莫测，没有显露任何情感。他的薄嘴唇紧闭。我看向别处，努力让自己的表情平静，隐藏内心的想法。如果我能找到一种魔法穿透这堵墙，我就只需要躲过他的注意力就好。我会试着向他施放昏睡咒，或者在他吃饭时，给杯子里下药：苦艾草加紫杉浆果酿汁，再烧成糊状，加三滴血，念一段咒语，就能提取出一种速效药物，无味无——

我鼻端突然闻到刺鼻的辛辣松烟味，刚才的想法陡然增加了些苦涩味道，让其邪恶之处显露无遗。我被它吓到，愣了一下，从火线前后退一步，身体开始发抖。在另一侧，卡茜亚正在等我开口：她的脸看似果敢，眼神清亮，满是信心、爱和感激——还有一丝恐惧和担心，但也只是常见的人类情感。我看她，她也紧张地看我，还是她平常的样子。但我已经说不出话。那松烟味还在我嘴里，刺激着我的双眼。

"涅什卡？"卡茜亚说，她的声音有些打战，像是越来越害怕。我还是没说什么。她在火线对面直视我，烟雾后面她的脸，开始看上去像是在微笑，然后就不高兴了，嘴巴颤抖着，不断改换形状，在尝试——尝试不同的表情组合。我又退回一步，情况显得更糟糕。她侧头，眼睛盯着我的脸，瞪大了一些。她改换重心，采用另一种站姿。"涅什卡，"她说，现在不是怯生生的语气，而是自信又热情，"没事的。我知道你一定会帮我。"

龙君在我旁边，什么都不说。我深吸一口气，还是没说话，觉得喉咙发紧。最终我勉强小声念了一句："艾斯麦。"

我们之间的空气里泛进辛辣又苦涩的味道。"求你，"卡茜亚对我说，她的声音突然变成了哽咽，就像演员，从一幕戏和情绪切换到了下一幕。她向我抬起双手，向火苗方向踏出一步，身体前倾。她有些过于靠近。那气味变得更强，像是绿树枝着了火，好多树液。"涅什卡——"

"住口！"我叫道，"别这样。"

她停住。有一会儿，站在那里的还是卡茜亚。它让她的双臂垂在身边，表情变得空洞。一波腐木气味冲过整个房间。

龙君抬起一只手，"库尔奇亚斯、维兹奇亚斯、海希麦。"他念道，一道强光从他手中射出，打在卡茜亚的皮肤上。光芒照射之处，我看到浓重的绿色阴影，颜色斑驳不均，就像层层叠叠的树叶。某种东西通过她的眼睛看着我，它的脸平静，怪异，非人类。我认出了它：现在看我的，就是我在黑森林里感觉到正在找我的东西。卡茜亚本人，已经消失得全无踪迹。

第九章

　　龙君拉我穿墙返回墓穴前室，我几乎是被搀扶着的。出来以后，我就滑跌在地板上，坐在我那一小堆松针灰旁边，盯着它们，眼神空洞。我几乎痛恨它们偷走了那些甜蜜的谎言，我甚至哭不出来。这比卡茜亚死了还要糟糕。龙君站在我身旁。"一定有办法，"我说，一边抬头看他，"一定有办法把那东西从她体内驱除。"这是孩子气的呼告，或者说哀求。他什么都没说。"你对我用的那种法术——"

　　"不行，"他说，"不适用。那种清瘴法术，用在你身上都勉强。我警告过你的。它，是不是试图说服你伤害自己？"

　　我又一次抖得厉害，想起刚才那些念头涌入头脑时的苦涩感觉：苦艾草加上紫杉浆果，快速起效的魔药。"伤害你。"我说。

　　他点头："它应该很喜欢这样子：先说服你杀了我，然后想个办法，诱使你重返黑森林。"

　　"它到底是什么？"我问，"她体内的那种——怪东西到底是什么？我们总说黑森林，但那些树——"我突然确信起来，"——那些树本身也是被毒害的，跟卡茜亚一样。那只是它寄生的地方，而不是它的本体。"

"我们并不知道。"他说，"它在我们来之前就已经存在，也许是在他们之前。"他补充说，示意墙上那些古老文字，"这些古人唤醒了黑森林，或者就是制造了它，跟它对抗了一段时期，被它摧毁。这座古墓，是他们仅存的遗迹。这里本来还有一座更古老的石塔。到波尼亚人占领这片山谷，并再次唤醒黑森林时，那座塔近乎绝迹，只剩了些乱糟糟的砖头。"

他不再说话。我还在出神，抱膝坐在地上，止不住发抖。终于，他沉重地说："你有没有准备好让我结束这件事？你喜欢的那个她，很可能没有什么能挽救回来的了。"

我想说"是"。我想让那个怪物消失，被消灭——那个用卡茜亚的脸当面具，不只是利用她的双手，还利用她的内心和理智去残害亲人的怪物。我几乎已经不在乎卡茜亚还在不在那具躯体里面。如果她在，我想不出还有更可怕的折磨：困在自己的身体里，像提线木偶一样被那个怪物完全控制。我也无法说服自己质疑龙君的论断，一如当初他断定她已经没救，已经没有任何魔法可以帮到她的时候一样。

但我救了他本人，也是在他自以为无法挽救的情况下。而我现在还只知道那么一点点，就跌跌撞撞在无数不可能之间乱闯。我想象从一本书里寻找一种魔法的那份煎熬，或许再找一个月，或许一年，才能找到有用的办法。"还没有，"我小声说，"还没有。"

如果说以前的我是个心不在焉的学生，现在又成了另一个极端上的差劲门生。我总是超前翻看高级书籍，不被抓住的时候，就从书架上拿他禁止我看的书。我查阅所有能找到的书。我会把法术施放一半，然后弃置一旁，又继续找其他的。我会在不清楚自己能否完成时贸然开始。我就是在魔法森林里疯跑，把前方灌木拨开，无视划伤和尘土，也不管自己会跑到什么地方。

至少每隔几天，我就会找到某些看似有渺茫希望的东西，让我认定它值得一试。每次我有请求，无论要试什么，龙君都会痛快地带我下去找卡茜亚，次数远远超过真正值得尝试的方法数量。他任由我把书房搞得乱七八糟，灯油和药粉洒在桌子上他也不抱怨。他没有迫使我放弃卡茜亚。我特别痛恨他这份隐忍，以及他本人：我知道，他是在让我说服自己，其实已经无计可施。

她——我是说藏在她身体里的怪物——现在不再试图伪装。她用鸟儿一样明亮的眼睛打量我，在我徒劳无功时，有时会微笑：那笑容特别可怕。"涅什卡，阿格涅什卡。"她拖着轻柔的长腔说，一遍又一遍。有时候我念咒语，都要在她的干扰下磕磕巴巴地完成。每次我出来时，都觉得自己遍体鳞伤，恶心到了骨头里，爬楼梯时动作迟缓，脸上眼泪涟涟。

这时候，春光遍及山谷，如果我从窗户向外看的话，但现在我很少这样做。每天，我都可以看到斯宾多河带着融化的冰雪泛起白浪。低地上成片的草地日渐扩大，从两侧把雪线赶上高山。有时候大雨掠过山谷，布下银色帘幕。石塔里，我自己却像戈壁一样焦渴。我看过了亚嘎女巫魔法书中的每一页，还有其他少数几本适合我"乍神型"魔法的典籍，加上龙君可以推荐的其他书。我看过好多治愈类、驱魔类，还有恢复类魔法。我试过了所有办法，但没有看到一丝希望。

播种之前，山谷里的人们庆祝了春节，奥尔申卡的巨大篝火由高高的一堆干木柴组成，大到我从高塔上都能看得清清楚楚。我一个人在

无根之木
UPROOTED

书房里，听到一段音乐从风中传来，于是去看窗外的庆典。在我看来，就像整个山谷都突然迸发出了生命力，早发的秧苗在田野里探出头，每座村庄旁边的林地都蒙上了一层浅淡的嫩绿色。而在那些冰冷的石阶下面，卡茜亚还被关在她的墓穴里。我收回视线，双臂放在桌面上，俯身痛哭。

当我再次抬头，脏兮兮的满脸泪痕，他来了，坐在我旁边，看着窗外，脸色苍白。他双手互握放在大腿上，手指扣得很紧，像是刻意不去碰我。他在我面前的桌子上放了一张手绢。我拿起它，擦了脸，擤了鼻涕。

"我试过，只有一次。"龙君突然说，"那时我还年轻，还住在国都。当时有个女人——"他嘴角微微抽动，自嘲，"当然是朝中最美的女人了。我觉得现在说出她的名字也无妨，因为她入土已经四十年之久：柳德米拉伯爵夫人。"

我差点儿目瞪口呆，不知道哪一点最让我震惊。他可是龙君：他应该一直就住在这座高塔里，以后也会一直都在，是永恒不变的力量，像西边的高山一样。想到他还曾居住在别处，还曾经年轻，让我感觉完全不对。但与此同时，让我同样震惊的，是他还曾爱上过一个四十年前过世的女人。到现在，我已经很熟悉他的脸，但这时看到他，让我极为吃惊。他的嘴角和眼角一直都有细纹，细看就会发现，但这是仅有的岁月痕迹而已。在其他所有方面，他都跟年轻人一样：五官仍旧轮廓分明，黑发还是没有一点儿泛白迹象，苍白的脸颊依然光洁平滑，双手还是修长优雅。我试图把他想象成年轻的宫廷魔法师——如果身着华服，他还挺像是这类角色，跟在某位美丽迷人的贵妇人后面。但我的想象到此打住。在我的印象里，他就是个药狂书痴，只会出现在书房跟实验室。

第九章
chapter 9

"她——被黑暗魔法侵蚀了吗？"我茫然地问。

"哦，没有。"他说，"不是她本人，是她丈夫。"他停顿了一下。我当时不知道他会不会继续讲。之前他从未跟我讲过个人私事，提到宫廷，也一贯都是冷嘲热讽。过了一会儿，他还是继续讲了，而我听得很着迷。

"伯爵去罗斯亚国谈一份条约，中途要经过山口。他带回来的只是无法接受的条款，跟身受邪恶魔法侵蚀的迹象。柳德米拉府上有一位睿智的妇人，是伯爵夫人府上的奶妈，她见多识广，提前警告了女主人：她们一起把伯爵关进地下室，用盐巴封了门，告诉大家他生了病。"

"国都里没有人怀疑这位美貌少妇会做出如此见不得人的事，以为她年长的丈夫生病不出门也实属寻常。当她开始追求我时，我自己更加没有任何疑心。我那时年轻愚蠢，以为我本人和我的魔力都应该被众生仰慕，而不是会引人妒忌。而她也有足够的聪慧和决心，能够利用我的虚荣。她先是把我迷得神魂颠倒，然后才要我去救她丈夫。"

"她对人性的理解可谓相当深入。"龙君又干巴巴地补充说，"她对我说，不能在这种情况下抛弃丈夫。她向我表白，说愿意抛弃朝中地位、爵位、名声，但只要丈夫还没能摆脱恶疾，做人的荣誉感就迫使她一定要留在他身边。只有救了伯爵，我才能解开她的束缚，让她能跟我私奔。她同时利用了我的自私和虚荣：我向你保证，当时我还真把自己看成了高贵的英雄，满口答应要拯救爱人的丈夫。然后——她就让我见到了他。"

他静下来。我几乎不敢呼吸，像猫头鹰树下的小老鼠一样静坐，好让他继续讲。他像是在反观内心，脸色凄然，我觉得这表情似曾相识：我想到泽西躺在病床上的可怕笑容，还有卡茜亚，她眼睛里那份可怕的

无根之木
UPROOTED

光彩，我知道，自己脸上也曾有过这样的表情。

"我花了半年时间尝试。"他终于继续讲，"我当时已经被认为是波尼亚国最强大的魔法师之一。我那时相信自己无所不能。我在国王图书馆和各大学搜读典籍，配制了十几种药物。"他向桌子上摆摆手，亚嘎女巫的魔法书合起来放在上面。"我就是那时候买到了这本书，还做过其他更愚蠢的尝试，但没有一种管用。"

他又自嘲地撇了下嘴。"然后我就来到了这里。"他用一根手指转圈，示意这座石塔。"那时有另外一位魔法师防御黑森林——乌鸦。我以为她可能有办法。她那时终于开始衰老，大多数宫廷魔法师都小心回避她，所有人都不想在她死后被派到这里来继任。我对此并不担心：我实力太强，根本就不可能被派到远离王廷的地方。"

"可是——"我吃惊地打断他，然后又咬住嘴唇，他终于看了我一眼，习惯性地扬起一侧眉毛，表情里全是讽刺。"可是你最终还是被派到这里来了吗？"我惴惴不安地问。

"不，"他说，"我是自己选择留下的。国王那时候并不太喜欢我这个决定：他更喜欢让我待在眼皮底下，而他的继任者也经常催我还朝。但她——说服了我。"他的眼睛又从我的方向移开，看向窗外，黑森林的方向。"你有没有听说过一个小镇，名叫波罗斯纳？"

听起来只有一点点熟悉。"德文尼克村的面包师，"我说，"她外祖母是波罗斯纳人，她会烤一种小圆面包——"

"嗯，嗯，"他不耐烦地说，"你知道这个小镇在哪里吗？"

我无助地努力回想：其实这个地名很少听到。"是在黄沼泽那边吗？"我猜了一下。

"不是，"他说，"它离扎托切克仅有五英里，原来沿着大路就能到。"

第九章
chapter 9

扎托切克距离黑森林边缘的荒地仅有两英里，它已经是山谷中最偏远的村庄，黑森林边缘的最后一座据点，我这辈子都是这样想的。"黑森林——吞没了它吗？"我小声问。

"是的。"龙君说。他站起来，去拿那本我见他填写过的账册。他上次拿同一本册子，是温莎来告诉我们卡茜亚被抓时；现在，他把账册放在我面前的桌子上打开。

每一张巨大的页面上，都被分成精致的行列，像会计的账本一样清晰：但每一行都会有一个村镇的名称，若干人名，还有数字：多少人感染，多少人被抓，多少人医治后痊愈，多少人遇难。整页都是密密麻麻的条目。我伸手往后翻，纸页没有泛黄，墨迹仍然深黑：上面有浅浅的持久保护魔法。我越往前翻，年份间隔就越大，人数也越少。最近发生了更多不幸，规模也更大。

"乌鸦去世那天深夜，它吞没了波罗斯纳。"龙君说。他伸出手，把账册向前翻过好多页，到另一个笔迹书写的部分，这里没有后面那样整洁有序：每个事件都像讲故事一样被记录下来，字体粗大，线条有点儿抖动。

> 今天有一名骑手从波罗斯纳来：他们那时有发热病，七人病倒。他没有在沿途任何城镇停留，他自己也在发病。一份祛林浸液缓解了他的高热，阿加塔的第七咒文可以有效祛除病根。施法过程消耗掉七单位银币分量的藏红花，祛林浸液耗费十五银币。

这是那种字迹的最后一条记录。

"那时候，我在返回宫廷的路上。"龙君说，"乌鸦曾跟我说过，黑森林在扩张——她要我留下来。我拒绝了，而且很生气。我觉得这种小

无根之木
UPROOTED

事不值得我来做。她跟我说，那位伯爵已经无药可救，我也不喜欢这个结论。我盛气凌人地对她说，我一定能找到方法。不管黑森林的魔法做了什么，我都能挽回。我还对自己说，她只是个老迈孱弱的蠢货。黑森林扩张，只不过是因为她过于无能。"

我听着他的话，抱紧自己的身体，低头看那冷血的账册，那条记录下面的那片空白。我现在宁愿让他别再继续讲。他只是在试图友好地把以前痛心的失败记录讲给我听，而我能想到的却只有卡芮亚、卡芮亚，我在自己内心持续不断地呼唤。

"据我后来听说——有个急得发疯的信使在半路追上了我——她（乌鸦）去了波罗斯纳，带上她储藏的魔药，为了救治伤者累到精疲力竭。这当然就是黑森林发动攻击的时机。她设法传送了几个小孩到旁边小镇——我估计你们村面包师的外婆就是这几个小孩之一。他们说有七只树人一起来，带来了一棵林心树苗。"

"我赶到时，事情刚刚过去半天，依然可以穿过新生的树林。它们把那棵林心树种在了她的遗体中。她还活着，如果你能这样称呼那种状态的话。我设法让她干干净净地死去，但做完这步之后，我自己也只能逃走了。那村子已经失去，黑森林的边界也成功扩张。"

"那是黑森林的最后一次大规模进袭。"他补充说，"我取代了乌鸦的位置，阻止了黑森林的扩张，从那以后，一直都能抑制它的冲击——总体算是吧，但它总是在不断尝试。"

"而如果你没来呢？"我问。

"我是整个波尼亚唯一强大到能顶住它的魔法师。"龙君说，他并没有显得特别傲慢：就是在陈述客观事实。"每隔五年，它都会试探我的力量，每隔十年左右就试探性地大闹一番——就像你们村子此前遭遇过的情况。德文尼克村只是黑森林边缘众多村庄中的一个。如果它能设法在那里杀死或者侵蚀我，并种下一棵林心树——等到下一位魔法师赶到时，黑森林就将吞噬掉你们村和扎托切克村，并来到通往黄沼泽的山口下。如果有机会，它会从那里继续扩张。乌鸦遇难时，如果我坐视国王派来一位法力更弱的魔法师而不理，到现在，整个山谷怕是都被吞并掉了。"

"罗斯亚一边的情况就是这样。他们过去十年间，已经失去了四个村庄，之前十年失去两个。下个十年，黑森林就会蔓延到基瓦省南端山口。然后——"他耸耸肩，"我觉得，大家就会知道黑森林会不会越过山口蔓延了。"

我们俩默然对坐。从他的描述中，我仿佛看到黑森林缓慢而不可阻挡地漫过我们的村庄，吞并整条山谷，然后扩展到整个世界。我想象自己从高塔窗口俯视，外面都是一片无际的黑色树海，我们完全被包围起来。一片低语着、可恨的绿色汪洋，覆盖每一个方向，随风骚动，视野中再没有其他生物。黑森林将会扼杀整个世界，把它们摁到根系深处，就像它对波罗斯纳做过的那样，就像它对卡茜亚做过的那样。

泪水流下我的脸庞，是缓缓滑落，不是号啕痛哭。我难过到哭不出声。外面天色渐暗，魔法灯还没有点亮。龙君的脸变得模糊，看不清楚，在暮色里，他的眼神也无法分辨，"他们后来怎样了？"我用问题来打破沉默，因为觉得心里好空。"她怎么样了？"

他动了一下。"你指谁？"他这才回过神来，"哦，柳德米拉？"他停顿了一下。"我最后一次返回王廷期间，"他最后说，"我告诉她，她的丈夫已经无药可救。我带了另外两名宫廷法师做证，确定他的侵蚀无法挽回——他们听说我让这个人活了这么久，大为震惊——然后我让其中一名同行处死了他。"他耸耸肩，"碰巧，他们试图就这件事大做文章——魔法师之间的嫉妒和敌意可是非同小可的。他们对国王提议，我应该被逐出王廷，以示惩戒，因为我掩盖了有人被邪恶魔法侵蚀的事实。我觉得他们的本意，是让国王拒绝这样的处罚方式，而采取其他更为温和的处罚。当我公开宣布要离开王廷，不管别人怎么想的时候，我感觉他们是有些失望的。"

"而柳德米拉——我再也没有见过她。当我告诉她伯爵被处死，她险些把我的眼睛挖出来，而她当时说的话，很快破除了我曾经的幻想，让我看清了她对我的真实态度，所谓的感情是什么。"他干巴巴地补充说，"但她还是继承了亡夫的遗产，几年后改嫁另一位不那么显赫的爵爷，给第二个丈夫生了三个儿子和一个女儿，自己活到七十六岁，一直都是宫廷里德高望重的元老级人物。我相信，宫里的游吟诗人应该是把我塑造成了这个故事里的坏蛋，而她成了高贵又贞洁的妻子，为了救丈夫不惜付出任何代价。故事里的她，甚至都没有说过谎吧，我估计。"

我这时才想起，自己其实早就听过这个故事。我听别人唱起过它。柳德米拉和魔法师，只是在歌谣里，勇敢的伯爵夫人乔装改扮，装作是一名老年农妇，给魔法师做饭、打扫，而后者卑鄙地偷走了她丈夫的心，直到她在魔法师家一个锁着的盒子里找到那颗心，偷偷带回家救了丈夫。我的眼睛被热泪刺痛。那个故事里没有人被邪恶魔法害到不可救药，英雄总是能救治他们；也没有那种丑陋的时刻：伯爵夫人在黑暗的地下室痛哭，喊叫着让三名魔法师不要处死丈夫，后来又借此搞什么宫廷政治。

"你准备好放弃她了吗？"龙君问。

我没有准备好吗？或许我应该放弃。我无法继续忍受一遍遍走下那段阶梯，去面对那个有着卡茜亚面目的怪东西。我根本就不曾解救她。她还在黑森林的掌控下，还是已经被吞噬。但弗米亚还在我的心灵深处躁动，就好像……如果我对龙君说是，然后埋头痛哭，任他离去，稍后回来告诉我一切结束——我觉得那种魔法就会从我体内涌出，把我们置身其内的高塔彻底掀翻。

我抬头看周围所有那些书，心里感到绝望：那么多的书，书脊和封面像坚固的城墙。要是某座城堡里还藏着有用的秘密呢，要是还有办法能救她出来呢？我站起来，手扶在书上，那些金字在我没有视力的手指下面，毫无意义。卢瑟召唤术秘典再次吸引了我的注意力，就是那本我很久以前借走过的巨大皮革面厚书，让龙君大为生气的那次，那时的我，对魔法几乎一窍不通，还不知道自己能做和不能做什么。我把两只手放在那本书上，突然问："它到底能召唤什么？恶魔吗？"

"不，别胡说，"龙君不耐烦地说，"召唤邪魔的法术只是骗局而已。人们很容易就可以宣称自己召唤了某种不可见的无形生物。召唤术秘典可不是这么寻常的东西。它召唤的是——"他停顿了一下，我很吃惊地发现，他居然是在很费力地想词儿。"真相吧。"他终于说，稍稍耸耸肩，就像这个词儿也不能充分表情达意，甚至可以算错误，但是他能找到的最佳描述。我不懂人怎么召唤出真相，除非他的意思是看穿某种伪装。

"那么我当初念诵它的时候，你为什么那么生气呢？"我问。

他瞪了我一眼："你觉得它像是平常能用的魔法吗？我以为你是某个其他宫廷魔法师派来的敢死队员，他们的目的，或许是要炸掉这座塔的顶部，等你魔力耗尽，魔法崩塌的时候，就可以让我像个无能的白痴，连个学徒都带不了。"

无根之木
UPROOTED

"但那样子，我不就死了吗？"我问，"你觉得宫里的人还是会——"

"牺牲一个只有半吊子魔法天赋的农民来让我丢脸吗——或许害我颜面尽失，被召回王廷？"龙君说，"当然会。多数朝臣都把农民看成仅比奶牛高一级，比他们喜爱的马儿还低一级的生物。如果能牺牲一千个你们这样的人，在战场上获取些许优势，换来一点儿有利的边界修订，他们都很愿意这样做，几乎眼睛都不多眨一下的。"他挥手，表示这种卑鄙勾当不提也罢。"不管怎样，反正我不认为你能成功。"

我盯着书架上这本在我双手之下的书。我记得读它的感觉，那份踏实的满足感，突然之间，我把那本书从架上抽出来，抱着它转身面向龙君。他警觉地看着我。"它能帮到卡茜亚吗？"我问他。

他张嘴想要否认，我看得出来。但随后他就犹豫了，他看着那本书，皱着眉头不说话。后来终于说："我觉得应该不会，但召唤秘典它——确实是本很怪的书。"

"反正试 试也没坏处。"我说，却招来 个愤怒的眼神。

"它当然可以有坏处。"他说，"你没听我刚才说的话吗？要完成这个咒语，整本书中的法术必须一气呵成地施放，如果你没有足够的力量坚持到底，中途放弃，整个魔法力面就会崩塌，带来灾难性的后果。我只见过它被施放过一次，由三名魔法师联手完成，他们之间是连续师承关系，三人接力朗读。那一次几乎让三人全部丧命，而他们都绝非等闲之辈。"

我低头看那本书，厚厚的金色大典就在我手中。我并不质疑他说的话。我记得自己曾经多么喜欢这本书的内容在舌尖上萦绕的感觉，它对我的强大吸引力。我深吸一口气，说："你愿意跟我一起施放这种魔法吗？"

第十章

我们先把她锁了起来。龙君带了沉重的钢铐到地下，用魔咒把锁链一端深深埋入石壁。而卡茜亚——那个控制了卡茜亚的怪物——站到一旁观察我们，眼睛都没有眨一下。我在她身边维持着一个火圈，等龙君做好准备，我就把她驱赶过去，龙君用另一个咒语把她的胳膊置入钢铐。她抗拒，并不是因为害怕，而是为了给我们增加麻烦，我觉得——她的表情始终是那种非人的平静状态，眼睛始终没有离开我的脸。她比以前瘦了一些。那怪物在慢慢吞噬她，但足以保证卡茜亚活着，也足以让我看到她日渐憔悴，她的身体更瘦削，两腮深陷。

龙君召唤出一条狭窄的木架，把召唤秘典放在上面。他看了我一眼。"你准备好了吗？"他问我，声音正式，略有些不自然。他穿了精美的丝绸袍服，装饰着数不清层次的皮革和丝绒，还戴了手套，就像是披坚执锐，准备应对我们上一次施放魔法时的种种意外状况。对我来说，那件事就像是发生在一百年前的月球上。我还是脏兮兮的，穿着家织布衣，头发胡乱绾了个髻，只是为了不遮眼睛而已。我伸手掀开封

无根之木
UPROOTED

面，开始朗读。

那魔法几乎马上就攫住了我，而现在我也有了足够的魔法知识，知道它在汲取我的力量。但召唤术并不坚持要一次夺走我全部的力量：我试图用对待其他魔法的方式对待它，细水长流地输入魔力，而不是一次倾尽所有，而它也允许我这样做。那些文字不再显得那么高深莫测。我还是跟不上故事脉络，也记不住具体的语句，但我开始明白，它也没有期望我那样做。如果我能记住的话，其中至少有一部分语句会感觉不对：就像听到一个儿时喜欢，至今仍有些许印象的故事，会觉得现在的版本不尽如人意，或者至少不完全是记忆中的样子。而这正是召唤秘典让其自身达成完满的方式，存在于模糊又可爱的黄金记忆空间。我让它流过我全身，我读完一页就停下来，让龙君继续：当他发现无法说服我放弃时，就坚持要每次读两页，我读一页。

他读那些词句的语调跟我不同，细节更清晰，但整体的节奏感较弱，一开始，我会觉得不太对劲。在我看来，魔力仍在顺利积聚，并没有碰到任何困难，等他那两页读完，他自己诵读的方式已经可以被我接受——就像听到一位擅长讲故事的人讲我喜爱的故事，他的高超技巧足以让我接受另外一个不同的版本。但当我自己继续念诵时，很难接上他的讲述脉络，这次比第一次要艰难得多。我们在努力讲述同一个故事，却在朝着不同的方向用力。我一边读，一边不安地意识到：让他仅仅做我的老师在这次讲述中是不够的：他见过的三位一起施法的魔法师，彼此肯定更为相像，在他们的魔法特质和施法方式上，共同点比我和他更多。

我继续朗读，极力推进，坚持到了那页结束。等我完成时，故事对我来讲是更为流畅了——但这只是因为它又变成了我的故事，而当龙君

第十章
chapter 10

接手之后，这次的颠簸甚至更加严重。我觉得嘴里发干，强咽下一口唾液，从小桌子上抬起视线——卡茜亚从她被锁的墙边看着我，脸上挂着得意扬扬的邪恶微笑，非常欣慰。她跟我一样，能轻松看出咒语的威力不够——我们无法顺利完成召唤。我看着一脸凝重继续诵读的龙君，他全神贯注地看着纸面，眉头紧锁。他早就警告过我，如果他感觉到无法成功，就会在过度深入之前中止施法。他会尝试尽可能安全的方式清除魔力，控制损失规模。只是在我答应了服从他的判断之后，他才同意这次尝试，如果他感到有必要，我就得停止自己的部分，并且不妨碍他清场。

但现在的魔力场已经很强，充满能量，我们要维持当前进展，就必须倾尽全力。可能已经没有了安全的退路。我看着卡茜亚的脸，想起此前我曾有过的感觉，知道黑森林里的可怕魔物，不管它是什么，当前在卡茜亚体内——如果它知道我们在做什么，知道龙君受到重创，他的很大一部分魔力被消耗掉——它就会反击，马上动手。它会再次冲击德文尼克村，或者满足于扎托切克这个较小的进展。我是疯狂地想要拯救卡茜亚，他是在同情我个人的痛苦，但我们却给黑森林送上了一份厚礼。

我苦寻应对之策、任何办法，然后我咽下自己的顾虑，伸出颤抖的双手，放在他把住书页的手上。他的双眼迅速瞪了我一下，我深吸一口气，开始跟他一起读。

他没有停，尽管特别凶地瞪着我——你这死小鬼到底要干什么？——但过了一会儿，他就明白了，领会了我的意图。我们尝试共同朗读，一开始声音非常难听，节奏不对，互相干扰：魔法力面摇摇欲坠，像是孩子的卵石宝塔。但随后，我不再试图读得像他一样，而是跟随他的节奏一起读，并让本能引导我：我发现自己在任由他读书页上的

无根之木
UPROOTED

字，自己的声音努力把它们变成歌唱，选取一个词，或一行字，吟唱两三遍，有时只是哼唱而不带唱词，我的脚尖在地面打拍子。

他一开始是拒绝的，有一小段时间还在坚持他那种精准冷硬的风格，但我的魔力在邀请他，渐渐地，他的阅读变得——并没有模糊，但节拍开始跟我一致。他开始留出让我自由发挥的空间，并给我助势。我们一直翻页，一刻不停地继续，那一页后半，真有一行字被我们念出了音乐的美感，他的声音清澈，传达文字信息，而我随着他时高时低吟唱，突然之间，一切容易到令人震惊。

不——这并不容易；世上甚至没有一个简单的词儿可以描述那种感觉。他的手紧握住我的手，我们十指交叉，我们的魔法也那样相依相偎。魔咒歌唱着从我们体内涌出，像溪水流下山岗一样自然而然。现在如果要停下来，反倒比继续更难。

我现在明白他为什么会找不到合适的字句，知道他为什么无法告诉我这个魔咒会不会帮到卡茜亚。召唤秘典不会唤出任何怪物或者其他实体，也不会带来某种力量的激升；没有火焰，也没有雷霆。它能带来的唯一影响，就是让整个房间充斥着清冷的光芒，甚至没有亮到炫目。但在这魔法光芒里，一切都开始显出——也实际上变成了另外的样子。墙面的石头变得透明，有了像河水一样奔流的脉络，而当我看着它们，它们给我讲了一个故事，一个奇怪、深沉、没完没了的故事，不像任何人类传说，慢很多，更遥远很多，感觉就像我自己也变成了石头。那团在石杯里舞动的蓝火在一个永恒的梦里，像一首歌，在自己的梦境里萦绕。我凝视它跳动的光焰，看到了产生这团火焰的庙堂，它在离这里很远的地方，在很久以前就已经化为丘墟。尽管如此，我还是突然看清了古庙的位置，也学会了如何制造这种魔火，即便在我死后，它仍能跃动

第十章
chapter 10

不息。墓墙上的文字突然也拥有了生命力，那些刻画的字符闪耀光芒。如果我看它们足够长时间，就会读懂它们，我确信。

链条在颤响。卡茜亚开始挣扎，极愤怒地挣扎，而那些钢铁链条击打石墙的声音本可以很吵闹，假如魔咒给它留下空间的话。但那喧嚣声被抹成了轻柔的叮咚声，像是从很远处传来，并不会打扰我专注于魔法。我不敢看她，现在还不行。等我可以看——我会知道的。如果卡茜亚已死，如果再也没有她本人存留，我也会知道。我盯着书页，太害怕，不敢抬头，只是继续吟咏。现在他每次把页面掀起一半，我接过它，小心地将它彻底翻过。我手下的书页越来越厚，魔力仍在从我们体内不断涌出，终于，我抬起头，凝神收腹，去看她。

黑森林透过卡茜亚的面庞直视着我：无穷无尽轻声细响的绿叶，低声讲述着仇恨、热望和愤怒。但龙君停了一下，我的手握紧了他的手。卡茜亚也在林中。卡茜亚还在。我能够看到她，迷失，流浪，在阴暗丛林里，她的两只手在身前摸索，两只眼睛直勾勾的，看不清任何东西，缩身避开打在脸上的树枝，还有在胳膊上划出伤痕让她流血的荆棘丛。她甚至不知道自己已经脱离了黑森林。她还困在密林里，而黑森林正在一点点掠取她的生命力，从她的痛苦中汲取养分。

我放开龙君的手，跨步向卡茜亚的方向靠近。魔法力面并没有崩塌：龙君继续诵读，我也继续输送魔力到召唤咒里。"卡茜亚，"我喊叫，双手捧在她面前，魔力之光在我手心积聚：那是极亮、极刺眼的白色光球，特别难以承受。我看到自己的脸，映在她玻璃化的大眼睛里，里面有我自己所有隐秘的嫉妒，我曾多么想要她所有的天赋，却不想承受她因此要付出的代价。泪水涌进我的双眼，就像再次面对温莎的指责，而这次无处可逃。一直以来，我都觉得自己毫无价值，我是个无关

无根之木
UPROOTED

紧要的女孩，没有任何大老爷会挑中我；在她身边，我一直把自己看作丑陋又不体面的一坨废物。所有那些她被另眼相看的细节：特别给她留出的位置，人们的赔礼和注意，每个人都想趁有机会的时候对她好。我曾多次想要做这样特别的人，那个所有人都认定会被选走的人。不会太久，从来都不会太久，但现在看来，我只是太懦弱：我曾喜欢做自己高人一等的梦，一直对她怀着隐秘的嫉妒，尽管我一直有选择丢掉这份狂想的自由。

但我还是无法停止，那光芒照射到她，她转过头面向我。迷失在黑森林的她，转向我的方向，在她脸上，我也看到了她自己隐藏的怒火，积聚多年的怨恨。她一生都知道自己要被选走，不管自己想不想。我看到了上千个深深恐惧的夜晚，一下涌到我面前：她躺在黑暗中，不知道自己会遭遇什么，想象有个恐怖的魔法师，双手放在她身上，气息喷在她脸颊上，而在我身后，我听到龙君突然吸气，他有一个词儿打了磕巴，停了下来，我手中的光暗淡了一下。

我绝望地回头看了他一眼，但此时他已经继续念诵咒语，声音规范到位，眼睛紧盯文字。那光完全照透了他：就像他把自己变成了全透明的玻璃，倒空了全部的思想和情感，一心完成咒语。哦，我多希望自己也能这样；但估计我是做不到的。我不得不回头面对卡茜亚，仍旧怀有自己那些自相矛盾的混乱念头和隐秘欲念，而我也不得不让她看清它们，看透我，就像烂木头翻开之后，露出一只扭来扭去的大白虫子一样。我不得不看她，袒露在我面前，而这甚至更让我难受：因为，她以前也曾痛恨我。

她恨我一直安全，恨我享有真爱。我妈妈从不逼我爬过于高大的树；我妈妈也不会逼我每天来回跑三小时，到旁边小镇又热又潮的面包

144

第十章
chapter 10

房当学徒，学会给大老爷们做饭。我哭的时候，我妈妈不会转身装作没看见，也不会跟我说必须勇敢。我妈妈没有每晚给我梳头三百下，让我必须漂亮，就像她盼着我被选走一样，就像她想要一个将来进城生活的女儿，这女儿必须有钱，能寄钱回来接济兄弟姐妹，那些她迫使自己爱的人——哦，我甚至从没想过她有这么多怨念，像夏天晾在外面的牛奶一样酸臭。

然后——然后她甚至因为我被选走而痛恨我。她到底还是没有被选上。我看到她事后坐在宴会桌旁，显得格格不入，每个人都在交头接耳，她从未想过自己还会在那里，被丢在一个小村子里，回一个从没打算等她回去的家。她下定决心付出那份代价，并且勇敢承受；但现在已经无须勇敢面对任何事，再没有闪亮的未来。年龄比她大的同村男孩对她笑，笑容里带着一种奇怪的、满足的自信。宴会期间，有六个家伙跟她说话：这些男孩之前一句话都不会跟她说，或者只敢在远处偷偷看她，像是完全不敢触碰她；现在却随随便便就走上前来，态度熟稔地搭讪，就像她这辈子都无事可做，只能坐在那里，等着被其他人挑选。而我还满身丝绸跟天鹅绒的返回村子，双手充满魔力，有能力为所欲为，而她心里的想法就是：那个人应该是我，这本应该是属于我的生活。就好像我是一个贼，偷走了本属于她的东西。

这些都让人难以承受，我也看到她在此类阴暗之物面前畏缩。但无论如何，我们只能承受它。"卡茜亚！"我对她喊，哽咽着，两只手捧着那团亮光，让她看见。我看到她站在原地，又犹豫了片刻，然后她跌跌撞撞向我的方向走来，两只手在身前摸索。不过，黑森林还在沿途阻挠，树枝拉扯、藤条牵绊她的双腿，而我却做不了什么。我只能站在那里，捧着那束光，看她跌倒，再挣扎着站起来，又跌倒，脸上越来

无根之木
UPROOTED

越害怕。

"卡茜亚！"我呼喊。她已经在爬，但还在靠近。她咬紧牙关，很坚强的样子，在身后的落叶和深色苔藓上留下一道道血痕。她抓住一条树根，继续向前爬，任凭树枝在她背后抽打，但她还在很远的距离之外。

我又看到她的肉身，被黑森林控制的那张脸，它在向我微笑。她逃不了的。黑森林是故意让她尝试，摄取她的勇气，我的希望。它有能力随时把她拖回去。它会让她接近到足以看见我，甚至能够感觉到自己的身体，自己脸上的气息，然后藤条就会突然出现，绑紧她，风暴一样的落叶就会将她包围，黑森林会再次将她囚困。我呻吟着抗议，几乎失去了继续完成魔法的线索。这时龙君在我背后说话，他的声音奇怪又遥远，就像从很远的距离之外传来："阿格涅什卡，净化咒，乌洛齐斯托斯，试试它。我可以自己完成召唤。"

我小心翼翼地把魔力从召唤咒中撤回，特别特别小心，就像头顶着一个瓶子，不能让它落地那样。那光持续，而我低声说："乌洛齐斯托斯。"这是龙君的咒语之一，不是那种我可以轻易掌握的类型。我不记得他曾对我念诵的其他词句，但我让那个词儿滚过自己的舌头，小心地做完口型，记起它给我留下的感觉——我血脉里火焰奔流的热力，我舌头上可怕的甜味。"乌洛齐斯托斯，"我又说了一遍，故意拖起长腔，"乌洛齐斯托斯。"这次我让每个音节化作一颗掉落在火绒上的火星，一丝魔力迸发。而在黑森林中，我看到一条浅淡的烟痕，从卡茜亚身旁的灌木丛中涌起。我对那里轻念"乌洛齐斯托斯"，又一道烟在她前方腾起，而在我第三次尝试时，一团小小的火苗挣扎着在她胳膊前方燃烧起来。

第十章
chapter 10

"乌洛齐斯托斯,"我又对它念,给它注入一点点魔力,像给冰冷壁炉里的脆弱火苗添加一点儿细柴火。那火苗变得更强,所到之处,藤条畏缩着后退。"乌洛齐斯托斯,乌洛齐斯托斯。"我继续念诵,增强它,让火势蔓延。随着火焰升腾,我折下着火的枝条,让黑森林的其他地方同样起火燃烧。

卡茜亚摇摇晃晃站起来,胳膊避开冒烟的藤条,她自己的皮肤表面已被火焰烤到发红。但现在她能跑得更快一些了,她突破烟雾向我靠近,穿过噼啪作响的叶子,在燃起的树木之间狂奔。一根焦枯的树木在她身旁倒下,她的头发被引燃,然后是她破烂的衣服,她浑身被烧红,起了水疱,泪水滚下脸颊。她在我面前的肉体在钢铐中战栗,愤怒地尖叫,扭动身体,我一边哭一边再次大喊,"乌洛齐斯托斯!"火势仍在增强,我知道,就像龙君上次给我清毒时险些杀死我一样,卡茜亚也可能会死在这里,可能会被我亲手烧死。

我现在很感激之前那几个月的努力,我极力搜寻任何魔法的那段时期。我现在感谢所有那些失败,感谢我在这座墓室中被黑森林嘲笑的每一分钟。它们给了我力量,让现在的我能继续维持魔法运行。我身后的龙君语调平稳,像一副坚定的钢锚,他念到了召唤咒的尾声。卡茜亚越来越近,她周围的黑森林仍在燃烧。我现在只能看到很少的树林,她已经如此接近,可以透过她自己的眼睛来看,这时也有火焰炙烤她的皮肤,呼啸着,炸响着,燃烧着。她的身体弓起,靠着石墙,鞭打一样猛撞。她的手指僵硬,揸到最大,突然,她双臂的血管变成了亮绿色。

大量的树液从她的眼睛和鼻孔里流出,汇集成细流,像眼泪一样顺着脸颊滑落,那份新鲜又清甜的气味极其不对劲。她的嘴巴张开,像在无声地呐喊,有小小的白色须根从她指尖下面冒出,像是一夜之间长

无根之木
UPROOTED

出的橡树根那样。它们突然间急速生长，爬满钢铐表面，一边生长，一边老化成灰色硬木，就像夏天冰块的碎裂声，链条突然崩断。

我什么都没做，没有时间做出任何应对：事情发生的速度，快到让我几乎看不清。上一个瞬间卡茜亚还被锁着，然后她就向我猛扑过来。她强壮到不可思议，一下就把我掀翻在地。我抓住她的肩膀，尖叫着想把她推开。树液还在顺着她的脸颊滑落，弄脏了她的衣裙，它们也落在我身上，像雨点一样噼啪作响。它们爬上我的皮肤，在我的保护咒表面聚合成小水珠。她的嘴从牙齿前咧开，发出号叫。她的两只手像钳子一样扼住我的咽喉；热，火一样炙热，而那些四处延伸的幼根也开始爬到我身上。龙君念诵速度加快，正在读出最后一段语句，快速奔向召唤咒的终点。

我又从喉咙里挤出一句："乌洛齐斯托斯！"抬头面对黑森林，也看着卡茜亚的脸，它被扭曲着，一半愤怒，一半痛苦，而她的双手开始用力收紧。她直勾勾地低头看我。召唤咒的光芒在变强，充斥到房间的每一个角落，无法回避，我们完全看清了对方的一切，每一丝隐秘、琐碎的反感和嫉妒都暴露无遗，泪水跟她脸上的树液混合起来。我也在哭，即便在被她扼到近乎窒息、两只眼睛开始发黑时，泪水仍在肆意流淌。

她说，气息紧促地说："涅什卡。"那是她自己的声音，战栗着，但极坚定，她一根接一根地迫使自己的手指张开，离开我的咽喉。我的视线恢复，看着她的脸，看到那份羞耻渐渐褪去。她看我的眼睛里充满炙热的爱和勇气。

我又抽泣了一声。树液渐干，火焰在吞噬她。那些幼根已经枯干，化为灰烬。再有一次净化咒，就会杀死她。我知道，我能看出来。卡茜亚对我微笑，因为她无力再次开口说话，她缓缓点了一下头。我感

第十章
chapter 10

觉到自己脸上的表情在崩溃，变得丑陋又可怜，我又念道："乌洛齐斯托斯。"

我仰面去看卡茜亚的脸，盼望最后再看她一眼，但黑森林透过她的眼睛注视着我：炽烈的愤怒，满是烟火，燃烧着，根深蒂固，难以拔起。卡茜亚还是让她的手指远离了我的咽喉。

然后突然——黑森林消失了。

卡茜亚扑倒在我身上。我幸福地尖声大叫，张开双臂抱紧她，而她哆嗦着倒在我身上，不停哭泣。她还是浑身发热，不停颤抖，抱着我的同时已经吐到了地上，虚弱地哭泣着。她的手弄痛了我：它们还是热到发烫，而且特别硬，她抱我太用力，我的肋骨都在身体里呻吟了，但这真的是她。龙君重重地扣上大书的封底，房间里满是闪耀的光芒：黑森林无处藏身。这是卡茜亚，而且只有卡茜亚。我们赢了。

第十一章

　　此后，龙君的样子很怪，也不肯说话，我们两个吃力地把卡茜亚慢慢扶上阶梯。她几乎没有知觉，偶尔从昏迷中醒来，也只会凌空乱抓。她瘫软的身体异常沉重：重得像是实心橡木，就像黑森林把她的身体变成了另外一种材质。"它走了吗？"我焦灼地问龙君，"它走了吗？"

　　"走了。"他简单回答，我们继续扛着卡茜亚走上螺旋形楼梯：即便有他那么怪异的力量，每一步还是很艰难，就好像我们在抬一根大木头，我们俩本来就都很累。"要是它没走，召唤咒就会让它现形。"他没再说别的，直到我们把她抬进一间客房，龙君站在床边，低头看她，双眉紧锁，继而转身离开房间。

　　我也没多少时间考虑他的反应。卡茜亚卧床发烧、呕吐一个月之久。她有时会半夜醒来，迷失在噩梦里，感觉自己仍困在黑森林里，她甚至有力气把龙君推开，几乎把他扔到房间另一头。我们不得不把她绑在沉重的四柱大床上，开始用麻绳，后来用铁链。我每晚都蜷缩着睡在床脚，每次她叫喊，就跳起来给她水喝，试着给她喂几口食物：一开始，她连面包都吃不下几口。

我昼夜混乱，作息常常被她醒来的时间打断——一开始她每小时都会发狂，每次都要十分钟安抚，所以我总是无法安睡，任何时候都困得步履蹒跚。直到第一周过去，我才确信她能活下去，我抽空写了一张便条给温莎，让她知道卡茜亚已经重获自由，她在渐渐康复。"她能不告诉别人吗？"我让龙君安排寄送时，他问我。我太累，也懒得问他为什么要管这个，我只是打开信封，又加了一句，先不要告诉任何人，然后又把信交给他。

其实我本应该问，他也应该让我更小心一些。但当时的我俩都状态极差，像两块破抹布一样惨。我不知道他当时在忙什么，只知道书房的灯经常亮到深夜，我那时常摇摇晃晃下到厨房，喝点粥继续上楼坚持。他的桌子上常常有很多散乱的纸页堆积如山，上面画满了复杂的图形和文字。有一天下午，我循着烟味发现他睡倒在实验室，面前有个蒸馏瓶被蜡烛焰熏黑，而且还在干烧。我叫他时，他一下子跳起来，把这一切全都撞翻，引发了一场小火灾，这么笨拙，完全不是他平时的风格。我们不得不手忙脚乱地灭火，他两肩僵硬，像只生气的猫，显然是自尊心严重受伤。

不过到了三周以后，卡茜亚有一次安睡了整整四小时，然后转头叫了我一声："涅什卡。"虽然依旧疲惫，但她情绪正常，暗棕色的大眼睛温暖清澈。我双手捧着她的脸，含泪对她微笑，而她也吃力地蜷起鸟爪一样不自然的手，对我笑了。

从那时起，她开始加速恢复。最开始，她奇异的巨大力量让她显得特别笨拙，甚至到能站立后还是一样。她会撞倒家具；第一次想自己下楼去厨房时，直接摔到了楼梯底端，那时我在楼下做汤。当我从火前

无根之木
UPROOTED

回身，惊叫着跑到她面前时，却发现她好端端的在楼梯尽头，完全没受伤，连瘀青都没有，只是在费力挣扎，想要站起来。

我带她去大厅，想让她学会怎样走路，尽可能在绕圈时扶住她，尽管大多数时候，都是她不小心把我撞倒。龙君当时正好经过楼梯，要到地下室拿什么东西。他在拱门下面看了一会儿我们的古怪步伐，表情严峻，让人猜不透。把她带回楼上，看她小心地爬上床重新睡去之后，我去书房跟他谈话。"她到底是出了什么问题？"我问。

"她没问题。"龙君不咸不淡地说，"在我看来，她现在没受到侵蚀。"但听上去，他并不因此觉得开心。

我不懂了。我不知道他是否不喜欢塔里多个外人。"她好多了，"我说，"不用住太久。"

他瞪着我，显然很不满。"不用住太久？"他说，"你打算怎么处置她？"

我开口说了一半就闭了嘴："她可以——"

"回家吗？"龙君说，"嫁给一个农夫，如果她能找到愿意娶木头老婆的人？"

"她还有血有肉，才不是木头做的！"我抗议说，然后意识到，比我想象的更快意识到，他是对的：我们村已经没有卡茜亚的容身之地，跟我自己一样。我缓缓坐下，两只手扶着桌沿。"她可以拿走她的嫁妆，"我说，苦思应对之策，"她只能离开这里，去城市，去大学，像其他那些女人一样——"

他本想打断我，但犹豫了一下，只说："你说什么？"

"像其他被你选中的人一样，像其他被你带走的人一样。"我说，其实我并没有细想：我太担心卡茜亚：她能怎么办？她并不是女巫；人们至少还知道女巫是什么人。她只是被改变了，这种形态很可怕，我觉得她恐怕也无法掩饰。

他打断了我的思路。"告诉我，"他带着讽刺的语调恨恨地说，我被吓了一跳，抬头看他，"你们所有人，是不是都认定我会强行占有她们？"

我只是目瞪口呆地看着他，他愤愤不平地看着我，脸色很难看，像是受到了极大冒犯。"是啊！"我说，一开始还挺无辜，"是啊，我们当然这样想啦。我们还能怎么想？如果你不是那样子，你为什么——你为什么不雇个仆人了事——"就在我这样说的同时，已经开始纳闷，不知那个曾给我留下字条的女孩说的是不是事实。她曾说龙君只是有时候需要人陪——但很少，时间由他自便；他需要一个不能随便丢下他的人。

"雇来的仆人不济事的。"他说，有些生气，也有点儿遮遮掩掩，他没说为什么。他做了个不耐烦的手势，没有看我。如果他看到我的表情，或许就不会说下去了。"我不会选那些只会哭哭啼啼，一心只想嫁个农夫了事的女孩，也不会选那些在我面前卑躬屈膝的人——"

我腾地一下站起来，椅子在我背后"咣当"一声倒在地板上。尽管缓慢、迟钝，但极强烈的怒火从我心中腾起，像一场山洪。"所以，你会选卡茜亚这样的女孩。"我激动地说，"那些勇敢到能承受这种打击的女孩，她们不会用哭泣来额外伤害家人，你觉得这样就够了吗？你并不会奸污她们，你只是把她们囚禁整整十年，然后还抱怨我们把你想得比实际更坏？"

他抬头瞪着我，我也喘着气盯着他。我甚至不知道自己心里会有这些话想说，我甚至不知道自己会有这样的感觉。我本不应该对自己所在领地的爵爷说这些，本不该如此冒犯龙君：我一直都恨他，但本来不可能敢于斥责他，就像不可能斥责击中我家房子的雷电。他本来不被看作

无根之木
UPROOTED

一个人，他曾被当作大老爷、魔法师、一个怪物，完全属于另外一个世界，像风暴或者瘟疫一样不可捉摸。

但在我这里，他已经走下那座神坛。他曾给我以真正的善意，他曾让他的魔力跟我的交织，那是一种让人呼吸紧张的亲密接触，完全是为了跟我一起解救卡茜亚。我估计，我用斥责的方式表示感谢，这种思路是奇怪了一些，但这不只是感谢那么简单：我想让他成为一个人。

"这样做不对。"我大声说，"这样不对！"

他站起来，有一会儿，我们隔着桌子对峙，两个人都很生气，我觉得，也同样震惊。他转身，从我面前走开，脸颊还是气得通红，一只手紧紧捏住窗台，向外遥望。我转身离开房间，跑上楼去。

那天剩余的时间里，我都在卡茜亚床边。她在睡觉，我坐在床边，握着她消瘦的手。她还是体温正常地活着，但龙君也没有说错。她的皮肤柔软，但下面的肌肉特别僵硬：不像石头，但像是抛光的琥珀，硬实又有弹性，边角线条柔和。她的头发在金色烛光下熠熠生辉，卷曲成木纹一样的波浪形。她就像是一尊雕像。我曾告诉自己说，她并没有被改变那么多，但我知道这是自欺欺人。我的眼睛里有太多的爱：我看她，看到的只有卡茜亚。其他不了解她的人，马上就会发觉她的样子有些奇怪。她一直都很美，但她现在的美更加非人间，显得更古旧，更有光彩。

她醒来，看着我："你怎么了？"

"没事，"我说，"你饿不饿？"

我不知该为她做些什么，我也不知道龙君会不会允许她继续留在这里：我们倒可以挤在楼上我的房间里。也许他会很高兴得到一个永远无法离开的女仆，因为他并不喜欢训练新人。这种想法很可悲，但我也想

第十一章
chapter 11

不出别的。如果有陌生人走进我们村子，样子像她一样，我们一定会觉出她受到过侵蚀，这是黑森林带来的新怪物。

第二天早上，我下定决心要求龙君，无论如何要让她留下。我又去了书房，他站在窗前，双手把着一只球状小精灵样子的怪物。我站住了。那东西慢慢波动的表面上有一个倒影，就像是平静池塘表面的影子那样。我悄悄靠近他身边，看出那倒影里并不是这个房间，而是众多树木，密不透风，阴森恐怖，不断移动。我们看着的同时，那倒影渐渐在变：我猜那上面显示的，是小精灵曾经飞过的地方。我屏住呼吸，看到一个阴影掠过那表面，是一只类似树人的家伙经过，但它比树人小，腿也不是干柴棍那样，而是宽大的银灰色肢体，像叶片一样布满脉络。它停下来，奇异的、没有脸的头部转向小精灵。在它前腿中，抱着一团乱糟糟的绿色树苗和其他植物，根拖在后面：样子完全就像是个忙着清除杂草的园丁。它的头左右扭动，然后继续步入林间，消失了。

"什么都没有，"龙君说，"没有积聚力量，也没有备战——"他摇头。"退后。"他略微扭头对我说。他把那小精灵推出了窗户，从窗边拿起一根我曾以为是魔法杖的棍子，把一头塞进壁炉点燃，直接戳到小精灵中央。那整个闪亮的身体都燃烧起来，变成一团惊人的蓝火，燃尽后就此消失。只剩下一点儿甜腻的味道从窗外飘来，有点儿像是黑森林的侵蚀。

"它们看不到这些东西吗？"我好奇地问。

"很少的几次，会有一只回不来：我觉得敌人应该有时候能抓到它们。"龙君说，"但如果它们碰到这东西，哨兵也只会爆掉。"他说话时心不在焉，眉头紧皱。

"我不明白。"我说，"你到底想要怎样？黑森林没有准备反击，这难道不是好事吗？"

"告诉我，"他问，"当时，你觉得那个女孩能活下来吗？"

我当然觉得她活不下来。这结果简直就像是奇迹，而且是我盼望的那种奇迹，所以我不会多考虑它是否合理。我根本就不去想这个问题。"它……故意放过了她吗？"我小声问。

"不完全是。"龙君说，"其实它已经无法困住她：召唤咒加上净化咒，它在被驱离。但我确信，它其实可以再坚持一会儿，足以把她害死。而在这种情况下，黑森林通常都不会心慈手软。"他用手指敲打窗台，那节奏有一种古怪的熟悉感觉。我跟他同时意识到，这是一起念召唤咒时的节拍。他马上停住，生硬地问，"她完全好了吗？"

"她是好多了，"我说，"她今天爬完了所有楼梯。我把她安置在我房间里——"

他微微扬手，表示不必再说。"我本以为，她的恢复势头只是转移注意力的假象。"他说，"如果她完全康复的话——"他摇摇头。

过了一会儿，他放低肩膀，挺直身体。他把手从窗台拿开，转过身来面对着我。"不管黑森林有什么企图，我们都已经浪费了足够多的时间。"他沉着脸说，"把你的书拿来，我们需要继续你的课程了。"

我愣愣地看着他。"别那么傻看着我，"他说，"你到底知不知道我们做了什么？"他向窗外示意。"那只可不是我派出的唯一探子。还有一只找到了曾经囚禁那个女孩的林心树。它特别惹眼。"他干巴巴地补充说，"因为它已经死了。当你把污染从女孩体内烧掉的时候，你也烧死了那棵树的本体。"

即便这时，我还是不明白他为什么那么严肃，他越往下说，我就越糊涂。"树人把它推倒，重新栽种了一棵小苗，但如果现在不是春天，

而是冬天，如果那片空地更接近森林边缘——如果我们早有准备，我们
或许就能带上一队伐木工，清除并烧毁大片的黑森林，直到那片空地。"

"我们能不能——"我震惊之下打断了他，但没有胆子说出自己的
想法。

"再做一次？"他说，"是的。而这意味着黑森林一定会找出应对之
策，而且必须要快。"

我终于开始明白他焦虑的原因，这就像他对罗斯亚国的担心一样。
我突然明白过来：我们跟黑森林之间也在进行一场战争，而我们的敌人
现在知道，我们有了一件可以对付它们的新武器。龙君以为黑森林一定
会反击，并不是为了复仇，而是为了自保。

"在我们有希望重复上次的举动之前，还有很多准备工作要做。"
他又说，指了下桌子，上面的纸片规模进一步壮大。我认真看着它们，
才意识到那是上次施法的记录——我们一起施法的记录。其中有张简
图：我们两个都被简化成无面目的人形，在召唤秘典两侧，隔开了最大
可能的距离，我们对面的卡茜亚被简化成一个圆圈，加了个标签叫"渠
道"，有一条线从圆圈向后连，末端画了一棵惟妙惟肖的林心树。他敲
敲那条线。

"这个渠道，实际上是最难得到的前提。我们不可能指望每次都有
从林心树里面扒出来的受害者。不过，活捉的树人或许能替代，甚至是
轻度侵蚀的受害者——"

"泽西，"我突然说，"我们能不能在泽西身上试试？"

龙君停顿了一下，嘴唇紧闭，很烦的样子。"或许吧。"他说。

"不过，首先，"他继续说，"我们必须总结出施放这种咒语的基本
步骤，而你也要对每一个要素勤于练习。我相信，这个应该属于五级魔

无根之木
UPROOTED

法，召唤咒提供了施法的整体框架，侵蚀对象提供了施法渠道，而净化魔法提供了推动力——是不是我以前教过你的东西，你一点儿都没记住？"他看到我在咬嘴唇，就问。

的确，我根本就懒得记太多他一再强调的法术等级之类的课程，那些东西的主要用处，是用来解释某些魔法为什么会比其他魔法更难。在我看来，这事本身特别简单：如果你能用两个步骤组成一个新魔法，通常都比其中任何一种法术更难；但除此之外，我觉得这套理论就不十分有用了。如果你用三种法术合并，难度还是会超过其中任何一个，但至少在我尝试的过程中，觉得它未必会比两种魔法协作更难：一切都取决于你具体想做什么，按何种顺序实现。而且，他的规则，跟下面实际发生的状况，并没有什么关系。

我并不想说当时的情况，我知道他也不想说。但我想到了卡茜亚，在黑森林的折磨下痛苦地向我爬行，我想到了黑森林边的扎托切克，只要一次袭击，就会被吞没。我说："那些都不重要，而且你也知道。"

他握着那些纸的手开始用力，好几页纸都被捏坏了，有一会儿，我以为他会开始大叫，但他只是低头看那些笔记，没说一句话。过了一会儿，我找出自己的魔法书，查到我们曾经一起用过的幻影魔法。那次是冬天，像是很久以前了，在卡茜亚之前。

我把那堆字纸推开，给我们留出足够的空间，把那本书放在我俩面前。过了一会儿，他默然走到一旁，从书架上拿来另一本书：一本窄窄的小黑书，封面被他触到时微微发光。他翻到一条跨越两页的魔法，咒语字体清晰明朗，配有一幅插图，是一朵精致的花儿，而且注明了每个细部如何对应咒语中的特定音符。"很好。"他说，"我们开始吧。"他隔着桌子，把手伸给我。

这次握手的难度较大，我要自己做出决定，而并非事出无奈。我情不自禁地想到他强悍的力量，细长手指优雅的线条，微有些老茧的指尖触到我手腕的感觉。我的指尖能感觉到他的脉搏，还有他皮肤的热度。我低头看自己的书，竭力搞清楚那些字句的含义，两颊发热，他开始施放自己的魔法，声音简短清晰。他的幻象已经开始成形，又一朵完全真实可信的花儿，馨香、美丽，完全不透明，花柄上几乎布满了尖刺。

我开始念咒语时声音很小。我极力不去想，也不去感觉贴在我肌肤上的他的魔力。我念完什么效果都没有，他也什么都没对我说：眼睛坚决地盯着我头上某点。我停下来，暗自让自己提起精神，然后我闭上眼睛，感觉他魔法的形态：这魔法也像他制造的幻象一样，满是尖刺，高度戒备。我开始低声吟诵我的咒语，但发觉自己想到的并不是玫瑰，而是水，还有焦渴的土地，我开始在他的魔法基础之上施法，而不是尝试复制他的成果。我听见他猛吸一口气，而他魔法的严密边界也极不情愿地放我进入。那朵在我俩之间开放的玫瑰生出长长的根，布满桌子周围，新的枝条开始生发出来。

这次不像我们第一次共同施法那样，长出一片杂乱的丛林：他在保留自己的魔力，我也一样，我们两个都只投入一线魔力在这次召唤里。但那丛玫瑰有了一种不同以往的真实感。我无法断言它还是幻象，那长绳一样的根扭结在一起，将细丝样的须根伸入桌子的裂缝中去，还盘住了桌腿。那花也不再只是玫瑰的图像，它们看上去完全成了森林里的真实花朵，一半含苞未放，还有不少已经开始凋零，边缘的花瓣飘落或者干枯。空气里弥漫着浓郁的花香味，特别香甜。就在我们维持幻象期间，一只蜜蜂从窗户飞进来，爬到一朵花里面，认真地寻找花蜜。当它找不到花蜜时，就去尝试另外一朵，然后又一朵，小腿儿蹬在花瓣上，而它们也表现出正在承受蜜蜂重量的样子。

"你在这里什么都采不到哦。"我对那只悬空的蜜蜂说,对它吹气,但它还在尝试。

龙君不再看我头顶,在他对魔法的热情面前,一切尴尬都不复存在:他带着面对最高级魔法的极端专注,开始研究我俩魔力之间的互动,魔法之光在他脸上、眼睛里闪亮,他真的像饥饿的人寻求食物一样求知。"你能自己维持这个吗?"他问。

"我觉得可以。"我说,于是他慢慢把手从我的手边拿开,让我一个人维持那丛茂盛的玫瑰。少了他魔法的坚实框架,这幻象有些要崩塌的趋势,就像离开棚架的藤条,但我发现自己能维持他的魔法:只是一具空壳,但足以当作支柱来用,我把自己的魔法注入其中,让它继续发挥作用。

他自己把那本书向后翻了几页,找到另外一种魔法,这种是用来制造昆虫幻影的,跟刚才的花朵幻术一样也有插图。他念得很快,咒语从他口里一出来,就有六只昆虫出现,并被他放入玫瑰丛,这让我们的第一位真正的蜜蜂客人更加困惑。龙君每制造出一只蜜蜂,就托管给我,用一种轻微的推送动作,我设法接住它们,把它们连接到玫瑰魔法中。然后他说:"我现在想做的,是给它们附加监视魔法,原有哨兵携带的那种。"

我一边集中精力维持幻象,一边点头赞许:在森林里,还有什么能比一只蜜蜂更不引人注意呢?他翻到那本书的很多页之后,那页有一条他自己笔迹的魔法。在他开始施法时,这条咒语的威力沉重地压在蜜蜂幻象和我本人身上。我挣扎着继续控制它们,感觉到我的魔法流失太快,难以为继,直到我设法发出无法承受的无言信号,他才从咒语上抬

第十一章
chapter 11

头，伸手给我。

我伸出手去迎接他，同样有些走神，手和魔力一起探了出去，他同时也在向我送出魔力。他急促喘息，我们的魔咒撞到一起，全都注入了幻象里。玫瑰丛再次开始生长，根爬向桌子周围，枝叶伸到了窗外。蜜蜂成了花丛中嗡嗡作响的一大群，每一只都有特别明亮的眼睛，四下飞走。要是我用手抓住一只细细察看，我会从它眼里看到它曾触碰过的所有花朵的影像。但我脑袋里已经容不下蜜蜂，或玫瑰，或间谍行为，没有空间容纳任何东西，除了魔法，魔力的原始洪流，而他的手就是我仅有的磐石，只不过，这块磐石是被我拖着跑的。

我听到他震惊的警告声。出于本能我拖着他跟我一起跑向魔力正在减弱的地方，就像我真的就在一条水位上涨的河里，正向岸边走去。我们一起设法爬出水流。玫瑰丛一点点缩小成单独一朵花，假蜜蜂钻进随即消失的花朵里，或者就直接消失在半空中。最后一朵玫瑰也自行闭合，消失，我们两个都疲惫地坐在地上，两只手还扭结在一起。我不知道当时发生了什么：其实之前他也经常握我的手，因为怕我施放某些魔法时力量不够，但之前从未提到过魔力太多的风险。当我转头问他答案时，他头倚在书架上，眼睛和我一样警觉，我才意识到，对刚才发生的事，他也跟我一样毫无头绪。

"好吧，"我过了一会儿，才故意轻描淡写地说，"我看这个办法的确能用。"他看着我，开始准备发火，而我却笑了起来，不由自主地想笑，几乎是在狂笑：其实，我被魔力和惊慌冲昏了头脑。

"你这个疯子，真让人受不了。"他凶巴巴地对我喊，双手捧住我的脸，吻了我。

我甚至直到回吻他的时候，都没想清楚到底发生了什么，我的狂笑

无根之木
UPROOTED

泻到他嘴里,让我的吻时断时续。我跟他纠缠在一起,我们的魔力扯成一团还没有分开。我不知该把那种亲密过程跟什么事情类比,但我曾想过,这就像是跟一个陌生人赤裸相对。我没有把这个跟性联系在一起,性是歌谣里诗一样的存在,是我妈妈务实的指导,是在高塔中跟马雷克王子共处的尴尬时刻,从王子的角度讲,我跟一个布偶差不多。

但现在,是我把龙君推倒,双手紧抓他的肩。我们倒地时,他的两条腿被夹在我两腿间,隔着我的裙子,我在突然的战栗中,开始有了一份全新的对性事的感觉。他在呻吟,他的声音低沉,双手滑入我的头发里,解开我肩膀上松弛的衣带。我紧贴住他,用我的双手和魔法,一半惊奇,一半欢喜。他瘦削而坚实的躯体,做工精美的天鹅绒、丝绸和皮革衣饰,都在我的迷醉中被揉捏得纷乱不堪,这些突然有了全新的意味。我坐在他的大腿上,骑在他腰部之上,他滚烫的身体紧贴着我的,他的两只手隔着裙子捏着我的双腿,几乎捏到发痛。

我俯身压住他,再度亲吻他,在那种极为美妙的、欲念勃发的迷醉里,我的魔力,他的魔力,合而为一。他的两只手沿着我的腿部向上,伸进我的裙摆里,他灵巧熟练的拇指在我两腿间轻轻抚摩一次。不由自主的光芒在我的双手中点亮,也掠过他的身体,像奔流河水上的阳光,而他上衣前襟上所有那些不必要存在的纽扣全部自动解开,滑到一边,他衬衣上的花边也已经敞开。

直到这时,我还没有完全意识到自己在做什么,两只手为什么在抚摩他赤裸的胸膛。或者,我只容许自己做足够的预想,足以实现自己想要的目的而已,而我脑子里还没有任何对应的概念。但我现在无法回避,必须认清事实,毕竟他被我脱成这样子压在下面。甚至连他的裤带都松开:我感觉到它松松地垂在我的大腿边。他只要把我的裙子掀到一边，就——

我两颊火热，极度紧张。我想要他，我又想站起来逃走，而我最想知道的是我到底更想要哪样。我怔住，看着他，瞪大眼睛，而他也在愣愣地回看我，前所未有地毫无防备，脸也是通红，头发乱作一团，衣服扯开在两边，跟我一样震惊，几乎有点儿气急败坏。然后他说，几乎是没有出声地说："我这是在干什么？"他把我的手从他身上推开，把我们两个都拉了起来。

我跟跄后退，扶着桌子站定，感到释然，同时又觉得好遗憾。他转身背对我，把他的衣服扣严实，后背挺成僵硬的直线。我混乱的魔力正纷纷缩回自己的身体，而他的魔力也已经远离我。我双手按住自己发热的脸颊。"我并没有打算——"我冒失地开始说，然后停了下来，我不知道自己没有打算什么。

"是啊，这当然极其明显。"他头也不回，冷冷地说，他正手动扣外衣纽扣。"出去。"

我逃了。

在我的房间，卡茜亚坐在桌子上，正态度坚决地跟我的缝补篮搏斗：桌子上已经有三根断掉的针，而她只是在一块破布上尝试着随便缝几针而已。

我跑进来时，她抬头看我：我还是满脸通红，衣衫不整，喘得跟刚比赛完跑步一样。"涅什卡！"她说着，丢下针线站了起来。她上前一步，想握我的手，但是犹豫了：她开始学会留心自己的神力。"你是不是——他有没有——"

"没有！"我说，也不知道自己是高兴还是难过。现在体内仅剩自己的魔力，我不开心地重重坐到床沿上。

第十二章

我并没有时间思考现状。就在那天晚上，刚过午夜时，卡茜亚突然从我身边坐起来，我差点儿掉下床。龙君站在屋门口，他表情凝重，难以捉摸，手里有一团幻光闪烁。他里面穿着睡衣，外面是正式长袍。"大路上有士兵。"他说，"穿好衣服。"没有再说一句话，他转身离去。

我们两个赶紧爬起来穿上衣服，手忙脚乱跑下楼梯到了一楼大厅。龙君站在窗口，已经装扮齐整。我能看到远处的骑手，好大一队人：两盏灯笼挑在长竿上开路，另有一盏断后，灯光照亮挽具和铁甲，两名骑马侍从牵了一串备用坐骑在后面跟随。他们队伍前面招展着两面旗，每面旗子都有小小的白色魔法光球照亮：一只绿色三头怪兽，样子像龙，画在白底旗上，这是马雷克王子的个人标志。后面旗子上的标志，是一只伸出双爪的红鹰。

"他们来干什么？"我小声问，尽管那些人还很远，应该不会听到。

龙君一开始没回答，半晌之后才说："因为她。"

我伸出手，在黑暗中紧握住卡茜亚的手："为什么？"

第十二章
chapter 12

"因为我被邪恶魔法侵蚀。"卡茜亚说。龙君微微点头。他们来是要处死卡茜亚的。

我这才想起自己写过的那封信：没有收到过回音，我甚至忘了曾经寄过它。我过了一段时间才知道，温莎离开高塔回家以后，很快就一病不起，持续昏迷。另一个到她床边探望的女人拆开那封信看过，本来可能是出于好心，但她把消息到处传播：说我们从黑森林深处救回来一个人。这消息传到了黄沼泽，又被游吟诗人传到国都，把马雷克王子招引到了我们这里。

"他们会不会相信你，接受她现在没有被侵蚀的判断呢？"我问龙君，"他们一定会相信你吧？"

"你或许还记得，"龙君干巴巴地说，"在这类问题上，我的名声并不好。"他扫了一眼窗外，"而且我也不认为，鹰爵会大老远跑来赞同我的意见。"

我转身看卡茜亚，她的表情倒是很淡定，平静得反常，我深吸一口气，握住她的两只手。"我不会让他们得逞的。"我向她保证，"绝不。"

龙君不耐烦地哼了一声："你是想把他们都炸飞吗，连同一批国王陛下的士兵？然后你打算怎么办——遁入深山，当绿林好汉？"

"逼急了那样也行！"我说，但卡茜亚微微捏了下我的手指，我转身看见她对我轻轻摇头。

"你不能，"她说，"你不能那样做，涅什卡。每个人都需要你，而不是只有我自己。"

"那你就一个人进山。"我不甘心地说。这时的我感觉就像笼中困兽，听到猎人磨刀霍霍的声响。"或者我带你去，然后再回来——"马儿已经非常接近，我能听到它们的蹄声，渐渐压住了我自己的声音。

无根之木
UPROOTED

没时间了，我们还是没跑。我握着卡茜亚的一只手，站在龙君大厅的一个凹室里。他坐在自己的主位上，脸色沉重，若有所思，目光犀利地等着：我们听到马车停止，马儿喷着响鼻原地踏步，士兵们的声音从厚厚的大门外隐隐传来。然后是一段寂静，我预期中的敲门声没有传来。又过了片刻，我感觉到魔法能量缓缓渗透过来，有魔咒正在大门外侧成形，试图控制大门，强行把它打开。这魔法试探、对抗龙君的魔法，想要把门捅开，突然有快速沉重的力量冲击大门：这次是蛮力型的魔法冲击，试图夺占大门主导权。龙君的眼睛和嘴巴都微微闭紧了一些，一道蓝色电光在门上掠过，但也仅此而已。

敲门声终于传来，是戴着铁甲手套的拳头在用力捶打。龙君弯了一根手指，两扇门向内打开：马雷克王子站在门口，身边还有另外一个人，这人的肩宽尽管只有王子的一半，气势却大致相当。他身穿一件白色长袍，上面有黑色鸟翼形印记，他的发色接近洗过的绵羊毛，但发根是黑色的，像是故意漂白过。他一侧的肩膀上有黑披风垂下，而他的贴身衣物则是银黑两色，脸上的表情是精心做出来的：带有悲悯的关切像大字一样写得清清楚楚。这两人组成一幅不错的肖像画，像背后打光的日神月神，一起站在门框里，马雷克王子迈步进入石塔，边走边把铁甲手套扯下。

"好啦，"他说，"你也知道我们的来意，让我们看看那个女孩。"

龙君一句话没说，只是向卡茜亚示意，朝向我和她所在的、略微有点儿隐蔽的地方。马雷克王子转过身，马上就盯紧了她，他两只眼睛眯起来，像在用心打量。我狠狠瞪着他，尽管他并没有从我的怒目中得到任何好处：这家伙根本就未曾瞧过我一眼。

"萨坎，你做了什么？"鹰爵说着，向龙君座位前逼近。他是清亮

第十二章
chapter 12

的男高音，嗓音响亮又威风，像一名优秀的演员：这句话响彻整个房间，带着遗憾的申斥，"你是否已经完全失去了理智，躲在这样一个偏僻的地方——"

龙君还在原处安坐，单拳撑着头。"告诉我，索利亚。"他说，"你有没有想过，如果我真的让某个被侵蚀的人逃脱，你又会在我的客厅里遭遇什么？"

鹰爵一愣，龙君不紧不慢地从位子上站起来。整座大厅突然变黑，速度快得惊人，阴影吞没了高处的烛光，还有闪亮的魔法灯球。他从平台上走下，每一步都像是巨钟的闷响，一下接一下轰鸣不息。马雷克王子和鹰爵不由自主地后退，王子紧握剑柄。"如果我已经被黑森林控制，"龙君说，"在我的石塔里，你又以为自己能做些什么？"

鹰爵两手互接，用拇指和食指搭成三角形，他在轻声念诵。我能感觉到他的魔法在加强，发出嗡嗡轻响，浅浅的细小闪电开始在他双手间闪现。那闪电出现得越来越频繁，直到整个三角形都被电光填满，就像是一颗火种，一层白色光环笼罩了他的身体。他双手分开，手掌上满是噼啪作响的电光，火星像雨点一样向地面跌落，就像他已准备好投射。此刻蓄积的魔法跟火焰之心有类似的饥饿感，连空气它都想吞下去。

"特里奥兹那、格雷兹尼。"龙君说，这句话像镰刀一样劈出，那些电光犹如风中残烛一般熄灭：冰冷的强风卷过厅堂，我觉得寒气透骨，但转眼就过去了。

他们愣愣地看着他，不知所措——然后龙君摊开双手，耸耸肩，"幸运的是，"龙君用他惯常的尖刻语调说，"我还远远没有你们想象的那么愚蠢。这也算是你们交了好运。"他转身回到自己的位子上坐下。那浓黑的阴影也开始从他脚下渐渐散去，厅内重现光明。我现在能清晰

167

无根之木
UPROOTED

地看到鹰爵的脸：他貌似并不特别感激。样子还是冷若冰霜，嘴巴抿成一根细细的横线。

我猜，鹰爵受够了波尼亚王国第二大巫师的排名。我甚至还听说过一点点他的事迹——在罗斯亚国战事谣曲中，他经常登场——尽管在我们山谷里，游吟诗人不会过多提及其他巫师。我们更愿意听龙君的故事，因为他是我们的巫师，山谷独有，我们会在他的故事里感到骄傲和满足。而且，他还是整个王国最强的魔法师。但我以前一直都没想过这句话的真正含义，跟他相处太久之后，我甚至忘了害怕他。现在倒是被强硬地提醒了一次，看他如此轻易扑灭了鹰爵的魔法。这证明了他是这个世界上举足轻重的人物，不管是国王，还是其他巫师，都对他心怀敬畏。

我可以看出马雷克王子对这番实力展示同样不感冒，跟鹰爵完全一样。他的手还在剑柄附近徘徊，脸上带着一份严酷。但当时的他又看了卡西亚一眼。我吓了一跳，徒劳地想要抓住她的胳膊，但她已经从我身边走开，走出凹室，穿过大厅来到王子面前。我只得咽下想要小声说出的警告，太晚了，她向王子敛衽行礼，低下金发的头。她直起身来，直视王子的面庞：完全就是几个月之前，我曾经幻想自己要做到的那样。她可是一点儿都没有打磕巴。"大人，"她说，"我知道您一定对我有疑心，我知道我的样子有些反常。但事实就是事实，我现在自由自在，没有被控制。"

我脑子里压着一大串魔咒，还有一长串愿她平安的祷文。如果王子对她拔剑，如果鹰爵想要击杀她——

马雷克王子低头看她：他的脸显得郑重、阴郁、专注。"你曾进入黑森林吗？"他问。

第十二章
chapter 12

她微微点头："树人抓了我。"

"过来看她。"王子向身后的鹰爵说。

"王子殿下，"鹰爵到了他身边，马上就开口说，"显而易见，任何人——"

"住口。"王子说，他的声音像刀子一样，"我跟你一样讨厌那个坐着的家伙，但我带你来这里，不是为了玩权谋的。真正看看她，她现在有没有被侵蚀？"

鹰爵愣了下，皱紧眉头。他很是吃惊："任何被迫在黑森林过夜的人，无一例外都——"

"她现在有没有被侵蚀？"王子对他说，每一个字都咬得极为清晰、郑重。鹰爵缓缓转身，看着卡茜亚——这次是真的在观察她，第一次真正看她，而这位魔法师也渐渐显出困惑的样子，眉头越皱越紧。我看看龙君，几乎不敢怀有希望，却还在企求：假如他们愿意听我们讲——

但龙君没看我，也没看卡茜亚。他在看王子，脸色严厉得像是顽石。

鹰爵马上就开始检验卡茜亚。他向龙君要求库存魔药和参考用书，龙君一概来者不拒，全都派我跑去取。其他时候，龙君则命令我待在厨房里。我一开始以为，他是不想让我看检验过程，为朋友难过，因为有些步骤就像他曾对我用过的窒息魔法一样可怕——我刚从黑森林逃回那次。即便在厨房里，我也能听到吟诵声，以及鹰爵法术在头顶的施放。它们会在我的骨节上回荡，像遥远的巨鼓声。

但到了第三天上午，我在大铜壶的侧面看到自己的形象，发觉自己脏得一塌糊涂：我一直都没想到给自己念咒语换套衣服，毕竟头顶上

169

无根之木
UPROOTED

魔力翻涌，我又那么担心卡茜亚。我满身污点、汤迹、泪痕，自己倒是不觉得意外，也完全不在意。但龙君也什么都没说。他不止一次来过厨房，告诉我去拿什么。我看着自己的影子，当下次他下楼时，我冒失地问："你是故意让我回避吗？"

他停住了，甚至没有走下最后一级台阶，然后说："我当然是故意让你回避，你白痴啊。"

"但他又不记得。"我说，意思是指马雷克王子。我还挺想知道这件事的答案的。

"只要有机会，他就能回想起来。"龙君说，"这对他来讲太重要了。不要引人注目，表现得像个普通女仆，不要在他和索利亚能看到的地方使用魔法。"

"卡茜亚没事吗？"

"她并不比别人更危险。"龙君说，"其实你最不用担心的就是她：当前状态下，她比一般人的承受力要强得多，索利亚也并不是那种蠢到惊世骇俗的类型。无论如何，他很清楚王子想要的是什么，在同等条件下，他更愿意投其所好。去把那三瓶冷杉奶拿来。"

好吧，反正我不知道这个王子想要什么，也不喜欢想象他得偿所愿，不管他想什么。我去实验室取冷杉奶：这是龙君从冷杉树的针叶中提取出来的魔药，不知他用了什么办法，能做出无味的奶状液体。他教过我一次，我做出来的却是湿乎乎、臭烘烘的一坨针叶与水的混合物。它的用途，是把魔力封存在实体药剂中：每一种治愈系药物（还有石化药水）都离不开它。我把这东西带到一楼大厅。

卡茜亚站在大厅正中，地板上两道复杂的圆圈以内。圆圈沿线是多种捣碎的药物掺了盐巴。他们在她脖子上套了一副重重的枷锁，跟牛轭

第十二章
chapter 12

似的，黑铁塑成的枷锁，上面有亮银色的咒语，有铁链从枷锁上延伸出来，接到手铐上。她甚至连椅子都没得坐，而且这么重的东西本应该会把她压垮的，但她站得笔直，还很轻松。我进屋时，她对我悄然一笑：我没事。

鹰爵看上去比她还累，马雷克王子也在打着大哈欠揉下巴，尽管他只是坐在椅子里旁观而已。"放那边。"鹰爵冲着我的方向说，一边向他堆满物品的工作台挥手，就再也没有留意过我。龙君坐在他的高位上，在我犹豫时狠狠瞪了我一眼。我相当不满，把瓶子放在桌子上，并没有马上离开：我退回到门廊下观看。

鹰爵对三个瓶子分别灌注了净化魔法，三种各不相同。他施法的风格凌厉直接：龙君喜欢把魔法搞得极其复杂烦琐的地方，鹰爵往往是走直线。但他们的魔法原理还是同一种思路：在我看来，他只是从很多条现有的路线中选择一条，而不像我，专门喜欢在树丛里晃荡。他用一只铁钳把瓶子递进圈里给卡茜亚：工作渐渐深入，他像是更加小心，而不是更加放松。她喝下药水时，每一种都像是能从她皮肤下透出光来，而且那光芒久久不散，一直持续。等到她把三杯全部喝完，身体就已经照亮整个房间。她体内没有任何阴影，完全没有一丝羽毛状的侵蚀迹象。

王子懒散地坐在他的椅子里，肘边放了一大杯葡萄酒，漫不经心，表面看上去好像还很放松。但我注意到他滴酒未沾，眼睛也始终没离开过卡茜亚的脸。这让我觉得特别手痒，很想使用魔法，哪怕就为了让他少看卡茜亚两眼，我都愿意扇他耳光。

鹰爵盯着卡茜亚看了好久，然后从上衣兜里取出一条眼罩，系好了遮住双眼：厚厚的黑丝绒，装饰着银白色字母图案，大到足以盖住他的前额。他戴眼罩期间念念有词，那些字母在闪光，然后有个窥视孔，在他脑门中间偏上一点儿的位置出现。里面有一只独眼透过那里向外看：那颗眼珠相当大，形状怪异，略呈圆形，巨大瞳孔周围的眼仁颜色极深，几乎像是纯黑色，周围有薄薄一层银边儿。他来到圆圈边缘，用那只眼睛观察卡茜亚：上上下下打量，而且围着她转了三圈之多。

他终于退后一步。那只眼睛闭合，窥视孔关闭，他抬起颤抖的双臂，笨拙地解扣，摘下眼罩。我忍不住细看他额头，那里并没有什么第三只眼的痕迹，也没有任何标志，尽管他自己的那两只眼睛严重充血。鹰爵沉重地坐在椅子上。

"怎样？"王子厉声问。

鹰爵沉默了片刻。"我没有找到任何侵蚀迹象，"他最后极不情愿地说，"但我不会发誓绝对没有侵蚀——"

王子不再听。他站了起来，从桌子上拿起一把沉重的钥匙，越过房间走到卡茜亚面前。她体内的强光在变暗，但还没完全消失。王子经过时，靴子破坏了盐巴围成的圈，他打开沉重的颈枷和手铐。他把这些刑具从她身上取下，放到地上，伸出一只手，态度恭敬得就像对待一位贵妇，眼睛恨不得把她生吞掉。卡茜亚犹豫了一下——我知道她是担心把王子的手折断；我自己呢，巴不得真折断一下——然后，她还是小心地把手交给他握住。

王子紧紧抓住她的手，转身带她向前走，来到龙君的高位之前。"而现在，龙君，"他轻声说，"你必须告诉我这是怎么做到的。"他举起卡茜亚的手臂，摇了摇，"然后，我们就会进入黑森林；如果你胆小不肯去，鹰爵和我本人还是会去的。这一次，我们一定要把我母后救回来。"

第十三章

"我不会给你一把利剑来自取灭亡，"龙君说，"如果你坚持要自寻死路，用你现在这把'剑'，对别人的损害能小很多。"

马雷克王子肩膀收紧，脖子周围肌腱明显突出。他放开卡茜亚的手，上前一步踏上平台。龙君的脸还是那样冷淡，毫不示弱。我感觉王子想打他，相当想，但是鹰爵吃力地从位子上站起来。"请原谅，殿下，您无须这样生气。如果您还记得我在基瓦用过的那种魔法，我们夺占尼希科夫将军营寨的那次——那种法术同样适用于当前情况。它会让我看到施法过程。"他朝着龙君露齿一笑，嘴唇紧绷，"我想萨坎会承认，即便是他，也无法瞒过我的视线。"

龙君没有否认这一点，但还是一字一顿地说："我会承认，如果你甘愿投身于这样的疯狂行为，我会承认看错了你，你的愚蠢比我想象得更加夸张。"

"我不认为这有什么夸张，只是在合理范围内竭尽忠诚，努力救回我们的王后。"鹰爵说，"之前，我们都服膺于你的智慧，萨坎：如果救出王后也只能把她处死，的确不值得冒险。但现在不同了，"他向卡茜亚示意，"我们有了另外一种可能性，证据近在眼前。你为什么隐瞒了这么久？"

就这么简单，他就改换了立场。刚来的时候，鹰爵显然是要坚持这件事毫无其他希望，要指责的也是龙君为什么留卡茜亚活着！他真是让我刮目相看，但他似乎对自己的立场转变没有丝毫觉察。"如果王后还有任何希望脱险，我会说，不去尽心营救乃是叛国行为。"鹰爵补充说，"既然有人做过，就一定还能重做。"

龙君哼了一声："就凭你？"

好吧，就连我都能看出来，这样的说法并不适合劝阻鹰爵。他眯起双眼，冷冷转向王子："我想告退了，殿下。我必须好好休息，明早才能施放那种魔法。"

马雷克王子挥手允许他退下：我这才惊慌失措地发现，在我旁观两位巫帅唇枪古剑的同时，他一直在跟卡茜亚聊，现在已经双手握住她的手。卡茜亚脸上还是那份超自然的平静，但现在的我学会了解读她的细微表情，知道她内心其实很困惑。

我正想冲上去解救她，王子放开她的手，自己离开了大厅，他健步如飞，靴跟铿锵作响，上了楼梯。卡茜亚来到我面前，我握住她的手。龙君皱紧眉头看着楼梯方向，手指不耐烦地敲着椅子扶手。

"他能做到吗？"我问他，"他能看出之前的魔法怎么施放的吗？"

敲敲敲，他的手指一刻不停。"前提是他找到古墓。"龙君终于回答。过了一会儿，他又很不情愿地说，"这一点，他倒有可能做到：他在洞察类魔法方面有些天赋。但找到以后，他就得想办法进去。我想，这至少要让他花费几个星期，也足够我将此事报告国王，希望能阻止这

第十三章
chapter 13

番荒唐行为。"

他挥手让我退下，我也很想离开，我带着卡茜亚上楼，一路警觉地看上面。在第三层出口，我探头左右张望，确认鹰爵跟王子都不在走廊里，才带着卡茜亚继续上楼，到了我房间门口，我让她在外面等，自己打开门向里面看：空的。我这才让她进来，并闩上门，再用椅子抵住。要不是龙君警告过，我还想用魔法封门来着；虽然我不希望马雷克王子闯进来，但更怕他想起上次发生的事。如果我在自己房间用个小小的关门咒，不知鹰爵会不会发觉，但在楼下厨房，我领教过他的魔法实力，所以不敢轻举妄动。

我转身看卡茜亚，她疲惫地坐到床边。她依旧后背挺直——现在她的后背时刻都是挺直状态——但两只手平放在大腿上，头向前垂着。"他对你说了什么？"我问，肚子气得发颤，但卡茜亚只是摇摇头。

"他要我帮他。"她说，"他还说明天会继续跟我谈。"她抬头看看我，"涅什卡，你救过我——你能救出汉娜王后吗？"

有一会儿，我觉得自己又回到了黑森林，在重重枝叶的重压之下，我能感觉到它们的重量，伴着每一次呼吸压到我身上。恐惧让我喉头发紧，但我也想到了弗米亚，像闷雷一样在我腹中翻涌；想到卡茜亚的脸和另外一棵已经很高大的树，一张脸在树皮下面，被二十年的生长淡化、模糊，像河流下面的古雕像，被渐渐吞没。

龙君在他的书房里闷闷不乐地写着些什么，我进来，问了他同样的问题，这显然不能改善他的情绪。"试着不要借来更多愚蠢，来提升你已经非常高的愚人境界。"他说，"你到现在还看不出陷阱吗？这些都是黑森林有意安排的。"

"你觉得黑森林控制了——马雷克王子吗？"我问，不知道这是不

无根之木
UPROOTED

是事态的根源，如果他行动的原因在于——

"不，现在还没有，"龙君说，"但他会去自投罗网，还附送巫师一名：用一名村姑换他们两个，挺划算的，要是你也跟着掉进去，那就更加美妙！黑森林会在你和索利亚的遗体上种植林心树，一个星期就能吞并整条山谷。这才是它放卡茜亚回来的用意。"

但我想起了它凶暴的挣扎。"它才没有主动放过卡茜亚！"我说，"它也没有故意让我救回她——"

"它只拼到一定程度，"龙君说，"黑森林本应该不惜一切代价保护一棵林心树，就像一名将军会竭尽所能守住一座要塞。但是，一旦那棵树注定要失去——不管那个女孩是死是活，树肯定是死了——那么它一定会想办法，要从这次的损失中捞到尽可能多的好处。"

我们争论了好久。我并不认为他说得不对；他的分析，的确很像黑森林的变态风格——利用人们的爱心作为武器，但我觉得，这并不意味着我们不能利用眼前的机会。解救王后，或许就能终止我们与罗斯亚国之间的战争，让两国的实力都得到加强，如果我们在此过程中还能摧毁一棵林心树，就可能让黑森林很长时间内都无法肆虐。

"没错，"他说，"而且，要是有十二位天使从天而降，用火焰的利剑扫平整片黑森林，情况更可以大大改观呢。"

我被他气得直喘，找来大账册：我把它重重放在我们之间，翻到最后几页，上面满是他自己细长笔迹的工整记录，我两只手按住它。"它一直在接连取胜，不是吗，尽管你已经全力应对？"他冷淡的沉默默认了我的质疑。"我们不能再等。我们不能把这个秘密锁在石塔里，等着万事俱备。如果黑森林在试图反击，我们就应该抢先出手，而且要快。"

"在'求全责备'跟'仓促出击'之间，隔着好多个马雷克王子呢。"他说，"你真正的意思，是你们听了太多空穴来风的歌谣，讲什么可怜的失踪王后，痛彻心肺的国王，你们以为自己就生活在一部史诗里，有机会成为盖世英雄。在被一棵林心树吞噬二十年之后，你以为她还能剩下些什么？"

"肯定比二十一年后剩下的多一些！"我回击。

"如果她还有足够的意识，能感觉到自己的儿子被塞进同一棵树里面呢？"他毫不留情地问，这恐怖的可能性让我闭了嘴。

"但这是我的问题，无须你来操心。"马雷克王子说。桌子旁的我们两个愕然回头：他站在门口，光脚穿着睡衣，因而没有发出脚步声。他看着我，我可以看出，那份虚假的回忆摇摇欲坠：他想起了真正的我，而我也突然记起了当时的他，他说"你是女巫"时候的语调。一直以来，他都在寻找能帮他的人。

"是你干的，对吧？"他两只眼睛雪亮，对我说，"我早应该猜到，这条老爬虫才不会为任何人冒险，就算是为了这样绝色的可人儿。是你救了那个女孩。"

"我们——"我结结巴巴地说，无助地看了一眼龙君，但马雷克哼了一声。

他走进书房，向我逼近。我可以看到他发际线附近隐约的伤疤，那是我用厚托盘猛敲出来的；我肚子里藏着一波猛虎似的魔法，随时准备咆哮而出，但我的胸口还是免不了吓得发紧。他接近时，我呼吸急促：要是他继续接近，要是他碰到了我，我想我会尖叫的——用某种诅咒法术。足足一打比较狠的亚嘎魔法像萤火虫一样在我脑子里乱飞，想要被我的舌头捡起来丢出去。

但他停在了一臂之外，只是向我探身。"你也知道，那个女孩已经在劫难逃。"他盯着我的脸说。

"国王对那些自称净化了黑森林受害者的巫师没什么好感：其中很多人事后被发现，原来他们自己就受到了邪恶魔力的侵蚀。我国的王法规定，她必须被处以死刑，而鹰爵肯定不会为她做证。"

我明知自己暴露了过度的关切，但还是忍不住惊惶后退。"帮我救回王后，"他说，声音轻柔，充满同情，"这样你也能挽救那个女孩：一旦国王见到我妈妈脱险，他肯定就会赦免她们两个。"

我完全清楚这是威胁，不是贿赂：他实际是在告诉我，如果我不帮忙，他就会处死卡茜亚。我甚至更加痛恨他，但与此同时，又不是完全恨他。我曾经有过三个月备受煎熬的日子，每天都在同样的绝望之下挣扎；而他是从小就面对这种事，妈妈被掳走，别人说她不在了，比死了还要惨，永远都不可能见面。我并不同情他，但我能理解他。

"要是世界可以翻过来，太阳一定会从西边升起。"龙君冷冷地说，"你唯一可能达成的目的，就是把自己送上死路，还拉上她陪你。"

王子转身面对他，重重地一拳砸在两人之间的桌子上，烛台和书籍纷纷摇晃起来。"而你，宁愿救出某个百无一用的村姑，却让波尼亚国的王后继续烂在森林里吗？"他吼道，已经完全撕破了脸。他停下来，深吸一口气，强迫自己做出一副僵硬的笑容，嘴唇却时不时露出凶相。"你太过分了，龙君。这件事之后，就算是我哥哥，也不会再听你嘀嘀咕咕的建议。多年来，我们在黑森林的问题上对你言听计从——"

"既然你不相信我，那就带上你的人进去啊，"龙君冷冷回击，"自己去看。"

"我会的，"马雷克王子说，"而且我们会带上你的这个小女巫，还有你那个可爱的村姑。"

第十三章
chapter 13

"不想去的人，你一个也不能带去。"龙君说，"从童年时起，你就以传奇故事中的英雄自居——"

"那也比瞻前顾后的懦夫更好。"王子说，笑得露出满口白牙，敌意像是有生命的怪物，出现在两人之间。龙君还没有回答，我突然就说："要是我们进入黑森林之前，就能够削弱它的力量呢？"他们不再怒目相对，惊愕地一起转过头来，看向我所在的方向。

克丽丝塔娜疲惫的面容变得惊诧又木然，当她看到我身后来了那么一大帮士兵和巫师。衣甲鲜明，战马跃跃欲试。我轻声说："我们是来看泽西的。"她本能地点了下头，没有看我，退回房子，让我进去。

摇椅上摆着针线活，小婴儿睡在壁炉前的小吊床上，身体健壮，小脸儿溜圆，一只手握着咬坏的木头响盒。我当然过去看他了。卡茜亚在我之后进来，也欠身看摇篮。我差点儿叫她过来看，她却转身避开，让自己的脸藏在暗影里，我就没有叫她。克丽丝塔娜无须再受更多惊吓。她跟我一起缩回屋角，从我背后看着龙君进来，用极小的声音告诉我说，孩子的名字叫阿纳托尔。这时马雷克王子弯腰钻进小屋，后面是纯白色长袍的鹰爵——他的衣服纤尘不染，她更加不敢出声了。他们几个完全没有留意婴儿，也没看克丽丝塔娜本人。"那个被侵蚀的人在哪里？"王子问。

克丽丝塔娜小声对我说："他在牛棚里。我们把他放在了——我还想用那间房子，我们并不想——我没有任何恶意——"

其实她用不着解释，为什么不想每天、每夜在自己房子里看到那张备受折磨的面孔。"没关系的，"我说，"克丽丝塔娜，泽西他或许——我们要试着做的事，或许不能——事情本身应该能成，但他会有

无根之木
UPROOTED

生命危险。"

她的两只手紧紧握着摇篮边缘，但也只是点了一下头。我觉得，事到如今，泽西在她脑子里已经死了：就像他去参加了一场失败的战争，而她只是等着听最后的坏消息而已。

我们回到外面。房子旁边新砌的围栏里，七只拱地的小猪崽儿和它们的大肚子妈妈哼哼着抬起头，木然地看我们的马儿。猪栏的木料还很新，仍是浅棕色的。我们乘马绕过它，单行穿过一条狭窄小道，到了灰扑扑的小小牛棚外。它被高高的野草包围，新芽急切地生发起来，草棚顶有几处破洞，想是被鸟儿衔去做窝了；门闩也锈在铁钩上。一副久无人迹的样子。

"打开它，米夏。"卫队长说，一名士兵翻身下马，摇摇晃晃穿过草丛。他是个年轻人，像很多其他士兵一样，棕色直发留得很长，髭须也很长，还梳成小辫儿，每个人都像龙君古书上的插画似的，像波尼亚国建立初期的武士。他健壮得像一棵年轻橡树，比其他士兵肩膀都宽，个头也更高。他单手拨开闩扣，轻而易举推开一扇门，让阳光照进牛棚里。

他惊叫一声跳回来，手伸向剑柄，差点儿把自己绊倒。泽西被竖在后墙上，阳光直射他狰狞的面庞。雕像的眼睛直勾勾地正对着我们这些人。

"他笑得可真难看。"马雷克王子随口评论说，"好了，雅诺斯，"他跳下马，对自己手下的卫队长说，"带上兄弟们和马儿去村子里的草地上，让他们有个地方休息。我觉得，待会儿要有好多魔法和惨叫声的话，牲口们不会太安静。"

"遵命，殿下。"雅诺斯说着，向副手甩头示意。

第十三章
chapter 13

能离开现场，士兵和马儿们一样开心。他们也带走了我们的坐骑，忙不迭地离开，有几个人侧头朝牛棚里看，我看见米夏回头看过几次，原本红润的脸色有些泛白。

他们中没有一个人真的了解黑森林。他们都不是山谷子弟——像我之前说过的，龙君并不需要征集士兵加入国王的军队——也不是附近地区的人。他们盾牌上的徽记是乘马的骑士，所以他们都来自塔拉凯周边的北部省区，汉娜王后的家乡。他们理解的魔法，就是抛到战场上的闪电，致命，干脆。他们并不了解自己现在跨马征伐的对手。

"等一下，"雅诺斯掉转马头离开之前，龙君对他说，"你们到村子里的时候，买两大袋盐巴，分装成小包，让每个士兵带一包；找些围巾，让他们每个人都裹住口鼻，买下所有能买到的斧头。"他看了下王子，"我们不会有任何时间可以浪费。如果这办法能成功，我们也只有极短时间的机会———天，最多两天，黑森林就会从打击中恢复过来。"

马雷克王子向雅诺斯点头，确认龙君的命令有效。"让所有人都尽可能休息，假如还有时间的话，"他说，"我们这边事情一完，马上就动身去黑森林。"

"然后，祈祷王后没在密林深处。"龙君干巴巴地说。雅诺斯快速瞪了他一眼，然后又看王子，但王子只是拍了下雅诺斯的马屁股，就转身看向别处，让他退下的意思。雅诺斯于是跟在士兵后面，沿着小路跑出了视线之外。

只留下我们五个人，站在牛棚入口那里。阳光里有微尘在飞舞，空气中充斥着清新的干草味，但也混着微弱的落叶腐臭味。我可以看到墙壁侧面有一个边缘凹凸不平的破洞：那是野狼钻入的地方，它们不是来吃掉奶牛，而是要侵蚀它们，让它们发疯。我打起精神。天快要黑了：

无根之木
UPROOTED

我们天不亮就出发,一路快马赶到德文尼克村,沿途只让马儿歇过几次脚。风从门口吹到我的后颈上,有点儿凉。橙色阳光照在泽西的脸上,照在他圆睁的石化眼睛里。我想起自己石化时那种寒冷又死寂的感觉:我不知道泽西怔怔的眼睛是否还有视觉,还是黑森林把他困在了彻底的黑暗里。

龙君看了下鹰爵,讽刺而夸张地朝泽西挥了一下手:"或许您愿意帮个忙?"

鹰爵皮笑肉不笑,略微颔首,高举双手站在石像旁边。解除石化的咒语由他朗朗念出,语调优美,旋律迷人,在他念诵的过程中,泽西的手指颤抖着握紧,石化状态渐渐消退。他的双手还像鸡爪一样僵硬,伸开在身体两侧,而他手腕上叮当作响的铁链,早就被固定在墙上。他开始动弹,链条就开始碰响。鹰爵后退一点儿,还是面带笑容,石化渐渐从泽西头部消除,他的眼珠开始转动,左右扫视。随着他的嘴巴重获自由,声调尖厉,但仍显虚弱的狂笑声从他嘴里发出。他的肺不再石化,随着他的狂笑越来越嘈杂刺耳,鹰爵渐渐笑不出来了。

卡茜亚有点儿笨拙地移动到我旁边,我握住她的一只手。她站在我身边,自己也像一尊雕像,很是紧张,想起了此前的遭遇。泽西号叫、狂笑、嘶吼,一遍又一遍,就像要把这段时间郁积的怪声都补上。他号叫到自己喘不上气,然后抬起头,露出他变黑腐烂的牙齿对我们怪笑,他的皮肤还是布满绿斑。马雷克王子盯着他,一只手握住剑柄,鹰爵已经退到他身边。

"你好,小王子。"泽西用唱歌似的调子,阴险地对他说,"你想妈妈吗?你要不要也听听她的惨叫声啊?马雷克!"泽西突然开始尖叫,声音像女人,刺耳又绝望,"马里切克,救我!"

第十三章
chapter 13

马雷克王子身体剧烈震颤，像是被人在腹部重击了一拳，他把宝剑拔出三英寸，才控制住自己。"住口！"他怒吼，"你们让它闭嘴！"

鹰爵抬起手说："埃瑞卡杜特！"泽西还是瞪大眼睛，一脸恓惶，他张大嘴巴发出的狂笑声却含混不清，像被困入了厚墙壁的房间里。只有遥远模糊的叫声还能传过来，"马里切克，马里切克"。

鹰爵转身面对我们："你们不可能要净化这个东西吧——"

"啊，事到如今，你反而开始敏感了？"龙君说，态度冷淡，相当伤人自尊。

"看看他！"鹰爵说着转回头，"雷勒亚斯，佩勒斯！"然后单手撑开五指，自上而下在空中一抹，就像擦干净玻璃上的寒气。我后退了一步，卡茜亚握得我手生疼。我们都惊恐地凝视着。泽西的皮肤变得透明，像一层薄薄的浅绿色圆葱皮，下面别无其他，全都是浓黑的侵蚀物，翻涌，沸腾。其实质跟我在自己皮肤下看到的一个样，但是已经长得过于肥厚，完全吞噬了他体内其他的一切，甚至都在他的脸下面游走，他污浊的黄色眼珠，也仅仅能从怪异的翻涌云团后露出一点点而已。

"然而，你们却打算欢快地闯到黑森林里。"龙君说着转过身。马雷克王子正盯着泽西，脸灰得像镜面一样。他的嘴巴抿成没有血色的一条细线。龙君对他说，"请听我说，这个？"他向泽西示意，"这个真的算不上什么。他受到的侵蚀可以算是负三级，由于石化咒的抑制，发展周期仅有三天。如果是负四级，我用常规的咒语就能轻易清除。而王后，她在林心树中被困二十年。就算我们能找到她，就算我们能把她带出黑森林，就算我们能净化她——请注意，前面这几个步骤没有一个是有把握的，即便能成功，她还是在黑森林能做到的最严酷折磨下生活了二十年。她不会拥抱你，她甚至不会认得你。"

"其实这是个削弱黑森林的真正时机。"他继续说，"如果我们成功净化了这个人，如果我们在此过程中又摧毁一棵林心树，我们不应该冒着满盘皆输的风险，愚蠢地利用这个缺口闯到黑森林的核心地带。我们应该做的，是从最近处的边疆入手，利用日出到日落的时间，砍伐出一条尽可能深入丛林的通道来。然后在撤回之前，对背后的树林抛洒火焰之心。我们可以为山谷夺回二十英里领地，并让黑森林在三代人的时间里持续低迷。"

"那要是我妈妈也会被烧死呢？"马雷克王子猛然转身，质问他。

龙君向泽西方向点头示意："你会愿意这样活着吗？"

"那要是她没被烧死呢？"马雷克说，"不行。"他长出一口气，就像有铁箍锁紧他的胸膛。"不行。"

龙君绷紧嘴唇："要是我们能给黑森林这样的重创，我们找到她的机会——"

"不，"马雷克说着，猛挥手打断他的话，"我们要把我妈妈救出来，路上尽可能铲平黑森林。然后，龙君，你要净化她，并烧毁囚困她的那棵林心树，我发誓你会得到我父亲能提供的一切人力和斧头，我们将不只烧毁二十英里的黑森林，我们要把它一直烧到罗斯亚边境，把它斩草除根。"

他一边说，一边挺直身体，肩膀向后张开，站得更稳。我咬住嘴唇，我一点儿都不相信这个马雷克王子，他永远只会自我陶醉，但我又情不自禁觉得他说得有理。我们把黑森林砍掉二十英里，或许算是场大胜，但只是暂时的。我也想让它整个烧光。

我一直恨黑森林，这是当然，但以前都只是模糊的感觉。从前的它，可能是收获前的一场冰雹，或者农田里的大群蝗虫；有时比这些还可怕，更像是噩梦里出现的情形，但毕竟还是依照它的本性行动。现在，它却完全变成了另外一副样子，像一个有生命的东西，特意使出浑身解数来跟我个人作对，伤害我，伤害我所爱的每一个人。威胁我们整个村庄，要把它像波罗斯纳一样吞没。我没有梦想自己成为了不起的女英雄，像龙君指责的那样，但我的确想要带着火焰和利斧闯入黑森林。我想要把王后从它的魔掌中夺回，召唤两国军队，将森林夷为平地。

过了一会儿，龙君摇摇头，但没说什么。他没有再争辩。相反地，这次是鹰爵表示了反对。他不像马雷克王子那样立场坚定。他的双眼还在泽西身上流连，用白袍的一角捂住口鼻，就像看到了我们未曾注意的东西，害怕吸入某种祸害。"我希望您能原谅我的疑虑：也许我只是在这类问题上严重缺乏经验。"他说，白袍并没有遮住他语调里的讽刺色彩，"但我个人认为，眼前这个已经是非常严重的邪恶魔法侵蚀。这样的人，用火烧之前斩首都不安全。也许我们还是要先确认一下，你们真的能够还他自由，然后才可以选择那些宏伟蓝图，毕竟，现在还没有一种方案能启动。"

"你答应过的！"马雷克王子生气地说，转过身激动地瞪着他。

"我曾同意值得冒险，但前提是萨坎真的找到清除邪魔侵蚀的方法。"鹰爵对他说，"但这个——"他又看了一眼泽西，"除非我亲眼看他做到，即便那时也要细细查考。在我看来，那个女孩甚至可能根本就没被侵蚀过，他传播这种流言，只是为了给自己的盛名再添加一些光彩。"

龙君轻蔑地哼了一声，没理他。他转身，从那些正在腐坏的草捆里拽出一把干草茎，一边把它们折起，一边开始念咒语。马雷克王子抓住

无根之木
UPROOTED

鹰爵的胳膊，把他拉到一边，嘴里生气地嘟囔着什么。

泽西还在静音咒的后面对自己喊叫，但他开始带着锁链摇摆，向前跑到铁链能容许的最大距离，胳膊被扯在身后，拉得僵直，他向前猛扑，嘴巴在空气中乱咬。他舌头伸长歪在一边——那舌头肿大、发黑，就像是鼻涕虫钻进了他嘴里。他对我们甩舌头，翻白眼。

龙君不理他。在他手中，那团干草变粗变重，成了一张小桌子，腿儿弯曲，仅有一尺来宽，他把随身的皮袋打开，小心地取出召唤秘典，夕阳让上面的金字像火一样闪耀光芒。他把秘典放在小桌上。"好了，"他对我说，"我们开始吧。"

这之前我都没想过这个问题，在王子和鹰爵旁观的情况下，我还要跟龙君手拉手，让我们的魔法合而为一。我觉得肚子像梅子干一样收缩起来。我快速地偷看龙君一眼，他的表情故意装成满不在乎，就像对我们要做的一切都没有太多兴趣似的。

我不情愿地站到他身边。鹰爵的眼睛盯住了我。我确信他目光里一定有某种魔力，猛禽一样富有穿透力。我痛恨袒露在他面前的感觉，还有马雷克王子。我甚至更不愿意让卡茜亚在场，因为我们两个过于熟悉。我并没有跟她说过太多那天晚上的事，关于我和龙君最近那次尝试共同施法的情形。我没办法用语言描述，我甚至都不愿想太多，但我又无法拒绝，泽西还在他的锁链上挣扎，像很久以前我爸给我做的玩具，那种树枝小人儿，会在两根棍子之间跳高翻筋斗的。

我咽下口水，把手放在召唤秘典的封面上。我打开书，龙君和我开始一起阅读。

我们坐在一起，两人都僵硬又尴尬，我们的魔力却像是有了天然的亲和倾向，无须我们过于用力。我的肩膀渐渐放松，头抬起来，开心

第十三章
chapter 13

地深吸一口气。我情不自禁，就算是全世界都在看，也不再在乎，**召唤咒**在我们周围流淌，顺畅得就像一条河：他的声音波动如洪流，而我负责给他添加瀑布跟跳跃的小鱼，在我们周围，强光像初升的太阳一样诞生，光彩夺目。

而在泽西脸上，黑森林在向外张望，带着无声的愤怒对我们低吼。

"进展顺利吗？"在我们背后，马雷克王子问鹰爵，我没听到他的回答。泽西也迷失在森林里，跟之前的卡茜亚一样，但他已经放弃了：他软塌塌地倚着一根树干坐着，流血的双脚伸展在面前，下巴上肌肉松弛，眼神空洞地低头看自己大腿上的双手。我叫他时，他也没动弹。"泽西！"我又叫。他迟钝地抬起头，无神地扫了我一眼，又低下头。

"我看到了——这里的确有条通道。"鹰爵说。我看他时，发现他已经又戴上了眼罩。那只奇怪的鹰眼正从他额头上向前看，黑色眼仁瞪得好大。"那是魔法侵蚀从黑森林里传导出来的渠道，萨坎，要是我现在通过他抛出净化火焰的话——"

"不行！"我赶紧抗议，"那样泽西会死的。"鹰爵不快地瞥了我一眼。他才懒得管泽西的死活，这是当然。但卡茜亚转身快步跑出牛棚，跑下小路，很快就带回了一脸警惕的克丽丝塔娜，她怀里抱着小婴儿。克丽丝塔娜害怕那魔法，也害怕泽西的怪相，但卡茜亚一直在小声对她说话。克丽丝塔娜抱紧婴儿，慢慢上前一步，又一步，直到她正对泽西的脸。她自己的脸色也变了。

"泽西！"她喊道，"泽西！"她向丈夫伸出手。卡茜亚拉住她，不让她触及泽西的脸，但在密林深处，我看到泽西再次抬头，然后，慢慢站起来。

召唤咒的强光对他也毫不留情。这次我的感觉有些遥远，没那么直

无根之木
UPROOTED

接触及内心，但他还是完全袒露在我们面前，满心悲愤：所有那些夭亡幼子的小坟墓，还有克丽丝塔娜默默忍受的脸；腹内饥饿的煎熬，还有他对那些好心赠送物品的反感，他极力无视屋角别人送来的小篮子，明知道她又去求邻居帮忙；还有简单直接的绝望，眼看母牛感染变异，他脱离贫穷的最后希望被剥夺。他甚至有些希望那些野兽杀死自己了事。

在克丽丝塔娜的脸上，也写满了她自己长久以来的绝望，无可救药的烦恼：她妈妈曾一再劝阻，不让她嫁给这个穷小子；她在莱多姆斯科的姐姐有四个孩子，丈夫以织布为生。姐姐的孩子们都活了下来，也从来不会遭受冻馁之灾。

泽西感到羞耻，撇着嘴，身体发抖，牙齿打战，但克丽丝塔娜哭了一会儿，又把手伸向他，孩子醒了，哭闹起来。这声音本来很烦人，跟成人的想法相比，却让人感觉极好，那么平淡直接，只是简单的需求，别无其他。泽西迈出了一步。

然后，一切突然变得简单很多。龙君是对的：他受到的侵蚀要比卡茜亚弱一大截，尽管乍看上去很惊人。泽西并未像卡茜亚一样进入黑森林腹地。一旦他开始走动，他很快就向我们跌跌撞撞地靠近，而那些枝干虽然也试图阻拦他，却只是细枝而已。他两只手伸到面前，开始向我们奔跑，推开挡路的枝条。

"接管咒语。"我们接近最后时，龙君对我说，我咬紧牙关，尽全力独自撑住召唤咒，他把魔力慢慢收回。"现在，"他对鹰爵说，"等泽西脱身就动手。"就在泽西开始进入自己身体的同时，他们一起抬手，同时喊道："乌洛齐斯托斯、索文金塔！"

泽西惨叫着冲过净化之火，但他还是撑了过来：几滴柏油状的腥臭液体从他眼角和鼻孔滴落，掉在地上，冒着烟，而他的身体瘫软在

第十三章
chapter 13

铁链上。

卡茜亚踢了些土盖住液体，龙君上前抓住泽西的下巴，抬起他的头，我就在这时终于读完了召唤咒。"现在看清楚。"他对鹰爵说。

鹰爵把双手放在泽西脸的两侧，开始念咒语，这段咒语像一支箭。它在召唤咒最后的强光里从他身上射出，在铁链中间的墙面上，泽西头部以上，鹰爵的魔法开出了一个窗口，有一个瞬间，我们都看到一棵老林心树，有困住卡茜亚的那棵两倍那么大。它的枝干在噼啪作响的烈火中疯狂抽搐。

第十四章

　　第二天黎明前的寂静里，我们离开德文尼克村时，活泼的士兵们还在相对大笑。他们已经全副武装，每个人看上去都很帅，身着闪亮的铠甲，头盔上鸟羽飘摇，绿披风，彩绘的盾牌挂在马鞍旁。他们自己也知道。他们威风凛凛牵着马儿穿过昏黑的小巷，连马儿都高视阔步。当然，在我们这么小的村子里，三十条多余的围巾并不容易到手。所以，多数人都戴了又厚又容易让人发痒的羊毛围巾，通常都是冬天才有人戴。这些人都按龙君的要求，胡乱包住脖子和脸。他们总是会不自觉地停止扮帅，偷偷伸手去搔痒。

　　我一直都习惯于坐我爸爸拉车的大笨马，就算我在它们宽大的后背上玩倒立，它们也只会略微有点儿吃惊地回头看一下。我家的马绝对拒绝小跑，更不要说狂奔了。但马雷克王子给我们骑的，是他的骑士们带来的备用战马，它们简直像是另外一个物种。我一不小心，偶然用不对的方式拽了一下缰绳，我的马就跳起来，只用后蹄着地，前腿向前猛踹，然后就向前急冲，吓得我抓紧马鬃趴在它后背上。后来它又减慢了

第十四章
chapter 14

速度，原因我同样不得而知，总之，马儿自得其乐向前漫步。直到我们经过扎托切克村。

山谷中的大路并没有明确的终点，我猜以前曾经还有很长——一直延伸到波罗斯纳，或者通往其他早已被吞没的、更加遥远的村子。但是，在扎托切克村河桥边磨坊的嘎吱声没有消失之前，野草就已经开始侵犯路面，再前进一英里，我们就很难说脚下是否算路了。战士们还在欢笑、唱歌，马儿却比我们更精明，或许是吧。它们不等骑手下达任何指令，就放慢了速度，还紧张地嘶鸣，头来回摇摆，耳朵一会儿向前竖起，一会儿贴在身上，皮肤紧张地颤动，就像有苍蝇在打扰它们，但周围又明明没有苍蝇。前方就是高耸的黑色树墙。

"到这边停一下。"龙君说，马儿们就像是听懂了他的话，也很高兴有理由停下，几乎马上全体停步，无一例外。"弄些水来，想吃可以吃点儿东西。一旦到了树下，就什么东西都不要吃进嘴巴。"他翻身下马。

我也极其小心地从自己的马上下来。"我来接管它吧。"一名士兵对我说，他是个金发的白皙男孩，有张友好的圆脸，唯一的缺陷是鼻骨断过两次。他用喉音招呼我的母马，欢快又自信。所有士兵都带了马儿去河边喝水，分享长条面包，传递着喝瓶装烧酒。

龙君招呼我过去。"用上你的保护魔法，做到最厚实的程度。"他说，"要是你还有余力，就把士兵也保护起来，我会给你再加一层防护。"

"这样，就可以让那些绿色阴影不能侵蚀我们吗？"我怀疑地问，"就算在黑森林里也能挡住它们？"

"不能，但可以降低它们的侵入速度。"他说，"扎托切克村外有座谷仓：我在那里存了些净化用药，以备万一进林时用。我们一出来，就会取出它们服用。每人用药十轮，不管你有多确信自己没事。"

无根之木
UPROOTED

我看看那一大帮年轻士兵，他们一边吃面包，一边谈笑风生："你有足够的药给所有人用吗？"

龙君很确信地扫了他们一眼，眼神冷酷，像死神的镰刀。"肯定够活下来的人用。"他说。

我打了个寒噤："你仍然觉得这不是个好主意，即便是在泽西被治好之后。"黑森林里有一道浅淡的黑烟腾起，那是林心树燃烧的地方，我们昨天就看到过。

"这个主意糟透了。"龙君说，"但如果任由马雷克王子带你和索利亚进林，我不去，情况就会更糟糕。至少我还对可能的遭遇略有所知。动作快些，我们没有太多时间。"

卡茜亚默默帮我收集了几把松针，供我施法来用。鹰爵已经开始在马雷克王子周围织造精致的魔法护盾，像是建起一座闪亮的厚砖墙，砖头一块块堆积，等他把砖墙盖得超过马雷克的头顶，整个结构一起闪光，在他身上收紧。如果我从侧面看马雷克，还能看出他皮肤上的淡淡光晕。鹰爵又给自己造了一层魔法护盾。但我注意到，他没有把防护给任何一名战士。

我跪下来，用树枝和松针点起冒着浓烟的小火堆。等到松烟弥漫空地，苦涩而让人嗓子发干时，我抬头看龙君。"现在就施法吗？"我问。龙君的魔法落在我肩上，感觉就像是在火堆前披了一件厚外衣，特别痒，很不舒服，让我很怀疑是否有必要承受它。我跟随他的节奏哼唱自己的咒语，想象自己跟在他身后继续努力防寒：人们需要的不只是厚大衣，还要有手套、羊毛围巾，带护耳的帽子要扣紧，靴子上方还要有加厚的裤子，外面再裹一件大披风，所有衣服都要披得紧密又舒服，绝不让一丝冷风灌入。

第十四章
chapter 14

"你们所有人裹好围巾。"我说，眼睛还盯着自己冒着浓烟的火堆，一时忘记了自己是在跟一群成年人讲话，还是士兵；更古怪的是，所有人都照我说的做了。我把烟向四周引导，浸入他们的棉毛衣物中，也把保护魔咒带了进去。

最后那些松针碎成灰烬，火灭了。我站起来，身体有些摇晃，被烟熏得咳嗽，揉了下流泪的眼睛。等我视线恢复清晰时，吓了一跳：鹰爵直勾勾地看着我，眼神饥渴又专注，甚至在他用斗篷的一部分遮住口鼻时，视线都没有移开。我迅速转身，到河边喝了口水，把手上脸上的烟灰洗掉。我不喜欢他的双眼试图穿透我肌肤的感觉。

卡茜亚和我分吃了一个面包：极其熟悉的德文尼克村家常食物，来自村子里的面包师，有硬壳，灰棕色，略有酸味，是我在家时每天早上都能吃到的东西。士兵们收起酒瓶，拂掉面包屑，坐回马上。太阳已经爬上树梢。

"好了，鹰爵，"我们都上马之后，马雷克王子说。他扯掉铁护手。小指中间指节上套着一枚戒指，精致的圆形金戒，上面镶着小小的蓝宝石，女式戒指。"为我们指路吧。"

"请把大拇指放在戒指上方。"鹰爵说，他从自己马上侧身靠近，用一支镶宝金针刺破马雷克的手指，挤了一下。一大滴血掉落在金戒指上面，把金子染成红色，而鹰爵轻轻念诵寻人咒。

蓝宝石变成暗紫色，紫光聚集在马雷克的手掌周围，即便当他戴好铁护手之后，那紫光还是能透出来。他举起手，在面前左右摇晃：当他指向黑森林时，紫光就会增强。他带领我们前进，我们的马儿一匹接一匹，踏过烧荒的灰迹，进入黑森林中。

春天里的黑森林，跟冬天像是完全不同的两个地方。现在，这里

无根之木
UPROOTED

有一种活力加强，警惕性提升的感觉。我刚刚走到第一片树荫下，就感觉皮肤发颤，周围有无数眼睛在监视着我们。马蹄沉闷地落在地上，小心地踩过苔藓和灌木丛，从伸出长长尖刺的荆棘丛旁边挤过。沉默的黑鸟，几乎难以觉察地在树枝间跳跃，跟在我们后面。我突然确信，如果我在春天里独自闯进黑森林，绝对不可能轻易找到卡茜亚，除非经过一场恶战。

但今天，我们有三十名战士同行，他们全都身披重甲，腰悬利刃。士兵们带了重剑、火把和小袋的食盐，一切都遵照龙君的指令。打头的士兵砍倒灌木，拓宽小路，我们随后跟上。还有人烧掉两侧的荆棘丛，并沿路撒下些许盐巴，以便我们能够原路返回。

但他们已经没有笑声。我们一路上很少说话，耳边只有鞍具轻响，马蹄清脆，加上偶尔有人低声耳语。马儿们甚至都不再叫唤，它们用黑白分明的大眼睛警觉地看着周围的树木。我们都觉得自己是猎物。

卡茜业的马就在我身边，她把头低垂到马脖子上。我费力地伸手，握住她的手指。"怎么了？"我轻声问。

她看着远离我们路线的地方，用手指着远处的一棵树，那是棵烧黑的老橡树，多年前曾被雷电击中。它死去的枝干上挂满苔藓，像一位弓腰驼背的老妇人撩开裙子躬身行礼。"我记得那棵树。"她说。她放下手，又从马耳之间朝正前方看。"还有那块我们经过的红色岩石，还有灰色的荆棘丛——所有这一切，就好像我根本不曾离开一样。"她也在小声说，"感觉就像我根本没有离开过。我甚至不知道你是不是真的，涅什卡。要是我只是在做梦的话，那该怎么办？"

我轻轻握了下她的手，感觉很无助。我不知道这种时候该怎样安慰她。

第十四章
chapter 14

"附近有东西。"她说,"就在前面不远。"

卫队长听到了她的话,回头看了一眼:"那东西危险吗?"

"是个死了的东西。"卡茜亚说,眼睛垂下来看着马鞍,两只手紧握缰绳。

我们周围的光线变强,马蹄下的道路也在变宽。它们的马蹄铁发出空洞的回响。我低头看,发现苔藓下有敲碎的鹅卵石若隐若现。等我再次抬头,就被吓了一跳:远处的树木之间,有个诡异的灰脸正瞪着我,大张的方形嘴巴上面,有一只大而空洞的眼睛:其实是座破谷仓。

"离开道路,"龙君厉声说,"绕过去,南北都好,但绝不能骑马穿过广场,也不要停步。"

"这是什么鬼地方?"马雷克问。

"波罗斯纳,"龙君说,"或者说,它残留的那部分。"

我们掉转马头,去了北面,在荆棘和小破房子中间寻路,那些房子有的屋梁折断,草顶塌陷。我极力不看地面。这里有厚厚的苔藓和青草,有些细长的树已经长得较高,开枝散叶,时而把阳光变成斑驳的影子。但仍然还有些人形半掩在苔藓下面,偶尔有几根白骨刺破土壤,像死白的手指,捅开柔软的绿毯,在阳光下泛着冷光。在房顶之上,如果我朝着村镇广场旧址方向看,就会看见巨大的闪亮的银色树冠,也能听到林心树叶在远处窃窃私语。

"我们不能停下来烧掉它吗?"我小声问龙君,声音尽可能小。

"当然可以,"他回答,"如果我们使用火焰之心,并且马上原路返回。这会是当前的明智选择。"

他并没有刻意压低声音,但马雷克王子没有回头看,尽管有几名士兵在看我们。马儿们伸长脖子,身体直打战,我们快速行进,把死者抛

无根之木
UPROOTED

在后面。

之后又过了一会儿，我们停下来让马歇息。它们都很累，一半是体力消耗，一半也是因为恐惧。路变宽了一些，旁边是一片湿地，这是一条春季小河的尽头，现在因为没了融雪水，正在慢慢干涸。河道上仍有一线细流，在一片石穴那里积成深潭。"这里的水安全吗，能不能用来饮马？"马雷克王子问龙君。龙君耸肩。

"其实可以的。"他说，"这水并不比马儿在树下呼吸的空气更危险。反正等完事了，这些马都得处理掉。"

雅诺斯从自己的马上下来，正单手抚摩它的鼻子，让那动物安静些。他猛然回头："它们可是经过训练的战马！价值跟它们同重量的白银相当呢。"

"而净化魔药的价值，等于它们同重量的黄金。"龙君说，"如果你对它们真有感情，就不该带进黑森林，但也不要过于担心。很可能，我们都不会面临那种选择。"

马雷克王子瞪了龙君一眼，但并未争论。相反地，他把雅诺斯带到一边，安慰了他几句。

卡茜亚去了空地边缘，那里有几条羊肠小道继续延伸。她看着远离水潭的方向。我不知道她是否也见过这个地方，在她长期被困期间的游荡过程中。她凝视幽暗的林木。龙君经过她身边，看了她一眼，说了些什么；我看到她扭头看着龙君。

"我不知道你是否清楚，他已经欠了你多大恩惠。"鹰爵突然在我身后说。我吃了一惊，回头看他。我的马儿正在饥渴地喝水，我抓紧缰绳，向它温暖的身体靠近了一点儿，没说话。

鹰爵只是挑起一侧细眉，眉色深黑，眉形精致："王国中的魔法师数量极为有限。依照法律，这份天赋让你无须被地方贵族役使。现在，你有权在朝中得到应有的地位，并直接为国王陛下本人效力。你本来就不该被困在这条偏僻的山谷里，更不需要给人做奴仆。"他上下挥手，示意我的衣服。我穿得像是要去林中采摘，高腰的防水靴，粗麻布缝制的宽松工作裤，外面套一件棕色罩衫。他还穿着白色长袍，尽管黑森林的恶意强过他在普通森林里保持整洁的咒语；他的长袍边缘有被挂脱线的地方。

他误解了我犹疑的眼神："我猜，你父亲是个农民吧？"

"樵夫。"我说。

他甩一下手，意思像是在说，这一丁点儿区别都没有："那么我猜，你对宫廷里的事一无所知。我的魔法天赋被发现时，国王陛下把我父亲封为骑士，而到我的魔法训练完成时，他被封为男爵。国王对你也会同样慷慨的。"他向我靠近，而我的马儿在水里吹出气泡，因为我在用力向它靠近。"不管你可能听说过什么，毕竟是在你们这么闭塞的地方长大，但萨坎绝不是整个波尼亚王国唯一值得一提的魔法师。我向你保证，你不需要认定自己跟他有任何特别的关联，仅仅因为他——找到了一个有趣的方式来利用你。我确信，你还有很多其他巫师可以结交。"他向我伸出一只手，轻声念了一句咒语，让一道盘旋的火焰出现在手心里。"或许你想试一试？"

"跟你结交？"我冲口而出，毫无外交策略。他的眼角微微收缩，但我一点儿都没有觉得过意不去。"在你那样对待卡茜亚之后？"

他做出意外以及受伤害的表情，就像又披了一件斗篷那样："我其实是帮了她跟你。你觉得任何人都会相信萨坎的话，相信她可能被治好了吗？你的这位恩主，客气点儿说，算是性格怪僻，一直把自己埋没在

无根之木
UPROOTED

这种鬼地方，只有被宣召才回王廷，整天把眉头皱得阴云密布，说什么灾难即将来临，无法避免，但预言总是落空。他在宫廷里一个朋友也没有；而少数可能跟他站在一起的，恰恰也是危言耸听，坚持要把你朋友马上处死的人。如果马雷克王子不加干预，国王就会派个处刑吏直接过来了，还会把萨坎召回宫中，治他窝藏不报之罪。"

其实他本人最初的来意，就是充当那名处刑吏，但显然，他并不打算让这个事实妨碍自己，仍然声称他帮了我的大忙。我完全不知该如何对待如此厚颜无耻之人。要是一定得做出反应的话，我大概会口齿不清地呵斥他一下，但他也没有把我逼到那种程度。"请稍稍考虑下我的建议。我并不介意你的义愤，但也请不要因为生气，就无视忠告。"他彬彬有礼地鞠了一躬，飘然退后。卡茜亚回到我身旁，士兵们纷纷上马。

她一脸严肃，两只手揉着自己的胳膊。龙君坐到自己的马上。我扫了他一眼，不知他能对卡茜亚说些什么。"你还好吗？"我问卡茜亚。

"他告诉我，不要再担心自己还在被侵蚀。"她说，嘴角微微 抬，似有笑意，"他说如果我担心这件事，就很可能没有被侵蚀。"更出乎意料的还在后面，她又说，"他对我说对不起，因为以前我一直都在怕他——担心被他选中，我是说。他说，他以后再也不会抓走任何人了。"

我因为这件事吼过他，我甚至没料到他会听进去。我愣愣地看着她，却没有时间多考虑这件事。雅诺斯已经上了马，检视手下之后，突然问："米夏在哪儿？"

我们清点人数和马匹，然后向四面八方呼喊，但没有回音，也不见树枝折断，或者落叶被踩乱这类的线索提示他的去向。片刻之前还有人看见他，等着给马儿饮水。如果他被抓走了的话，敌人做得相当隐蔽。

第十四章
chapter 14

"够了,"龙君终于说,"他已经死了。"

雅诺斯不满地看着王子。但在一阵沉默后,马雷克终于说:"我们继续前进。两两一组并行,保持在同伴视线以内。"

雅诺斯脸色难看又悲伤,他用围巾再次裹住口鼻,但还是对第一对士兵甩头示意前进。过了一会儿,他们沿路出发。我们继续向黑森林深处前行。

密林下很难判定时辰,我们不知又骑了多久。黑森林静得不像是任何森林:这里没有昆虫嗡嗡声,没有兔子偶尔踩断树枝的噼啪声。甚至我们自己的马儿发出的声音都很小,马蹄下都是苔藓、野草和树苗,而不是硬地。小路渐渐消失,前面的人必须不断砍断灌木,我们才能继续钻林前进。

树林后面传来流水声,道路突然再次变宽。我们停下来,我站在马镫上,越过前面士兵的肩膀,看到树林中断。我们再次回到了斯宾多河河边。

我们走出林地,这里大约高出河面一英尺,水边有松软的斜坡。树枝和灌木伸到水面上,低垂的长长柳枝,跟河边丛生的芦苇接到了一处,芦苇间还可以看到裸露的苍白树根和湿漉漉的泥地。斯宾多河足够宽,以至于在河中央,阳光可以穿过两侧树冠之间的空隙。阳光在河面上反射,却不能射入河底,我们看出,这一天已经过去大半。大家闷坐半晌。这样碰到一条河,直接截断去路,让人有一种不祥的预感。我们一直在向东赶路,本应该跟河水平行的。

当马雷克王子把拳头伸向水面时,紫光变强,示意我们应该去河对岸,但水流湍急,我们也看不出它有多深。雅诺斯从树上折了根小树枝扔进去:它马上被冲向下游,几乎立刻就被貌似平滑的浪花吞没。"我

无根之木
UPROOTED

们找渡口过河。"马雷克王子说。

我们调整方向，沿河单列行进，士兵们砍开植被，好让马儿在河边有立足之地。这里没有任何动物到河边喝水的足迹，斯宾多河继续奔流，一直不见变窄。同一条河，在这里跟在山谷中完全不同，它在林木之间快速奔流，却并无声响，跟我们一样被笼罩在黑森林之下。我知道，这条河并没有从罗斯亚一侧流出森林。它消失在黑森林深处的某个地方，在某个不为人知的所在被吞没。看到这条幽暗的河流如此宽阔，真的很难相信它会突然消失。

在我身后某处，有名战士长叹一声——松了一口气的样子，像是终于放下了一副重担。在宁静的黑森林里，这声音显得特别响亮。我回头看去。他的围巾从面前垂下：就是那个鼻子折断过，态度特友好的年轻士兵，帮我饮过马的那位。他挥出一把长剑，亮银色的利剑，一把抓住前方骑手的头，一剑割断了他的咽喉，深长的伤口鲜血狂喷。

那名被袭击的上兵　声没出就死了。血溅在他坐骑的脖子上，也洒在落叶上。马儿疯狂地前蹄腾空，纵声长嘶，在士兵跌下马背的同时，它闯进旁边的树丛里，跑得不见了。拿剑的年轻士兵仍然面带微笑，他自己跳下马，扑入河水里。

我们都被这突然的变故惊得目瞪口呆。在我前面，马雷克王子喊了一声，翻身下马闯下河边斜坡。泥土被他的靴子踢开，他本人站在河水边上。他想要伸手抓住那名士兵的手，但对方并没有伸手给他。他仰面朝天漂过王子面前，像浮木一样安静，围巾和斗篷拖在他身后的水面上。他靴子进水，两条腿已经被卷入激流，然后整个身体渐渐下沉，我们最后一次看到他时圆脸苍白，眼睛直愣愣地看着太阳。水从四面围拢，淹没了他的头，漫过他折断过的鼻子，绿斗篷最后翻卷了一下。他消失在河水里。

马雷克王子重新站起来，立在水畔观察，手抓住一棵小树维持平衡，直到那士兵彻底被水吞没。他转身，摇摇晃晃爬上斜坡。雅诺斯也已经从自己的马上下来，牵住王子的马缰绳。他伸手帮王子上坡。另有一名士兵牵住了另一匹无人骑乘的马儿。它在发抖，鼻翼张大，但还能安静地站在原处。每个人都沉默下来。河水继续奔流，树枝低垂，阳光还照在水面上。我们甚至听不到跑走的马儿发出任何声音，就跟什么都没有发生似的。

龙君催马上前，俯视王子。"到天黑时，其他士兵也将送命。"他直言不讳地说，"说不定连你也一样。"

马雷克仰面看他，脸上第一次显出疑惑和无助，就像他刚刚看到些无法理解的事。我看到鹰爵眼睛不眨地回头看那些剩余的士兵，他富有穿透力的眼睛试图提示隐藏的秘密。马雷克看看他，鹰爵回应他的视线，缓缓点头，确认了什么。

王子跨上马背，对前面的士兵说："清理出一块空地来。"他们开始砍倒周围的灌木。其他人也加入进来，同时用上了火和盐。直到我们有了一片空地，可以全体聚集到一起。马儿们也渴望能够首尾相接，靠近同伴。

"听我说，"马雷克招呼士兵，他们的视线都集中在他身上。"你们都知道我们为什么来这里，你们每一个都是我亲自挑选出来的。你们是北方勇士，是我手下最强的战士，你们曾跟我一起面对罗斯亚国的魔法师，在他们的骑兵突袭时，在我身边筑起人墙。你们中所有人，都曾在战场上留下伤疤。我们出发前，我问过你们每一个，是否愿意跟我闯进这个鬼气森森的地方，你们所有人都曾亲口同意。"

无根之木
UPROOTED

"好的，我现在不能对你们发誓说，我能带你们活着回去；但我向你们保证，每个真的可以跟我一起走出此地的人，会得到我能给的最高荣耀，每个人都将成为有封地的骑士。我们会从这里渡河，马上出发，无论是福还是祸，我们都将继续勇敢行军：无论是要面对死亡，还是比死亡更可怕的下场，我们都要像个男人一样面对，而不是胆小的鼠辈。"

到现在他们应该已经知道，马雷克自己也不清楚后面会发生什么，他也并没有准备好面对黑森林的阴暗面。但我看得出，他的话冲淡了所有人脸上的阴霾：他们开始显得意气风发，像是长出了一口气。没有一个人要求返回。马雷克从他的鞍袋中取出狩猎号角。这是根长长的铜管，亮闪闪的，中间还打弯。他把号角放在嘴边，尽力吹响。嘹亮的军号声本来不应该对我有什么影响，但当时的确让我心跳加速：那声音骄傲勇猛，余韵悠长。马儿们踏着地面，耳朵前后摇动，士兵们拔出刀剑，跟着号声呼喊。马雷克王子掉转马头，率领我们所有人一口气跑下斜坡，扎进冷冰冰的幽暗河水里，其他所有战马都跟着下了水。

我们下水之后，河水猛冲在我腿上，在马儿宽阔的身体旁边泛起白色水花。我们继续前进。水没过我的膝盖，然后漫过大腿。我的马儿高高昂起头，鼻翼大张，长腿仍能踏在河床上，向前猛冲的同时，竭力巴住河底。

我们身后的某处，有一匹马失足，它向一侧翻倒，又撞倒了另外一名士兵的马儿。河水把人马一起冲走，瞬间吞没。我们没有停下，现在根本不可能停步。我想要找个咒语来救人，但脑子里一片空白：河水一直在向我们低吼，而那两个人转眼就消失。

马雷克王子再次吹响号角：他打马冲上对岸，催着它冲入树林。

第十四章
chapter 14

我们一个接一个出水，浑身湿透，但一刻不停地前进。我们所有人都冲进灌木丛，追随马雷克王子手中的紫光，听着他的号角声前进。树枝在我们身边飞速闪过。河这边的灌木更稀疏一些，树干更粗，间距更大。我们不再是单列前进，飞驰中，我可以看到其他骑手在我身边的树后闪现，像在逃离，又像在追赶。我放弃了控制战马的企图，只是俯在它身上，抓紧马鬃，贴在马脖子上回避扑面而来的树枝。我可以看到卡茜亚在我身边，还有鹰爵醒目的长袍在前方闪现。

我胯下的母马在喘息、战栗，我知道它撑不了多久，即便是强壮且经过训练的战马也会支持不住，像我们这样刚蹚过冷水河就开始狂奔不止。"内恩、艾瑟约恩，"我对着它的耳朵轻声说，"内恩、艾瑟约恩，"这让它有了一些力量，多了一点儿温暖。它伸长俊俏的头，感激地摇摆了一下，我闭上眼睛，试图给所有的马儿以力量，"内恩、艾瑟约安，"我向卡茜亚的马儿伸出一只手，就像给它一根绳索。

我感觉到想象中的那根绳子拴住了。我抛出更多魔法绳索，所有的马儿们更加靠近，脚步也更为轻快。龙君回头看了我一眼。我们继续跟在嘹亮的号角声后面疾驰，而我也终于在树丛中看到了一些移动的东西。树人，很多树人，而且它们正在快速向我们靠近，所有的树枝长腿一起行动。其中一只伸出长胳膊，把一名士兵从马背上拖下去，但它们渐渐被我们抛下，像是没想到我们会如此不顾一切猛冲。我们一起冲出围墙一样的松树丛，来到一大片空地上，马儿们跳过一带灌木，在我们面前，有棵极为巨大的林心树。

这棵树的树干比马儿的侧面还要宽，它冲天而起，生发出无数粗大的枝干。它的枝条上布满银绿色叶子，还有一种带有恶臭味的小小金色果实。树干以下，有一张人类面孔望着我们，它被层层包裹、抹平，像

无根之木
UPROOTED

是一道浅痕。此人双手交叉放在胸前，像是尸体的形态。两条粗大的树根在人形脚下分叉，而在树根之间的空地上躺着一具骷髅，几乎被苔藓和腐叶完全吞没。一条较细的树根穿过一只眼孔，青草从肋骨和锈蚀的凯甲缝隙之间生长。一片残损的盾牌横在尸体腰间，隐约还能看出黑色双头鹰的轮廓：那是罗斯亚国王室的徽记。

我们把喷着响鼻、喘息不止的马儿们停在那棵树的树枝范围边缘。我听到身后一声巨响，就像烤炉门重重关闭，与此同时，我被突然出现的重物击中，摔下马鞍。我痛苦地摔到地上，几乎喘不过气，手肘划伤，两腿青肿。

我扭转身体，卡茜亚压着我，是她把我从马背上撞落的。我盯着她的背后，我的马儿已经在我们上方的空中，没了头。一只巨大的螳螂形怪物正在用两只前爪抱起它。那螳螂的颜色和形体线条跟林心树完全一致：细长条的金色眼睛就像果实，身体是跟树叶同样的银绿色。它只一扑，就一口咬断了马脖子。在我们身后，还有一个无头士兵倒地，另一个尖声惨叫，他少了一条腿，被另外一只螳螂叼走了：足足有一打这种怪物，从树林中冲了出来。

第十五章

　　那只银色螳螂把我的马丢在地上，吐出它的头。卡茜亚立时挣扎着站起来，拖着我避开。我们所有人一时间都被吓蒙了，马雷克王子大叫一声，把号角掷向银色螳螂的头。他拔剑出鞘。"冲啊！让法师们站到后排！"他大吼，纵马上前，挡在我们和那可怕的怪物之间，向它劈砍。他的剑在对方甲壳表面划过，削下一个长长的透明条，像给胡萝卜削皮。

　　战马们证明了它们等于同重量白银的价值：它们现在丝毫不慌张，完全不像普通牲畜那样，而是人立起来，又踢又踹，大声嘶鸣。它们的蹄子击打在螳螂身上，发出空洞的声响。士兵们在我和卡茜亚周围组成松散的环形阵线，龙君和鹰爵驻马于我们两侧。所有士兵都用嘴咬住缰绳，其中一半拔剑向外，组成一堵利刃之墙保护我们，其他人则忙着先把盾牌备好。

　　那些螳螂怪从林中出来，想要把我们包围。在密林下稀疏的点点阳光里，它们还不容易被看清，但已经不是无法察觉。它们并不像树人那

无根之木
UPROOTED

样行动缓慢迟钝，而是四足并用，走起来相当轻巧，两只大前爪上的镰刀在空中微微颤抖。"苏伊塔、利肯，苏伊塔、朗！"鹰爵大叫，召唤出白热的烈火，他在龙君石塔上用过的那种。他把火焰像鞭子一样甩出去，卷住第一只螳螂的前爪，而它当时正摆开架势，想要再击杀一名战士。鹰爵拉紧火焰长索，就像牧人紧拉一头不驯的小牛，那螳螂被迫上前，火焰触及甲壳的地方，发出刺鼻的焦臭味，有浅浅的白烟升起。螳螂失去平衡，可怕的口器在空中乱咬。鹰爵把它的头也缠入火焰索，一名士兵挥剑猛砍它的头。

我本来没抱什么希望：在山谷里，我们平常的斧头、刀剑和镰刀几乎连树人的油皮儿都伤不到。这把剑却神奇地砍进去好多。壳质碎片迸飞，另一侧的士兵用剑尖刺进头胸连接部。他把整个身体的重量压在剑柄上，将敌手刺透。螳螂甲壳碎裂的声音，就像螃蟹被折断了腿，它的下巴松弛下来。绿色体液从它体内喷到剑身，热气腾腾，一个瞬间，我看到符文在热血中放出金光，但很快就隐没在钢铁中。

但就在那只螳螂死掉的瞬间，它的整个身体向前栽倒，冲开人墙，差点儿撞到鹰爵的马。另一只螳螂向这个缺口冲过来，直奔鹰爵，但他单手握紧缰绳，让马儿稳住不要后仰，然后收回火焰鞭，一下子抽在第二只螳螂的脸上。

我和卡茜亚一起站在地上，几乎看不到别处的战斗。我听见马雷克王子和雅诺斯卫队长大声鼓励士兵，还有金属武器刮到甲壳的刺耳声音。周围一片混乱喧器，变故快到让我喘不上气，更无法思考。我抬头茫然地看着龙君，他在尽力控制自己受惊的马儿。我看他张口喊了声什么，踢开马镫。他把缰绳丢给一名士兵，他的战马胸口受伤，已经倒地不起，龙君步行来到我们身边。

"我应该做什么？"我大声问他，同时无助地搜寻可用的魔法。"穆兹托尔——"

"不！"他大声喝止我，声音盖过了周围的喧嚣，他抓住我的胳膊让我转过来，面对林心树。"我们来的目的是救出王后，如果耗尽精力打赢一场无谓的战斗，最终还是白白牺牲。"

我们本来是在躲着那棵树的，但螳螂怪们正把我们逼向大树，促使我们都站到了树枝下，那些果实的刺鼻气味直冲喉咙，树干粗大得吓人。我从没见过这么大棵的树，即便是在最茂密的森林里，而且，它的个头还透着一股邪气，就像是盛满了鲜血的肿胀皮袋一样。

这次，简单靠威胁怕是难以成功，就算我能集聚足够的怒火召唤弗米亚：就算是为了救出这么巨大的一棵林心树，黑森林也不会放过王后这样的战利品，尤其是它知道我们事后净化她时，还能杀死这棵树。我无法想象能把这棵树怎么样：它平整的树皮闪耀着金属一样的冷光。龙君也眯起眼睛看着它，一边做手势，一边小声念咒语，但即便是在跃动的火焰烧到树干之前，我也本能地预感到这招没有用。而且我猜想，即便是士兵们有魔咒加持的刀剑，怕也无法伤及这棵树一分一毫。

龙君一直在尝试：破碎咒、开裂咒、冰咒和闪电咒，虽然周围的战斗如火如荼，他还是有条不紊。他在寻找对方的破绽，凯甲上的缝隙。这棵树却抵挡住了一切冲击，而且它果实的臭味越来越刺鼻。又有两只螳螂怪被杀死，四名战士丧命。有东西滚到我们脚边，卡茜亚闷声惊叫，我一低头，就看到了雅诺斯卫队长的脑袋，他清亮的蓝眼睛还是那样凝重专注。我赶紧避开，不小心双膝触地摔倒，突然感到恶心又无助：我吐在了草地上。"现在别添乱！"龙君对我吼，就像我有办法不吐似的。我以前从没经历过战斗，至少不是这种战斗，这种屠杀人类的

无根之木
UPROOTED

可怕情形。他们像牲畜一样被宰杀。我手脚并用撑在地上哭泣，眼泪滴落进泥土里，然后我伸出双手，抓住身边最粗壮的树根，喊起来："基萨拉，基萨拉，维兹。"声音像在吟唱。

那树根在扭曲。"基萨拉，"我继续说，一遍又一遍，大颗大颗的水珠慢慢积聚在树根表面，从里面流出，聚集到被我眼泪打湿的地方，一颗一颗接一颗。那潮湿处渐渐扩大，成了我两只手之间的圆圈，就连最细小的裸根都开始向外渗水，收缩。"图勒琼、维兹。"我说，声音轻微，像在说服，"基萨拉。"那些树根开始在地上翻滚扭动，就像肥大的爬虫，其中的水分越来越多地被挤出来，汇成了涓涓细流。我两只手之间有了些湿泥，潮湿范围扩大，泥土被水从树根表面冲开，更多的根系暴露出来。

龙君跪在我身边。他开始唱一首咒术之歌，我听起来略有一点儿熟悉，像是很久以前听过的：那是绿瘟之年之后的春天，我记得，他来帮助农出恢复。他给我们带来了斯宾多河的河水，通过自动掘好的水渠，引到我们火焚过的焦渴田地里。但这次的水渠，是从林心树引向别处，随着我的吟唱，水不断从根系中丧失，又被水渠引走，树根周围的地面干燥如沙漠，湿泥开裂成尘土和细沙。

卡茜亚抓住我们两人的胳膊，险些把我们一起拎到腾空，带我们跌跌撞撞向前逃。我们在树林里丢下的树人已经冲入空地，好大一群：就像一直在等着伏击我们似的。有只银色螳螂怪丢了一条腿，还是继续进攻，它左右快速移动，一有机会就把长矛一样的尖爪直刺过来。

雅诺斯曾经担心的马儿们，现在几乎全死光，或者逃走了。马雷克王子徒步作战，跟十六名战士并肩迎敌，他们盾牌相接组成围墙状，鹰爵还在他们身后，不断抛射火焰魔法，但我们在节节败退，越来越接近

第十五章
chapter 15

树干。林心树的叶子在风中瑟瑟作响，声音越来越大，可怕的低语声持续不断，而我们也几乎被逼到树干旁边。我深吸一口气，结果却几乎马上再次呕吐，那果子实在太臭。

一只树人试图绕过防线侧面，伸长脑袋来看我们，卡茜亚从地上捡起一把剑，那是阵亡士兵丢下的，她疯狂挥击。剑刃击中树人身体一侧，带着树枝折断声劈过它的身体，它像抽搐的柴堆一样倒下。

龙君也被臭果实熏到，在我身边连连咳嗽。但我们还是重新开始念咒语，极力回击，又从根系里抽出更多水分。在靠近树干的地方，那些较粗的根一开始极力抗拒，但我俩联手的强大魔力还是把它们的水分吸取出来，甚至吸干了土壤中的水，整棵树周围的地面都开始干裂。它的树枝在颤动：水分开始沿着树干倒灌下来，形成绿色水珠流失。树叶开始干枯，从我们头顶纷纷凋落，我听到一声可怕的尖叫：那只银色螳螂怪又把一名士兵从阵线中抓走，这次它没有杀死他，而是咬掉了他握剑的手，然后把他丢给了树人。

树人抬手从树上摘下果实，把它们硬塞进被俘士兵的嘴里。他还试图尖叫，但已经很难发出声音，树人继续迫使他吞下果实，强行闭上他的嘴，果汁从他脸上流下，他整个身体弓起来，在树人手中扭动不息。它们把他倒吊在土地之上。螳螂用爪子尖头刺穿他的喉咙，血从伤口涌出，雨点一样灌溉着树根下的焦土。

大树战栗，发出叹息声，细细的血线流过根系，消失在银色树干里。我吓得直哭，眼看士兵脸上越来越没有血色——有把飞刀刺穿他的心脏，是马雷克王子掷出的。

我们施法的大部分成果都被抵消掉，树人把我们四面包围，它们等待着，显出十分饥渴的模样：士兵们被驱赶到狭小的空间里，气喘吁

无根之木
UPROOTED

吁。龙君低声咒骂。他转身面向大树，用了另外一种魔法，这个我见他用过，上回是制造药瓶。他现在用上这招，手伸进我们脚下开裂的沙土中，开始拉扯出粗细各异的玻璃丝和玻璃柱。他把这些东西暴雨一样抛向暴露的根系和落下的叶子。我们周围开始燃起小小的火苗，冒出浓雾一样的烟。

我浑身发抖，被血腥和恐惧搞得晕头转向。卡茜亚一只手持剑，把我挡在身后，尽管她也满脸泪水，但还在尽力保护我。"小心！"她大喊，我回头时，看到龙君头顶一根粗大的树枝突然折断。它重重砸在龙君肩膀上，他向前栽倒在地。

龙君本能地抱住那根粗树枝，放下了手中的玻璃索。他想要用力把树枝推开，但大树已经在抓他，树干在他的两只手周围生长。"不！"我大叫，伸手去拉他。

他极力挣脱一只手，代价是另一只手完全被固定，银色树皮一直裹到手肘，树根像鞭子一样从地底蹿出，缠住他的　条腿，把他拖向树干。它们在拉扯他的衣服。他单手抓住腰间的小袋，扯断系绳，把一个东西塞进我手里。那里面汩汩作响，小瓶子发出紫红色光芒。是火焰之心，有一达姆[1]的样子。他摇我的胳膊："现在动手，你这傻瓜！如果它把我吞噬，你们就都死定了！烧了它，然后逃走！"

我从瓶子上抬起视线，盯着他。这才明白他的意思是让我点燃这棵树；他让我烧了这棵树——连同他一起烧死。"你觉得我会宁愿这样活着吗？"他对我说，声音清晰坚定，就像完全超越了恐惧：树皮吞没了他的一条腿，上升到接近肩膀的位置。

---

1 表示液量时，1 达姆＝ 1/8 盎司（0.0037 升）。

第十五章
chapter 15

卡茜亚在我身边，她的脸苍白、惊恐。她说："涅什卡，这真比死了还可怕，比死还惨。"

我站在那里，手握那只小瓶，它在我的手指间发光，我把一只手放在他肩上，对他说："乌洛齐斯托斯，净化咒。跟我一起用它。"

他盯着我，快速点头。"把瓶子给她。"他咬紧牙关说。我把火焰之心交给卡茜亚，握住龙君那只手，我们一起念咒语。我轻声说，"乌洛齐斯托斯，乌洛齐斯托斯"，像是有节奏的鼓点，然后他加入，背诵了整个篇章所有细节。但我并没有让净化咒发挥威力：我在抑制它。我在意念里筑起一座大坝，挡住它的威力，让我们联手施法的魔力灌入一座巨大湖泊，蓄积在我体内，魔力越积越多。

我的体内充盈着火热的魔法能量，放射出强光，几乎无法承受。我不能呼吸，感觉自己的肺紧贴在肋骨上，我的心脏几乎无力跳动。我看不到，战斗仍在我身后某处进行，但只是遥远的扰攘声：有呼喊，有树人古怪的语言，有刀剑空洞的撞击声。它们越来越近。我感觉到卡茜亚的后背贴着我的后背，她在让自己成为最后一道护盾。火焰之心在她手中的瓶子里欢歌，充满饥渴，盼望着被释放的时刻，盼望着吞噬我们所有人，这想法几乎让我欣慰。

我把魔力约束到自己能克制的最长时间，直到龙君的声音中断，然后我再次睁眼。树皮漫过他的脖子，涌上他的脸颊。它已经封住他的嘴。它正在涌向他的眼睛。他握了一下我的手，我把魔力整个灌入他的身体，灌入半成形的通道中，冲向那棵正企图把他吞噬的巨树。

他身体绷直，眼睛瞪大却一无所见。他的手在静默的痛苦中紧握我的手。然后，他嘴上的树皮枯萎消失，像巨蛇蜕去的旧皮一样剥落，而他也终于叫出了声。我双手握住他的手，咬住嘴唇忍受被他握紧的痛

无根之木
UPROOTED

苦，那棵树在他周围熏黑，炭化，我们头顶的树叶噼啪响着起火燃烧。它们在纷纷掉落，死灰伴随着恶臭，邪恶之果被烤熟，烧化，释放出极其难闻的味道。汁水沿枝条流下来，树液从枝干上滚烫瘤块中迸发，飞溅。

树根也像充分晒干的木柴一样迅速起火，我们从中吸走了太多水分。树皮从主干剥离，大片大片落下。卡茜亚抓住龙君的胳膊，把他软塌塌的身体从树干里拽出来，他一身水疱和烧伤。我帮她把龙君拖到一旁，远离积聚起来的浓烟，她转身又冲进烟雾里。恍惚中我看到她扒开一大片树皮，把厚厚一片东西丢在旁边，她用剑砍树，撬开缝隙，让更多部分暴露出来。我把龙君放下，跌跌撞撞过去帮她：树干热到无法触碰，但我还是把两只手硬贴上去，摸索片刻之后念道，"伊莫延！"出来，出来，就像我是亚嘎女巫，正在哄一只兔子从窝里出来做我的晚餐。

卡茜亚又在砍树皮，树干"啪"的一声裂开，我透过裂缝看到一个女人的脸，空洞，一双直勾勾的蓝眼睛。卡茜亚把手伸进裂缝里，扒开更多树皮，让裂口扩大，突然间，王后就开始从里面向外倒，她的整个身体向前倾斜，脱离树干中的凹洞，在里面留下一个女性人体形状的空位，腐烂的衣服碎片从她身上掉落，甚至在她跌出缺口的过程中就已经着火。她停住，悬在半空，头无法脱离，被网一样的金发扯住，那头发长到不可思议，被夹在了她身体周围的树干里，卡茜亚挥剑斩落，削断云团一样的密集金发，王后这才脱身，倒进我们的怀抱里。

她很重，像块木头似的一动不动。烟火在我们周围环绕，头顶传来树枝的呻吟和扭曲声：整棵树变成了一根火柱。火焰之心在瓶里躁动不安，我感觉像是听到了它的叫声，它盼望着冲出来，加入烈火的盛宴。

第十五章
chapter 15

　　我们蹒跚向前，卡茜亚几乎是独自拖着我们三个人走：我、汉娜王后，还有龙君。我们终于从树下逃开，来到那片空地上，那群战士中，只有鹰爵和马雷克王子还活着，仍背靠背发挥出惊人的战斗力。马雷克的剑上也燃起跟鹰爵一样的魔火。最后四只树人一拥而上，它们突然加速逼近，鹰爵用火鞭回击，逼它们退后，马雷克选中一名对手，跳过火焰向它出击：他戴着铁甲手套的重拳掐住对方颈部，用双腿夹紧其身体，脚踏在它一根前肢以下。他把长剑径直刺入它后颈，贯穿其身体，然后用力拧转剑柄，完全像是折断一根鲜活树枝的用力方式，那只树人的狭窄脑袋就此裂开。

　　王子任由它的身体倒地抽搐，然后跳回渐渐低迷的火圈里，以免被其他树人围攻。另外还有四只树人倒在一旁，完全是同样的死法：看来他找到了杀死这种怪物的窍门。但刚才，幸存的树人也险些把他包围，他已经累到脚底打晃，他的头盔早已弃置一旁。现在他低下头，用袍角揩了一下额头的汗，气喘吁吁。他身边的鹰爵也是勉强支撑。尽管他的嘴里一直念念有词，手边的银白火焰却已然低迷，白袍被丢在旁边的泥地里，冒着烟，被燃烧的落叶渐渐埋没。三只树人蓄势待发，准备下一轮冲击，鹰爵挺直身体。

　　"涅什卡。"卡茜亚叫我，把我从迟钝的旁观中惊醒过来，我摇摇晃晃上前，张开嘴，却只能发出嘶哑的声音，被烟熏得特别粗哑。我挣扎着回过一口气，设法说了一声，"弗梅代斯，"或者至少是足够接近的声音吧，足以让我的魔法成形，与此同时，我向前栽倒，两只手扶地。大地从我面前开始裂开，在树人脚下张开巨口。就在它们挣扎着掉落的同时，鹰爵把火焰丢入裂缝，而那裂缝随即关闭。

　　马雷克转身，在我摇摇晃晃站起来的同时，突然向我跑过来。他在

213

无根之木
UPROOTED

泥地上滑倒，脚跟冲前，把我的腿从身下踢开。原来是那只银色螳螂从燃烧的林心树烟雾里冲出，翅膀伸开，噼里啪啦燃烧着，试图达成最后的复仇。我抬头看它金色的非人双眼，它可怕的利爪向后挥出，准备再发出致命一击。马雷克躺在它腹部之下的地面上。他用剑对准那怪物甲壳上的空隙，然后猛踹它的支撑腿，踢中三根残肢中的一根。它摔倒，被剑刺穿，他推开怪物起身：螳螂疯狂挣扎，翻倒，而王子最后一脚把它从剑尖上踢开，任它翻到燃烧的林心树火焰里。它不再动弹。

马雷克转身把我扶起来。我两条腿发抖，整个身体都哆嗦个不停，我无法直立。我一直都对战斗故事怀有疑心，也不信关于战斗的歌谣：村子里孩子们在广场上打架，结果无非是一身泥巴，鼻血长流，或者搔出几条血印，鼻涕眼泪，没有任何优雅或光荣之处，我不明白在这些事上添加刀剑和死亡又能有多大区别。但我绝对想不到会是现在这样。

鹰爵蹒跚而行，走到泥土里蜷缩的一个人面前。他腰间有一瓶药剂：给这人喝了一口，扶他起来。两人又去了第三个人那里，他只剩下一只胳膊：伤口被火灼伤封闭，昏沉沉躺在地上，呆望天空。三十个人，仅有两人幸存。

马雷克王子看上去并没有受伤。他不经意地用手臂擦了下额头，抹了自己一脸烟灰。他几乎可以正常呼吸，胸腔起伏，但并不吃力，不是我被他拉起来时那种痛彻全身的喘息，我们一起离开火焰之地，来到空地边缘的树荫里。他没跟我说话，我不知道他是不是还认得我，他的眼睛像蒙了一层雾。卡茜亚来到我们旁边，肩上扛着龙君。在他的体重的压迫下，她还是轻松到近乎诡异。

马雷克又眨了几次眼睛，看鹰爵把两名士兵带回我们身边，然后他好像才发现那棵树上的熊熊烈火，还有熏黑的纷纷掉落的树枝。他用力

第十五章
chapter 15

握住我的手臂，捏得特别痛，铁护手都嵌到我肌肉里了，而我试图扳开它们。他转身看我，摇晃我的身体，眼睛瞪得很大，满是愤怒和恐惧。"你干了什么？"他对我吼，火冒三丈，又突然安静下来。

王后站在我俩面前，一动不动，皮肤在燃烧的大树火光里变作金黄。她像一尊雕像，站在卡茜亚扶她立定的地方，手臂无力地垂在身边。她被截短的头发跟马雷克王子的一样金黄，在她头部周围，像云团一样飘浮。他盯着她，脸像饥饿的小鸟嘴一样充满渴望。他放开我，伸出一只手。

"不要碰她！"鹰爵厉声制止，嗓子已被烟熏哑，"把铁链拿来。"

马雷克愣住。他的眼睛还盯着王后。有一会儿，我以为他不会听，他转身，走过纷乱的战场，到自己马儿的尸体旁边。鹰爵检验期间曾经用来锁卡茜亚的铁链，用布包着放在他马鞍后侧的袋子里。马雷克把它们取下，带回来交给我们，鹰爵把枷锁连同布囊一起接过，小心地向王后走近，就像靠近一条疯狗。

但她完全没动，两只眼睛一下没眨，就像她根本看不到鹰爵。即便这样，鹰爵还是十分小心，又给自己施放了一次护身咒，然后才用流畅的动作一下子给王后上了枷锁，马上退开。她还是没动。他再次出手，还用布隔着，给她的手腕扣上手铐，然后才把那一大片布披在她肩上。

身后传来可怕的巨大断裂声。我们都像兔子一样跳起来。那棵林心树沿着树干开裂，几乎有一半向侧面倒下。它轰然倒地，压断了空地边缘上百年树龄的多棵老橡树。云团一样的橙色火星从树干中央腾起，另一半突然整体起火，火焰呼啸着吞没一切，树枝乱挥了最后一次，不再动弹。

王后的身体突然战栗，紧张地活动了一下。锁链随着她的动作叮

215

无根之木
UPROOTED

当作响，像金属的哀鸣，她摇摇晃晃远离我们，两只手伸在面前。布片从肩头滑落，她也没有察觉。她在摸自己的脸，用弯曲的、过长的手指甲，挠自己的脸，并发出间断的、低低的呻吟声。

马雷克跳上前去，抓住她戴手铐的手腕。王后本能地把他甩开，力量也大到异乎寻常。她停下来，死死盯着他。王子踉跄后退，勉强恢复平衡，挺直身体。他浑身都是血迹、汗水和污泥，但看上去还是个勇猛的武士、有为的王子。他胸前的绿色徽记依然可见，仍能看出戴王冠的许德拉。她看了看它，又看他的脸。她没说话，但眼睛也没有离开他。

王子快速地深吸一口气，叫道："妈妈。"

第十六章

　　王后没有回答他，马雷克王子双手握拳，等待着，两只眼睛紧盯着她的脸，但她还是不回答。

　　我们默然又郁闷地站在一旁，仍在呼吸着林心树的烟火味，还有人类与黑森林喽啰的尸臭味。终于，鹰爵打起精神，一瘸一拐地走上前。他抬起双手伸向王后的脸，中途停顿了一下，但王后毫不畏缩。他把两只手放在王后的脸颊上，让她转头看着自己。他盯紧王后，瞳孔时而张大，时而收缩，不断变形。虹膜的颜色由绿变黄，又变黑。最后他哑着嗓子说："什么都没有，我完全没找到她被侵蚀的任何迹象。"然后他垂下双手。

　　但王后也没有任何其他个性。她没有看过我们任何人，如果眼光扫过来，感觉甚至更糟糕；她眼睛瞪得很大，却没有看到我们的脸。马雷克还站在那里剧烈喘息，紧盯她。"妈妈，"他又说了一次，"妈妈，我是马雷克。我来带你回家的。"

　　她的脸色毫无变化。最初的惊骇已经淡去，她现在目光呆滞空虚，

无根之木
UPROOTED

像是被消除了一切个性和情感。"一旦我们走出黑森林……"我说，但我的声音消失在喉咙里，我感觉很不舒服，也恶心。要是你在黑森林里待了二十年之久，你还有可能走出它吗？

但马雷克王子接过了我的话头。"走哪边？"他问，一边把剑插回剑鞘。

我用袖子擦掉脸上的烟灰，低头看自己起疱、开裂的双手，上面还有血污。从部分找回整体，"洛伊塔勒，"我对自己的血液说，"请带我回家。"

我竭尽全力带他们走出黑森林，我不知道路上要是再碰到其他树人怎么办，更不要说螳螂怪了。我们已经远不是早上进入森林的那支盔甲鲜明的队伍。在我的意识里，我想象大家是一支采摘小队，只想在夜幕降临前赶回家，沿途尽可能连一只飞鸟也不惊动。我小心地在树木间寻找路线。我们没有任何开山小路的希望，只能走羊肠小道，或者从灌木稀疏的地方钻过。

我们在夜幕降临前半小时偷偷出了黑森林。我摇摇晃晃从林荫下走出，继续追随我咒语的微光：回家，回家，一遍遍在我脑子里重复这个心愿，像在吟唱。那条闪亮的线条指向西南方向，指向德文尼克村。我的双脚不停带我向它靠近，穿过那片荒芜的焦土，闯入一片高高的草丛，它们终于茂盛到足以挡住我。在草丛的上方，当我抬头看时，能看到长满树木的山坡像墙壁一样耸立在远处，雾一样的棕色，落日就闪耀在它的近旁。

那是北部山脉。我们从距离罗斯亚国边境不远的山口附近走出了黑森林。这也有一点点道理，如果王后跟瓦西里王子是逃向罗斯亚国，然

第十六章
chapter 16

后又从那边被抓进了黑森林的话，的确是从这边出来更近，但这也意味着我们离扎托切克还有好多英里。

马雷克王子低着头跟在我后面走出黑森林，他双肩紧绷，就像拖带了沉重的负担。两名衣衫褴褛的士兵跟在他身后，他们脱下锁子甲，把它丢在黑森林的道路旁边，他们的剑带也已经不见。只有王子一个人还身穿盔甲，剑也还握在手中，但当我们到达草地，他一下子跪倒，双膝着地一动不动。士兵们来到他身边，一边一个倒下，脸朝下不再动弹，就像他们一直都是被王子拖出来的一样。

卡茜亚用脚把一片草踩平，把龙君放在我身边的地上。他身体软弱无力，也没有动弹，双眼紧闭。他身体右侧到处是水疱和烧伤，红肿，透着死亡的颜色，他的衣服被扯破，有的部分也被烧毁。我从来没见过这么严重的烧伤。

鹰爵瘫倒在龙君另一边。他牵着锁链一端，另一端连着王后脖子上的铁枷。他拉了下铁链，王后也停住脚步，独自伫立于黑森林边缘的焦土上。她的脸上，也是跟卡茜亚一样非人间式的淡定。只是更糟糕，因为那双眼睛的背后没有任何个性，感觉就像被一个人偶尾随。当我们向前拉铁链时，她就会走，动作僵硬，左右摇晃，像木偶一样迈出笨拙的大步，就像她已经不完全会用自己的四肢，就像它们都无法正常弯曲。

卡茜亚说："我们必须离黑森林更远一点儿。"没有人回答她，也没有人动弹。在我看来，她像是在很远的距离外说话。她小心地抓住我的肩膀，摇晃我的身体。"涅什卡。"她叫我，我没有答应。暮色渐浓，早春的蚊子在我们身边忙碌地飞来飞去，在我耳边嘤嘤不止。我甚至懒得抬手去拍在我手臂上的大个儿蚊子。

她挺直身体，看看我们所有人，犹豫不决。我不认为她想要自己离开，把我们大家留在原地，尤其是现在这副样子，但似乎也没有太多别的选择。卡茜亚咬咬嘴唇，在我面前跪下，看着我的脸说："我要去凯米克镇。"她说，"我觉得那里应该比扎托切克更近一些。我会一路跑着去。坚持住，涅什卡。一找到人帮忙，我就马上回来。"

我只是呆呆看着她。她犹豫了一下，伸手到我裙子口袋里，把亚嘎女巫的魔法书拿出来。她把书塞进我手里。我握住了它，但还是没有动。她转身冲进草丛，一路推挤着草丛跑开，向西方赶去。

我像只小田鼠一样坐在草丛里，什么都不想。卡茜亚在草丛中寻路的声音渐渐消失。我的手指抚摩着亚嘎女巫魔法书的装订线，感觉到皮革上的轻微起伏，无意识地呆呆看着它。龙君就在我身边躺着不动，他的烧伤正在恶化，身体表面到处都有透明水疱鼓起。我慢慢打开书，翻过好多页。适合烧伤，配晨间蛛网和少许牛奶尤佳。亚嘎女巫有一种简单疗法，有这么两句简单说明。

我没有蛛网，也没有牛奶，但迟钝地思考片刻之后，我把手放在周围折断的草梗上，挤出几滴奶状的绿色黏稠汁液，滴在自己手指上。我把它们在拇指和食指间揉开，然后哼唱，"伊如赫，伊如赫"。声音起起伏伏，像哄小孩子睡觉，我开始用指尖逐个触碰他最严重的水疱。每一个都开始颤抖，慢慢缩小，而不是膨胀，最可怕的红肿也开始消退。

这个咒语让我觉得——并没有感觉更好，但好像更洁净一些，就像我在伤口上浇了清水。我继续不断地唱啊唱。"别再发那种怪音。"鹰爵终于叫起来，抬起头申斥我。

我伸手抓住了他的手腕。"格罗斯诺的烧伤治愈咒。"我对他说，这是龙君曾经试图教我的一种咒语，在他以为我天生是治愈系人才的阶段。

第十六章
chapter 16

鹰爵沉默片刻，哑着嗓子开始念，"奥伊代，维拉赫，"这是咒语的开头部分，我继续哼唱，"伊如赫，伊如赫"。同时开始感知他的魔法，它脆弱得就像是稻草取代木柴扎成的车轮，我还是把自己的魔法挂上去。他停止念诵。我设法让魔法维持了足够长的时间，同时催逼他继续。

这跟我与龙君合作的感触完全不同。这次，就像是硬给一头坏脾气的老驴上套，我还不太喜欢这只畜生，它也龇着大牙随时准备咬我。甚至在推进魔法时，我也极力跟鹰爵保持距离。但是，一旦他掌握了诀窍，魔力起效的速度就大大加快。龙君的烧伤很快就被健康皮肤取代，只是在他胳膊上和身体一侧，留了一条弯弯曲曲的长疤痕，那是烧伤最严重的地方。

鹰爵的声音在我身边越来越洪亮，我的头脑也更清醒了一些。魔力在我们两人身体中流转，像新生的潮水一样充满活力，他摇摇头，眨眨眼，似乎很意外。他翻转手掌，握住我的手腕，想要更加了解我，获取更多我的魔力。我本能地甩开他，我们的魔法协作就此中断。龙君已经在翻身，用手撑起身体，喘息，呕吐，他从肺里咳出大块的黑色湿灰。等到这波咳嗽声平息，他跪坐在脚后跟上，抹抹嘴，抬头看。王后还站在附近那片被夷为平地的土地上，像是黑暗中一根发着微光的柱子。

龙君用掌根揉揉眼睛。"这或许是有史以来最愚不可及的冒险。"他哑着嗓子说，声音太弱，我勉强能听到，然后他放下双手。后来龙君又伸手扳我的肩膀，我帮他挣扎着站起来。在渐渐凉爽的草场里，只有我们几个人。"我们需要回扎托切克，"他试探性地说，"到我们存放物资的地方去。"

我迟钝地看看他，魔力散去之后，我的力量也迅速消失。鹰爵又瘫

无根之木
UPROOTED

作一团。士兵们开始发抖，他们双眼茫然，像是看到了某种幻觉。就连马雷克也一动不动，像一块巨石那样萎靡在两名士兵中间。"卡茜亚找人帮忙去了。"我终于说。

龙君环顾四周，看看王子、士兵们、王后，又看看我和鹰爵，大家全都精疲力竭。他揉揉脸。"好吧，"他说，"帮我把他们摆成脸朝上躺着的姿势。月亮就快升起来了。"

我们吃力地把马雷克王子和士兵们平放在草地上，他们三人都盲目地盯着天空。等我们把他们周围的草丛压平，月光照在他们脸上。龙君把我放在他和鹰爵之间。我们没有力量完成一次彻底的净化：龙君和鹰爵只是又念了几遍早上用过的防护咒，而我也只念了一点点净化咒，普哈斯，普哈斯，卡伊普哈斯。他们脸上好像都恢复了一点儿神采。

不到一小时，卡茜亚就赶了回来，驾着一辆樵夫用的大车，脸色很难看。"抱歉我耽搁了那么久。"她简单说了一句。我没问她是怎么弄到那辆车的，我知道某些人会怎么想，看她从黑森林方向跑来，还是现在这副模样。

我们试着帮忙，但大多数工作还是要靠她一个人来做。她把马雷克王子跟两名士兵装上马车，又把我们三个挪到车子后排。卡茜亚到王后那里，站到她跟黑森林之间，隔断她的视线。王后看着她，还是完全空洞的眼神。"你不再被困在那里面。"卡茜亚告诉王后，"你现在自由了。我们都自由了。"

王后同样没理会她。

我们在扎托切克停留了一个星期，所有人都躺在镇子边缘谷仓里的地铺上将养。从我在大车上睡着开始，到三天后我在温暖宁静的干草气息中醒来，看见卡茜亚用湿布帮我擦脸，中间的事情我完全不记得。我嘴里还残留着龙君姁甜的净化酒剂味儿。那天上午晚些时候，我强壮到足以从床上下来走时，他又净化了我一次，然后让我把他也净化一番。

"王后呢？"我问他。净化之后，我们一起坐在外面的长凳上，两人都累到浑身发软。

他用下巴向前点了点，我看到了她：她在空地另一端的树荫里，静静坐在柳树下的一根树桩上。她还戴着那副魔法枷锁，但有人给了她一套白色衣裙。白衣一尘不染，就连褶边都是干净的，就像她换上这套衣服之后，再也没有走动过。她美丽的面庞，还是像无字书一样完全空白。

"好了，现在她自由了。"龙君说，"这值得耗费三十条人命吗？"

他说得很激动，我抱紧自己的双臂。我不愿意回想那场噩梦一样的战斗，那场屠戮。"那两名士兵呢？"我小声问。

"他们能活下去。"龙君说，"还有我们杰出的小王子：他的运气远远好过应得水准。黑森林对他们的掌控都很弱。"他吃力地站起来，"跟我来，我在分阶段净化他们。现在，是时候再来一轮了。"

两天后，马雷克王子完全康复，恢复速度让我极为羡慕，又觉得自己真是笨得要死：他早上才刚从床上起来，晚上就已经大口吞掉一整只鸡，而且开始锻炼身体。我还只能勉强咽下几口面包，而且感觉没什么味道。看他手攀树枝上下拉抻身体，让我更觉得自己软得像一根布条，被洗过之后拧了太多遍那种。托马兹和奥列格也都醒了，是那两名幸存的士兵。我现在记住了他们的名字，而且因为没能记住死难士兵的姓名而感到羞耻。

马雷克试着给王后送去些食物。她只是愣愣看着他送到面前的盘子，不肯嚼他喂到嘴里的肉。他试了一碗粥：这次她没有拒绝，但也没有帮忙。他不得不把勺子放进王后嘴巴里，像对待刚会吃饭的小婴儿。马雷克一开始在咬牙坚持，但过了一小时之后，当他发现王后只吃了五六口时，他站起来把碗和勺粗暴地摔到石头上，粥和碎陶片四处飞溅。他怒气冲冲地离去。对此，王后连眼睛都没有多眨一下。

我站在谷仓门口看，觉得很难过。我倒没有后悔救她出来——至少她目前不必继续被黑森林折磨，不用被吸得七零八落。但这种可怕的活死人状态，确实让人觉得比死了还难受。她没有病，也不是情绪低落，像卡茜亚被净化初期那样。她就是没有足够的情感和个性留存下来，因而无法思考，也不能感知。

第二天上午，我拎了一桶井水回谷仓时，马雷克从后面跟上来，抓住了我的胳膊。我吓得跳起来，想挣脱他，结果把水洒得两人满身都是。他无视那些水，也不理我的挣扎，只顾对我喊："够了，别再搞这些！他们是士兵，他们会好的。他们会一直没事，只要龙君别再给他们肚子里灌奇怪的药水。你们为什么没有为她做任何事情呢？"

"你觉得我们能做什么？"龙君从谷仓里出来，对他说。

马雷克转身面对他："她才需要治疗！你甚至都没有给她喝过任何药，尽管你有多余的药水——"

"如果她体内有邪恶魔法的侵蚀可以净化，我们会做的。"龙君说，"但你无法治疗空无。她没有跟林心树一起烧掉，你已经算幸运了，假如你愿意把这个当作幸运，而不是遗憾的话。"

"你没被烧死才真是遗憾呢，如果这就是你能给的全部建议。"马雷克说。

龙君眼睛里内容很多，在我看来，少说也有十几种尖刻的回应方式，他却抿紧嘴唇，把这些话全都咽了回去。马雷克王子的牙齿在打战，透过他抓着我的手，我能感觉到紧绷到极点的张力，像中邪的马儿那种颤抖，尽管当周围充斥鲜血、死亡和危险时，他反而能够坚如磐石。

龙君说："她体内已经没有任何侵蚀。至于其他，只有时间和休养才能有帮助。我们一旦净化好你的手下，等他们能安全地跟其他人接触，就会把王后带回石塔。届时我会看看还有什么可以做。在那之前，你可以多陪她坐坐，聊聊家常。"

"聊天？"马雷克反问，他把我的手臂甩开，在他走开的同时，更多水泼在我的脚上。

龙君接过我的水桶，我跟他一起回到谷仓里。"我们能为她做什么吗？"我问。

"对一块空空的石板，你又能做什么？"他说，"给她些时间，或许她能写下点新鲜的东西填补空白。至于说带回她曾经的样子——"龙君摇头。

那天剩余的时间里，马雷克一直坐在王后身边。我走出谷仓时，曾几次看到他低垂的沉重面庞。但至少，他像是接受了无法突然实现奇迹式扭转的现实。那天傍晚，他去跟扎托切克村的村长谈过，第二天，当托马兹和奥列格终于能自己走到井边再返回时，王子用力抓住他们的肩膀说："明天上午，我们会给其他兄弟生一堆火，就在村子的广场。"

扎托切克村有人来给我们送马。他们对我们都很小心，我不会怪他们。龙君早就事先通知过，说我们会从黑森林返回，而他也告诉了村民将我们安置在哪里，怎么判断是否受到邪魔侵蚀；即便如此，如果他们

无根之木
UPROOTED

打着火把来，要把我们烧死在谷仓里的话，我也不会觉得意外。当然，如果我们真的被黑森林控制，也肯定会做出其他可怕的事情，而不是安安静静在谷仓里待一星期，等着被烧死。

马雷克王子亲自帮托马兹和奥列格上马，又把王后抱到她的马背上，这是一匹十岁的棕色母马，生性平和。她坐得僵直，一动不动。王子不得不把她的脚逐个放进马镫。他停了一下，从地上仰面看她。"妈妈。"他又试了一次。王后完全没看他。过了一会儿，他绷紧下巴，扯来一根绳子，加长王后坐骑的缰绳，扣在自己的马鞍上，带着她一起走。

我们跟在王子后面，乘马来到广场，发现高高的篝火堆准备完毕，等着被点燃，全是晾晒好的木柴，全村人都穿了节日的盛装在远处观望。他们手持火把。我在扎托切克村并没有很熟悉的人，但每年春天，他们时不时会到我们村赶集。人群里有些稍显熟悉的面孔在打量我，灰蒙蒙的薄雾后面，他们就像是另一个世界的游魂，而我站在他们对面，跟王子和魔法师在一起。

马雷克自己拿起一支火把：他高举火把站在柴堆前面，大声叫出每一位牺牲士兵的姓名，一个接一个，最后是雅诺斯。他向托马兹和奥列格招手，三人一起向前跨步，把火把伸到堆积的木柴下方。烟火熏到我眼睛，刺痛了我尚未完全康复的喉咙，那热度也很难承受。龙君沉着脸看火堆燃起，然后移开视线：我知道，他看不惯王子带这些人送死之后，又在这里纪念他们。但听到他们的名字，确实让我心里好受了一点点。

篝火继续燃烧了好长时间。村民们拿出食物和啤酒，倾其所有来招待我们。我跟卡茜亚一起躲到角落里，喝了太多啤酒，把痛苦、烟味和

第十六章
chapter 16

净化酒剂从嘴里冲掉。直到后来，我们互相倚靠着轻声哭泣，我必须主动抱她，因为她不敢对我用力。

酒水让我觉得更轻松了一点儿，但反应也更加迟钝，我头痛，用袖子捂着打喷嚏。广场对面，马雷克王子在跟村长谈话，旁边还坐了一位瞪大眼睛的车夫。他们站在一辆美丽的绿色大车旁边，车子新刷过漆，有四匹辕马，鬃毛和尾巴也笨拙地饰以绿色丝带。王后坐在车内，下面垫了稻草，还有一条羊毛斗篷披在肩膀上。魔法枷锁上的金色链条在太阳下闪光，跟她的纯白衣裙交相辉映。

我眨眨眼，被太阳晃到了，等我开始明白自己看到的情形意味着什么，龙君已经大步穿过广场，问道："你们在做什么？"我赶紧站起来，去王子一行人旁边。

我靠近时，马雷克王子转过身去。"安排车辆，送王后回家。"他挺开心地说。

"别闹，她还需要治疗——"

"她在宫里能得到的治疗跟这里一样好。"马雷克王子说，"龙君，我不会选择让你把我妈妈锁进石塔，等你高兴了才放出来。别以为我会忘记你是多么勉强才跟我们同去的。"

"但你像是愿意忘记很多其他事情，"龙君毫不客气地说，"例如，假设我们成功，你就把黑森林一路铲除到罗斯亚边境的承诺。"

"我什么都没忘。"马雷克说，"但我现在没有人手可以帮你。要得到你想要的帮手，除了回宫向我父王申请，还有更好的办法吗？"

"你回宫能做的，不过是带这个空壳人偶四处巡游，自称英雄罢了。"龙君说，"派别人去搬救兵！我们不能就此离开，如果我们都离开，让山谷毫无防护，你以为黑森林不会反击吗？"

无根之木
UPROOTED

马雷克勉强保持着一贯的笑容，脸上却有些阴晴不定，手也一会儿握住剑柄，一会儿张开。鹰爵灵巧地插入两人中间，一只手扶住马雷克的胳膊说："殿下，尽管萨坎的语调极为可厌，但他没说错。"

有一会儿，我还以为他现在明白了。也许鹰爵对黑森林的恶意有了足够的亲身经历，足以认识到它的严重威胁。我看看龙君，意外有了些希望，他的脸色却愈加难看，甚至在鹰爵优雅地侧过脸来面对他之前。"我想萨坎也会同意，尽管他本人多才多艺，但在医术方面比柳巫稍逊一筹。而如果有人能治愈王后，恐怕也非她莫属。而且，他已经发誓终生抗击黑森林。他本人是不能离开山谷的。"

"很好。"马雷克王子马上表示，尽管还做出一副咬牙切齿的模样：这是商量好的答案。他们早就串通好了。我明白过来，也愈加愤怒。

鹰爵继续说："而你也应该认识到，萨坎，马雷克王子不可能允许你把汉娜王后和你手上这个女孩简单地扣留在此地。"他向我身边的卡茜亚示意，"她俩当然要马上被送往国都，作为被邪法侵蚀者接受审判。"

"这招够精明。"龙君稍后对我说，"而且有效。他说得没错：未经国王允许，我无权擅自离开山谷，而后按照法律，严格来说，她们的确都必须受审。"

"但也不是马上就要审吧！"我说，我瞟了一眼王后，她无精打采地默然坐在车里，任由村民把过多的补给品和毯子堆积在她周围，就算我们连续往返都城三趟都用不完。"要是我们直接动手带她回石塔怎么样，现在就走——带上她和卡茜亚？国王一定能理解吧——"

龙君哼了一声。"国王是明事理的人。要是我暗中把王后带到石塔，在没人知道她是否获救之前，那就没什么问题。但——现在？"他向村民方向挥了下手。每个人都保持一点儿距离围在马车周边，盯着王后看，还小声嘀嘀咕咕讲些故事。"不行。他会极其反对我在大庭广众之下公然藐视王法。"

然后他看了我一眼，说："我也不能离开。就算国王允许，黑森林也不许。"

我傻傻地回看龙君，内心一片空白。"我不能让他们就这样带走卡茜亚。"我说，一半是恳求。我知道我属于这里，这里也需要我，但让他们把卡茜亚拖到王城，接受这种审判，而且法律还明确规定，他们可以处死她——我完全不相信马雷克王子，他只会做对自己有利的选择。

"我明白。"龙君说，"这也没关系。没有士兵，我们并没有办法再次打击黑森林，而且我们要很多士兵才行。而这个，只能靠你从国王那里请求了。不管嘴上怎么说，马雷克王子关心的只有王后而已，而索利亚或许不是个坏人，但他总是太喜欢自作聪明，以至于对任何人都毫无帮助。"

我最后只说了一句，是个问题。"索利亚？"这个名字让我的舌头感觉有点儿怪，它会动，像高空中的鸟影，盘旋着，甚至在我说这个词儿的同时，都会感觉到一只富有穿透力的眼睛在看我。

"它的意思是鹰，魔法语言，"龙君说，"他们也会给你一个名字，在你确定进入巫师名册之后。不要让他们把你入籍的事拖延到审判后，否则你就没有资格做证了。听我说，你在这边做到的事情，会让你得到一些影响力，这也是一种特别的权力。不要让索利亚独占所有功绩，也不要羞于使用自己的影响。"

我完全没有一点儿头绪，丝毫也不知道怎么贯彻他滔滔不绝的这些指示：我怎么可能说服国王派士兵给我们呢？但马雷克已经在招呼托马

无根之木
UPROOTED

兹和奥列格上马，我也用不着龙君说，这事只能靠我自己琢磨了。我咽下口水，点点头，然后说："谢谢你，萨坎。"

他的名字带有火焰和双翼的感觉，意味着翻卷的浓烟，代表智慧、力量和鳞片的私语。他看了我一眼，干巴巴地说："不要没事就往火坑里跳。还有，尽管这对你可能有难度，请尽可能注重一下仪表。"

第十七章

听从他的建议方面，我做得并不好。

我们骑马去都城，路上要过一周零一天，我的马儿一路都在仰脖儿，仰，仰，仰，突然向前闯一闯，把缰绳连同我的胳膊一起往前扯，直到我的脖子跟肩膀都硬得跟石头一样。我一直都跟在小马车后面，宽大的包铁轮箍在我前方扬起尘土，我的马儿时不时还要打个喷嚏，停一停。我们还没穿过奥尔申卡，我就已经一身浅灰，汗水夹着尘土，让我的指甲下面迅速铺满棕色泥垢。

我们在一起的最后几分钟里，龙君为我写了一封给国王的信。只有短短几行，写在廉价薄纸上，墨水也是村子里借来的便宜货，特别浅淡。信里告诉国王，说我是一名女巫，此外就是管他要人。但他还是把信折起来，用刀割破拇指，在边缘涂了一条血迹，然后把自己的名字写在那里：萨坎，用粗大的黑体字写的，边缘像在冒烟。当我把信从裙子口袋里拿出来，手指触及字母，就会感觉到浓烟的低语，像是有扑扇的双翼向我靠近。这是一种抚慰，同时也让我丧气，每一天的行程都让我

无根之木
UPROOTED

远离自己应该待的地方，我本该帮他对抗黑森林的。

"你为什么非要坚持带走卡茜亚？"我对马雷克说，第一天在山脚下扎营时，我最后一次尝试说服他。当时，我们在一条浅急的溪流边休息，这是斯宾多河的一条支流。我还能看到龙君的石塔矗立于南方，被落日的余晖染为橙色。"你执意带人还朝，就带王后好了，让我们回去吧。你也看过黑森林，你知道它会——"

"父王派我来，是要处理萨坎被侵蚀的小村姑。"他说，一边用河水清洗头和脖子，"他在等我带她本人回去，或者是带上她的人头。你更希望我带哪个？"

"但是，等看到王后，不就能理解卡茜亚的处境了吗？"

马雷克甩掉水珠，抬起头。王后还是面无表情地坐在车里，直勾勾地看着前方，暮色渐渐将她包围。卡茜亚坐在她身边。两人都被改变，变得怪异，身体僵直，就算整日旅行，也不显疲惫。两人身上都有抛光的木料一样的光泽。但卡茜亚的头在回望奥尔申卡和山谷，而且，她的嘴巴和眼睛都带有愁容，以及生机。

我们一起看她俩，马雷克站了起来。"王后的命运，也将是她的命运。"他平淡地对我说，然后走开。我生气地拍了下河水，掬起水来洗脸，小股脏水沿着我的指尖流下。

"你可真惨。"鹰爵说，这家伙毫无征兆就从我身后冒了出来，惊得我泼掉好多水。"有王子陪同前往克拉里亚，享有女巫和女英雄的盛名。好惨！"

我用裙子擦把脸："你们到底有什么理由需要我呢？宫廷里已经有了足够多的巫师。他们自己也看得出，王后根本没有受到什么侵蚀。"

索利亚连连摇头，像是在可怜我——一个傻呵呵的村姑，什么都不懂：“你真以为这事那么简单吗？国法无情，被邪法侵蚀者，必死于火焰之中。”

“但是，国王还是要赦免她吧？”我说，用的是疑问语气。

索利亚没有回答，若有所思地看看远处的王后，她现在几乎已经看不清，只是阴影中一团较为沉重的阴影。他稍后又看看我。“好好睡一觉，阿格涅什卡。”他说，“我们还有很长的路要走。”说完他去火堆旁找王子了。

这之后，我完全没办法睡好，那天晚上，还有随后的每天晚上。

消息早就传到前方。我们穿过村庄和城镇时，人们都放下工作，瞪大眼睛在路边看我们，但他们不敢靠近，也会把孩子们约束在面前。而最后一天，有好大一群人在等我们，他们聚集在王城之前的最后一个十字路口。

到那时，我已经搞不清楚日期和时辰，只觉得胳膊疼，腰也疼，腿也疼。脑袋最疼，我觉得自己一部分意识被拴在了山谷那里，剩余部分疲于奔命，在陌生的世界里寻找着熟悉之物，却还是觉得茫然失措，一切都如此难以理解。就连那山脉，我生活中永恒不变的群山，现在也都消失了。当然，道理我懂，知道王国里有些地方并没有山，但我总以为可以看到它在远处，就跟月亮似的。每次我回头看，山形都越变越小，直到最后，它们像呼出最后一口气那样，完全消失掉了。四面八方都是肥沃的农田，种满谷物，像是一直可以延伸个没完，平整，单调，整个世界都不是我习惯的样子，看起来好奇怪，这里甚至没有森林。

我们爬上最后一座小丘，在最高处，可以看到克拉里亚巨大的城区，那里就是王国首都：黄墙的房子，橙色或棕色的屋顶，像大片野花开放在波光闪闪的凡达鲁斯河岸，而在城区正中的，就是扎默奥拉宫，

无根之木
UPROOTED

国王的红砖城堡矗立在高大的石基上。它比我想象中的任何建筑都更加庞大：龙君的石塔比王宫最小的哨塔还小，而这里看上去至少有数十座哨塔直插云天。

鹰爵回头看我，或许是想看我对这景象的反应吧，但这里太大太怪，我甚至都不会目瞪口呆。我感觉反而有些麻木，就像自己在看某本书里的插图，而不是真实的东西，而且我也累到只能感觉到自己的身体：大腿上持续不断的隐约抽痛，胳膊在抖，还有贴在我身上的厚厚一层泥垢。

一大队士兵在下面的十字路口等我们，他们阵容整齐，拱卫着路口中央竖起的一座平台。六名教士和僧侣站在台上，簇拥着一个人，他的法袍是我见过最夸张的，深紫色袍子绣满金丝图案。他的脸又长又严肃，配上高高的双锥帽，显得更长。

马雷克勒马停住，俯视那帮人，我有了让自己的慢马赶上他和鹰爵的时间。"嗯，我父亲又派出那个老啰唆鬼。"马雷克说，"他会把神器用在王后身上。会有麻烦吗？"

"我觉得不会。"鹰爵说，"我们亲爱的大主教可能的确有些烦人，这我同意，但他的顽固不化现在反而对我们有利。他永远也不会容许任何人把神器调包，而真正的神器不会无中生有。"

我对他们的不虔诚感到非常愤慨——居然说我们大主教是老啰唆鬼！——因而错过了要求解释的机会：如果没有侵蚀的话，为什么会有人想要显示出侵蚀迹象呢？马雷克在催马向前。王后的车子在他后面跟着驶下山丘，尽管围观人们的脸上写满热望跟好奇，他们还是像退潮的海水一样避开，远离车轮。我看到他们中很多人都佩戴了廉价护身符，并在我们经过时画十字。

第十七章
chapter 17

王后端坐在马车里，目不斜视，也没有任何小动作，身子只是随着车子的节奏轻轻摇晃。卡茜亚靠近到她身旁，快速回头看了我一眼，我也看她，我们两个都惊异地瞪大眼睛。我们这辈子都没见过这么多人。人们贴近到足以碰到我们的腿，尽管我的马儿有钉了铁掌的巨大马蹄。

当我们靠近平台时，士兵放我们经过他们的队形，然后封闭，将长枪举起朝着我们的方向。我警觉地发现，平台中央竖了一根粗大的柱子，下面还有成堆的麦秆和木柴。我伸手向前，拽住了鹰爵的袍角。

"别像一只吓坏的兔子，身体挺直，面露微笑。"他凶巴巴地小声对我说，"现在最不该做的，就是给他们理由怀疑我们有问题。"

马雷克的样子，看上去像是没看到两尺外就有利刃对准他的头。他下马时帅气地甩了一下新斗篷，这是在此前途经的某座小镇上买的，然后把王后带下马车。卡茜亚不得不在另一侧扶着王后，在马雷克不耐烦的招手催促下，自己也跟着下了车。

我以前都不知道，这么一大帮人聚集，就会自带强大噪声，像奔流的江河一样，那嗡嗡声时高时低，又分不清具体某一个人的声音。现在却是鸦雀无声。马雷克带王后拾阶登上平台，金色枷锁仍在她身上。王子带她来到戴着高帽子的教士面前。

"主教大人。"马雷克说，他的声音响亮又清晰，传到周围的人群中，"我的同伴和我本人冒着极大风险，将波尼亚国王后从黑森林的魔掌中解救了出来。我委托您尽可能彻底检验她，用您所有的神器和您本人的伟大权威，证明她的清白：确证她没有任何侵蚀迹象，不会给其他无辜者带来任何病痛和灾祸。"

当然，大主教就是来干这些的，但我不认为他喜欢马雷克的话，让一切都像是他的主意。主教的嘴抿成一条细线。"请放心，我一定会的，殿下。"他语调冰冷，回头做了个手势。一名僧侣站到他身边：这是一位矮小、紧张的男子，穿着平常的棕色亚麻布长袍，棕色头发剪成锅盖头的样式。他眼睛很大，在黑丝边眼镜后面眨呀眨个不停。他手里捧着一个长方形木盒，然后他打开木盒，大主教把双手放进去，捧出一件精致的面纱，金丝银缕，闪闪发光，样子接近一张渔网。整个儿人群都在轻声表示赞叹，像风吹过春天的树叶。

大主教捧起那张"网"，声音洪亮地念了一段冗长的祈祷词，然后转身把网撒到王后头上。它轻轻落在王后身上，边缘展开，一直落到她脚边。让我大吃一惊的是，那名僧侣上前一步，手放在网纱上，念起咒来。"伊拉斯图斯、考斯麦特，伊拉斯图斯、考斯麦特，威斯图奥、帕尔塔。"他这样开始，继续还念了好多：这通咒语传入网纱线条中，让它闪闪发光。

这光从各个角度照向王后全身，让她通体发光。她在平台上面光彩照人，身体挺直，像在燃烧一样。这光跟召唤秘典的光芒并不一样。那种咒语带来的是冰冷清亮的强光，严厉，痛苦。而眼前这种光，更像是深冬时节半夜回家，看到的窗口透出的灯火光亮，邀你回家的那种：这种光充满爱和温情。人群里发出一大波赞叹声。就连教士们也稍稍退后，欣赏了一会儿光芒四射的王后。

那僧侣的手还在网上，不断灌入魔法。我踢了几下马儿，直到它很不情愿地挪动到鹰爵附近，我探身小声问他："这人是谁？"

"你是说我们温柔的夜鸦吗？"他说，"巴洛神父。他是大主教的忠仆，你大概也能猜出来：在巫师群体中，极少有恭顺驯良之辈。"他的话听起来特别轻蔑，但那位僧侣，在我看来并不十分恭顺，他显得忧愁、郁闷。

第十七章
chapter 17

"那张网呢？"我问。

"你一定听说过圣查威加的面纱吧。"鹰爵说，他那么满不在乎，我不禁有些惊诧地看了看他。这可是整个波尼亚国最神圣的法器了。

我以前听说，这面纱只有国王加冕时才会被拿出来，以证明新王没有受到任何邪恶的影响。

人群在推搡士兵，试图靠近些，甚至连士兵们也都看得着了迷，他们的戟尖朝天，存心被人群挤得更靠近一点。教士们在一寸寸检查王后，弯腰看她的脚趾头，让她双臂伸开，看每一根手指，盯着她的头发丝。但我们都能看到她通体发光，满身光明，她身上没有一丝阴影。教士们一个接一个直起身子，对大主教摇头。就连大主教的威严面庞也和缓下来，脸上显出被圣光感化的样子。

等所有教士都检查完毕之后，巴洛神父轻轻揭掉面纱。教士们还带来了其他神器，现在我已经能认出它们了：圣凯什米尔的胸甲，上面还有他斩杀的克拉里亚巨龙牙齿咬穿的洞；装在镶金玻璃匣中的圣费兰的臂骨，已经被火熏黑；圣杰赛克从小教堂里夺回的金杯。马雷克抬起王后的双手，轮流触摸每一件，大主教在她面前念诵祈祷文。

他们还对卡茜亚重复了所有检验步骤，但人群对她毫无兴趣。每个人都静下来看王后，当教士们检查卡茜亚的时候，他们大声说话，比我见过的任何人群都乱，尽管他们面前有那么多的圣器，还有大主教本人。"克拉里亚贫民，难以期望更多。"看我一脸莫名震惊的表情，索利亚说，现场甚至还有卖糕饼的小贩，在人群里叫卖新出锅的面包卷儿，马背上的我还可以看到远处，几个富有生意头脑的人，在附近街口摆摊卖啤酒。

现场氛围开始像是假日，甚至节日。终于，教士们给圣杰赛克的金

无根之木
UPROOTED

杯里注满葡萄酒，而巴洛神父对它念了一通咒：一道轻烟从葡萄酒中腾起，酒水变得透明。王后把送到唇边的酒一饮而尽，但并未倒地挣扎。她的表情甚至毫无变化，但这不重要。人群里有个家伙举起冒泡的啤酒大声喊："赞美上帝！王后获救了！"所有人都开始疯狂欢呼，向我们围拢，忘掉了一切顾虑。欢呼声太响，我几乎听不到大主教勉强准许马雷克王子带王后进城的话。

狂欢的人群甚至比士兵们的长矛更难对付。马雷克不得不推开闲人，才能让马车靠近平台，亲自将王后和卡茜亚送回马车里。他放弃自己的马儿，跳上大车挽起缰绳。他故意用长鞭抽打马头之前的人们，来清理路线，索利亚和我不得不让马儿紧跟在车子后面，因为人群马上又会在车后合拢。

通往城市的剩余五英里距离，这帮人一直尾随，在旁边跑，或在后面追，有人落后，但有更多人加入。等我们到达凡达鲁斯河桥，有很多成年男女丢下工作来跟随我们，而等我们到达城堡门口，几乎走不动路，到处都是疯狂欢呼的人群，从四面八方向我们挤过来，像是有一万种嗓音的怪物，所有人都兴高采烈地喊叫。最新消息早已传开：王后获救，王后未被邪法侵蚀。马雷克王子终于救回了王后。

我们都活在传奇歌谣里：当时就是这种感觉。我自己都感觉到了，即便金发的王后还在跟着马车的节奏前后摇晃，完全不去控制自己的身体，尽管明知我们的战果多么微不足道，又有多少人为此丧生。当时还有好多小孩在我的马旁跟着跑，仰面对着我笑——很可能不是什么仰慕的笑啦，因为我的头发像乱草，裙子破得一团糟，简直就是个大大的污点——但我不在乎。我低头看，也跟孩子们一起笑，忘了自己胳膊僵硬，两腿发麻。

第十七章
chapter 17

马雷克在我们最前面骑马，几乎是满脸陶醉。我猜他一定也有类似的感觉，就像他的一生都成了华彩的颂歌，这时候，没有人想那些一去不返的人。奥列格的断臂还包扎得严严实实，但他对着人群挥舞另一只手，并向视野中所有的漂亮女孩抛出飞吻。即便当我们进入王宫城堡大门之后，人群依然没有减少：国王的士兵从他们的营房里出来，贵族们也走出家门，他们把花丢到我们前方的路面上，士兵们以剑击盾，铿锵有力地叫好。

只有王后对一切置若罔闻。他们已经解除了她身上的枷锁和链条，但她的坐姿毫无变化，仍然跟雕像相差无几。

我们必须单列穿过最后一道拱门，进入城堡内庭。这座城堡高得让人眼晕，我周围的地面上到处是拔地而起的三层拱门，无数面庞从楼上阳台向下张望，向我们微笑。我惊奇地回看他们，那么多五颜六色的彩旗到处招展，插在周围的旗杆和尖塔顶上。国王本人站在庭院一侧的阶梯顶端。他身披蓝色披风，用一枚硕大的宝石扣在喉咙前固定，金底红宝石，配以珍珠。

此起彼伏的欢呼声仍不断从墙外传来。宫墙内，我们周围的整个庭院都肃静下来，像是一出大戏即将开场。马雷克王子把王后从马车上抱下来。他引领王后走上台阶，朝臣们潮水一般在他面前退开，他把王后带到国王面前。我发觉自己在屏住呼吸。

"陛下，"马雷克说，"我将您的王后交还给您。"艳阳高照，他本人金甲白袍，像一名圣骑士，绿披风也威风凛凛。他身边的王后高大庄重，穿一身素朴的白衣，金发如云，半透明样子的皮肤光彩照人。

国王俯视二人，眉头紧锁。他看上去更像是心事重重，而不是欢欣鼓舞。我们都不敢出声，等待着。最后，他深吸一口气准备开口，

无根之木
UPROOTED

而王后这时才动了一下，她缓缓抬头直视国王的面孔，国王也细细打量着她。她眨了一下眼睛，然后一声轻叹，像空了的口袋一样软绵绵地瘫倒。马雷克王子不得不托住她的胳膊，扶住她，否则她就掉下台阶了。

国王呼出他那口气，肩膀挺直了一些，就像丢下了一份负担，放松了一点儿。他声音洪亮，响彻整个庭院："带她去灰宫，叫人传柳巫来。"仆人们快步上前，将她从我们面前带走，送入城堡深处，像海浪一样决绝。

就这样——那场戏已然结束。庭院里的谈话声骤然升高，跟外面的人群不相上下，所有人都在跟别人激烈讨论，庭院周围三层楼的人们嘴巴都忙碌起来。那种阳光又陶醉的感觉一泻而空，我就像一个被拔掉塞子、倒置过来的酒瓶。我这才为时已晚地想到，自己并不是来参加什么胜利凯旋的。卡茜亚还在马车里坐着，身穿白色囚服，独自一人，待罪之身。萨坎远在千里之外，在没有我的支持的情况下独自对抗黑森林，保护扎托切克村；至于怎么帮助他们两个，我毫无头绪。

我把两只脚从马镫里晃荡出来，单腿吃力地抬起，相当不优雅地从马背上滑下来，重心落地时我两腿打晃。一名马夫上前牵走了马儿，我放了手，但有些不情愿。它不是什么好马，但在这一片汪洋似的陌生世界里，好歹也算一块较为熟悉的礁石。马雷克王子和鹰爵正跟着国王进入城堡。我看不到消失在人群里的托马兹和奥列格，他们被其他穿军装的人簇拥着走了。

卡茜亚正爬出马车后门，一小队卫兵在等她。我冲过潮水一样的仆役和朝臣，站到她和卫兵之间。

"你们会把她怎样？"我问，因为担心而嗓音尖厉。在他们看来，

第十七章
chapter 17

我一定相当滑稽，身穿破旧的农村衣服，像只胆大妄为的麻雀，胆敢招惹一群狩猎的公猫。他们看不出我腹中暗藏的魔法，随时准备向他们袭来。

但是，不管我的样子多么不起眼，毕竟还是凯旋队伍的一名成员，参与了拯救王后的行动，而他们反正也并不想做出什么过分的举动。卫队长——他上唇的胡子是我这辈子见过最壮观的了，末端还用蜡做成了硬卷儿——还挺客气地对我说："你是她的侍女吗？不用担心。我们要把她带到王后待的地方去，就在灰塔里面，有柳巫照看她们。一切都会照章处理，严格遵循法律。"

这并没有多少抚慰作用：按法律，卡茜亚跟王后都应该马上被处死。但卡茜亚小声说："没关系的，涅什卡。"才不是没关系，但我暂时也无计可想。卫兵们把她围在中间，四人在后，四人在前，带她进入宫殿深处。

我脑子空空，目送了他们一会儿，然后才意识到，要是不搞清楚她被关在哪里，我就再也不可能在如此庞大的王宫里找到她。我跳起来，快速追赶他们。"喂，你！"一名守门士兵向我喊，不让我跟着他们进门，但我对他念道："派莱姆，派莱姆。"哼唱的语调就像那首歌儿，关于谁都抓不到的小苍蝇，他眨眨眼，一愣，我已经跑过他面前。

我像破衣服上拖着的线，跟在卫兵队伍后面，每次碰到人，我就哼唱那句词儿，说我太渺小，不重要，不需要介意。这并不难，我内心就觉得自己渺小，卑贱到了能想象的最低级别。长廊没完没了，到处都是门，厚重的木门，挂有铁锁。仆役和朝臣从挂有门帘的大房子里进进出出，脚步匆忙；那些房间里到处是雕刻精美的家具，石头壁炉比我家前门还大。充满魔力的灯球悬在天花板上，而在门廊边缘，更有成排的白色蜡烛，像是点燃的，蜡却不熔化。

长廊终于到头，末端是一个小铁门，又有卫兵。门卫们向卡茜亚的护卫队点头，放他们进去，我也尾随而入，进入狭窄的圆形楼梯，卫兵们都对我视而不见。我们爬呀爬，我劳累的双腿每跨一级都很吃力，直到最后，我们拥入一个小小的圆形平台。这里昏暗多烟：没有任何窗户，只有一盏普通油灯立在墙上的凹洞里。它照亮一扇暗灰色的厚重铁门，上面有个大大的门环，形状像一只饥饿小妖的头。环形门槌就衔在它大张着的嘴里。那铁门透出一股奇特的寒意，冷风吹在我的皮肤上，尽管我紧贴着墙，躲在角落里，前面还有高大的卫兵能挡风。

卫队长敲门，门向内打开。"我们带来了另外那个女孩，夫人。"他说。

"好。"是个女人的声音，简洁明了。卫兵们闪在两侧，让卡茜亚进去。一名高高瘦瘦的女子站在门口，黄发束成高髻，头戴一顶金冠，身穿一件蓝色丝绸长袍，脖子和腰部饰有精致的宝石，裙摆拖曳在身后地上，尽管她的衣袖式样简单实用，从肘到腕都带有温暖的蕾丝。她站在一侧，不耐烦地摇了两下修长的手，示意卡茜亚进去，我瞥见她身后的巨大房间，有地毯，很舒适的样子，王后直挺挺地坐在一张直背椅子上。她正面无表情地透过窗户，俯瞰波光粼粼的凡达鲁斯河。

"那个又是谁？"那位女士问，扭头看着我。所有卫兵一齐回头盯着我，这次真的看到了。我没敢动弹。

"我——"卫队长结结巴巴，脸有些涨红，瞪了一眼队尾的两名倒霉士兵，显然是打算事后找他们算账，因为没能发现我。"她是——"

"我叫阿格涅什卡，"我说，"是跟卡茜亚和王后一起来的。"

女士难以置信地看了我一下，就把我浑身所有断线、泥巴、破洞尽收眼底，连背后的污点也没放过，她很震惊，这样的我居然还敢开口说话。她看看卫兵们："这一个也被怀疑受到过侵蚀吗？"

"不，夫人，据我所知没有。"他回答。

"那你们带她到我这里来干什么？我已经够忙了。"

她转身回到房间里，长裙拖在身后，门砰然关闭。又一波寒气向我袭来，然后飞回那只小妖贪婪的嘴里，舔掉了我的最后一丝伪装魔法。我这才知道，它以魔力为食：这一定是他们把受侵蚀的囚犯关在这里的原因了。

"你是怎么进来的？"卫队长怀疑地问，所有人都围在我身边。

我本来是想再度隐身的，但那只小妖虎视眈眈地看着，让我无法做到。"我是个女巫。"我说，他们看起来并不相信。我拿出裙子里藏的那封信：那张纸已经有些磨损，但封印上的字仍有隐约的烟火气冒出。"龙君给我一封信，让我交给国王。"

第十八章

他们带我下楼，让我待在一间小小的空屋里，因为没有更好的地方给我。卫兵在门口看着，他们的队长拿着我的信，去询问该如何安置我。我两腿发软，但这间房子里并没有合适的地方可坐，仅有的几把椅子状态可疑，全都倚靠在墙上，看上去一副凛然不可侵犯的样子，白漆，镀金，红天鹅绒坐垫。要不是一式四把排开的话，我会认为它们全都是王座。

我靠墙站了一会儿，然后试着坐到壁炉台上，但里面很久没有生火，仅有死灰残留，石头台面也是冷的。我又回到墙边，之后又回到壁炉。最后决定：没有人会在房间里摆上椅子，却不打算让任何人坐，于是我小心翼翼地坐到一把椅子边沿上，让裙摆紧贴身体。

我才刚坐下，门就被推开，一名仆人走了进来，这是位穿黑褶裙的女士，大约是丹卡的年纪，有一张总喜欢噘起来表示不满的小嘴。我心虚地跳起来，四根长而闪亮的红线跟着我从坐垫上脱落，看来是被我裙子上的金属扣挂到了，还有一根长长的白漆装饰条挂在衣袖上，响亮的

第十八章
chapter 18

折断声。那女人的嘴噘得更加夸张，但也只是说："请跟我来。"态度很生硬。

她带我走过卫兵——他们显然并不会因为我的离开感到难过，我们又走上另一段楼梯——我见过这座城堡里的五六座楼梯了——带我走进二楼一个又小又黑的房间。它有一扇窄窄的窗户，对着城堡主楼的石墙，还正对着一根排水管，末端形状是张开大嘴的石像怪，很饿的样子对着我冷笑。我还没想到问她下一步怎么做，她就丢下我自己走了。

我坐在床上。后来一定是睡着了，因为下一次恢复意识的时候，我已经平躺在床上，但这不是有意的，我甚至不记得自己躺下过。我挣扎着坐起来，依然全身酸痛疲惫，我知道自己完全没有时间可以浪费，但不知道下一步该做什么。我不知道该怎样让别人注意到我，除非是跑到庭院里，对着城垛抛射火球。我觉得，要是这样做，国王就更不会让我为卡茜亚辩护了。

我现在开始后悔，不应该把龙君的信交给别人，那是我唯一的工具兼护身符。我怎么知道信已经呈交国王呢？我决定去把它找回来：我记得卫队长的脸，至少记得他的胡子。即使在克拉里亚，那样雄壮的胡子应该也不多见。我站起来，勇敢地拉开房门，走进廊道里，差点儿跟鹰爵撞到一起。他正要抬手叩响我的房间，还好他灵巧地跳到一边，免除了我俩的一番尴尬，还对我露出温和的微笑，但我还是一点儿都不相信他有好心。

"我希望你休息好了。"他说，向我伸出一只手臂。

我并没有挽住它："你想干什么？"

鹰爵把刚才的动作流畅地变成了邀请式的挥手，指向长廊："带你去魔法公会。国王下令，让你马上接受入籍测试。"

无根之木
UPROOTED

  我大大地松了一口气，几乎不敢相信他的话。我偷偷地观察，有些怀疑他在蒙我，但他还是站在那里，一只手指路，笑容可掬，等我同行。"马上，"他说，"不过，也许你想先换一下衣服吧。"

  我本来想叫他收起那套拐弯抹角的讽刺，但是低头看看自己：一身泥巴、尘土、汗渍和油污，肮脏之外，我也只穿了一件长可及膝的家织布裙，一件泛白的棕色棉布上衣，还是我在扎托切克求一个女孩给我的旧衣服。我看起来甚至不像仆人，这里的仆人穿得都比我好很多。与此同时，索利亚把他的黑色骑装换成黑丝长袍，外面又罩了一件无袖外套，上有绿银两色刺绣图案，他的白发披拂其上，还挺好看的。就算是从一英里以外看到他，也能看出他是一名巫师。而如果他们不觉得我是一名巫师，就不会允许我做证。

  "尽可能注重一下仪表。"萨坎也这样说过。

  瓦纳斯塔勒姆给的衣服，很适合我当时闷闷不乐满腹牢骚的心情：硬挺而不舒服的深红色丝绸礼服，层层叠叠的荷叶裙上装饰的是火焰橙色的镶边。其实在那种时候，我还真需要扶住某人的胳膊，因为要穿那么大个儿的裙子下楼梯，完全看不到自己的脚，但我还是坚决拒绝了索利亚在楼梯顶端狡猾地重新伸出的胳膊，慢慢小心地走下去，穿着蹩脚的鞋子，用脚尖找寻台阶边缘。

  于是鹰爵倒背双手，跟在我后面。他貌似漫不经心地说："考验通常是很有难度的。我猜，萨坎应该早让你做过准备吧？"他带询问意味地看着我，我没回答，但情不自禁咬住下唇。"那么，"他说，"要是你果真发觉考验很难，我们或许可以提供一次——联手施法，来展示给考官。我确信他们一定会被效果打动。"

  我只是瞪着鹰爵，没说话。不管我们做什么，他肯定把功劳揽到自

第十八章
chapter 18

己身上。他没有再往下说这件事，而是继续微笑，好像完全没发觉我冷漠的眼神：就像在高空盘旋的猛禽，等着有机会直扑而下。鹰爵带我穿过一道拱门，两边有两名高大的年轻卫兵站岗，他们好奇地看着我。我们进入查罗夫尼科夫，巫师圣殿。

我一走进这个巨大的房间，马上就情不自禁地放慢脚步。这里的房顶就像是通往天堂之门，画的是蓝色天空飘着云朵，众多天使和圣徒在云中来去。巨大的窗户里洒进午后阳光。我抬头看，被深深震撼，差点儿撞倒一张桌子。当时我盲目地伸手扶着它，想从侧面绕过去。周边所有墙都被书挡住，一圈窄窄的高台贯穿整个大厅，辟出第二层放书架的空间。好多有轮的梯子，可以用来一直爬到房顶。巨大的书桌纵向排开，它们用厚重的橡木打造，桌面铺的是大理石。

"这样只是拖延时间，我们都知道最后还得怎样做。"有个女人在说，声音是从我看不到的地方传来的：作为女人来讲，她的声调偏低沉，音质可爱又温暖，此刻的话却带着怒气。"不，别再跟我叨叨你那些神器的事，巴洛。任何咒语都可能被抑制——是的，甚至包括神灵庇佑的圣查威加的面纱，不要用那副极度震惊的样子看我。索利亚本来就是被政治冲昏了头脑，才会一心推动这件事的。"

"好了，阿廖沙。成功者当然不应该受到指责。"鹰爵细声细气地说，我们转过一个拐角，看见三位巫师在一间凹室内，坐在一张大圆桌周围，这里有扇宽大的窗户，午后的阳光可以透进来。我被晒得眯起眼睛，这儿可比黑乎乎的宫殿走廊亮多了。

那个被他称作阿廖沙的女人个头甚至比我还高，乌木色的深黑皮肤，肩膀跟我老爸一样宽，她的黑发编成细辫紧贴头皮。她穿的是男式衣服：大红色棉布长裤塞进高腰长皮靴，外罩一件皮衣。上衣和靴子都很美，绣着金银两色复杂的图案，但看起来还是很舒适，我穿着这身怪模怪样的衣服，对她的装扮特别羡慕。

"成功，"她说，"你管这个叫作成功？带了一副空壳回宫廷来，正好赶上执行火刑？"

我双手握紧。但鹰爵只是笑笑说："或许我们该稍后再争论这个。毕竟，我们今天不是来审判王后的，对吧？亲爱的，请允许我向你介绍阿廖沙，我们的剑尊。"

阿廖沙看着我，没有笑容，倒有几分怀疑。在场另外两个都是男人，其中一位就是检视过王后的巴洛神父。他并没有双下巴，头发也还是棕色的，但总给人一种年迈的感觉；他的眼镜滑下圆圆的鼻子，圆脸上的那双大眼睛上上下下困惑地打量我："这位，就是魔法师的学徒吗？"

另外一个人的长相神情，可以说跟他恰恰相反，高且瘦，穿一件富丽堂皇的酒红色马甲，用金线精心刺绣，表情却是百无聊赖，尖细的黑胡子末端细心地打了个卷儿。他半躺在一张椅子里，靴子搭在桌子上。身边放着一堆短粗的黄金块，还有个小小的丝绒小袋，里面是好多闪亮的红色宝石。他手里握着两块金子正在加工，嘴里念念有词，嘴唇微微翕动。他正让两块金子首尾相接，金块在他手指间变成细长条。"这位是雷戈斯托克，又名才子。"索利亚说。

雷戈斯托克什么都没说，甚至都没怎么抬头看，只是在百忙中迅速瞥了我一眼，就把我从头到脚看了一遍，一劳永逸归到了终生不值得他注意的笨蛋组。但是跟阿廖沙提出的强硬质疑相比，我更喜欢他这种对我没兴趣的人。"萨坎从哪里把你挖出来的？"他问。

看来，在此之前，他们听过某种版本的营救过程。但马雷克王子

第十八章
chapter 18

和鹰爵都没有费心去讲对他们不利的部分，所以他们对有些细节并不知情。我结结巴巴解释了我跟萨坎认识的过程，很不自在地感觉到鹰爵的眼睛一直盯着我，亮闪闪的，还挺专注。我想尽可能少说德文尼克村，少提我的家人，他已经有卡茜亚，可以作为对付我的工具。

我借用了卡茜亚的恐惧，试图暗示说，我的家人本来就想把我献给龙君；我特意说出自己的老爸是樵夫，我知道他们会轻视这个行业，而且我确保不告诉他们任何名字。我说起村子里的女村长和某位放牛人，而不说丹卡和泽西，我还让卡茜亚听起来像是我唯一的朋友，而不是我最好的朋友，然后才犹豫着稍微提到了她被救出的过程。

"那么，我猜你是很有礼貌地提出了要求，所以黑森林就把她还给你了吗？"雷戈斯托克头也没抬地问，一边继续忙：他正用拇指把小红宝石压到黄金里去，一颗接一颗。

"龙君——萨坎——"我发觉自己很感激他的名字带来的情绪提升，它像雷声一样滚过我的舌尖，"——他觉得，黑森林把她还给我，是为了设置一个陷阱。"

"这么说，他当时还没有完全失去理智，"阿廖沙说，"那么他为什么没有马上把那个女孩处死？他跟我们一样深知王国法律。"

"他让——他让我尝试，"我说，"他让我尝试净化她。我们做到了——"

"是你们自以为做到了。"她说，一边摇头，"那么，又是同情心直接导致灾难。好吧，听说萨坎这样子我还挺意外的。不过，此前也有过比他优秀的其他男人，因为年龄不到自己一半的女孩丧失理智。"

我不知该说什么：我想要抗议，想说：不是这样的，根本没有这回事，但这话卡在我的喉咙里。"那么，你是否认定我也被她迷住了

无根之木
UPROOTED

呢？"鹰爵问，似乎觉得这很有趣，"还有马雷克王子，也一样栽进了情网？"

阿廖沙看看他，一脸轻蔑。"马雷克八岁时，曾哭闹过整整一个月，要求他爸爸带上军队和波尼亚国所有的巫师闯入黑森林，把他妈妈救回来。"她说，"但他现在不再是小孩子。本应该更明事理，你也一样。你们这番圣战牺牲了我们多少士兵？你们带走了三十名老兵，全都是优秀骑手，每一个都在当打之年，每一个都带了我锻造的刀剑——"

"而我们带回了你们的王后。"鹰爵说，他的语调突然严厉起来，"这对你来讲一点儿意义都没有吗？"

雷戈斯托克发出一声响亮又刻意的长叹，甚至没从他正在打造的金冠上抬起头来。"你们说这些，跟目前的事情有关系吗？国王要让这个女孩接受考验，那就考验她好了，早点儿完事。"他的语调表明，他不认为这件事需要很长时间。

巴洛神父清清嗓子。他伸手拿过一支笔，蘸到墨水瓶里，向我探身，透过他的小眼镜片看我："你看起来还挺小，就来接受考验了。请告诉我，亲爱的，你是什么时候开始跟师父学习魔法的呢？"

"从去年秋收。"我说，然后，我就直面一圈难以置信的眼神。

萨坎从未跟我提过，巫师通常要进行长达七年的学习，才会申请加入名册。而当我花了整整三小时，搞砸了一半他们让我施放的魔法，也让自己精疲力竭之后，就连巴洛神父都开始倾向于相信萨坎一定相当爱我，或者就是在耍他们，所以才派我来接受考验。

鹰爵这家伙也毫无帮助：他坐在旁边看他们考我，带着一丝浅淡兴趣；当他们问他，看到过我使用什么类型的魔法时，他只说："我觉得

第十八章
chapter 18

自己无法做证——师徒之间的魔法总是难以分清，而萨坎当时自始至终都在现场。我更希望各位自行判断。"然后他就从睫毛下面偷看我，提醒我他在走廊里提出过的建议。

我咬咬牙，再次尝试求巴洛神父帮忙：他看上去是唯一可能有同情心的人，尽管连他也已经开始厌烦："先生，我跟您说过了，我在这些魔法方面，一直都是很差的。"

"但我们让你用的，并不是单一种类的魔法，"他噘起嘴巴，很不开心地说，"我们考过你各种魔法门类，从治疗法术到刻画字符，涉及各种元素，兼顾各种用途。没有任何类别，可以覆盖今天所有的这些魔法。"

"但它们都是你们惯用的那类魔法，不是——不是亚嘎女巫的。"我说，选了一个他们肯定听说过的例子。

巴洛神父更加怀疑地看着我。"亚嘎女巫？萨坎到底在教你什么啊？亚嘎女巫只是民间故事里的人物，"我愣愣地看着他，"她的生平事迹，来自好几位真实世界的魔法师，被杂糅在一起，加了一些幻想成分，经多年流传，夸大，才有了这个家喻户晓的虚构人物。"

我瞠目结舌，无言以对：他是唯一对我有点儿礼貌的考官，现在，他却一本正经地跟我说，亚嘎甚至不是真实人物。

"好了，今天一直在浪费时间。"雷戈斯托克说。其实他才最没有资格抱怨：他始终都在做自己的事儿，到现在，他的红宝石高顶金冠已经成形，只是中央还有个空位，等着镶嵌更大的宝石。金冠里面微微有声音，暗藏着魔力。"有几手雕虫小技，并不足以让她有资格列入皇家巫师名册，现在不行，以后也不行。阿廖沙从一开始就是对的，在对萨坎情况的分析方面。"他上下打量我一番，"看上去没什么来由。但是，个人喜好嘛，本来就没道理可讲。"

我又是害怕，又是生气，而担心程度超过了生气：据我所知，审判可能明天就开始。我克服紧身胸衣上鲸骨的压力，深吸一口气，把椅子向后一推，站了起来，在裙底用力踏地，说了一句，"弗米亚"。我的脚跟重重踩在石板地面上，这一击震荡着我的全身，也向四面八方送出一波魔法能量。我们周围，整座城堡像沉睡中的巨人打了个寒战，震荡足以让我们头顶上的灯上悬挂的宝石轻轻彼此碰撞，书本纷纷从书架上跌落。

雷戈斯托克一下子跳起来，椅子翻倒，金冠也脱了手，掉落在桌子上。巴洛神父看过所有的屋角，震惊地眨着眼睛一脸困惑，最后才把惊异的表情投向我，就好像这事一定要有其他原因似的。我站在那里喘息，两手握拳垂在身边，从头到脚还在震荡不止，然后我说："这种魔法够不够让我进入名册？或者你们还需要再看更多？"

他们都瞪着我，房间里一片寂静；我听到外面庭院里传来喊叫声，接着是急匆匆的脚步声。卫兵手扶剑柄向内张望，我这才意识到自己刚刚摇动了国王的城堡，在王城里这么干之后，还对全国最高级的巫师们大喊大叫。

他们最终还是把我列入了名册。国王要求大家对地震做出解释，有人告诉他这是我的错；这之后，他们就不好说我的巫术不值一提了。但这帮人并不开心，雷戈斯托克看上去相当恼火，足以对我怀恨在心，我觉得他这样不讲道理：明明是他先贬低我的。阿廖沙看我的眼神更加怀疑，就像我此前都在故意隐藏实力，居心叵测一样，而巴洛神父不甘心让我入籍的原因，就是他无法理解我的魔力。他倒不是坏人，但他跟萨

第十八章
chapter 18

坎一样喜欢寻根究底，又没有萨坎那样的变通能力。如果巴洛在书里找不到，现实中就不该有，如果他在三本书中读到过，那就是颠扑不破的真理。只有鹰爵在对我微笑，带着那份烦人的暗讽意味，如果抹掉他的笑，我会感觉好得多。

第二天上午，我又得在图书馆面对这帮人，这次是命名仪式。四个人围着我，让我感觉比刚到龙君石塔时还要孤独，尽管那时也举目无亲。比独自一人更糟糕的，是感觉周围的人都对自己怀有反感，完全没有任何善意可言。如果我当场被雷电劈死，他们会觉得少了一份负担，至少也不会难过。但我下定决心不在乎他们：现在唯一重要的，是有资格为卡茜亚辩护。我已经知道，这里的任何人都不会为她花费哪怕一点点时间：她无关紧要。

命名仪式不像仪式，更像是另外一场考试。他们让我坐在一张写字桌前，上面放了一碗水，然后是三小碟粉末，红黄蓝三色，外加一根蜡烛，一只刻金字的铁铃铛。巴洛神父在我面前的一张羊皮纸上写出了命名咒全文：咒语是九句绕口令一样的话，下面有脚注，详细说明了每个音节该怎么念，以及重音该放在哪些词儿上。

我自己默念一遍咒语，想要找出重要的音节，但它们给我的感觉是毫无活力：根本就没有什么音节可以区分出来。"怎么了？"雷戈斯托克不耐烦地问。

我笨拙地念完那段绕口令，开始把粉末加到水里，这里捏一点儿，那边加一点儿。整个魔咒进展缓慢，死气沉沉。我把水弄成了棕色泥汤，三种药粉全都撒到过裙子上，最后已经放弃了保持格调的想法。我点燃药粉，眯起眼睛穿过烟云，用手摸索铃铛。

我启动魔咒，手中铃铛响起：这么小一只，声音却低沉悠远，听起

无根之木
UPROOTED

来简直像是大教堂的巨钟每天早上提醒全城晨祷的声音，这声音充斥整个房间。金属在我手指间轰响，我把它放下，很期待地左顾右盼。但名字并没有自动写在羊皮纸上，或者用熊熊燃烧的字母拼出来——它根本就没出现。

巫师们都显得比较尴尬，尽管这次惹祸的似乎不是我。巴洛神父不满地对阿廖沙说："你确定不是在耍我们？"

阿廖沙也在皱眉。她伸手取过铃铛，翻过来一看，里面根本没有什么铃舌。所有人都朝小铃铛里面看，我在一边看他们。"名字要从哪里出现呢？"我问。

"本来应该是铃铛说出来。"阿廖沙没好气地回答。她把铃铛放下，它又一次发出轻响，跟刚才的声音差不多风格，只是小了些，阿廖沙狠狠瞪着它。

这之后，没有人知道该拿我怎么办。别人都无语，尴尬对视，只有巴洛神父嘟嘟囔囔，说今天所有事情都不正常。鹰爵——他好像打定了主意，觉得一切跟我有关的事情都会很好玩——云淡风轻地说："也许我们的新巫师应该自己选定名字。"

雷戈斯托克说："我觉得，还是我们大家给她选个名字更好。"

我可不想让他来给我起名：结果肯定是小笨猪、烂蚯蚓之类。但的确，整个命名过程一直让我觉得不对劲，我完成了必需的繁杂步骤，但我突然明白，自己根本就不想改名，得到一个带有魔法意味的新称呼，正如我不想穿这件华丽的长裙，用裙摆在走廊里拖灰一样。我深吸一口气，说："我现在的名字，就没什么不好。"

所以，我就以"德文尼克村的阿格涅什卡"这个名字被记入王室名册。

第十八章
chapter 18

觐见时招来的反感，多少让我有些遗憾。雷戈斯托克跟我说过一些情况，我觉得他就是为了让我难受的。他说这种仪式通常都是走过场，国王能抽出来参加常规仪式的时间有限。看起来，新巫师入籍的常规时间是春秋两季，跟新骑士们一起。如果他的话属实，我倒是宁愿躲进那样的人堆里，而不是独自站在巨大的王座室，面对长长的一条红毯，像怪兽的长舌头一样伸到我面前，两边是无数衣着光鲜的贵族，盯着我一个人，用宽袍大袖遮住嘴巴交头接耳。

我觉得一点儿都不自在。我当时甚至恨不得有另外一个名字，就像一层伪装，适合我笨重、蓬松的裙装。我咬紧牙关，艰难地穿过长长的大殿，直至踏上平台，跪在国王脚边。他看上去还是很疲惫，跟我们到达当天站在院子里的时候一样。幽暗的金冠箍在他的额头上，那一定相当沉重，但又不是单纯的劳累。他棕灰色胡须后面的那张脸，布满克丽丝塔娜那样的细纹，那是朝不保夕、常年愁苦的人才有的样子。

他伸出双手捧住我的手，我艰难地背诵效忠誓言，中间还打过磕巴。他回应得倒是很轻松，长年重复，早就熟练了，然后他收回双手，点头示意我退下。

王座边的一名侍从开始向我偷偷摆手，我这才意识到，眼前是我第一次，或许也是最后一次有机会向国王提出任何请求。

"陛下，请听我说，"我开了口，极力无视周围那些能看到的人的怒气冲冲的模样，"我不知您是否看过萨坎的信——"

王座旁一名高大健壮的随从几乎马上就抓住了我的胳膊，一边保持笑容向国王躬身行礼，一边试图把我拖走。我两脚生根，念了一点点亚嘎女巫的土系咒语，无视了那人。"眼下我们有真正难得的机会摧毁黑森林，"我说，"但他没有任何士兵，而且——是的，我待会儿会走

255

的！"我压低声音对那名随从说，他已经抓住我的两只胳膊，想把我从平台上摇下来。"我只是需要说清楚——"

"好了，巴尔托什，别再跟她较劲儿，"国王说，"我们可以给新晋女巫一点儿时间。"他现在真的在打量我，这是第一次，听起来，他隐约觉得有趣，"我们实际上已经读过那封信。它要是更长点儿就好了，尤其应该多介绍一下你本人。"我咬了下嘴唇。"你对国王有什么要求呢？"

我的嘴唇在颤抖，想说出自己真正想要的。放卡茜亚走！我想要大声喊出来，但我不能这样做。我知道我不能。那样太自私：那是我自己的渴望，是我真心想要的，但不是为了波尼亚王国。我不能对国王提出那样的要求，他甚至没让自己的王后免受审判。

我垂下视线，不再看他的脸，而是看着他的靴子尖儿，金色装饰，只是王袍皮革边缘下的卷曲线条。"我要士兵来跟黑森林作战，"我小声说，"您能派出的最大数量，陛下。"

"我们无法轻易派出一兵一卒。"他说，我吸气的同时，他举起一只手，"但是，我们会考虑能做到的事。斯彼科大人，请你来处置这件事。或许能派出一支小部队。"站在王座附近的一名男子躬身受命。

我小步走开，大大地松了一口气——那名随从凶巴巴地看我走过他面前——然后走出平台后面的一道门。门后是较小的朝房，这里有一位王室秘书官——面容严肃的老绅士，一脸特别瞧不上我的表情，冷冷地要求我拼一下自己的名字。我觉得，他应该是听说了我在外面惹的一些麻烦。

他把我的名字写到一本巨大的皮装厚册里，在一页的最上端。我看得很仔细，确保他没有拼错，无视他的反感，我太开心，太感激，才不会在乎这点冷遇：国王看起来一点儿都不昏庸。他一定能在审判时赦免

第十八章
chapter 18

卡茜亚。我觉得或许我们可以跟士兵们一起跨马出征，到扎托切克跟萨坎会合，一起开始征伐黑森林的战斗呢。

"那么审判将在哪天呢？"等他写完我的名字，我问秘书官。

他只是难以置信地扫了我一眼，暂停了他正准备写的下个字母。"我当然不可能知道。"他说，然后把视线从我身上狠狠转向出去的门，这暗示像干草叉一样扎人。

"但是否应该有——一定很快就开始吧？"我试着追问。

他低头看他的字母了，这次抬头的速度更慢，就像无法相信我还没走。"审判，"他说，发音精准到让人难受，"会在国王指定的任何时间开始。"

第十九章

三天过去，审判还没举行，我痛恨周围每个人。

萨坎跟我说过，这个地方也有可以积聚的力量，我觉得，对那些真懂宫廷的人来说，的确是这样。我也能看出，自己的名字被记入国王的名册之后，的确像是有了一种魔力。跟秘书官谈话之后，我回到自己特别小的房间，满脑子困惑，不知下一步该做什么，但我在桌边坐了还不到半小时，侍女们就已经敲门五次，送来出席晚宴或派对的邀请函。我以为第一份是搞错了。即便是在确认它们不可能全都送错人之后，我还是不知道该如何应对，也不知它们因何出现。

"我看得出，你备受期待。"索利亚说着，人已经从阴暗处走出，迈入我的房门，当时我刚送走另外一名送邀请卡的侍女，还没来得及把门关上。

"这个是我们分内的事吗？"我警觉地问。我已经开始怀疑，王室巫师是否负有此类责任。"这些人，是需要我们为他们施法吗？"

"哦，最终可能还是需要的。"他说，"单就目前而言，他们只是想有幸向大家展示有史以来最年轻的皇家魔法师。关于你获得任命的内情，目前已经有十几种不同版本的流言满天飞。"他把那些邀请卡从我手里扯过去，打开翻看了一遍，把其中一张递给我。"勃加斯拉娃伯爵夫人显然是最有用的，伯爵深受国王宠信，他一定有机会对王后的事发表见解。我会带你参加她家的宴会。"

"不，你不会！"我说，"你的意思，是这些人想让我登门拜访？但他们甚至都不了解我呀。"

"他们了解得够多了。"他挺耐心地说，"他们知道你是一名女巫。亲爱的，我真心觉得，你第一次公开交际时有我陪同，效果能好很多。假如你不熟悉这里的规则，宫廷可以——让人寸步难行。你知道，我和你有共同的目标：我们都想让王后和卡茜亚得到赦免。"

"你甚至不会为卡茜亚付出一点儿面包屑。"我说，"而且我真心不喜欢你为达成自己目的上下钻营的方式。"

他并不会因为我的话失态。他只是礼貌地鞠躬，退向我房间一角的阴影。"我希望过段时间，你对我的印象能有所改观。"即便在消失后，他说话的声音仍旧从暗处飘来，"请务必记住我愿意做你的朋友，如果你发现自己举目无亲，置身茫茫人海。"我把勃加斯拉娃伯爵夫人的邀请卡向他丢过去，但卡片落在空无一物的角落里。

我一点儿都不相信他，但还是会情不自禁担心，恐怕他说的有些话也是实情。我已经开始察觉自己对宫廷生活的无知。要是索利亚所言属实，如果我出席一个陌生女人的派对，她就会开心，然后告诉她丈夫，而他就会——跟国王说不应该把王后处死？国王就会听他的？这些对我来说，完全没有任何道理，但陌生人送来的成堆邀请也同样毫无道理，只不过有一个老头儿把我的名字记录在册而已。但邀请实实在在就在眼

无根之木
UPROOTED

前，显然，我是有些东西没有弄明白。

我真希望能跟萨坎谈谈：一半是寻求指导，一半是向他抱怨。我甚至打开了亚嘎女巫的魔法书，翻找能跟他对话的魔法，但我没找到任何可能有用的东西。最接近的法术是基亚马斯，注解说，让邻村人听见你说话。但我觉得，要是我喊得特别响亮，让首都七天路程内的人都听见，怕是没有几个人会感谢我，而且我反正也觉得山脉不会给声音放行，就算我把克拉里亚的所有人都震聋。

最终，我拿起了时间最早的那份晚宴邀请，去了。反正我也饿了。我裙子里装的面包已经太臭，即便是用过魔法，还是难以下咽，不能把我喂饱。城堡里某个地方肯定有厨房，但我在错误路线走出太远时，仆人们总会用特别奇怪的眼神看着我。我也不愿想象，要是我大摇大摆地进入厨房，大家会是怎样一副表情。但我又没法儿下定决心拦住一名侍女，某个跟我差不多的女孩，让她来伺候我——就像我真把自己当大小姐，而不是打扮起来假装贵族。

我在迷宫一样的楼梯和走廊里乱钻，直到重新回到庭院里，我在那里鼓起勇气，找门口一名卫兵问了路，给他看我的邀请卡。他看我的眼神也像仆人们一样怪，但看到卡上的地址后他说："就是外城门以内第三家，那幢黄色房子。沿这条路走，等你绕过大教堂就能看见。你需要肩舆吗，小姐？"他犹豫着加了最后一句。

"不要。"我说，其实不太明白这个问题是什么意思，然后我就出发了。

走起来也不是很远：贵族们都住在城堡外墙以内——至少最有钱的那些人住这里。黄房子门口的男仆们也惊奇地打量我，但在我最终走到门口时，他们还是给我开了门。我停在门槛上：这次轮到我傻看了。路

第十九章
chapter 19

上，我曾多次看到两个男人抬一个特别高的盒子在城里走；我都不知道那是做什么用的。现在，一个这样的盒子正被抬到房前，就在我后面。一个仆人打开盒子侧面的门，然后里面确实有一张"舆"——椅子，一名年轻贵妇钻了出来。

男仆伸手扶着她，踏上房前的台阶，随后他就回归原位。那贵妇在较低的台阶上仰面看我。我疑惑地问她："你需要人帮忙吗？"从她站立的样子看，腿应该是没有什么毛病，但我也不知道她裙子下面的状况啦。而且我真想象不出，除了腿脚不好，她还能有什么原因把自己关在那么怪的盒子里。

但她只是愣愣地盯着我看，又有两副肩舆被抬来，在她身后放下更多客人。看来，她们就是这样出行的。"你们平时都不走路吗？"我困惑地问。

"那你又怎么避免沾上泥巴呢？"她问。

我们两人都低头看。我今天穿的裙子上，沾了足有两英寸高的泥巴印；这件裙子圆滚滚的，比车轮还大，紫天鹅绒配银色丝带。

"我总免不了沾泥巴。"我闷闷不乐地承认。

我跟利兹瓦尔的艾莉西亚女士的初次见面，就是这样子。我们一起走进房子，马上就碰到了女主人，她出现在前厅，站在我俩之间，敷衍了事地问候了艾莉西亚女士，然后握住我的双肩，亲吻我的两侧脸颊。"我亲爱的阿格涅什卡小姐，"她说，"你能来真是太好了，这件礼服太迷人了：你一定会引领时尚的。"我紧张地看着她那副兴奋样。她的名字早被我忘到九霄云外，但看上去这也没关系。就在我笨嘴拙舌，想说些礼貌又感激的话时，她用香喷喷的胳膊挽起我，带我进入客人们聚集的客厅里了。

无根之木
UPROOTED

　　她神气活现地带我去见这里的每一个人，而我暗自痛恨索利亚这个坏人，因为他说得太对。每个人都非常乐于跟我认识，每个人都刻意彬彬有礼——反正最开始是的。他们没有要求我施展魔法。他们真正想听的，是营救王后的小道消息。他们都过于讲求脸面，肯定不会直接提问，但每个人都说些绕弯子打听的话，类似于，"我听说现场有只奇麦拉守着她……"充满期待地放低声音，等着我来纠正他们。

　　我本可以信口开河。我本可以聪明地回避这些追问，或者吹嘘自己有多么惊人的神奇战绩：他们显然愿意赞赏我的表现，让我扮演女英雄。但我一想到周围发生的那些惨剧，就感到害怕，不愿回想那血液混入泥土变成烂泥的情形。我畏缩，态度生硬，有时只说"不"，有时什么都不说，把一场又一场对话丢进寂静的深井里。我的女主人特别失望，最终把我丢在一个靠近小树的角落里——这儿有棵橘子树长在房子里面，种在花盆里——自己去抚慰其他客人竖起来的羽毛。

　　我自己也看得清清楚楚，如果我想在这里对卡茜亚有任何帮助，就应该做那些跟今天实际表现完全相反的事。我在认真考虑要不要强忍住恶心，去找索利亚帮忙，艾莉西亚女士就在此时出现在我身旁。"我刚才都没看出你是新任女巫，"她说，一边扶住我的肩膀，煞有介事地靠在上面，"你当然需要一顶轿子了。务必告诉我，你长途旅行时，是不是会变成巨大蝙蝠？像巴巴亚嘎——"

　　我当然很愿意聊亚嘎女巫，只要不提黑森林，聊什么都行，我更高兴的，是找到另外一个人愿意教我怎样继续社交活动，无须求助索利亚。等我们吃过晚饭时，我就已经答应陪同艾莉西亚女士，第二天参加一场早餐会、一次纸牌派对和一场晚宴。其后两天，我跟她几乎形影不离。

第十九章
chapter 19

　　我并不觉得我们是朋友，不完全是。我没有交朋友的心情。每天我拖着沉重的步子进出城堡参加又一场聚会，都要经过禁卫军军营旁边；而他们院子正中就矗立着那块冷硬的钢铁处刑台，被烟熏得漆黑，他们在这里把受到邪魔侵蚀的人斩首，把尸体烧掉。阿廖沙的冶炼炉就在附近，而她的炉火经常都在燃烧，她的侧影挥动阴影之锤，敲击迸出雨点一样的橙色火星。

　　"你能给邪魔侵蚀者最大的慈悲，就是利剑。"她是这样回答的，那时我试图劝说她，至少亲自去看卡茜亚一次。我忍不住会想：或许她现在铸造的，就是处刑人的斧头，而我却坐在华丽的房间里，吃着去壳的烤鱼子，喝着蜂蜜茶，试图跟陌生人攀谈。

　　但我的确曾以为艾莉西亚女士是好人，肯把一个乡村笨丫头保护在自己的羽翼之下。她只比我年长一两岁，但已经嫁了一位有钱的老男爵，丈夫大部分时间都在打牌。她像是认识所有人。我曾很感激，下决心回报她。甚至有点儿负疚，因为自己没有那么擅长跟人相处，也不懂王宫礼仪。我常常会不知道该说什么，尤其是艾莉西亚夫人坚持要大声称赞我礼服上的丝带时，或者那种场合：她哄骗某位呆头呆脑的贵族青年跟我共舞，我笨手笨脚，舞伴脚趾倒霉，满屋宾客乐不可支。

　　我一直都没发觉她在捉弄我，直到第三天。我们本打算在一位男爵夫人下午的音乐派对上碰头。所有的贵族派对都有音乐，所以我也不明白这次为什么要特别称作音乐派对。我问的时候，艾莉西亚只是大笑。午饭后，当我兢兢业业赶到，竭尽全力维持霜白色长裙摆和相应的头饰——好啰唆的一顶巨型弯帽，总是很容易前仰或后栽，它是哪儿都想去，只是不想待在该待的位置。进屋时，我的裙摆在门口卡了一下，险些摔倒，长帽子向后倒，拖在了耳朵后面。

无根之木
UPROOTED

艾莉西亚在房间对面看到我，马上夸张地跑过来，握住我的双手，"最亲爱的朋友，"她急切到喘不上气，赞叹说，"这可真是个超级有新意的造型——我这辈子都没见过。"

我想都没想就说："你是——想拐着弯儿取笑我吧？"一想到这个，她之前所有的古怪言行都联系在了一起，能理解了，也完全合乎那套恶意的逻辑，但我一开始还是不能相信。我不懂她怎么会想那样做，没有人逼她跟我说话，也没有人逼她陪我。我不理解她怎么能花费那么多精力，就是为了捉弄别人。

然后，我的最后一点儿保留也被她消除：她做出一副瞪大眼睛特别无辜的表情，显然是承认自己有意，她的确是在取笑我。"怎么了嘛，涅什卡。"她开口说，就好像我自己也是跟她一样的白痴。

我一下子甩开她的手，瞪着她。"请叫我全名，阿格涅什卡。"我说，又震惊，又尖刻，"既然你那么喜欢我的着装风格，好吧，卡勃鲁。"她自己的弯帽也向后栽倒，还带走了脸颊两侧的可爱鬓发，那些显然也都是假的。她尖叫一声，扶住那套头饰，逃离房间。

但最糟的还不是这个。最糟糕的，是整个房间所有人的哧哧窃笑，包括那些我见过跟她共舞的男人，还有被她称为闺中密友的女人。我扯掉自己的头饰，快步走到丰盛的食物桌前，把脸藏在大碗的葡萄后面。即便躲在那里，还是有个年轻人凑上来，他的刺绣上衣肯定是某个女人花了一年时间才做好的，他幸灾乐祸地告诉我说，艾莉西亚一年之内都没脸出现在王宫了——就好像这事会让我开心一样。

我设法避开他，躲到用人通道里去，在绝望的驱使下，我掏出亚嘎女巫的书，直到发现一个用于快速逃离的咒语，它可以让我直接穿透墙壁，而无须回到客厅，再走出前门。我无法忍受更多恶意的恭喜。

第十九章
chapter 19

　　我穿过黄砖墙，喘息得像刚刚越狱一样。一眼小小的狮口形喷泉，在广场中央汩汩作响，午后的耀眼阳光闪耀在水池表面，一群鸟儿的雕像在池沿上轻轻歌唱。我一眼就能看出这是雷戈斯托克的杰作。而索利亚就在眼前，轻巧地坐在喷泉边，用手指捕捉水里的光线。

　　"我很高兴看你把自己救出来。"他说，"尽管你也是尽了最大努力自己跳进火坑的。"他根本没进过这座房子，但我确信他一定知道艾莉西亚惨剧的所有细节，还有我的，从他那副哀伤的模样就能看得出，他一定特别享受看我犯傻。

　　一直以来，我还都在感激艾莉西亚，因为她不想要我的魔力，也不去挖我的秘密，我从未想过她会想要其他东西。就算有过疑心，也绝对想不到：她想要的竟是受害者，倾泻恶意的对象。我们德文尼克村的人，不会对别人残忍到愚蠢的地步。当然，有时会有争吵，也会有些你不那么喜欢的人，有时甚至有人打架，如果有人足够生气的话。但当收获季来临，你的邻居还是会来帮你收割打谷；当黑森林的阴影降临，我们不会蠢到给自己添乱。无论什么情况下，我们都不会侮辱一名巫师。"我原以为，即便是贵族，也不会有那么弱智的。"我说。

　　索利亚耸耸肩："也许，她只是不相信你也是女巫。"

　　我张嘴想要反驳，想说她也见过我用魔法，但我估计她没有真正领教过：我不像雷戈斯托克，他会像惊雷一样闯进房间，闪亮的银色火花像暴雨一样落下，鸟儿惊叫着飞向四面八方；我甚至也不像索利亚，轻而易举就能在阴影里淡入淡出，身穿优雅长袍，还有一双极具穿透力的眼睛，似乎能洞察王宫范围内发生的一切。我每次都在自己房间里换上宴会礼服，固执地坚持步行出门，身着憋死人的紧身胸衣，就算不玩什么小把戏炫耀魔力，也已经足以让自己呼吸困难。

无根之木
UPROOTED

"但是，她以为我是怎么进入巫师名册的？"我问。

"我想，她的看法，跟其他巫师最早的猜测一个样。"

"什么，你们接受我，只是因为萨坎爱上了我？"我嘲讽地说。

"马雷克，主角更可能是他。"他说，一脸严肃，我震惊地看着他，"说真的，阿格涅什卡，我以为事到如今，你至少能理解这些了。"

"我一点儿都不想理解这些！"我说，"那些关在大房子里的人，他们看到艾莉西亚捉弄我就会开心，而现在，又因为我戏弄了她而同样开心。"

"当然，"他说，"他们很高兴地发现，你一直以来都装傻，只是为了设置陷阱，捉弄第一个上钩的人。这让你成了王权游戏的一分子。"

"我根本就没有给她设陷阱！"我说。我本来还想说，没人会想这么变态的事，至少头脑正常的人都不会，只是，我脑子里却隐约感觉到，有些人，他还真会，而且愿意这样做。

"的确，我也觉得你没有设陷阱，"索利亚见风使舵，"但你最好让别人以为你是故意的。不管你怎么说，他们反正都会那么想。"他从喷泉边站起来，"现在的局面还不是无法挽回。我觉得今天晚宴时，你会发现别人的态度更加友好。你还是不想让我陪你吗？"

作为答复，我转身踩着尖尖的鞋跟，吃力地大步走开，远离他，还有他认为我傻的大笑声，让我愚蠢的长裙摆拖在地上。

我像暴风雨一样飘行，离开整洁的内城庭院，跑到喧嚣的绿色外城部分。连接内外城的大道旁边，有一堆干草捆和木桶立在道旁，等着被装车运往某处。我坐在一捆干草上思考。我也有那种可怕的感觉，确信索利亚对这件事的分析属实。而这就意味着，目前愿意跟我谈话的朝臣，都喜欢那种可鄙的钩心斗角游戏，任何正派人，都不会愿意跟我有

第十九章
chapter 19

任何关联。

但我又没有谁能谈心，甚至连寻求忠告都无处可去。仆人和士兵们都不愿理我，那些忙碌于日常事务的小吏对我也没兴趣。他们走过我身边时，我发觉很多人都狐疑地看着我的方向：一位衣着光鲜的贵妇人，却坐在路边的干草捆上，满身金玉丝缕，裙摆上沾满乱草和沙砾。我就像规整花园里的一丛杂草。我跟环境格格不入。

比那更糟糕的是，我现在完全没用，对卡茜亚、对萨坎，或者对老家的任何人。我愿意出庭做证，却没有审判；我已经请求国王派兵，但一个也没去。我这三天参加的派对数量超过这之前一辈子的总和，却没有任何成果，只是败坏了一个傻丫头的名声，她这一辈子，可能都没有一个真正的朋友。

在绝望和愤怒中，我又用了一次瓦纳斯塔勒姆，但故意口齿不清，在一辆马车和下一辆马车之间，我恢复了樵夫女儿的日常装扮：舒适平常的家织布，一条不太长的裙子，足够让实用的长靴露出来，一条围裙，上面带两个大兜。我的呼吸马上就轻松起来，发现自己突然像是隐身了：再没有人盯着我看，也没有人在乎我是谁，在做什么。

隐身也有风险：我正站在路边，享受深呼吸的乐趣，一辆巨大的马车突然出现，轮子占满道路，还有四名男仆在车外悬立，它轰鸣着从我身边驶过，险些把我撞翻。我不得不跳开，落到路边的水洼里，靴子进水，泥汤溅在裙子上。但我不在乎。一周以来我头一次感觉认得我自己，站在土地上，而不是抛光的大理石上。

我沿着马车道爬上山坡，有了宽松的裙子，就可以自由地迈开大步，我顺利溜进内城。那辆肥大的马车停下来，卸下一位白衣使节，胸前挂着表示职位的鲜红绶带。王储出来迎接他，后面跟了一大帮朝臣，

无根之木
UPROOTED

还有仪仗队，打着波尼亚国国旗，跟一面黄红两色旗，上面画着一个牛头，我从没见过这种旗子。他一定是来参加国宴的。我今晚本来也打算跟艾莉西亚一起出席。所有卫兵都至少有一半注意力在仪式上，当我轻声告诉他们，我一点儿都不值得留意时，他们的眼睛还是会扫我一下。

一天三次从我偏僻的房间赶去赴会，至少也有一个好处：我已经熟悉了城堡里的路线。走廊里有好多仆人，他们都在搬运亚麻布和银碗碟，忙着准备晚上的宴会。没有人闲到会注意一个脏兮兮的女杂役。我在他们中间穿行，一直穿过幽暗的走廊，来到灰塔之外。

灰塔外的四名卫兵闲得无聊，正哈欠连天，毕竟天也渐渐晚了。"你错过去厨房的楼梯了，小甜心。"一名士兵和气地对我说，"它在往回走一段的地方。"

我把这条信息记下，以备后用。然后，我尽可能用过去三天来别人看我的眼神看他们，就像震惊于他们的无知一样。"你们居然不认识我，"我说，"我可是阿格涅什卡，著名女巫。我是来看卡茜亚的。"更重要的是，我要看看王后。我想不出审判为什么要拖那么久，除非是国王想给王后更多时间康复。

卫兵们不确信地面面相觑。在他们还没能决定怎么对付我之前，我就小声说："阿拉麦，阿拉麦。"我从他们之间紧锁的门上穿过去了。

他们不是贵族，所以我觉得，应该也不愿去惹怒女巫。反正他们没来追我。我爬上狭窄的楼梯，一圈又一圈，直到踏上那个小平台，饥饿小妖门槌张着大嘴看我的地方。拿起环形门槌的感觉，就像是我的手正被一头狮子舔，对方在考虑我是否好吃的问题。我尽可能轻轻握住它，敲门。

我有一大堆的理由打算讲给柳巫听，而在这些理由背后，就是简

单的决心。如果必要，硬从她身边闯过去我也认了。她是位很要面子的
女士，不可能自降身份跟我拉拉扯扯，我怀疑。但她根本就没到门口
来，我把耳朵贴到门上，隐约听见里面有人在喊叫。我警觉起来，后
退几步，试图思考：要是我喊叫起来，卫兵们有能力把门撞开吗？感
觉够呛。这门本来就是钢铁的，又用钢铁铆接，表面甚至连钥匙孔都
看不到。

　　我看看那只小妖，它也报以冷笑，空洞的大嘴里透着饥饿的感觉。
但要是我能喂饱它呢？我施展一条简单魔咒，只是召唤出一点儿光：小
妖马上开始吸入魔力，但我继续不断对咒语输入力量，直到我手心里亮
起烛焰一样晃动的光源。小妖的饥饿有巨大的吸引力，几乎吞吃光了我
所有能拿出的魔力，但我还是设法转移出银丝样子的一缕力量：我让
它在我体内积聚起来，然后吃力地说："阿拉麦。"我尽力一跳，穿过了
门。这耗尽了我剩余的全部力量：我滚倒在门后房间的地板上，四肢张
开躺着，感觉被掏空了。

　　脚步声，跑过地板来到我身边，卡茜亚已经在我身旁："涅什卡，
你没事吧？"

　　叫喊声是从隔壁房间传来的：马雷克，双拳握紧站在房间正中，正
对柳巫大吼，后者身体挺直，气得脸色苍白。两人都没注意到我从门外
穿过来，他们太忙着斗气了。

　　"看看她！"马雷克甩出一只胳膊指向王后。她还是跟之前一样，
坐在同一扇窗户前，面无表情，一动不动。如果她听得到喊叫声的话，
也没有做出一丝反应。"已经三天了，她一句话都没有说过，你还有脸
自称医生？要你有什么用？"

　　"显然没用，"柳巫冷冰冰地说，"我做过的，只是人力所及的一

切，以及在此范围内的所有成果。"她到底还是发觉了我的存在，终于，她转身，视线沿着鼻子方向看着倒地的我。"我听说，这个就是本王国最厉害的奇迹实现者。也许你可以让她在你床上少待一会儿，发挥点儿其他作用。在此之前，你可以自己管王后。我可不想傻站在这里，辛苦工作之后还被训斥。"

她雄赳赳地从我身边经过，把裙摆扭到一边，这样它们就不必跟我的衣服有任何接触，好像她不想被我玷污似的。她略微抬手，门锁就为她打开。她威风凛凛地离开，重重的铁门在她身后关闭，剐蹭石板地面的声音，就像一把斧头凌空劈落。

马雷克转向我，脾气显然还没有发够："还有你！本来应该做最重要的证人，却穿得跟个厨房丫头似的到处乱逛。你这副样子，有人会相信你说的哪怕一个字吗？我把你塞进名册已经三天——"

"你把我塞进名册！"我生气地反问，在卡茜亚的搀扶下摇摇晃晃地站起来。

"——而你做的，就是让满朝上下都认定你是个百无一用的白痴！现在又搞这一出？索利亚在哪里？他本该教你怎么推动舆论的。"

"可我根本就不想推动。"我说，"我才不管这些人怎么看我。他们怎么想，一点儿都不重要！"

"当然重要！"他抓住我的胳膊，把我从卡茜亚身边拖走。我跌跌撞撞跟在他后面，极力想要念出魔咒赶走他，但他把我拖到窗前，向下指向庭院。我停下来俯视，有些困惑。那里看上去并没有发生任何值得警惕的事。披红绶带的大使正跟西格蒙德王储一起走进城堡。

"跟我哥哥在一起的那个男人，是蒙德里亚国派来的使者，"马雷克说，他的声音低沉、狂野。"他们的国王去年冬天离世，没有留下后

第十九章
chapter 19

代，而六个月之后，那小国的寡妇王后的服丧期就将结束。你现在懂了没有？”

"没有。"我说，还是很困惑。

"她想成为波尼亚国的王后！"马雷克大吼。

"但是王后又没死。"卡茜亚说，我们俩都明白了。

我呆呆地看着马雷克，浑身发冷，特别害怕。"但是国王——"我冒失地说，"他爱过——"我选择了自己闭嘴。

"他推迟审判，就是为了拖延时间，你明白吗？"马雷克说，"一旦人们淡忘了这次营救活动，他就会转移贵族们的注意力，然后悄悄将王后处死。现在你到底是打算帮我，还是继续在城堡里乱闯，直到雪花飘落，天气转冷，人们懒得看热闹时，任由他们烧死王后，还有你这位亲密好友呢？"

我的手紧紧握住卡茜亚僵硬的手，好像这样子就能保护她一样。这种事，想想都会觉得太残酷、太空虚。我们好不容易让汉娜王后重获自由，带她逃离黑森林，结果却是国王要砍掉她的头，以便跟别人结婚。只是为了给波尼亚的版图多增加一个属国，王冠多一颗宝石。"但是国王爱过她。"我又说，我总是忍不住强调这一点——可能因为我傻。那个故事，那个国王失去了心爱的妻子，整日伤心欲绝的故事，对我而言，比马雷克给我讲的故事更合乎情理。

"你以为这会让他原谅自己被愚弄的往事吗？"马雷克说，"他美貌的妻子，跟一个在御花园给她唱情歌的罗斯亚王子私奔，把他本人抛弃。他们一直都这样说她，直到我年龄够大，能杀死那些胆敢这样说的人。我小的时候，他们甚至对我说，不要在国王面前提起她的名字。"

王子低头看椅子上的汉娜王后，她像一张等待书写的白纸一样静静

无根之木
UPROOTED

坐着。在王子脸上，我还能看出他曾经的模样，一个孩子，藏在他妈妈留下的荒凉花园里，躲避同样歹毒的朝臣——他们都在窃笑，暗中议论着她，一边摇头做出同情的样子，背地里却说自己早就料到。

"你觉得，要是我们按他们的音乐跳舞，就能救她和卡茜亚吗？"我说。

他把视线从王后身上抬起，看着我。有史以来第一次，我感觉他是真的在听我说话。他的胸部在剧烈起伏，三次。"不。"他终于说，同意了我的怀疑，"他们是一群秃鹫，而他就是狮王。他们会摇头叹息，说这样做简直可耻，但照常会啄食国王丢过来的骨头。你能迫使我父亲原谅她吗？"他问，就好像他让我蛊惑的并不是国王，要做的也不是扭曲别人的自由意志，像黑森林一样邪恶的行为。

"不能！"我说，并且觉得震惊。我看看卡茜亚。她一只手扶着王后的椅背站着，身体挺直，金发光彩焕发，镇定如常，她对我摇头。她不会要求我做这种事，她甚至不会要求我带她逃走，把我们的同胞丢给黑森林——就算这意味着被国王杀害，只是为了顺便杀死王后。我咽了下口水。"不，"我又说一遍，"我不会做那种事。"

"那你又能做什么？"马雷克吼道，他又光火了，大步走出房间，没有等我回答。这样也好，我也不知该怎样回答。

第二十章

　　巫师圣殿的门卫还真的认出了我,尽管衣服变了。他们给我打开厚重的木门,又从外面关闭。我站住,后背倚着门,镀金的天使在头顶旋转,看似无尽的书墙从一侧直通到底,再从另一侧折返回来。房间里只有寥寥几个人,分散在各处工作台忙碌着,年轻男人或女人,身穿长袍,埋首摆弄蒸馏器或者读书。他们没有人注意到我,大家都很忙碌。

　　我并不喜欢巫师圣殿,这里比龙君的书房更冷,也太少人情味,但至少是个我能理解的地方。我还是不知道自己该怎样做,才能救出卡茜亚。但我知道,我在这里找到办法的可能性,要比在任何一位贵族家的舞厅更大。

　　我抓住最近的一架木梯,把嘎吱响的它拖到最开头、第一纵列的书架前,然后我掖紧裙子,爬到最顶端,开始搜寻。这是我熟悉的搜索方式。我到森林里采摘时,事先并没有想到过要找什么特定东西,我是去找能碰到的任何好东西,一边找,一边想:如果我找到一丛蘑菇,第二天我们就喝蘑菇汤,如果我找到一些平滑的石块,我家房子旁边路面上

无根之木
UPROOTED

的破洞就即将得到修补。我本以为，这里怎么也能有几本有用的书，可以像亚嘎女巫的书一样给我启示，在这些华丽的金装典籍里，甚至说不定会有另外一本她写的书呢。

我尽可能加快搜寻速度。我重点看那些尘土最厚的书，那些最少人看过的。我用手指抚过它们表面，阅读书脊上的书名，但无论怎样，进展还是很缓慢，而且很令人失望。从房顶到地面，搜寻了十二座宽阔的书架（每架足有三十层隔板）之后，我开始怀疑，感觉自己在这里可能什么都找不到：我手触及的所有书，都带有一种干瘪死板的感觉，没有让我想要进一步探索的欲望。

我忙碌期间，天色渐渐晚了。少数几位其他学生已经离开，整座图书馆的大部分魔法灯都暗淡下来，像残火留下的微热灰烬，仿佛它们已经睡着。只有我所在的书架前，还亮着点点荧火，我的后背和脚踝开始疼，我扭着身子站在木梯上，单脚钩住一级横板，以便伸手拿最远处的书。我连一面墙上的书，也才找过不到四分之一，而这是我最快、最不彻底的搜寻方式了。我正眼看过的书连十分之一都不到，萨坎肯定会对此有些意见，而且绝不是表示赞赏。

"你在找什么呢？"

我险些从梯子上栽下来，砸到巴洛神父头上，幸好抓住了侧面扶手，但脚踝还是狠狠扭了一下。房间中部有个书架空出下半截，有道门通往隐蔽的小屋，他刚从里面出来。他手里拿着四本大厚书，看来是要放回架上，现在，他仰头看着我，一脸疑惑。

我被他吓到，心里还很乱，所以不假思索地回答。"我在找萨坎。"我说。

巴洛不明所以，看看我翻检过的那些书架：我真以为能在书页里找到被夹住的龙君吗？但我刚才回答他的时候，其实也在提醒我自己，我意识到，自己确实是在找他。我想要萨坎。我想要他从大堆的书里抬起头来，教训我把一切搞得乱七八糟。我想知道他在干什么，黑森林有没有反击。我想让他告诉我，怎样才能说服国王放过卡茜亚。

"我想要跟他说话，"我说，"我想要看到他。"我已经知道亚嘎女巫的书里没有这种魔法，萨坎自己也没向我展示过这种本领。"神父，如果你想跟国境里的另外一个人谈话，你会用怎样的魔法呢？"但是巴洛在对我摇头。

"千里传音只是神话故事里的内容，不管游吟诗人觉得这招有多管用。"他用讲课的腔调说，"在维尼齐亚，他们已经发明了一种制造工艺，给同一批水银做出的两块镜子施加魔法。国王就有一面这样的镜子，而前线军队的指挥官携带另一面。但即便是这些宝物，也只能一对之间互相通话。国王的祖父用了五瓶火焰之心才买到它们。"他补充说，我不禁为之咋舌：这价钱够买一个王国了。"魔法能提升感应能力，扩展视力和听力，它也能放大声音，或者把声音困在果壳里，日后释放出来。但它不能瞬间把你的视线带到半个王国之外，也不能把另外一个人的声音带回来给你听。"

我听着他的话，很不满意，尽管……很不幸，他说得还很有道理：如果萨坎施法就能传信，还派什么使者，写什么信啊？这倒也合情合理，就像他只能用瞬间传输魔法在山谷中来去，只限自己的领地，而不是直接跳到首都再回去。

"那么，这里有没有类似亚嘎女巫那样的魔法书，让我找来看看呢？"我问，尽管我早知道巴洛对她完全不感冒。

"我的孩子，这座图书馆可是整个波尼亚王国魔法艺术的最高圣

无根之木
UPROOTED

殿。"他说，"书籍可不是随便由哪个收藏家脑袋一热，就摆到这些书架上去的，也不会因为某个书贩花言巧语就入选。它们摆在这里的原因不是值钱，也不是因为镀了金，令某位贵族喜欢。每一部上架的书，都经过至少两名皇家魔法师细心筛选，它们的优点得到确认，并至少有过三次成功施法的记录，即便到那时，它也必须有足够的威力，才能在此获得一席之地。我个人就花费了几乎一辈子的时间，来剔除那些微不足道的作品，那些奇谈怪论，还有早年间的娱乐型魔法，你在这里肯定是找不到的。"

我吃惊地看着他：他在这儿收拾了一辈子！任何我能用上的书，他肯定马上就会移走的。我扶住梯子边缘，滑行落到地面，他当然又是表情痛苦：我估计，要是某人爬树，他肯定也要表示惊诧。"你把挑出来的书都烧掉了吗？"我问，已经不抱希望。

巴洛吓了一跳，就像我说要烧了他本人一样。"没有魔法意义的书，也可以有其他价值啊。"他说，"事实上，我本来是要把那些书搬到大学里去，以便得到更为充分的研读，但阿廖沙坚持要把它们放在这里，锁起来——我无法否认，这样做的确更稳妥合理，因为这类书呢，最能吸引社会底层最恶劣的那些人的注意；时不时就有一些人的魔法技能被发现，如果他们得到某些坏书，连街头小药店都可能变得相当危险。不过，我的确相信那些大学里的图书馆管理员，他们都是受过良好训练的人，在合理指导和严格监督下，或许可以让他们保存一些小的——"

"这些书在哪儿？"我打断了他。

他带我去的那间小屋里塞满了老旧、残损的图书，连最窄小的通

第二十章
chapter 20

气窗都没有一个。我只能让门开着一条缝。在这堆乱七八糟的东西里翻找，我还能更开心一些，至少不用操心把它们放回原位，但这里大多数的书，也跟架子上那些同样无用。我丢开无数枯燥的魔法史，还有其他的简易咒语大全——其中至少有一半的魔法，要花费两倍的时间，带来五倍的麻烦，才能做成手工就可以完成的任务。也有些书，在我看来，里面的魔法倒是严密又规范，却没能符合巴洛神父更为严格的标准。

书堆里还有些更奇怪的东西。有一本特别古怪的书，看上去像是魔法书，到处是神秘的词句和插图，还有类似于龙君藏书的图纸，以及一些不知所云的手写文字。我花了足足十分钟鉴定它之后，才慢慢意识到它是疯的。我是说，一个疯子写了它，假装自己是位巫师，也想要成为巫师：书里的根本就不是真正的咒语，而只是编造出来的。这东西带有一份令人绝望的可悲。我把这本书推到一个黑暗的角落里。

然后终于，我的手落在了一本薄薄的黑色小书上。表面看上去，它更像是我妈妈的节日菜谱，我马上就感觉到那份温暖和友好。纸是很便宜那种，泛黄、易碎，却写满了短小的、让人舒服的咒语，用特别清秀的字迹写的。我翻过这些书页，不知不觉微笑起来，我看看封面内侧，还是那清秀的字体写着：玛丽亚·奥尔申基娜，1267。

我坐在那里俯身看它，感到意外，同时又觉得这并不意外。这名巫师就住在我们山谷里，生活在三百多年前。山谷中开始有人居住之后不久：奥尔申卡镇石头教堂的巨大基石上，刻着1214这个年份。亚嘎女巫出生在哪儿呢？我突然开始好奇。她生前是罗斯亚人。她是否就住在黑森林彼端的同一座山谷里呢？是否就活在波尼亚人从另一侧入住山谷之前的年代？

我知道这本书帮不了我。它只是个温暖又善意的东西，就像一位善

无根之木
UPROOTED

良的朋友，可以跟你一起舒适地坐在炉火前，但无法帮你抵挡邪恶。在多数较大的村镇里，以前都有平民女巫，她们能治疗多种疾病，也会应付一些庄稼的病虫害；我觉得玛丽亚应该就是这类人物之一。有一会儿我像是能看到她，高大又爱笑的妇女，裹着大红围裙走出自家前院，脚边有小孩和小鸡来回跑。她有时进屋，给孩子生病、满脸焦急的年轻爸爸调制止咳药，一边把药倒进他的杯子，一边教训他不该不戴帽子跑过整个城镇。她心里有一份温情，魔法对于她来说，就像是一潭安静的湖水，而不是一道急流，把她生活里的一切平常部分全部冲走。我叹口气，还是把这本书装进衣兜里。我不想把它留在这地方，被丢弃，被忘却。

我在数千本乱糟糟的书里，又找到两本类似的书，翻看了一遍，它们中有少数几条有用的魔法，还有些不错的建议。这两本上面没有写到地名，我却有种感觉，认定它们一定也来自我的家乡山谷。其中一本的作者是位农夫，他自己发现一种魔法，可以把云聚集起来，好让它们下雨。在那页里，他画了一片云朵下的农田，在远处，是熟悉的锯齿状灰色群山。

这页咒语下面还写了一条警告：已经阴天的时候要小心，要是召唤来的云彩太多，雷电也会来。我用手指抚摩那个简单的词儿，卡莫兹，马上就知道自己能召唤雷电，从天空直刺而下。我哆嗦了一下，把那本书收起来。索利亚这种胆小鬼愿不愿意跟我一起施放这种魔法，应该不难想象。

它们都没有我想要的东西。我在自己身边的地板上清出一块空间，继续寻找，一边弯腰读着一本书，一边伸手到书堆里摸下一本。我没看那边，只是手指碰到了一本书凹凸不平的皮封面，就猛然抽回手，坐直身体，心惊肉跳地甩了甩手。

我有一年冬天去林子里随便找东西，那时候还小，应该不到十二岁，我在一棵树上发现了一个大大的白色鼓包，就在树根之间，埋在湿漉漉的枯叶下面。我用小棍子戳了它几下，就跑回我爸爸干活的地方，叫他来看。他把最近处那些树枝砍下来，形成一个防火圈，把那个鼓包跟树一起烧掉了。我们用棍子拨开灰烬，发现了一具卷曲起来的骷髅骨架，应该是某种怪东西的幼崽，不是任何一种我们认得的动物。"你以后都别来这片空地，涅什卡，听清了吗？"我爸爸当时对我说。

"现在已经不危险了。"我当时是这样说的，现在突然想起来了。不知为什么，我就是知道。

"那也一样，别再来。"他说。我们俩再也没提过这件事，我们甚至都没跟妈妈说过。我们并不想考虑这件事意味着什么，我又如何能在树林里发现隐藏的邪恶魔法。

这段回忆突然变得清晰起来：腐叶轻微的潮湿气味，我的呼吸在冷冷的空气里变成白雾，薄薄一层霜，凝结在树枝边缘和翘起的树皮上，树林里沉重的静默。我本来是要找别的。那天早上，我是被细线一样的不安情绪带到那片空地的。现在，我又有了跟当时完全一样的感觉，但我是在巫师圣殿，在王宫腹地。黑森林怎么能在这里？

我在裙子上擦擦手指，鼓起勇气，把那本书抽出来。封面是彩描图案，细致地手工雕刻出一条双头蛇，每片蛇鳞都染成泛着幽光的蓝色，蛇眼是红宝石，周围是数不胜数的繁杂绿叶，书名是一个词儿"怪兽图鉴"，镏金字母像果实一样挂在枝条上。

我用拇指和食指翻动书页，只触及下侧一角。这是一本兽类图典，很怪的一本，到处是怪兽和奇想生物，甚至有好多都不存在。我慢慢

无根之木
UPROOTED

又翻了几页，只是扫一眼那些字句和插图，同时有一种古怪又隐秘的感觉，我一边读一边认识到，这些怪物感觉是真的，我那时开始相信它们，而如果我相信它们足够长的时间——我猛地重重合上那本书，把它放回地板上，站起来避开它。这个闷热的小房间突然变得更憋闷，给人一种窒息感，就像夏天最湿热的日子，空气炎热又潮湿，在静止不动的树叶重压之下，风怎么也吹不进来。

我两只手用力在裙子上蹭，想要抹掉书页上那种油腻腻的感觉，一边狐疑地看着那本书。我当时觉得，如果有一瞬间不盯紧它，它就会变成某种邪恶的怪物，跳起来咬我的脸，嘶吼着，张牙舞爪。我本能地回想火焰魔法，想烧掉它，就在开口之前，我却停住了，想到这样做会有多蠢：我站在一个堆满干燥旧书的房间里，空气干到能让人闻见尘土味，外面还有一座巨大的图书馆。但我又确信，把那本书留在原地并不安全，一会儿都不行，而我无法想象再去碰它——

门被猛地推开。"我理解你的谨慎，阿廖沙。"巴洛正在怯生生地解释，"但在我看来，这里根本不可能有那么危——"

"站住！"我喊道，巴洛和阿廖沙在狭窄的门口停住，瞪着我看。我估计自己当时的样子很古怪，站在房间正中，像个驯兽人面对极端凶猛的怪兽一样，面前却只有一本书安静地躺在地上。

巴洛震惊地看看我，然后扫了一眼地上那本书："这到底——"

但阿廖沙已经开始行动，她把神父轻轻推到一边，从腰带上拔出一把短剑。她弯下腰，手臂伸到最长，用剑尖捅了下那本书。整个剑刃都亮起银光，而在它碰到书的地方，闪光被笼罩在一层绿色浊雾后面。她收回短剑："你是怎么找到它的？"

"它就在书堆里。"我说，"它试图抓住我。它感觉就像——就像黑

第二十章
chapter 20

森林。"

"但是这怎么——"巴洛开口说，阿廖沙离开了门口。片刻之后她重新回来，戴了一副特别厚重的金属护手。她用两根手指捏起那本书，甩一下头。我们跟在她后面，来到图书馆的主体部分，我们经过的地方，头顶的魔法灯纷纷变亮，她把一堆书从最大的石板桌上推下去，把这本放在上面。"这本特别邪恶的魔法书，是怎么逃过你的审查的？"她质问巴洛，神父正在她身后伸长了脖子看，警觉又困惑。

"我觉得，我甚至根本就没有看过它。"巴洛说，多少有些为自己开脱的感觉，"根本没必要看：我扫它一眼，就能断定它不是严肃的魔法作品，显然不应该收藏在我们的图书馆。事实上，我记得为了这本书，我还跟可怜的乔治教友激烈争论过：他想要坚持让这本书上架，尽管它完全没有任何魔法价值。"

"乔治？"阿廖沙沉着脸问，"这件事，是不是就发生在他失踪之前？"巴洛愣了一下，然后点头。

"如果我刚才继续读，"我说，"它会不会就——变出里面的一种怪物？"

"我觉得，是把你变成其中一种，"阿廖沙说得很吓人，"五年前，我们有一位门徒突然失踪，同一天，一只许德拉从王宫的下水道里钻出来，攻击城堡；我们本以为乔治是被它吃掉了。我们最好把可怜乔治的头像从荣誉殿堂里摘下来。"

"但这本书，最早又是怎么来到这里的呢？"我问，一边低头看它，那些有暗纹的灰绿和暗绿色叶片，双头蛇不怀好意地向我们眨着它的红眼睛。

"哦——"巴洛犹豫了一下，去到大厅另一边一个摆满了档案册的

无根之木
UPROOTED

架子上，每本册子都有他一半的高度；他一边用手指划过档案册，一边默念某种特别古旧的咒语，书架下端的一页开始发光。他吃力地取出那本档案册，把它搬到桌前。他熟练地把住档案，翻到闪光的那一页，这页上又有一行在闪光。"《怪兽图鉴》，装帧精美，作者不详。"他念道，"赠品，来自……罗斯亚宫廷。"他住了口，在查找日期，沾了墨水的手指停在上面。"二十年前，是六本同时赠送的书籍之一，"他最后说，"一定是瓦西里王子和他的使团带来的。"

那邪恶的、浮雕封面的书就放在书桌正中。我们三人默默站在周围。二十年前，罗斯亚国的瓦西里王子骑马进入克拉里亚城；三周后，他再次骑马离开，这次是深夜，他拐走了汉娜王后，逃向罗斯亚国。他们躲避逃兵时过于靠近黑森林，因而落难。故事是这样说的。但也许，在此之前很久，他们就已经遭到黑森林的暗算。或许是某位贫穷的抄书人或者装订商流浪到过于靠近黑森林的地方，在树下把落叶钉进了书里；也或许是用橡树汁兑水制造了墨汁，因而在每一句话里写入了邪恶，促成了复杂精细的陷阱，甚至能渗透进国王的都城。

"我们能在这里烧掉它吗？"我说。

"什么？"巴洛马上本能地表示反对，着急得就像自己被吊上了绞索。我觉得，他会本能地反对烧毁任何书籍，这本身是很好的，但涉及这本书，就不同了。

"巴洛。"阿廖沙说。从她的表情看，她跟我的感觉是一样的。

"我会试着净化它一下，让它可以被安全阅读。"巴洛说，"如果那个也失败，那么我们当然要考虑更加粗暴的处理方式。"

"这东西根本就不适合留存，不管是否经过净化。"她郑重地说，"我们应该把它带到熔炼炉。我会生起白热之火，我们可以关紧炉门，直到它化为灰烬。"

"无论如何，我们都不能马上烧掉它。"巴洛说，"这是王后一案的证据，国王一定要了解它的情况。"

证据，我这才迟钝地想到，这是侵蚀的证据：如果王后触碰过这本书，如果是它把王后引向黑森林，那么在步入林荫地之前，她就已经被邪恶魔法侵蚀。如果这东西在审判现场被出示——我气愤地看着阿廖沙和巴洛。他们不是来帮我的。他们来，是想阻止我发现任何有用的东西。

阿廖沙对我叹气："我不是你的敌人，尽管你想要把我当成敌人。"

"是你想要让她们被处死！"我说，"王后，还有卡茜亚——"

"我想要的，"阿廖沙说，"是确保王国安全。你和马雷克，你们关心的只是自己的痛苦而已。你们都还太年轻，本不应该有现在这么强大的力量，麻烦就出在这儿；你们不曾放弃过亲人。等你们活过一个世纪，目睹众多家人离世，你们就会有更多理智。"

我本来一心想要反击她说的任何话，但这几句，让我哑口无言：我恐惧地看着她。也许我是有些迟钝，但之前的确没有设想过，直到这个瞬间，我意识到自己也会像萨坎一样活下去，像阿廖沙，一百年，两百年——巫师们何时会死？我不会变老，我会一直存续，总是同样的容颜，而我周围的其他人却会衰朽，离开，我就像某种藤蔓植物顶端的叶芽，离根部的黄叶越来越远。

"我不想要更多理智！"我大声说，声音回荡在寂静的巨大房间里，"如果理智意味着我不再爱任何人。如果没有那些值得相守的人，这个世界还能剩下什么？"也许会有某种办法，我在混乱中想到，可以让我放弃一部分寿命；也许我可以把一部分生命力分给我的家人，分给

无根之木
UPROOTED

卡茜亚——如果他们愿意接受。谁会愿意拥有那样长的寿命，如果代价
是渐渐远离世界，失去你真正的生活？

"我亲爱的孩子，你现在就是太过于郁闷了。"巴洛怯生生地说，做
了个让我冷静的手势。我盯着他，看到他眼角隐约浮现的细纹，他花了
那么多时间，跟积满尘土的旧书在一起，不爱任何其他；他，还有阿廖
沙，这女人说起烧人，就跟说烧书一样容易。我想起石塔里的萨坎，总
那么冷血地把女孩们从山谷里揪出来，还有我初到石塔时他的冷漠，就
像他已想不起该怎样像普通人一样思考和感受。

"国家也是由人组成的，"阿廖沙说，"更多的人，远不只是你最爱
的那少数几个。而黑森林威胁着他们所有人。"

"我这辈子都生活在距离黑森林七英里的地方，"我说，"不需要别
人告诉我它的本性如何。如果不想阻止黑森林，我现在早就带上卡茜亚
逃走了，而不是让她任由你们这些人推来操去，像棋盘上的无名小卒，
完全没有任何价值。"

巴洛开始含混不清地嘟囔，但阿廖沙只是对我皱起眉头。"但你
又会说，应该让那些被侵蚀的人活下去，就像你不知道这有多荒谬一
样。"她说，"黑森林可不是什么简单的罪恶渊薮，等在原地，专门抓那
些愚蠢到贸然闯入的人。我们并不是第一个要面对它威力的国家。"

"你是指众塔之国的人。"我缓缓地说，想起了那位被埋葬的国王。

"你看过那座古墓了，对吧？"阿廖沙说，"还有建成古墓的那种魔
法，现在已经失传的那些？那本应该是足够严重的警告，能让你更谨慎
一些。那些人并不孱弱，也不是疏于防范。但黑森林还是推倒了他们
的高塔，狼群和树人猎杀了他们的人民，树林阻塞了整条山谷。他们中
一两位较弱的魔法师逃到北方，带去少数图书和故事。至于其他？"她

284

向那本书伸出一只手，"都被扭曲成梦魇，或怪兽，猎食同类。这就是黑森林摧残过的国家仅剩的部分。世上还有比王宫里的妖孽更恐怖的东西，那就是能制造妖孽的力量。"

"我比你更了解这些！"我说。我的两只手还在痒，那本书也还在桌子上，充满恶意。我总是情不自禁想到那沉重又可怕的力量，透过卡茜亚的面孔看出来，透过泽西看出来，那种在林木之下被猎杀的感觉。

"真的吗？"阿廖沙说，"请告诉我，如果我说，要把每一个目前住在你们山谷里的人连根拔起，彻底迁离，安置到王国的其他地方，把山谷留给黑森林。救了他们的命，但要放弃其他一切，你们会乖乖搬走吗？"我震惊地看着她。"说起来，你们为什么还没离开呢？"她又说，"你们为什么一定要长年住在那里，活在黑森林的阴影下？没有邪恶魔力威胁的地方，波尼亚王国有的是。"

我在搜寻一个答案，我只是不知道该如何表达。她这个想法就是太突兀。卡茜亚想过要离开，因为她不得不这样做；我从未设想过。我爱德文尼克村，爱我们房子周围稠密温和的树林，爱绵长明朗的斯宾多河。我爱周围拱卫的群山，像一层可靠的围墙。我们村子里，我们整条山谷里，都弥漫着安静平和的气息；并不只是因为龙君的统治较为宽容。它就是我们的家园。

"但在这座家园里，时不时有怪物深夜走出森林，偷走你们的小孩。"阿廖沙说，"甚至在黑森林完全苏醒之前，山谷中也充斥着各种邪恶；黄沼泽地区有些古老的民间传说，说在山谷另一头，总能看到树人走来走去，那是我们的势力进入山区之前，我们还没开始砍伐那些树木的年代。但人们还是找到了那条山谷，留在那里，试图在那里定居。"

"你觉得，我们所有人都被侵蚀了吗？"我惊恐地问。也许她宁愿

无根之木
UPROOTED

把整条山谷烧光，把我们所有人都消灭，假如一切都听她的。

"不是侵蚀，"她说，"而是魅惑。告诉我，那条河，它流向哪里？"

"斯宾多河吗？"

"是的。"她说，"世上的河流或者入海，或者汇入湖泊，融入沼泽，而不是在森林里消失。那条河流向哪儿？它每年都有上千座山上融化的雪水汇入。它不可能简单沉入地底。动脑子想想，"她继续说，很尖刻，"而不是继续盲目地追求自己想要的东西。在你们山谷的深处，潜藏着某种力量，远不只是致命的魔法，还有某种怪异的东西在吸引人类靠近，并在那里扎根——而且不只是人类。不管森林里生活着什么怪东西，是什么在散布那种侵蚀，它也是被引来生活在那里，汲取它神秘的力量，就像从杯子里喝东西。它杀死了那座塔里的居民，沉睡千年，因为没有人蠢到去打扰它的安宁。然后我们就来了，带着我们的军队、利斧和魔法，以为这一次我们能赢。"

她摇头。"我们闯进那个地方，这本来就已经够糟糕，"她说，"更糟糕的是，我们还想继续施压，砍伐更多树木，直到再次唤醒黑森林。现在，谁知道这一切会发展到什么程度？萨坎去阻挡黑森林蔓延时，我还挺欣慰的，但现在，他表现得像个傻瓜。"

"萨坎才不是傻瓜。"我激烈反击，"我也不是。"我很生气，但不只是生气，也感到害怕；她说的这些话，听起来太真实了。我想家，痛切到像是某种饥渴，我觉得心里空空的。我们出了山谷，离开群山以来，我一直特别想念故乡。根——是的，我的心里有一些根，深入得像是魔法侵蚀。我想起玛丽亚·奥尔申基娜，还有亚嘎，我在一系列奇特魔法中的姐妹，没有其他人能理解我们的法术，而我突然明白，龙君为什么要从山谷里选走一个女孩。我知道了他为什么要选一个，而这个女孩十

286

年后又为什么必须离开。

我们属于山谷。生于山谷中，我们的家人在这里深深扎根，完全无法离开，就算女儿可能被夺走。我们在山谷中长大，摄入滋养了黑森林的同一种力量。我突然想起那幅画，我原来房间里那一幅，银白线条显示着斯宾多河，还有它所有的小支流，以及那幅画奇特的吸引力，最终让我本能地把它掩盖起来。我们是一条渠道，他利用我们，来得到山谷的力量，并让所有女孩保持在自己的控制之下，直到她的根系枯萎，通道关闭，然后——她就再也感受不到自己跟山谷之间的纽带。她可以离开，最终也会离开，远离黑森林，就像每一个有理智的普通人会做的那样。

我想跟萨坎说话的意愿前所未有的强烈，我想吼他；我希望他在我面前，我好用力摇晃他细瘦的小肩膀。眼下，我只能吼阿廖沙。"也许当年我们不该迁入。"我说，"但现在说这些已经太晚。即便我们本人愿意，黑森林也不会放我们走。它要的不是把我们赶走，而是把我们吞噬掉。它想要吞噬一切，让所有人都不敢再来。我们要做的应该是阻止它，而不是逃走。"

"仅靠痴心妄想，是不可能打败黑森林的。"她说。

"我们有机会，就没理由不去尝试！"我说，"我们已经摧毁过三棵林心树，有召唤秘典和净化咒，我们还可以摧毁更多。只要国王能给我们足够多的士兵，萨坎和我就能开始把整座森林烧退——"

"你到底在说什么，孩子？"巴洛打断了我，震惊地问，"你是说《卢瑟召唤秘典》吗？有五十年没人施放过那条魔咒了——"

"好吧，"阿廖沙说，黑眉毛下面的双眼审视着我，"跟我详细说说你们是怎样摧毁那些树的，从头开始讲：我们本来就不应该指望从索利

无根之木
UPROOTED

亚嘴里听到真话。"

我犹豫着跟他俩说了我们第一次使用召唤咒的情形，关于那段漫长的争斗，强光让我们找到了卡茜亚的本体，黑森林用藤条袭击，要阻止她脱逃；还有最后的恐怖时刻，卡茜亚掐在我咽喉的手指一根一根艰难打开，尽管她知道我必须杀死她，才能拯救她。我也跟他们讲了泽西的事，还有召唤咒向我们展示的黑森林深处的情况，卡茜亚和泽西两人都曾经在其中迷失的地方。

在我整个的讲述过程中，巴洛显得很沮丧，在抗拒跟不情愿地相信之间摇摆，他有时候会小声说，"但我从未听说过……"以及"从未听说召唤咒还能……"，每次都被阿廖沙不耐烦地让他闭嘴的手势打断。

"那么，"我讲完之后，她说，"我承认，你和萨坎还真是有了一点儿成果。你们不完全是白痴。"她手里还拿着那把短剑，用剑尖不断敲打石桌边缘，"叮叮叮"，声音清亮，像个小铃铛。"这并不意味着王后值得被救回来。在你说的幻影空间里游荡了二十年之后，你们任何人，还指望她能保留些什么？"

"我们没什么指望。"我说，"萨坎完全没抱希望，但我必须——"

"因为马雷克说：如果你不去，他就处死你的朋友。"阿廖沙替我说完了，"反正他就是个混球儿。"

我并不觉得自己欠马雷克任何东西，但我还是要说实话："如果是我妈妈被困——我也会不择手段的。"

"那你就是在耍小孩脾气，而不是在做王子该做的事。"阿廖沙说，"他跟索利亚，"她转向巴洛，"我们本应该料到的，在他们最早提出要去追查萨坎救出的女孩时。"她严肃地回头看我，"我当时只顾着担心，黑森林是否最终控制了萨坎。我想要的，就是尽快把那个女孩处死，萨

第二十章
chapter 20

坎把她拖回来接受我们其他人的检验。就算现在，我还是觉得，那可能是最好的办法。"

"现在的卡茜亚，根本就没有被侵蚀！"我说，"王后也一样。"

"但这并不意味着她们不会被转化到黑森林那一边去。"

"你不能仅仅因为某件可怕的事情有可能发生，就把她们处死。她们本人甚至都没有责任。"我说。

巴洛说："我不得不同意她的意见，阿廖沙。既然神器已经证明了她们的清白——"

"我们当然可以处死她们，如果是为了挽回整个王国被黑森林吞噬的厄运。"阿廖沙粗暴地说，否决了我们两人的意见。"但这并不等于我想这样做，更不等于，"她特别提醒我，"你可以因此做出某些蠢事。我开始明白萨坎为什么那么纵容你了。"

她又用刀尖敲了下桌子，然后才突然态度坚决地说："吉纳。"

我眨巴着眼睛看着她。我当然知道吉纳，隐约听说过。它是大洋边缘的一座大型海港城市，在遥远的北方，特产是鲸油和绿色羊毛布。王储的妻子就来自那里。

"那里离黑森林足够遥远，而大海天生就能克制侵蚀。"阿廖沙说，"如果国王把她们两个都送到吉纳，应该就可以了。公爵手下有一名女巫，白雀。把她们关押起来，由白雀看管，十年后——或者等他们烧毁了整座邪恶黑森林——我们就无须这样担心了。"

巴洛在连连点头。但是——十年！我想喊，想拒绝，就像卡茜亚还是被龙君选走了一样。只有这些年龄百岁以上的家伙，才会如此轻易浪费十年时间，但我犹豫了。阿廖沙不是傻子，我也可以看出，她的谨慎不无道理。我看看桌子上那本被侵蚀的《怪兽图鉴》。黑森林已经接连

289

无根之木
UPROOTED

给我们布下了多重陷阱。它放出一只奇麦拉袭击黄沼泽，一头白狼攻击德文尼克村，试图谋害龙君。它还掳走卡茜亚，诱使我进入黑森林。当我找到办法救出她以后，黑森林还想利用她侵蚀我和龙君两个人，失败后，又故意放她活下来，诱使我们再次闯入它的地界。我们苦战后逃脱了那个陷阱，但要是还有一重阴谋呢，黑森林还有让我们转胜为败的计谋怎么办？

我不知道该怎么办。如果我同意，如果我站在阿廖沙一边，国王会听她的吗？如果我写信给萨坎，他会不会回信表示赞同？我咬着嘴唇，而阿廖沙扬起一侧冷淡的眉毛等我回答。她回头看：巫师圣殿的大门突然敞开。鹰爵站在门口，他雪白的长袍被灯光照亮，白色身形嵌在黝黑的门框里。看到我们三人站在一起，他眼睛收紧，又制造出一脸标准版本的微笑。"看得出，各位都很忙。"他故作轻松地说，"但与此同时，外面的事态也有变化。也许诸位可以赏光下楼，出席一下审判？"

第二十一章

巫师圣殿这方净土之外，人群的吵闹声早已充斥空空的走廊。音乐已经止息，但无数人提高嗓门，海浪一样的议论声此起彼伏，鹰爵带我们去大殿兼舞厅的一路上，声音越来越大。随从们忙不迭地为我们开门，我们踏上楼梯，下面就是巨大的舞场。白衣使节坐在王座旁的位置，两人都在高出地板一大截的平台顶上。西格蒙德王储和他的妻子站在国王两边。国王正襟危坐，两只手紧握狮爪形的椅子扶手，脸上阴云密布。

在他面前的地板正中，马雷克清出一大片环形空地，整整六圈震惊的舞者从王子身边退开，但还是很着迷地看着他，那些身着蓬松舞裙的贵妇，就像花环上五彩的花儿。圆圈正中站着王后，表情空洞，一身白色囚服，卡茜亚扶着她的一只胳膊。卡茜亚环顾四周，看到我，似乎松了一口气，但我完全无法靠近她所在的位置。人群挤在楼梯口，甚至拥到高于地面的夹层楼梯上看热闹。

在马雷克面前，皇家秘书官几乎是蜷缩成了一团，声音发颤，手捧

无根之木
UPROOTED

一本法典，像盾牌一样挡在身前。我不能埋怨他害怕。马雷克就站在他面前，不到两步距离之外，像是歌谣里出来的人物：身披闪亮的精钢战甲，手持足以砍倒公牛的巨剑，头盔夹在腋下。他站在秘书官面前，像一位复仇天使，周身散发着暴力气息。

"在——在受到邪恶魔法侵蚀的情况下，"秘书官磕磕巴巴念道，"比武审判的权利不能——已经被明确取消，依照吾王保加斯拉夫——"他向后急退，声音哽住。马雷克长剑上撩，在他面前几英寸的距离掠过。

马雷克动作不停，长剑绕圈，扫过整个房间，身随剑转：大气不敢出的人群纷纷从剑尖前退避。"波尼亚王后理应有一位勇士为她战斗！"他吼道，"让随便一个巫师站出来，看谁能从她身上找出一丝被侵蚀的迹象！你，鹰爵。"他说着，转身指向楼梯上段，整个宫廷的眼光全都转向我们。"马上施放一个咒语在她身上！让整个宫廷的人来看，她浑身上下有没有一个污点——"整个宫廷齐声感叹，这叹息声响起又沉寂，充满期待，从大公爵到女仆，同声同气。

我想，这就是国王没有马上制止这一切的原因吧。楼梯上的人群分开，给我们让路，鹰爵走上前去，他的长衣袖拖在楼梯上，到达地面时，潇洒地向着国王深鞠一躬。他显然是有备而来：一开始就带了个布袋，里面是某种沉重的东西，他弯了下手指，从天花板上召来四盏魔法灯，让它们都停在王后周围。他打开布袋，挥出一波蓝色细沙，抛到她头顶的空中，嘴里念念有词。

我听不清咒语的内容，但一束白热的火焰噼啪响着从他手指间涌出，贯穿落下的沙砾。空气中有玻璃熔化的气味，还有轻烟冒出：沙砾在掉落中途完全熔化，空气中出现一层模糊的蓝色折光层，就像我可以

第二十一章
chapter 21

透过一层厚厚的方格玻璃板看到王后和卡茜亚，她们周围都布满了小镜子。魔法灯光穿过折光层，变得更加明亮耀眼。我可以透过肌肉看到卡茜亚手上的骨骼，这只手正搭在王后的肩膀上，还有她颅骨跟牙齿的模糊轮廓。

马雷克伸手握住王后的一只手，带她转了一个圈，展示给所有人看。贵族们没有看到过大主教的检验过程，没有看到圣查威加的面纱。他们贪婪地看着白衣王后，她身上的血管全都显现出来，在身体内组成闪亮的网络，一切都闪闪发光。她的双眼像明灯，微微张开的嘴巴呼出闪亮的白雾：没有阴影，没有黑暗魔法侵蚀的污痕。在强光渐渐淡出她的身体之前，宫中众人早就议论纷纷。

玻璃破碎，残片叮当响着，急雨一样落下，触及地面时，再度消解为蓝色轻烟。"你们尽可以继续检验她，"马雷克洪亮的声音盖过越来越响亮的议论声，满身正义光环，自己几乎都要光芒四射，"随便叫谁来做证：让柳巫站出来，还有大主教——"

目前来说，房间里的人显然是站在马雷克一边。甚至连我都能看出，如果国王拒绝放人，如果他让人把王后押走，留待以后处决，现场会有上千人产生弑君的念头。国王显然也看得出。他环顾朝臣，迅速有力地让下巴朝胸口方向点了一下，又靠在王座背上。这样一来，马雷克设法取得了阶段性胜利，让他的父亲极为被动，甚至还没有靠魔法：不管国王本来想不想举行审判，审判实际上已经开始。

到现在，我见过国王三次了。我应该会说他——不是完全的可亲可敬；他脸上有太多深深的皱纹，还老皱眉，很难把他想象成和蔼善良。但如果有人要我用一个词儿概括他的总体个性，我本来会说忧愁。现在我更愿意用愤怒，冷得像严冬里的暴风雪，但他毕竟还是最终的裁决者。

我想要跑出去打断这场审判，告诉马雷克收回请求，但现在为时已晚。柳巫站出来做证，穿着银袍的她像根石柱一样坚挺。"我本人未发现任何侵蚀，但我不会发誓侵蚀不存在。"她冷冷地说，直接对国王说话，无视马雷克在一旁咬牙切齿，戴着铁甲手套的手掌在剑柄上摩挲。"王后表现失常。她没有说过一句话，也没有表现出任何认出周围事物的迹象。她的身体构造被完全改变，原来的主要骨骼和肌腱彻底消失。尽管肉体可以被转变成石头或者金属，并且不携带任何侵蚀，但这个变化过程，肯定是拥有邪恶魔力的施法者完成的。"

"但是，如果她被改变的肉体中的确带有邪法侵蚀，"鹰爵插嘴说，"你不认为它们会在我的魔法之下暴露吗？"

柳巫甚至没回头看他。他显然没有遵守讲话的次序。她只是微微侧头看看国王，国王点了一下头，挥了一下手，示意她退下。

大主教也同样是模棱两可。他只肯说，曾对王后使用过大教堂珍藏的所有神器，但并不肯认定她没有受到侵蚀。我觉得，他们两个都不想在将来被证明说错。

此后仅有少数几名其他证人站出来，为王后说好话，是马雷克请来给她治疗的医生们。他们中没有一个人为卡茜亚说话。对他们来说，她甚至不值得顺便一提，她的生死，却取决于这些人的证词。而王后也只是默默站在她身边，一动不动。那闪光已经消失，只剩下她的面无表情和毫无个性，她站在众目睽睽之下，被全宫廷的人围观。

我看看阿廖沙，她就站在我身边，还有在她另一侧的巴洛。我知道等轮到他们，两人会站出来，告诉国王那本邪恶怪兽图鉴的事，现在它被留在巫师圣殿里，被厚厚一圈铁和盐包围，有他们能快速施放的好

第二十一章
chapter 21

多重魔法守护，还派了卫兵严加看守。阿廖沙会说，不能冒这么大的风险，她会告诉国王，这两个人对王国的威胁太严重。

然后，如果国王愿意，他可以站起来，宣布防范邪法侵蚀的法律绝不允许有例外，他会做出一副非常遗憾的表情，让王后去死，卡茜亚跟她一起死。看着他，我觉得他会这样，他会这样做。

他坐回巨大的王座深处，就好像他需要这张雕刻精美的椅子帮忙承载体重，单手掩住没有笑意的嘴巴。决断像雪花，正缓缓落在他的身上，开始薄若积尘，随后不断累积、加厚。其他证人还会说话，但他不会再听，他已经做出决定。我从他沉重严峻的表情里，看到了卡茜亚的死，我绝望的视线穿过房间，寻找鹰爵的眼睛。在他身旁，马雷克的站姿极为紧张，就像他紧握剑柄的拳头一样。

索利亚回看了我一眼，只是隐蔽地摊开双手，就像在说，我能做的都做了。他侧转身，对马雷克说了些什么，而当最后一名医生退下之后，王子说："让德文尼克村的阿格涅什卡上前做证，讲述王后被解救的过程。"

这毕竟是我一直以来的愿望，是我来王城的原因，也是我争取进入巫师名册的目的。每个人都看着我，包括眉头微蹙的国王。但我还是不知道该说什么。如果我说王后没有被侵蚀，对国王，还有朝臣们，能有多大说服力呢？至于我为卡茜亚辩护的内容，他们就更不会关心了。

或许索利亚愿意尝试跟我一起施放召唤咒，如果我请求他。我考虑过这样做，想象那白光向整个宫廷展示真理，但——王后已经被圣查威加的面纱检验过。宫廷中人也看过她在鹰爵魔法眼中的样子，国王也能看出她没有被侵蚀。这次审判，根本就和真相无关。宫廷不需要真相，国王也不需要真相。任何我能让他们见证的真相，都会跟其他展示一样

无根之木
UPROOTED

被无视。那不会改变他们的立场。

但我还可以给他们完全不同的另外一种东西，我可以给他们真正想要的。那时候我才明白，其实我一直都知道那是什么。他们想知道内情。他们想看当时到底是什么状况。他们想感觉到自己是事件的一部分，参与了营救王后的行动。他们想生活在一首谣曲里。那并不是真相，远远不是，却可能让我说服他们，饶过卡茜亚一命。

我闭上眼睛，回想幻象魔法：*比征召真实军队容易*，萨坎曾说，而当我开始轻声念咒语，我知道他是对的。要竖起一棵巨大又可怕的林心树，并不比做出单独一朵花更难，而它也的确从大理石地板中生发出来，简单到可怕。卡茜亚大声吸气，有位女士惊呼；房间里有椅子倒了摔到某人。我把所有噪声挡在知觉以外。我让咒语像歌谣一样，接连不断地从舌尖滚过，而我尽情倾泻魔力，传达那份病态又压抑的恐怖感，它们从未离开我的记忆深处。林心树不断长大，它巨大的银色枝丫延展开去，覆盖整个大厅，天花板消失，变成窸窣作响的银色树叶，那金色果实的恶臭味道飘来。我觉得肠胃翻腾，然后雅诺斯的头出现，滚过我脚边的草地，撞在满地延伸的树根上。

所有朝臣都在大叫，身体紧贴周围墙面，就在他们这样做的同时，他们的形象开始消失。我们周围的围墙也在消失，变成森林和钢铁武器响亮的撞击声。马雷克突然警觉起来，转身回顾，举起宝剑：那银色螳螂出现，向他扑来。当它的前爪击中王子的肩膀，真的在他闪亮的盔甲上划出声响。尸体在他脚边的草地上瞪目仰望。

一阵黑烟飘过我眼前，突然有火焰的噼啪声。我转身看树干，萨坎就在那里，他被困在树干上，银色树皮正试图把他吞噬，他在说："现在，阿格涅什卡。"火焰之心在他手指间闪耀着红光。我本能地抬手，

第二十一章
chapter 21

伸向他，想起了当时的恐惧和痛苦，有一瞬间——极短的瞬间，他根本就不是幻象，不只是幻象。他吃惊地皱眉看着我，眼睛似乎在说，你又在干什么，白痴？而那个就是他，不知为何。真的是他，那净化魔法之火在我们之间腾起，而他也就此消失；现在的他仅仅是幻象，而且在燃烧。

我把两只手放在树干上，树皮卷曲、剥落，像熟过头的西红柿。卡茜亚就在我身边，真实的她。树干在她拳头的击打下开裂。她正在扒开树干，而王后从中跌落出来，她的两只手伸向我们的手，寻求帮助，脸突然活转过来，充满恐惧。我们接住她，把她拉出来。我听见鹰爵喊了一条火系咒语，我这才意识到，他在召唤真的火焰，我们却不是真的在黑森林里。我们在国王的城堡中。

一旦我让自己想起这些，幻象魔咒就开始摆脱我的掌控。那棵树在空中燃烧殆尽。根部的火焰向上延烧，抹掉了树干。尸体沉入地底，我最后看了一眼他们的脸，所有人的脸，在白色大理石地面吞没他们之前。我看着他们，泪水从脸颊上流下。我不知道自己记得那么多士兵，能复原他们那么多人。等到最后的树荫散去，我们又回到王宫，站在王座前，国王站在他的高台上，极为震惊。

鹰爵转身环顾四周，喘息着，他两只手中仍有火焰舞动，地面上跃动着火影。马雷克也在转身，察看已经消失的对手的动静。他的剑又变得洁净了，盔甲鲜亮，完好无损。王后站在地板中央，浑身发抖，眼睛瞪得好大。整个宫廷的所有人都挤在墙上，彼此靠得紧紧的，尽最大可能远离我们和房间中心。而我，双膝跪地，不停哆嗦，双手捂住肚子，觉得特别恶心。我从来都不想回到那个地方，不想重返黑森林。

马雷克第一个恢复。他上前逼近王座，胸部仍在剧烈起伏。"那就

无根之木
UPROOTED

是我们拼死夺她回来的地方！"他对自己的父亲大叫，"那就是我们为了救她回来，必须面对的邪恶力量，那就是我们为了救她付出的代价！那就是你将会助长的邪恶，如果你——我绝不会袖手旁观！我会——"

"够了！"国王也向他怒吼，他胡子后面的脸都气白了。

马雷克的脸通红，满是暴力，期待战斗。他手里握着剑，又向王座逼近一步。国王两只眼睛瞪大，气得两腮通红，示意卫兵护驾。高台周围共有六名护卫。

汉娜王后突然叫起来："不！"

马雷克转身看向她，她笨拙地向前迈出一步，双脚沉重，似乎要费很大力气才能挪动。马雷克在盯着她。她又跨出一步，抓住他的胳膊。"不，"她又说了一遍。她把王子的胳膊硬摁下去，尽管王子还想高举。王子在抗拒，但她抬起两只眼睛瞪他，王子的脸一下子变成了小男孩的样子，俯视母亲。"你救了我。"王后对他说，"马里切克，你已经救了我。"

他的手臂垂下，王后的手没有拿开，慢慢转身朝向国王。国王也在打量台下的她。在云朵一样的短发衬托下，她的脸苍白而美丽。"我想要死的。"她说，"我曾经那么想死。"她又艰难地上前一步，跪在宽阔的高台阶梯上，把马雷克也拉过来跪在自己身边。王子低下头，盯着地面。但王后仍在仰视。"原谅他，"她对国王说，"我了解法律，我愿意去死。"马雷克本想挣扎，但被她的手摁住。"我是波尼亚的王后！"她大声宣告，"我愿意为我的国家而死，但不是作为叛国者。"

"我没有背叛过你，凯什米尔，"她说，伸开另一只手，"是他强迫我的，他劫走了我！"

房间里涌起一波议论声，像山洪时的河面涨水一样快。我抬起疲惫的头，四下张望，搞不懂状况。我看到阿廖沙正在皱眉。王后的声音颤抖，但居然还能压过周围的喧嚣。"你尽管用邪法侵蚀的罪名处死我好了。"她说，"上帝为证！我从未抛夫弃子。瓦西里这个小人带着他的士兵把我从花园里劫走，把我掳到了黑森林，也是他亲手把我绑在了那棵树上。"

第二十二章

"我早警告过你。"阿廖沙说，她没抬头，还在继续响亮地锻打。我抱膝坐在她的熔炼室一角，正好在火星飞落的灼烧圈外，什么都没说。我无言以对，她的确警告过我。

没有人在意瓦西里王子个人的状况，他一定是自己也受到了邪魔侵蚀，才可能做出这么疯狂的事；没有人在乎他已经死在黑森林中，成为腐烂的尸体，滋养林心树树根的事实；没有人关心他是被那本《怪兽图鉴》连累。瓦西里王子绑架了王后，并且把她献给了黑森林。所有人都义愤填膺的样子，就像他昨天刚做了这件事，而大家想要攻击的对象也不是黑森林，而是罗斯亚国。

我试过跟马雷克谈：只是浪费时间。王后被赦免还不到两小时，他已经在军营院子里遛马，在选哪几匹可以带上前线。"你跟我们一起去。"他说这话，就好像已然毫无疑问了，甚至没把视线转移过来，还在盯着那匹围绕着他的栗色阉马，他一只手牵缰绳，一只手拿长鞭，看马儿飞快倒腿。"索利亚说，你能让他的魔法威力加倍，甚至强

第二十二章
chapter 22

化更多。"

"不行！"我说，"我才不会帮你去杀罗斯亚人！我们要作战的对象是黑森林，不是他们。"

"我们将来会的，"马雷克随口回答，"等我们拿下雷瓦河东岸以后，我们会从他们一侧越过贾拉尔山脉，两面夹击黑森林。好了，我们带上这匹。"他对马夫说，把缰绳丢过去。他熟练地抖了下手腕，接住鞭梢，转身面对着我，"听我说，涅什卡——"我无语，狠狠瞪他，这家伙怎么敢这么随便称呼我？他却得寸进尺，伸出手臂揽住我的肩膀，径直向前走。"如果我们现在分兵一半去你山谷，敌人就会趁我们兵力不足，强渡雷瓦河，将克拉里亚城劫掠一空。这很可能是他们跟黑森林勾结的初衷。他们就希望我们这样做。黑森林并没有军队。它会待在原来的地方，直到我们解决了罗斯亚国的威胁。"

"从来就没有人能跟黑森林结盟！"我说。

他耸耸肩。"就算罗斯亚人没跟黑森林结盟，也在有意利用它来对付我们。"他说，"你觉得对我妈妈来说，瓦西里那条臭狗的死能有什么意义？她本人反正已经被出卖，承受地狱一样无穷无尽的折磨。就算他真的被邪恶魔法侵蚀，你也要知道这根本无关紧要。如果我们把注意力转向南方，罗斯亚国一定会毫不犹豫抓住时机进攻。确保侧翼安全之前，我们根本就不可能对黑森林开战。目光不要这么短浅。"

我甩开他的手，也受不了他的自我陶醉。"目光短浅的人可不是我。"我气呼呼地告诉卡茜亚，我们两个快步穿过庭院，到熔炉这边找阿廖沙。

阿廖沙却只是说，"我早警告过你，"郑重但并不激动，"黑森林中的那种力量，绝不是某种盲目醉心于仇恨的野兽；它能够思考和制订计划，也会按部就班达成自己的目的。它能看透人心，因而也更善于蛊惑人心。"她把铁砧上的剑放进冷水里，大团的水汽滚滚升腾，像某种大型怪兽的呼吸。"如果真的没有魔法侵蚀，你就可以猜想它一定还有其他招数。"

坐在我身边的卡茜亚抬起头。"那——那我身体里会不会也有什么别的阴谋？"她难过地问。

阿廖沙停下来，看了她一眼。我发觉自己也屏住呼吸，保持肃静。只见阿廖沙耸耸肩。"现在情况还不够糟吗？你获救，王后获救，现在整个波尼亚国和罗斯亚国都将卷入战火！我们其实没有那么多常备军派上前线，"她说，"如果有，他们就已经上前线了。国王要把整个国家榨干，罗斯亚国也只能同样这么做，才能迎战我们。无论输赢，两国今年都不会有好收成。"

"而这正是黑森林想要的，一直都是。"卡茜亚说。

"只是它想达到的众多目的之一。"阿廖沙说，"我毫不怀疑，如果有机会，它也会很愿意吞吃掉阿格涅什卡和萨坎，然后它就能在一夜之间吞噬整条山谷。但树不同于女人，它并不是每次只结一粒种子。它会同时播撒尽可能多的种子，只希望其中一些能够生根发芽。那本书算一粒种子，王后是一粒。她本应该马上被放逐，而你也应该跟她一起走的。"她又回头照料熔炉，"这件事，目前已经无法挽回了。"

"也许我们应该直接回家。"我对卡茜亚说，试图无视自己体内的渴望，一有回去的想法，这份意愿就会无限膨胀，不由自主把我招引回去。我一边说，一边试图相信自己，"反正这边也没有什么事情可做。我们回家，帮大家烧掉一部分黑森林。我们至少能在山谷里召集一百人吧——"

"一百人，"阿廖沙对着她的铁砧，轻蔑地说，"你和萨坎加上一百人，确实能造成一些损害，我并不怀疑，但你们每得到一寸土地，都将付出代价。与此同时，黑森林会唆使两万人在雷瓦河两岸拼命搏杀。"

"黑森林反正也得到这个了！"我说，"你又有什么能做的？"

"我正在做。"阿廖沙说着，把那柄剑重新放入火炉。就在我们陪她坐着的这一会儿工夫，她已经淬火四次，我这才觉得这样做没道理。我以前没见过别人铸剑，但我常常看村子里的铁匠干活：我们小时候，都喜欢看他打镰刀，装作他是在铸剑；我们会捡些小棍子，在火热的熔炉周围玩打仗。所以我知道，刀刃并不适合一遍又一遍地锻打，阿廖沙却又把剑拿回来，放在砧板上敲打，我意识到，她是在把咒语敲进钢铁里：她工作的同时，一直都在轻声念咒语。这是一种奇特的魔法，因为它本身是不完整的；她刚刚是在接续一个未完成的魔法，又一次把剑置入冷水中之前，魔法还是未完成状态。

黑沉沉的剑，滴着水被取出，闪着水迹。它有一种奇特的饥饿感。当我看着它，感觉就像看到一次漫长的坠落过程，落入地下一个干燥的裂缝中，滚入尖利的岩石间。它不像其他附有魔力的刀剑，不像马雷克的士兵携带的那些；眼前这个东西，它想要吸食生命。

"这把剑我已经锻造了一百年。"阿廖沙说，把剑举了起来。我看着她，很高兴能把眼睛从那把不祥的利刃上移开。"乌鸦死，萨坎去了石塔之后，我就开始锻造它。到现在，它包含的魔法已经超过了钢铁的分量。这把剑只记得它曾经的样子，它只能用来完成一击，但也只需要一击。"

她又把剑放回火炉，我们看着它沐浴在火焰中，长舌一样的一条黑影。"黑森林里的那种力量，"卡茜亚缓缓地说，两只眼睛盯着火苗，

无根之木
UPROOTED

"它也是能杀死的东西吗？"

"这把剑能杀死任何东西。"阿廖沙说，而我相信她，"只要我们能让它把脖子伸出来。但要做到这个，"她又说，"仅有一百人是不够的。"

"我们可以向王后请愿。"卡茜亚突然说。我眨巴着眼睛看她，"我知道有些领主欠她个人的人情——我们被关在一起的时候，有十几位贵族要求拜见，尽管柳巫不肯放他们进来。她一定有些自己能指挥的士兵，可以交给我们，而不是派到罗斯亚前线。"

而她，至少是真心想让黑森林被打垮的。即便马雷克不会听我的劝，国王也不会，朝中任何其他人都不会，或许她能被我们打动。

于是卡茜亚和我出了熔炉区，到大议事厅外逡巡：王后已经重新回到那里，成了军事议会的一员。门口的卫兵应该也会允许我直接进入：他们现在认识我了。他们会用眼角偷看我，紧张又有些好奇，就像我随时都会再施放出更多魔法一样，像个易爆的大锅炉。但我并不想直接进去，我不想被卷入大人物和将军们之间的宏伟计划，讨论如何集体谋杀一万人，收获胜利的荣耀，并且让今年的庄稼都在地里烂掉。我不会把自己交到他们手里，充当一件瞄准、射击的武器。

我们在外面等，紧贴墙根站着，看议事会成员拥出来，大群的贵族和士兵。我以为王后会在最后出来，有仆人扶她走路。但她没有：她是在人群中间出来的。她头戴金冠，雷戈斯托克一直在加工的那顶。黄金在阳光下闪得耀眼，红宝石跟她的金发交相辉映。她穿的丝裙也是红色，而所有的朝臣都围在她身边，像一群环绕在红雀周围的麻雀。最后出来的是国王，他小声地跟巴洛神父和另外两名朝臣谈话，一副过气相。

第二十二章
chapter 22

卡茜亚看看我。我们要见王后，就只能穿过层层包围——这是胆大妄为，但我们确实也能做到，卡茜亚能给我们清出通道。但王后看起来……跟此前不太一样。那份僵硬像是完全消失，沉默也一样。她在向周围的领主们点头，她在微笑，她又成了这些人中的一员，舞台上活跃着的一名演员，比其他任何人都更加高贵优雅。我没有动。她朝侧面扫了一眼，几乎是朝向我们这边。我也没有试图捕捉她的视线。相反地，我拉起卡茜亚的胳膊，带她跟我一起躲进墙根深处。我被某种本能的恐惧控制，就像是洞里的田鼠，听到头顶有猫头鹰翅膀扇动的风声。

卫兵们跟在朝中重臣之后离去，临行前又看了我一眼。走廊空下来，我在发抖。"涅什卡，"卡茜亚问我，"你怎么了？"

"我犯了个错误。"我说。我还不知道哪里不对，但我一定是有某件事做错了。我能感觉到这个结论确定无疑，这份重负压在我心里，感觉就像看着一枚硬币掉落井底。"我犯了个错误。"

卡茜亚跟着我穿过走廊，窄窄的楼梯，最后几乎跑了起来，我们回到我的小房间。她看着我，很担心的样子。我重重关上门，倚在上面，像个试图躲起来的小孩。"跟王后有关吗？"卡茜亚问。

我看她站在我房间的正中，皮肤和头发都透出火焰一样的微光，有一个可怕的瞬间，我觉得她只是某个戴着卡茜亚面具的陌生人：有一个瞬间，我把黑暗带进了自己心里。我转身背向她来到桌前。我带了几根松枝到自己的卧室，以备不时之需。我揪了一把松针丢进壁炉，吸入松烟，闻着那强烈的苦涩味，轻念自己的净化咒。那份怪异感消除。卡茜亚坐在床上看着我，很不开心。我可怜巴巴地抬头看她，她看出我对她有疑心。

无根之木
UPROOTED

"其实我和你一样怀疑自己。"她说,"涅什卡,我应该——也许王后,也许我们两个,都应该被——"她声音颤抖。

"不!"我说,"不是的。"但我又不知道该怎样做。我坐在壁炉台上,喘息着,心里害怕,我突然转身朝向火焰,双手捧起,召唤出我熟悉的练习用幻象,那朵小小的、坚决要长满尖刺的玫瑰,玫瑰丛细长的分枝慵懒地攀在壁炉边缘,我慢慢吟唱,给它以花香,然后是少数几只嗡嗡叫的蜜蜂,再然后是边缘卷曲的叶子,有瓢虫隐藏其中,我让萨坎坐到对面。我召唤出他的手,放在我手的下面:细长又灵巧的手指,握笔磨平的茧子,他皮肤的热力在发散,他本人也在壁炉上显形,就坐在我身边,我们周围的环境,变成了他的书房。

我在来回反复吟唱短小的幻象咒,持续给它输入一条银线样子的魔力,情况却不像前一天林心树的样子。我当时看到过他的脸,他皱眉的样子,他的黑眼睛不高兴地看着我,但那并不是真正的他。我需要的并不只是他的幻象,不只是他的样子、他的气味,或他的声音,我已经明白。这些并不是王座室里那棵林心树真正存活过的原因。它来自我的内心,来自恐惧、回忆和内心深处翻涌的那份惊骇。

那朵玫瑰被我捧在手里。我看看花瓣另一侧的萨坎,让自己感觉到他的手环绕在我手的周围,他的手指将将触到我皮肤的地方,还有我掌根搭在他掌根上的地方。我让自己想起他嘴唇里惊人的热力,他身穿的丝绸和缎带在我们身体之间被挤压的感觉,他全身跟我紧贴的那一刻。我也让自己想到自己的愤怒,想到我学到的一切,想到他的秘密和他隐藏的一切东西。我放开那朵玫瑰,抓住他的袍角摇晃他的身体,对他喊叫,亲吻他——

他眨眨眼睛,看着我,他身后的某处有火光闪耀。他的脸颊脏兮兮

第二十二章
chapter 22

的沾有烟垢，成片的灰在头发里，眼圈发红；壁炉里的火发出爆裂声，就等同于远处树丛里传来的火焰声。"怎么了？"他问，哑着嗓子，有点儿烦，绝对是他本人，"我们不能做这个太长时间，不管你是在搞什么。我现在不能分心。"

我两只手抓紧他的衣服：我感觉到那里的针脚变散乱，手里有烫手的火星，鼻子里有烟灰味，嘴里也有："出了什么事？"

"黑森林正在试图夺占扎托切克。"他说，"我们每天都在烧它，让它后退，它已经被迫退后一英里。弗拉基米尔从黄沼泽派来了他能省出的士兵，但还不够。国王打算派人来帮忙吗？"

"不是。"我说，"他正在——是他们正在准备对罗斯亚国开战。王后说，罗斯亚的瓦西里王子把她献给了黑森林。"

"王后居然开口说话了？"他尖刻地问，我感觉到刚才那种鼓点似的紧张感，又渐渐涌进了喉咙里。

"鹰爵在她身上用过洞察咒，"我说，既是在试图说服萨坎，也是为了让自己确信，"他们还用圣查威加的面纱检验过她。她体内没有任何东西，一点儿迹象都没有，他们谁都没找到任何蛛丝马迹——"

"黑森林可不是只会用魔法侵蚀这招而已。"萨坎说，"普通形式的折磨也可以打垮一个人。它或许就是故意放她回来，她被折磨到效忠黑森林，在任何洞察魔法面前，却毫无破绽。或者就是在她体内播种了某种东西，或者留了触发线索在她附近。一颗果实，或者一粒种子——"

他停下来，转头到旁边，看到某种我看不到的东西。他突然急切地说了一句"放手吧！"，就把他的魔力收回；我从壁炉上仰面跌落，掉到地板上，后背摔得好疼。玫瑰丛在壁炉上化为灰烬消失，他也一样消失。

无根之木
UPROOTED

卡茜亚跳起来，想接住我，但我已经挣扎着爬起来。一颗果实，或者一粒种子。他的话点燃了我内心的恐惧。"《怪兽图鉴》。"我说，"巴洛会试图净化它——"我还是头昏脑涨，但我转身跑出了房间，心里越来越着急。巴洛本来就打算把这件事告诉国王的。卡茜亚在我身边跑，在我一开始左摇右摆时扶我稳住。

我们才跑下第一段狭窄的仆役用楼梯，就听到尖叫声传来。太晚了，太晚了，我的双脚告诉我，它们继续啪嗒、啪嗒拍打着石板路面。我判断不出尖叫声来自哪里：它们来自远处，在城堡走廊里有很奇怪的回声效果。我反正是跑向巫师圣殿方向，经过两名瞪大眼睛的侍女面前，她们都赶紧靠在墙面上，把怀里叠好的亚麻布挤得乱糟糟的。卡茜亚和我转着圈跑下第二段楼梯，到达地面层，正好有一道白亮的火花在下面闪现，把清晰的影子投射到墙面上。

炫目的强光消失，然后我看到索利亚飞过楼梯口，重重撞在一面墙上，发出湿布袋一样的声音。我们下到最底层，看见他瘫在对面墙上，一动不动，眼睛傻愣愣地瞪着，血顺着鼻孔和嘴角流下，胸口还有血淋淋的伤口，长但是不深。

那只从通往巫师圣殿的走廊里爬出来的怪物，几乎填满了从地板到房顶的空间。它不像是任何一种野兽，更像是不同动物器官的组合：头部像一条大狗，一只巨大的眼睛在额头正中，长嘴里有长而错落的牙齿，其实更像是两排尖刀。身体臃肿庞大，有六条肌肉发达的腿，末端长着狮子一样的利爪；全身覆盖着蛇一样的鳞片。它吼叫着，向我们猛冲过来，快得让我几乎来不及想到逃命。卡茜亚抓住我，又把我拖回楼梯上端。那东西弯下腰，把头沿着楼梯斜坡伸上来，猛扑猛咬，还不住口地嚎叫，嘴里喷着绿色口沫。我喊了一声"波吉特！"，用脚踹它的

第二十二章
chapter 22

头，它尖叫，缩头退回走廊里，一大波火焰从楼梯上端喷下，烧到了它的长嘴。

两支粗大的弩箭射入它身体侧面，发出肉体被深深穿刺的钝响，它扭转身体嚎叫。在它身后，马雷克丢开十字弩，一个张开大嘴吓傻了的王室侍从站在王子身边，为王子从墙边拿来一根长矛，现在他正握着长矛，呆呆看着那只怪兽。马雷克把长矛一把抓过来时，侍从甚至没想到该放手。"去把卫兵叫醒！"王子对那侍从喊，侍从失魂落魄地跑开。马雷克用长矛猛刺怪兽的头。

在他身后，一间朝房的门被严重破坏，完全敞开，黑白两色的地板上洒满鲜血，有三人倒地身亡，全都是衣衫被扯烂的贵族。一位老人苍白的脸从桌子底下探出来向外看：王室秘书官。两名宫殿卫兵死在走廊更远处，就像这只怪物是从城堡深处跳出来，破坏了门，特地去攻击房间里的人一样。

或者就是攻击某一个人，他才是重点：怪兽撕咬戳过来的矛尖，但随后就离开马雷克；它把大头扭转，露出尖牙，目标明确地靠近索利亚。鹰爵还在呆呆看着房顶，两眼无神，手指在身边的石板地上抓挠，就像努力在找到什么东西抓紧，这样才能继续活在这个世界上一样。

就在这东西扑上去之前，卡茜亚从我身边猛冲过去，一大步跳下楼梯，她打个趔趄，重重撞在墙上，恢复平衡的同时，从墙边抓起另外一根长矛，刺向怪兽面部。那只怪狗样子的家伙张嘴去咬矛杆，然后惨叫：马雷克把长矛刺进它的身体侧面。随后有脚步声、喊叫声传来，更多卫兵跑来，大教堂的钟声响起，发出警报；刚才的侍从顺利送出了消息。

这些都是我亲眼所见，事后也可以说它们真的发生过，但在当时，

无根之木
UPROOTED

我感觉不到它们的进展。我只闻到怪兽热臭的呼吸声从楼梯下飘上来，还有血腥味，我的心狂跳。我知道自己必须做点儿什么。怪兽狂吼，又转头面对卡茜亚和索利亚，而我还站在楼梯高处。钟声不断敲响。我听见它从头顶传来，透过高处的一扇窗户，透过它，能看见外面的一线天空，珍珠灰色的云，夏日的多云天气。

我伸出一只手大叫："卡莫兹！"外面的雨云聚集，形成海绵状的乌黑一团，这片密集云团带来了降水，雨点跳跃着泼洒在我身上，一道闪电从窗户里跳将起来，像一条嘶鸣的闪亮银蛇落在我手中。我两只手抓住它，眼睛被炫得什么都看不到，白色光芒和响亮的哔哔声包围了我，让我无法呼吸，我把它丢下楼梯，丢向那只怪兽。雷声在身边炸响，我的身体被向后抛出，四肢乱舞痛苦地摔在楼梯间，我嗅到烟味和另一种更苦涩的焦臭味。

我平躺在地上，浑身发抖，两只眼睛不停流泪。我的双手刺痛，青烟像早晨的雾一样从上面腾起。我什么也听不到。等我能看清，就看到那两名侍女弯腰看着我，很害怕的样子，嘴巴无声地翕动。她们的双手更好地表达了立场，温柔地扶我起来。我摇摇晃晃站直。楼梯下端，马雷克和三名卫兵围着怪物头部，用矛尖小心试探。它趴在地上冒着烟，不再动弹，被熏黑的痕迹在身体周围的墙面形成爆炸形图案。"用矛刺穿它眼睛，以保万全。"马雷克说，一名卫兵把自己的长矛刺入了怪兽那只唯一的圆圆的眼睛，它开始变得混浊。怪兽的身体并没有扭动。

我单手扶墙，一瘸一拐地走下楼梯，哆嗦着坐在高于怪兽头部的梯级上。卡茜亚正扶索利亚站起来。他用手背去抹嘴边乱糟糟的血迹，喘息着，低头看那只怪兽。

310

第二十二章
chapter 22

"这该死的东西到底是什么？"马雷克问。它死了之后，看起来更不自然：不对称的四肢朝各个怪异的角度伸展，就像是某位疯狂的女裁缝把不同玩偶的部件缝到了一起。

我从上面俯视它，那狗嘴的形状，那胡乱伸展的腿，壮实的巨蛇身躯，记忆慢慢开始涌现，这是我昨天看过的一幅插图，用眼角扫到的，我在努力不去看它。"是一只肖格拉夫。"我说。我再次站起来，速度过快，不得不用手扶墙。"这是一只肖格拉夫。"

"什么，"索利亚问，一边抬头看我，"到底什么是——"

"它是《怪兽图鉴》里来的！"我说，"我们必须找到巴洛神父——"我停住，看了一眼那只怪兽，那唯一一只混浊的、直勾勾的眼睛，我突然意识到，大家不可能再找到他了。"我们必须找到那本书。"我小声说。

我身体摇晃，感到恶心。我走到大厅时步伐凌乱，险些被那怪兽的尸体绊倒。马雷克抓住我的胳膊，扶住了没让我倒下，卫兵们紧握长矛，我们一起去了巫师圣殿。巨大的木门斜挂在门框上，破碎，染血。马雷克把我扶到墙边靠住，像放下一把不牢靠的梯子。然后对一名卫兵甩了一下头：两人抬起一扇厚重的门，把它移开。

图书馆一塌糊涂，灯打坏了，桌子翻倒、破碎，只有几盏残余的灯还在发出微光。书架翻倒在曾经摆放的书堆上，像被开膛破肚。房间正中，那张巨大石桌从中间向两端开裂，塌倒。《怪兽图鉴》还打开着放在正中间，一堆石头碴和废料上方，有最后一盏灯照射在齐整的书页上。周围地面上散落着三具尸体。肢体破碎，被丢在一旁。大部分都在暗处，但我身边的马雷克，突然变得极其安静，一动不动，定在了原处。

无根之木
UPROOTED

　　他向前跳出，大声叫嚷："叫柳巫来！叫——"他滑倒，双膝跪地，守在最远处的尸体旁边。他把尸体翻过来，灯光打在那个人的脸上：打在国王脸上，他不再呼喊。

　　国王死了。

第二十三章

到处都是人，人人都在喊叫，卫兵、仆人、官员、医生，都挤到国王尸体旁边，尽可能靠近。马雷克留下三名卫兵值守，自己消失了。我被挤到房间边缘，像被浪花卷走的浮木，我闭上眼睛靠着一座书架瘫倒。卡茜亚挤到我身边。"涅什卡，我应该做点儿什么？"她问我，一边扶我坐到矮凳上。

我说："去找阿廖沙来。"本能地想要看到一个知道该怎么办的人。

这是个幸运的临时决定。巴洛的一名助手幸存下来：他逃离现场，钻进图书馆巨大的壁炉烟囱里避难。一名卫兵注意到壁炉上的爪印，还有散落在地板上的柴灰，他们在烟囱里找到了这个人，他浑身发抖，惊魂未定。卫兵把这个人带出来，给他喝了一杯酒，然后他站起来，指着我，激动地说："都怪她！是她找到那本书的！"

我当时头晕，不舒服，浑身还在雷电余威下颤抖。所有人都开始对我大喊大叫。我试图跟他们讲那本书的事，它如何一直都藏在图书馆里；但他们更急需替罪羊，而不是得到什么解释。松针味道飞进我的

无根之木
UPROOTED

鼻孔。两名士兵抓住我的胳膊,我觉得他们马上就会把我拖入地牢,或者更糟:当时有人说,"她可是女巫! 我们要是让她有机会恢复法力的话——"

阿廖沙制止了他们:她走进房间,击掌三声,每一声都像是千军万马一起踏步。所有人都安静下来,让她有足够的时间讲话。"让她坐在那张椅子上,别像一群傻子一样。"她说,"你们该抓的是贾库,他才是一直都在场的嫌疑人。这里的人全都是白痴吗? 就没有一个人想到,他也可能被邪魔侵蚀了?"

她有威望:所有人都认得她,尤其是卫兵们,他们全都挺身肃立,就像她是一名将军。他们放开我,抓住了不停叫屈的可怜贾库,他被带到阿廖沙面前,还在不停叫嚷:"但就是她,没错! 巴洛神父说,是她找到了那本书——"

"闭嘴,"阿廖沙说着,拔出她的匕首。"摁住他的手腕。"她对一名卫兵说,这些人把学徒的手摁在一张桌子上,手心向上。她轻声念了一段咒语,刺破他的手肘,把匕首放在伤口近旁。学徒在卫兵的控制下挣扎、呻吟,之后有浅淡的黑烟跟血液一起冒出来,上升并触及亮闪闪的剑刃。她缓缓转动匕首,像用纺槌缠纱线,把那道烟收集起来,直到不再有烟冒出。阿廖沙举起匕首,眯起眼睛观察,然后说,"胡尔瓦、伊洛埃塔。"对它吹了三口气:每吹一口,剑刃都会变得更亮,更热,那烟像一层磷粉一样蒸发掉了。

等她做完这些,房间里的人少了很多,每个留下的都退回到墙边,只有脸色苍白的卫兵们,还惨兮兮地摁着学徒。"好了,给他包扎一下。别再喊了,贾库。"阿廖沙说,"她发现这本书的时候我也在,你这笨蛋。这本书一直都在我们的书库里,像个毒苹果一样,已经藏了好多

第二十三章
chapter 23

年。巴洛本打算净化它，之后发生了什么？"

贾库不知道，他被派去取东西了。当他离开时，国王还不在这里；等他拿了更多盐和草药回来，国王和他的卫兵们正失魂落魄地站在石桌旁边，巴洛在大声朗读那本书，开始变形：有利爪的腿从他的长袍下面伸出，另有两条从腰间冒出来，撕破了衣服，他的脸拉长成狗头形，念诵的声音还在继续，尽管已经口齿不清，有时哽在喉咙里——

贾库越讲声音越高，直到情绪崩溃，无法继续。他双手发抖。

阿廖沙倒了更多纳勒夫卡[1]在玻璃杯里给他喝。"它比我们以为的还要强大，"她说，"我们必须马上烧掉它。"

我挣扎着从矮凳上站起来，但阿廖沙对我摇摇头："你的魔力已消耗过度，可以去坐在壁炉旁，帮忙看着：除非你看出它要控制我，否则不要试图做任何事。"

那本书还是静静躺在地面上，在破碎的石桌残骸中间，无辜地展示在灯光下。阿廖沙从一名士兵那里拿了一双铁护手，把书捡起来。她把书扔进熔炉，召唤魔火："波吉特，波吉特，莫琳，波吉特、塔洛。"后面还有好多咒语，很长的召唤术，壁炉里的死灰突然冒出熊熊烈火，跟她熔炉中的火焰一样。火焰舐舐书页，包围了它们，但那本书在火里懒洋洋地打开，书页迅速卷动，像大风中的旗帜，纸页发出强有力的声响，怪兽图画像是试图抓住人们的眼球，被火光照得更亮。

"退下！"阿廖沙厉声呵斥卫兵们：有几个正准备上前一步，他们的眼神迷茫，像是被吸引。她用匕首把火光反射到他们眼睛里，他们眨眨眼，愕然后退，脸色苍白惶恐。

---

1 波兰传统烈酒，有时含有动植物等药用成分，常见酒精度40%~45%，最高可达75%。

无根之木

UPROOTED

阿廖沙小心翼翼，看他们退到更远处，然后回头，继续吟诵她的火焰咒，一遍又一遍，她双手张开，让火力集中。但那本书还在壁炉里嘶鸣、翻动，像绿色的湿木头，就是不肯着火。春天嫩叶的气息飘浮到房间里，我能看到阿廖沙脖子上血管突出，脸上也显出疲态。她两只眼睛紧盯着炉膛，但还是会不由自主向书页表面滑落。每一次，她都把拇指按到匕首上，血一点点滴落。她再次抬高视线。

她的声音渐渐变得嘶哑。几颗橙色火星落在地板上，冒出黑烟。我疲惫地坐在矮凳上，看着它们，慢慢开始哼唱关于炉膛中小火星的古老民歌，讲述它长长的故事：从前有位金发公主，爱上了淳朴的演员；国王为他们举行盛大的婚礼，我的故事已经讲完！从前有位巴巴亚嘎，黄油房子是她的家。那个房子里有好多奇观——嗖！小火星熄灭，我的故事已经讲完！小火星它走了，也把故事带走了。我把这段歌儿唱了一遍，然后说："奇克拉，奇克拉。"之后又把它唱了一遍。飞舞的小火星开始像雨点一样落在书页上，每一颗都会在熄灭前烧黑一个小点点。它们像闪亮的火雨纷纷落下，而当它们成群结队落下时，细细的黑烟开始腾起。

阿廖沙放慢速度，停止念咒语。火终于烧起来，书页纷纷卷曲，像蜷缩起来死去的小动物，火里的树脂味像是烧焦的糖。卡茜亚轻轻拉起我的手，我们从火前退开，火焰继续吞噬那本书，就像强忍着吞食臭面包的人。

"那本《怪兽图鉴》怎么会在你手上？"一名大臣大声质问我，五六个人随声附和。"国王为什么会在场？"议事厅里好多贵族在向我喊叫，向阿廖沙喊叫，向其他贵族喊叫，他们害怕，想找出答案，但他们的问题没有人能够回答。他们中还有一半人怀疑是我设陷阱谋害国王，讨论着要把我投入地牢；还有另外一些人毫无根据地断言，哆哆嗦嗦的贾库其实是罗斯亚间谍，是他诱使国王去了图书馆，又蒙骗巴洛神父，让他朗读那本书。贾库开始哭，为自己抗辩，但我甚至没有力气为自己辩解。我一张嘴，就不由自主地打了个哈欠，这让他们更加愤怒。

我不是要蔑视他们，我就是困得撑不住。我感觉呼吸困难，我的脑子无力思考。我的两只手还在被闪电刺痛，鼻子里一股烟味，还有被烧的纸味儿。这一切对我来说，都还不太真实。国王死了，巴洛神父也死了。我不到一小时之前还见过他们，开完作战会议出来，健康地活着。我记得那个瞬间，特别清楚：巴洛神父额头上微细的皱纹，国王的蓝色靴子。

在图书馆，阿廖沙对国王的尸体用了一次净化咒，教士们把他抬走，送到大教堂让人守灵。尸体只是匆匆裹了一下，那双靴子还露在外面。

大人物们还在继续向我喊叫。更糟糕的是，我也在自责：我事先就知道某件事不对劲。如果我反应能再快点儿，如果我最开始找到那本书时，就自作主张烧掉它……我用刺痛的双手捂住脸。

但马雷克站到我身边大声喊叫，让贵族们全都闭了嘴，他的权威来自手里那根带血的长矛。他把矛扔在贵族们面前的会议桌上。"是她消灭了怪兽，要不是她，怪兽早就杀死了索利亚，还有其他十几名士兵。"他说，"我们没有时间做这种蠢事，我们三天后就要向雷瓦河进军！"

"没有国王的敕命，我们不会派兵去任何地方！"一名大臣勇敢地回应王子。还好他坐在长桌对面，伸长胳膊也够不着，但即便是他也在向后畏缩，当马雷克从桌子对面探身逼近，铁护手握成拳，满怀义愤怒视时。

无根之木
UPROOTED

"他说的并没有错。"阿廖沙犀利地说，一只手按在马雷克面前的桌子上，迫使王子直起身来面对她。"现在并不适合发动战争。"

桌旁一半的大人物们在互相攻讦；他们埋怨罗斯亚，埋怨我，甚至埋怨可怜的巴洛神父。桌子尽头的王座空着。王储西格蒙德坐在王座右边，双手互握成拳。他的眼睛盯着双手，在喧嚣中一直保持沉默。王后坐在王座左边，她还戴着雷戈斯托克的金冠，压在纯黑礼服闪亮的缎子头巾上面。我恍惚觉察到，她在读一封信：一名信使正站在她的肘边，手拿空空的文件袋，神色慌张。我觉得，他应该是刚刚进屋的。

王后站起来。"各位大人，"众人都转头看她。她举起那封信，只是折起来的一张小纸片，她打开了红漆封印。"我们发现一支罗斯亚国军队，正向雷瓦河方向进军：他们将在明天上午到达。"

没有人说一句话。

"我们必须把哀悼和愤怒放在一边。"她说，我抬头看她：这才是正宗的王后风范，高傲，坚忍，昂然不屈；她的声音清晰地回荡在石室中。"波尼亚国，绝不能在这种时候示弱。"她转身面向王储：他也在仰望王后，脸上的表情跟我一样，有点儿吃惊，像孩子一样充满信任，嘴巴微微张开，想说什么，却说不出来。"西格蒙德，他们只派来四个团的兵力。如果你把到达城外的兵力召集起来，立刻出发，还可以占到人数上的优势。"

"我才应该是那个——"马雷克站起来反对，但汉娜王后抬起一只手，让他闭了嘴。

"马雷克王子会留在这里，跟禁卫军一起确保王城的安全，并集结我们已经动员的更多兵力。"她说，又转向朝臣，"他会从贵族议事会得到建议，我希望我自己也能提供些帮助。还有其他紧急事务要马上处理吗？"

王储站起来。"我们会按照王后的提议来行动。"他说。马雷克王子的脸都气紫了，但他还是呼出一口气，闷闷不乐地说："好吧。"

就这么快，看起来一切都敲定。大臣们马上开始四散离去，似乎很满意看到王宫恢复秩序。当时没有任何人反对，也没有任何人提出替代方案，更没有机会阻止。

我站起来。"不，"我说，"等等，"没有人听我说。我试图调用体内残留的最后一点儿魔力，让自己的声音放大，让他们回来听我说，"等等。"我试着喊，整个房间摇摇晃晃，变成了漆黑一片。

我在自己房间里惊醒，双臂寒毛直竖，喉咙像是着了火：卡茜亚坐在我的床头，柳巫正直起身远离我，脸上带着精致的不满表情，手里拿着一只药瓶。我不记得自己怎么回到这里的。我向窗外看，脑子一团混乱，太阳移动了一截。

"你在议事厅晕倒了，"卡茜亚说，"我怎么都叫不醒你。"

"你的魔力消耗过度，"柳巫说，"不，不要试图起床。你最好待在原处，至少一周内不要试图使用任何魔法。魔力就像杯子，需要随时补充，而不是绵延不绝的溪水。"

"但是王后！"我嘟囔着说，"还有黑森林——"

"你如果想要耗尽力量找死，尽管无视我的劝告，我不反对。"柳巫不耐烦地说。我不知道卡茜亚是怎么说服她来看我的，但从柳巫离开房间时两人之间的冷漠眼神来看，应该不是什么很温和的办法。

我用手背揉揉眼睛，躺回枕头上。柳巫给我喝的那种药水，在我肚子里热乎乎地翻腾，就像我吃了太辣的食物一样。

无根之木
UPROOTED

"是阿廖沙告诉我找柳巫来看你的，"卡茜亚说，一边担心地向我探身，"阿廖沙说，她会阻止王储上前线。"

我集中力量，吃力地坐起来，找寻卡茜亚的手。肚子上的肌肉还在疼，身体也很虚弱，但我现在不能一直卧床，不管能不能使用魔力。城堡的空气里弥漫着沉重的气息，有一种可怕的压力。不知为何，黑森林还在这里，黑森林还没打算放过我们。"我们必须找到她。"

王储房间里的卫兵非常警惕；他们有心把我们挡在外面，但我大声叫："阿廖沙！"她探头出来对卫兵说了几句话，他们才允许我们进入，置身出发前收拾行囊的混乱中。王储还没有全副武装，但已经套上胫甲，穿上了长袖锁子甲，一只手放在儿子肩膀上。他的妻子——玛戈扎塔公主站在他身旁，怀里抱着小女孩。男孩有把剑——一把真正开过刃的剑，做成短小可以让他拿着的长度。他还不到七岁。之前，我敢打赌这个年龄的孩子不适合拿真剑，用不了一天，就会把自己或者别人的手指切断，但他拿剑的姿势很专业，像个小士兵。他正双手捧剑，把它献给父亲，很紧张地仰着脸说："我不会闯祸的。"

"你必须留在家里，照顾小玛丽莎，"王储说，一边抚摩着孩子的头。他看看妻子，北方来的公主。公主一脸愁容。他没有亲吻她的脸，而是吻了手。"我会尽快回来。"

"一旦葬礼结束，我再考虑带孩子们去趟吉纳。"公主说。我隐约记得，那是她家乡城市的名称，两人联姻给波尼亚国打开了那座海港。"海边的空气对他们的健康有好处，而且从洗礼之后，我父母还没见过玛丽莎。"从她说话的内容判断，你可能以为她是临时起意，但听她的语调，显然是预演过的。

第二十三章
chapter 23

"我才不想去吉纳！"男孩说，"爸爸——"

"够了，斯塔赛克。"王储说。"你觉得怎样都好。"他对公主说，然后转身朝向阿廖沙，"可否麻烦你赐福于我的剑？"

"我看算了。"她严肃地说，"你怎么会插手这种事？我们昨天明明还谈过——"

"昨天我父亲还活着，"西格蒙德王储说，"今天他却已经死了。要是我让马雷克率军击败罗斯亚军队，等到贵族们投票决定王位继承人时，你猜会有怎样的结果？"

"那就派一位其他将军。"阿廖沙说，但她并不是真这样想。我能看出，她这样说只是拖延时间，同时在寻找一个自己也有信心的方案。"高斯金男爵怎么样——"

"我做不到。"他说，"如果我不率军出征，马雷克就会去。你以为眼前这个时候，我能选出任何一位将军，风头盖过波尼亚的民族英雄吗？整个国家都在为他唱赞歌。"

"只有白痴才会让马雷克取代你登上王位。"阿廖沙说。

"但凡人本来就是一群白痴。"西格蒙德说，"祝福我的剑，并请帮我留意孩子们。"

我们留下来，目送他骑马远去。两个小孩跪在高椅子上，才能透过窗棂看见爸爸，他们的妈妈在身后，用手抚摩两人的头，一个金发，一个黑发。他带了一小队卫兵——他的近卫军——作为贴身护卫，画有红鹰的白旗在他身后招展。阿廖沙跟我站在一起，透过另一扇窗户目送，直到骑兵跑出城堡院子。她转身看我，严厉地说："凡事总有代价。"

"是啊。"我说，声音很小，身心疲惫。我觉得，我们还将付出更多代价。

第二十四章

我当时什么也做不了，除了睡觉。阿廖沙让我就躺在那个房间里，无视公主怀疑的眼神，于是我在壁炉前的羊毛地毯上睡着了：地毯上面图案奇异，是些巨大的雨点形状，或许是泪珠吧。下面的石板地很硬，但我已经累到不会在乎。

我睡过傍晚和深夜，再醒来时，已是第二天上午：我还觉得累，但头不再那么疼了，被电火烧伤的手掌摸上去也不再发烫。在我身体内部，丝丝缕缕的魔力像溪流一样，缓缓流过布满卵石的河床。卡茜亚睡在床头边的地毯上，透过纱帘，我可以看到公主带着两个孩子也在睡着。门口有两个卫兵，一边一个，都在打盹儿。

阿廖沙坐在炉火边上，那把饥饿之剑横在膝头，她正用手指将它打磨得更锋利。我能感觉到她在低声念诵咒语，一边用拇指肚划过剑刃近旁。细细的血线渗出她的黑色皮肤，尽管她并没有真的触及剑身；而那些血化作红雾，随即沉落到宝剑中。她的椅子侧放，能将门窗尽收眼底，就像她整晚都在守护一样。

第二十四章
chapter 24

"你在担心什么？"我小声问她。

"一切，"她说，"任何一件事。王宫里的邪法侵蚀——国王的死，巴洛的死，王储被诱入战场，那里可以发生任何事。现在才开始小心，其实已经够晚了。我可以少睡几个晚上。你好点儿了吗？"我点头，"很好。听我说：我们必须根除王宫中的邪障，而且要快。我觉得，只烧毁那本书还远远不够。"

我坐起来，抱住膝盖。"萨坎认为，问题可能还在王后身上。她可能被残酷折磨，然后同意了帮助敌人，而不是被魔法侵蚀。"我其实不知道他是对是错：王后到底有没有用某种办法偷偷带来一颗金色果实，来自黑森林中的某处，现在被播种到御花园的某个角落里，一棵细小的银色树苗破土而出，散布邪恶魔法的侵蚀。我很难想象王后会把曾经的一切完全背弃，把黑森林带回王宫，让它来毒害自己的家人和王国。

阿廖沙却说："恐怕她并不需要受到多少折磨，就会帮忙让丈夫去死，尤其是在这个丈夫把她抛弃在黑森林里二十年之后。也许她同样恨自己的长子。"我反感地畏缩，她接着补充说，"我注意到，她在让马雷克远离前线。无论如何，现在可以断言，她就是眼下一切变故的核心。你能把那个什么召唤咒用在她身上吗？"

我默然。我记得王座室的情形，上次我考虑对王后施放召唤咒的地方。相反地，我选择了给宫中人一个幻象、一场戏，来换取他们对卡茜亚的宽恕。也许说到底，那就是我犯下的大错。

"但我觉得，靠我一个人无法做到。"我说，我有种感觉，召唤咒应该本来就不适合一人施放：就像真理，不能没有分享的对象。如果没有听众，就算对着空气喊一辈子的终极真理，也完全没有任何意义。

阿廖沙摇头："我帮不了你。我不能丢下公主和两个孩子无人守护，直到我把她们安全送到吉纳。"

我不情愿地说："索利亚或许能帮我。"我最痛恨的事情，就是跟这个人一起用魔法，给他更多机会窥探我的魔力，但或许，他天生的洞察力能让魔咒本身更强。

"索利亚嘛。"阿廖沙给这个名字里注满了不屑，"好吧，他本来不笨，只是做事很蠢。你试试找他也行。如果不用他，就去找雷戈斯托克。他的魔力不如索利亚那么强，但或许也能撑下来。"

"他会愿意帮我吗？"我怀疑地问，想起了王后头上的金冠。对我本人，他也一直没有好印象。

"要是我说，他就会听。"阿廖沙说，"他是我的曾曾孙；要是他敢拒绝，就让他来找我。是的，我知道他是个混蛋。"她补充说，叹了口气，看来是误解了我的眼神。"他是我后代里唯一显出魔法天赋的孩子，至少在波尼亚国仅有他一个。"她摇头，"我最喜欢的那个孙女，她的儿孙里倒是有好多巫师，但她嫁给了一个威尼齐亚人，跟他一起去了南方。召他们回来，要花一个多月的时间。"

"除了他们之外，您还有很多家人在世吗？"我怯生生地问。

"哦，我曾曾孙这一辈有六十七个后代，大概吧？"她想了想才回答，"也许现在更多；他们都慢慢跟我疏远了。其中有少数几个，每年冬至还会写信来表示孝敬。多数都忘记了他们是我的后代，或者就从未知道过。他们的肤色呢，也都像牛奶里加了不同分量的茶，这只会让他们更不容易被晒伤而已，而我的丈夫，死了一百四十年了。"她说得很轻松，好像这已经不重要。我觉得应该也不重要了。

"就这些吗？"我问，感觉近乎绝望。曾曾孙子和孙女，一半失去联系，另一半也如此生疏，以至于她提到雷戈斯托克只是轻声叹息，仅仅有一点儿不快。他们，看起来并不足以让她继续扎根于这个世界。

"其实从一开始，我就没有太多其他亲戚。我的母亲是纳米布来的一名奴隶，她在生我时难产死了，我对她的了解仅此而已。南方有位男爵，从一名摩德里亚奴隶贩子手里买下我的母亲，为了让他夫人炫耀排场。即便在我的魔法天赋显现之前，他们对我也足够仁慈，但也只是大老爷的那种仁慈：他们肯定不是亲人。"她耸耸肩，"我时不时有个情人，多数都是战士。等你足够老，就会觉得他们像是花儿：即便在花朵插到瓶里之前，就知道它们必将凋谢。"

我忍不住很莽撞地问："那你为什么——还要留在这里？你为什么要关心波尼亚，或者——或者任何东西？"

"嘿，我又不是死人，"阿廖沙尖酸地回应我，"我一直都欣赏干得漂亮的工作。波尼亚曾有过一系列好国王。他们造福国民，建造图书馆，铺设道路，设立大学，也足够擅长战斗，不至于被敌人打垮，让外敌冲进来摧毁一切。他们曾经是可靠的工具。如果这些国王变得邪恶卑鄙，我或许就会离开；我当然不会把剑交到士兵手里，只为了让马雷克这种火暴脾气的混球儿接连挑起战争，只为得到所谓的荣誉。但西格蒙德——他是个明事理的人，对他的妻子也很好。我帮他守卫边境，其实还挺开心的。"

她看出了我脸上的哀戚，带着一份大大咧咧的善意说："你将来会学着看淡这些，孩子；或者你会爱上其他东西，像可怜的巴洛那样。"她语调里带着一份异想天开、隐隐约约的遗憾，没有强烈到可以称之为悲痛的地步。"他在一间修道院生活过四十年，仅仅负责给典籍室掌灯，然后才有人发现，他从来不会变老。我觉得，他一直都很意外，觉得自己怎么可能是个巫师。"

无根之木
UPROOTED

她继续打磨那把剑，而我走出房间，情绪低落，比跟她谈话之前更不开心。我想象我的哥哥们衰老；我的小外甥达纳申科曾把他的玩具球带到我面前，小脸儿特别严肃，很可爱。我想象这张脸变成老人的样子，疲惫，满是皱纹，刻满风霜。每个我曾认识的人都被埋葬，只剩下他们孩子的孩子来延续爱。

但还是比空无一人的世界更好些。如果这些孩子还能在树林里自由玩耍，安然无恙，会更好一点儿。如果我很强，如果我有力量，我就会愿意充当他们的守护人：为我的家人，为卡茜亚，为那两个睡在床上的孩子，还有其他睡在黑森林阴影下的人们。

我对自己这样说，试图相信这样就够了，但还是很冷，很可悲的想法，尤其是现在，独自站在昏黑的走廊里。几名下等侍女刚刚开始一天的工作，陪着小心悄悄出入贵族们的房间，让壁炉里的火更旺一些，跟昨天一样。国王死了，生活还在继续。

索利亚说："炉火不需要人看着了，丽兹贝塔，只要给我们拿些热茶和早餐来就好，乖。"等我推开他的房门，他的壁炉里果然有火焰跃动，新放进去的木头在巨大的炉膛里燃烧着。

他才不会住在狭小的、有石像怪吓人的小破房间里：他的套房有好几间，每个房间都比我被塞进去的那个房间大三倍。他的石板地面上有大堆的白色地毯，软而且厚：他一定是用魔法来保持它们的整洁。隔壁房间有一张覆有罗帐的大床，皱巴巴的，反而有点儿乱，可以透过敞开的门看见。宽大的床头板上，刻了一只老鹰展翅翱翔，眼睛是一颗抛了光的金色宝石，中央有细细的瞳孔状立纹。

房间正中立着一张圆桌，马雷克跟索利亚一起坐在桌旁。后者伸长

第二十四章
chapter 24

身体，闷闷不乐地瘫在椅子里，靴尖冲上翘起，身穿睡衣，一件皮袍盖在裤子上。桌子上一座白银支架，上面安着一面椭圆形的镜子，有我的胳膊那么高。过了一会儿，我才意识到并不是我站的角度特别，所以看到了床罩；这镜子根本就不是在展示周围环境的影子。像某种不可思议的窗户，它展现的是一座帐篷，中间有根微微摇晃的竿子，撑起掀开的帐帘，还显露出一个三角形的出口，从那里能看见外面的草地。

索利亚专心看着镜子，他一只手扶住边缘，双眼只剩下深井一样的巨大瞳孔，吸入一切景象。马雷克在看他的脸。两人都没察觉我的到来，直到我走到他们身边，即便到那时，马雷克也只斜了我一眼。"你去哪儿了？"他说，不等我回答，马上又接着说，"不要老这样突然消失，回头我得给你戴个小铃铛。罗斯亚一定在王宫里安插了间谍，才会知道我们向雷瓦河进军的意图——或许有五六个间谍呢。我要你从现在开始，跟在我身边寸步不离。"

"之前我在睡大觉。"我没好气地回答他，然后才想起他昨天刚刚丧父，又觉得有点儿过意不去，但他自己也没有特别难过的样子。我猜，国王和王子的身份，会让他们之间的关系不同于普通父子，他也从未原谅父亲让母亲落入黑森林之手。但我还是以为能看到他眼圈通红——如果没有爱心，惶惑总该有一点儿吧。

"是啊，也对，除了睡觉，这世上还有什么事情可做呢？"他幽怨地说，又盯着那面镜子看，"该死的，人都跑到哪里去了？"

"现在已经上了战场。"索利亚心不在焉地回答，眼睛还盯着原处。

"那里才是我该待的地方，假如西格蒙德不是那样厚颜无耻的政客。"马雷克说。

"你的意思，是西格蒙德不是彻底的白痴，他还真不是。"索利亚说，"现在这种时候，他不可能把一场胜利拱手相让，除非他想把王冠一同奉上。我向你保证，他完全清楚我们在贵族院已经拥有五十张选票的事。"

"那又怎样？要是得不到贵族的支持，他就无权得到王位。"马雷克冷冷地说，双臂在胸前交叉，"要是我能在那里就好了——"

他充满渴望地看着那面无用的镜子，而我越来越生气地看着他们两个人。所以，并不只是西格蒙德在担心贵族们会把王位交给马雷克，马雷克也在试图夺占它。突然之间，我就理解了王储妃的苦衷，为什么她会对我侧目而视——在她看来，我是马雷克的盟友。但我硬是咽下了最早想说的十句话，简洁地对索利亚说："我需要你帮忙。"

这至少让我得到了一次凝视，来自那双漆黑的眼睛，还附送一个扬起眉毛的表情："亲爱的，我既乐于帮助你，也很高兴听你这样说。"

"我想让你跟我一起施放一种咒语，"我说，"我们需要对王后使用召唤咒。"

索利亚愣住，这次的反应远没有那么开心。马雷克转过头来，严厉地看了我一眼："那么，你的脑子又被什么东西撞坏了？"

"情况完全不对！"我对他说，"你不可能装作什么都没看见：自从我们回来，祸事就一件接着一件。国王、巴洛神父、跟罗斯亚国之间的战争——这些都是黑森林的阴谋。召唤咒可以向我们展示——"

"展示什么？"马雷克凶巴巴地打断我，站了起来，"你以为它能给我们展示什么？"

他凶神恶煞地站在我面前，我毫不退缩，仰着头继续讲。"真相！"我说，"我们把她从灰塔放出来才不到三天，国王死了，王宫里出现怪兽，波尼亚还被卷入战争。我们一定忽视了什么。"我转头看索

第二十四章
chapter 24

利亚，"你会帮我吗？"

索利亚看看马雷克，又看看我，眼睛里都是算计，他温和地说："王后已经得到了赦免，阿格涅什卡，我们不能简简单单地闯进去，毫无理由就对她施法念咒，仅仅因为你有疑心，这是不够的。"

"但你一定也知道，现在的情况就是不正常！"我生气地对他说。

"之前的确出了些问题。"索利亚说，一副降尊纡贵的嘴脸，让我很想修理他。太晚了，我只能后悔之前没跟他搞好关系。我现在无法诱惑到他：他完全清楚，我根本就没有定期跟他交流魔法心得的意愿，即便有时候情况紧急事关重大，可以强忍着跟他临时合作。"还有个大问题：你找到的那本被侵蚀的魔法书，现在已经销毁了。我们知道了邪恶的根源，就不必庸人自扰，再去寻找其他麻烦。"

"波尼亚目前最不需要的，就是更多不祥的流言四处传播。"马雷克说，更冷静了一点儿；他听索利亚说着话，肩膀渐渐放松，吞下了他那套有毒的、苟且的解释。他坐回自己的椅子里，又把靴子搭在桌面上。"不管是涉及我妈妈，还是涉及你，流言都有害无益。贵族们已经收到了参加葬礼的通知，而等他们到齐，我就会宣布你我订婚的消息。"

"什么？"我惊问。他听起来就像是在传播某个有趣的传闻，仅仅跟我有一点点关系那种。

"这是你应得的，你毕竟消灭了怪兽，而且这是平民们喜欢的那类故事。别大惊小怪。"马雷克补充说，甚至都没看我一眼，"波尼亚当前有危险，我需要你在我身边。"

我只能傻站在原地，气得说不出话，但他们反正也不再注意我。镜子里，有人弯腰钻进了帐篷。一位老人，穿一身华贵的军装，重重地坐在镜子彼岸的椅子上。由于年迈，他脸上所有的线条都在下弯：下巴有

329

无根之木
UPROOTED

赘肉，胡子耷拉着，眼睛下面有眼袋，嘴角又有赘肉，沾着一层尘土的脸上，有道道汗水流下。"萨文纳！"马雷克说，他向前探身，看上去非常关心，"发生了什么？罗斯亚人有时间加固他们的阵线吗？"

"没有，"老将军说，疲惫的手抹了一下额头，"他们没有修筑工事坚守渡口，而是在长桥设了埋伏。"

"他们真蠢。"马雷克很激动地说，"没有工事，他们的渡口最多也就能守几天。我方又有两千援军预定明早出发，要是我马上跟他们一起进军的话——"

"我们黎明时就击败了敌人。"萨文纳说，"他们都死了：六千敌军。"

马雷克愣了一下，显然很吃惊：他没想到结果会是这样。他跟索利亚对视了一下，眉头微微皱起，好像并不想听到胜利的消息。"你们损失多少人？"他问。

"四千，还死了太多战马。我们打败了敌人。"萨文纳重复了一遍，他的声音哽住，瘫进椅子里。他脸上的水迹，并非全都是汗水。"马雷克，原谅我。马雷克，你哥哥死了。他们第一波伏兵杀死了他，在他去察看河边战场的时候。"

我从桌前退开，似乎这样就能避开那些话。楼上的小男孩，双手捧出宝剑的样子，我不会闯祸的，他的小圆脸向上仰视。这记忆刺痛着我，像刀割一样。

马雷克沉默了。他的脸上，更多的表情是震惊，难以置信。索利亚跟老将军又谈了几句，我几乎无法继续听他们谈话。最后，索利亚抬头，把一块厚布盖在镜子上。他转身面对马雷克。

那份震惊正在消退。"上帝为证，"马雷克过了一会儿说，"我宁愿

第二十四章
chapter 24

不要这样的结果，并不真的是这样。"索利亚只是侧了一下头，用闪亮的眼睛审视着他。"但毕竟，现在已经没有选择。"

"的确没有，"索利亚轻声表示同意，"正好，贵族们也都在赶来的路上：我们马上进行投票，确定王位继承人。"

我嘴里感觉到咸味：不知不觉我已经在哭。我后退出更多，握住门把手，上面凹凸不平，也刻着一只鹰头。我转动它，悄悄出门，再把它轻轻关上。我颤抖着站在走廊里。阿廖沙说的一直都对。陷阱一个接一个，早已布好，只是埋在厚厚的落叶下面，现在终于弹起，收紧。小小的种子，正把疯长的枝杈推出土壤。

陷阱，一个接一个。

突然之间，我已经在奔跑。我跑着，靴子踏在石板地上，经过震惊的仆人，以及所有窗户里透入的上午阳光。等我拐过弯，接近王储住所时，已经气喘吁吁。房门关着，但没有卫兵。一层薄薄的灰雾，从门下溢到走廊里。我把门推开时，感觉到门把手也是烫的。

床幔起火，地毯也被烧坏，卫兵们成了地上蜷缩的死尸。有十个人默不作声地围着阿廖沙。她被严重烧伤，半边盔甲都跟身体熔到了一起，但还在坚持战斗。在她身边，公主倒地身亡，用自己的身体挡住了一扇衣橱门。卡茜亚就在她的尸体旁边，她自己的衣服也被切开了十几处裂口，但皮肤上没有伤痕。她手握一把有缺口的剑，勇猛地对抗两个想要突破她的男人。

阿廖沙对抗所有其他敌人，她手握两把长刀，刀声狂啸，所到之处还拖着火焰的噼啪声。她把所有敌人砍得体无完肤，地板上到处都是血，他们却总不会倒下。那些人身穿罗斯亚军服，但他们的眼睛都泛绿，失魂落魄。整个房间里，充满了新鲜白桦树枝折断的气味。

无根之木
UPROOTED

　　我想要尖叫，想要哭泣。我想要一只手拖过全世界，抹掉这所有的一切。"胡尔瓦，"我说，两只手往前推，把魔力输送出去。"胡尔瓦。"我想起了阿廖沙把轻云一样的侵蚀从巴洛门生身上清除的办法。一缕缕黑烟从那些人身上冒出来，透过每一条割伤和刀痕。那烟透过窗户，被吹到外面的日光之下。然后他们就恢复成普通人类，伤到无法继续存活，一个接一个倒地。

　　面前的攻击者纷纷倒地，阿廖沙扭身甩出两把长刀，袭击想要杀死卡茜亚的两个男人。刀子深深刺入他们的后背，更多邪恶的黑烟从刀伤处涌出。他们倒地，一个，两个。

　　他们都死了之后，房间里静得让人发毛。衣橱折叶唧唧响起来，我吓了一跳。门被推开一条缝，卡茜亚转身去看，斯塔赛克从里面向外看，他看起来很害怕，一只手握着他的小宝剑。"别看。"卡茜亚说。她从衣橱里扯出一件斗篷，长长的大红天鹅绒斗篷。她用它遮住孩子们的头，把他俩都揽进怀里。"别看。"她说，让两人都紧贴在自己身上。

　　"妈妈。"小女孩说。

　　"别出声。"小男孩告诉她，自己的声音也在发抖。我双手捂住嘴，硬把一场痛哭塞了回去。

　　阿廖沙呼吸声沉重又吃力，血从她嘴唇间汩汩涌出，她瘫软在床边。我蹒跚上前，伸手要去扶她，但她示意我退开。她单手勾起，说了声"哈托"，将那把必杀之剑从空中取出。她把剑柄递给我。"不管黑森林里藏着什么，"她说，声音嘶哑虚弱，她的声带被火重创，"找到它，杀死它。别等到无可挽回再后悔。"

　　我接过剑，笨拙地举着它。阿廖沙放开剑的瞬间，就滑向地板。我跪在她身边。"我们必须去找柳巫。"我说。

第二十四章
chapter 24

她摇头，动作极小。"走。带孩子们离开这里，"她说，"城堡里不安全。**快走**。"她让自己的头靠在床上，双眼紧闭。她呼吸时，胸膛仅有微弱的起伏。

我站起来，浑身发抖。我知道她说的是对的。我能感觉到。国王，王储，现在是公主。黑森林打算杀死他们所有人，阿廖沙的好国王们；它还将杀死波尼亚所有的巫师。我看着那些身着罗斯亚军服的士兵尸体。马雷克又可以借此指责罗斯亚国，他本来就想要这样做。他将会戴上王冠，马上向东进军。等他耗尽了全国军力，屠杀了尽可能多的罗斯亚人之后，黑森林也将把他吞噬，让整个王国分崩离析，帝王血脉断绝。

我像是又回到了黑森林，在巨树的阴影之下，那种冷酷的、仇恨的力量监视着我。房间里短暂的沉默，只是它的临时喘息。石墙和阳光都不是屏障，黑森林的眼睛在注视着我们。黑森林，它就在此地。

第二十五章

　　我们裹上从死难卫兵身上解下的斗篷，快速逃走，衣角在我们背后的地板上留下血迹。我把阿廖沙的剑放回它奇特的待命空间，哈托咒语在这个世界打开了一道门，让我能把它放进去。卡茜亚抱着小女孩，我拉着斯塔赛克的手。我们走下一段哨塔楼梯，途经一处平台，走廊里有两个人在看我们，困惑地皱起眉头。我们快步下行，又绕过一圈，进入通往厨房的狭窄通道，这里有仆人来回奔忙。斯塔赛克想要挣脱我，自己回去。"我要我爸爸！"他说，声音在发抖，"我要马雷克叔叔！我们这是要去哪儿？"

　　我不知道，我只是在逃，我只知道我们必须离开此地。黑森林已经播下了太多种子，遍布我们周围。它们此前一直都在荒地里沉睡，现在全都开始结果。当邪魔在国王的城堡中生根，就再也没有任何地方是安全的。公主曾想带孩子们去她的父母家，北方海边的吉纳。*大海天生就能克制侵蚀。*阿廖沙曾经这样说。但吉纳也同样有树木生长，黑森林可以一直追赶孩子们到海边。

第二十五章
chapter 25

"去石塔。"我说。其实我没打算这样说。这句话从我口中说出来，就像斯塔赛克会那样喊叫一样。我想要萨坎书房里的那份宁静，他实验室里香料和硫黄的气味，那些封闭和狭窄的走廊，洁净的线条，还有那份空旷。石塔独自在群山下高高耸立着，黑森林在那里没有立足之地。"我们要去龙君的石塔。"

有些仆人在放慢速度看我们。楼梯上传来追赶的脚步声，有个威严的男人声音向下叫喊："你，下面那个！"

"抓紧我。"我告诉卡茜亚。我把两只手放在城堡的城墙上，低声念咒语让我们穿过，直接来到了厨房外的菜园里，一名惊呆的园丁从泥地上惊讶地跪直身体。我跑过几列菜豆架之间，斯塔赛克瞪大了眼睛跟在我后面跑，他被我们的恐惧感染；卡茜亚跑在我俩后面。我们到达厚厚的外层砖墙下，我又带大家穿过。身后城堡里的钟声响起，而我们踢起尘土一路向下猛跑，沿着陡峭的斜坡，冲向奔流的凡达鲁斯河。

城堡周围这一段，河水又深又急，远离城市，一路向东奔流。一只捕猎的鸟儿在高空翱翔，一只鹰盘旋在城堡上空：是索利亚在俯瞰我们吗？我从河岸边拔起一把芦苇，想不起任何咒语或者魔法：它们都从我脑子里消失了。我从自己斗篷上扯下一根线，把芦苇两端扎紧。我把那束芦苇扔到河岸边，一半在水里，对它抛出魔力。它变长，成了一艘顺长的轻舟，我们爬上去的同时，河水已经把它拖离岸边，带我们快速顺流漂走，船速极快，两侧不断跟岩石碰撞。我们身后传来喊叫声，卫兵出现在高处城墙上。

"趴下！"卡茜亚喊道，她把孩子们摁倒，用自己的身体护住他们。卫兵正在对我们放箭。其中一支刺穿了她的斗篷，击中她的后背。还有一支就落在我身旁，插在船帮上，箭杆剧烈晃动。我扯下箭尾上的

无根之木
UPROOTED

羽毛，把它们抛上头顶的天空。羽毛记得自己曾经是什么，马上变成了一大群鸟形的幻影，盘旋，歌唱，把我们挡住了一会儿。我扶住小船两侧，施放了亚嘎女巫的加速魔法。

我们向前急冲。一口气就把城堡和城市远远抛在后面，它们渐渐模糊，变得像小孩玩具一样小。再过一秒，它们消失在河流拐角后面。第三秒，我们撞在空无一人的河岸边，芦苇船在身边散架，把我们几个全都丢进了河水里。

我差点儿沉下去。我的衣服太重，一直把我往下拖，沉入混浊的河水，头顶光线渐暗。卡茜亚的裙子像云朵一样在我身边绽开。我扑腾着，试图浮出水面，盲目乱抓，发觉有一只小手伸向我：斯塔赛克把我的手放在一条树根上。我把自己拽出水面，咳嗽着，设法在水中站立起来。"涅什卡！"是卡茜亚在叫，她还抱着玛丽莎。

我们拖泥带水踏上满是污泥的河岸边，卡茜亚的脚每一步都陷得很深，在泥地上留下好多小坑，在她身后慢慢渗满水。我坐在湿漉漉的草地上，浑身颤抖，觉得体内魔力乱窜，无法控制，像要从我身上飞向四面八方。我们之前跑得太快了。我的心在狂跳，还在刚刚箭如雨下的状态中，还在逃命，而不是坐在宁静无人的河岸边，裙角带着泥巴，看水面昆虫踩在我们带出的波纹上。我在到处都是人和石墙的城堡里待了太久，河岸让我有一种不真实的感觉。

斯塔赛克坐在我旁边，也累成一摊，他严肃的小脸儿上一副迷茫的神情，玛丽莎爬到他旁边，靠在他身上。哥哥伸出胳膊揽住妹妹。卡茜亚坐在他们的另一侧。我很想躺下来睡上一整天，一星期，但马雷克知道我们逃往哪个方向，索利亚会派耳目沿河寻找我们的踪迹，我们没有时间可以浪费。

第二十五章
chapter 25

　　我用河岸边的泥巴捏成两头简易的公牛，给它们吹入一点儿生命力，还用树枝扎成一辆牛车。我们上路不到一小时，卡茜亚就看着后面叫我："涅什卡。"我把牛儿快速驱赶到树丛后面，远离大路。我们身后的大路上有飞尘扬起。我握住缰绳，公牛驯服地原地刨蹄，我们大气都不敢出。尘云高起，快到不自然。它越来越逼近，一小队红斗篷的骑手飞驰而过，手拿十字弩和出鞘的宝剑。马儿的四蹄上有魔法光芒，蹄铁踏在坚硬的路面上，像铃声一样清亮。这应该是阿廖沙锻造的作品，现在却被用来给黑森林效力。我一直等到飞尘淡出视线，才把牛车重新赶到大路上。

　　我们进入第一座市镇时，告示已经张贴出来。它们很简陋，匆匆画成：一张长长的公告，画着我的脸，还有卡茜亚的样子，被钉在教堂旁边的一棵树上。我以前从未想过被通缉意味着什么。看到城镇，我本来还挺高兴，想停下来买些吃的：我们饿得肚子疼。然而现在却只能用斗篷裹头，继续驱车前进，不敢跟任何人说话。我的两只手在缰绳上哆嗦，在镇上就一直没停过，但我们还算幸运。当天是赶集的日子，这个镇子又大，那么靠近大城市；本来就有不少陌生人，所以没有人特别注意我们，也没有人要求看我们的脸。出了城镇建筑群之后，我摇动缰绳催着牛儿快走，加速，直到居民区被远远抛在后面。

　　我们又有两次不得不离开大路，都是成群的骑兵飞驰而过。隔了好长时间后，那天傍晚又有一次，这回是另一位身穿红袍的皇家信使，从我们对面赶来，快速驰回克拉里亚，蹄铁上的魔力之光在夜色下愈加明亮。他急着赶路，没看到我们。我们只是篱笆墙后的一团黑影。躲藏期间，我看到身后有个黑暗的方形：是一座无人农舍开着的前门，被这一带的树木掩住大半。卡茜亚牵牛，我在杂草丛生的荒废菜园里寻找，找

无根之木
UPROOTED

到几颗晚熟的草莓、几根老萝卜、几棵圆葱，还有些菜豆。我们把大多数食物给了孩子们，他们吃完睡着，我们继续赶车上路。至少，我们的牛不用吃草也不必休息，它们是泥巴做的。它们可以继续赶路，整晚不休息。

卡茜亚爬到车夫位置，跟我坐在一起。好多星星突然就冒了出来，广阔幽暗的天空，离一切生灵都那么遥远。空气凉爽宁静，太宁静。车子并不会嘎吱作响，牛儿也不会喘气或者喷响鼻。"你没有试过给他们的父亲传递消息。"卡茜亚小声说。

我盯着前面，看向黑沉沉的路途。"他也死了。"我说，"中了罗斯亚人的埋伏。"

卡茜亚小心地握住我的手，我们彼此倚靠着，牛车继续摇摇晃晃向前走。过了一会儿，她说："公主就死在我身边。她把孩子们放进衣橱里，就站在门口挡住。他们捅了她好多刀，而她还是一次次站起来，挡在门前。"她的声音在颤抖，"涅什卡，你能不能给我做一把刀？"

我并不想这样做。当然，合理的办法是给她一把刀，万一我们被追上用得着。我并不为她担心：如果打起来，卡茜亚还是挺安全的，刀剑对她的皮肤没有影响，羽箭也只会弹开。如果她手里有刀剑，却极度危险可怕。她根本就不需要盾牌，也不用盔甲，甚至都不用动脑思考。她可以直接闯入战场上的士兵队列里，像割麦子一样收割敌人，稳定又有节奏。我想起了阿廖沙的剑，那把奇怪又饥渴的、杀气腾腾的怪东西。它被收在魔法口袋里，但我还能感觉得到它的重量压在我的背上。卡茜亚也会像那把剑，杀意难平，但她可不是只能使用一次。我不想让她被迫做这种事，我不想让她需要一把刀。

但这样的想法并没有什么用。我解下我的皮带针扣，她也把她的交

第二十五章
chapter 25

给我。我又把我们皮带和鞋子上的金属扣眼全都抠出来，连同斗篷上的别针，又从途经的树上折下一根枝条，把所有这些放到我的裙子上。卡茜亚驾车的同时，我让所有这些东西变直，变锋利，变强韧。我给它们唱七勇士之歌，而它们在我腿上静静听着，然后长到一起，变成一把弯刀，一侧有锋利的刀刃，样子更像是厨房用刀，而不是武士的利剑，只有小而亮的钢铁护手，裹住木质剑柄。卡茜亚拿起它，试了试重量和平衡性，她点了一下头，把它放在位子下面。

我们在路上走了三天，山影每天都在扩大，在远方给我们带来安慰。两头公牛倒是走得挺快，但每次有骑兵经过，我们还是得躲到篱笆、小山或者荒村后面，而他们总是接连不断地出现。一开始，每次成功躲过这些人的时候我还挺高兴，我被惊恐和释然的情绪主宰，没空去想更多。但有一次，当我们从篱笆上面探出头，看尘云在前方消失时，卡茜亚说："他们一直不断地来。"我这才觉得心里一凉，意识到这一路经过的骑兵太多，不可能仅仅是传递信息，让各地追捕我们而已。他们还有其他任务。

如果马雷克已经下令将山口封闭，如果他的手下已经封锁石塔，如果他们已经去缉拿萨坎本人，趁他一心在扎托切克抵抗黑森林时突然从背后袭击，抓住他的话——

我们别无选择，只能继续赶路，群山不再让我感到安慰，不知道山那边有什么等着我们。接近山脚，道路开始变成上坡，卡茜亚整天都坐在后面，跟孩子们在一起。她一只手抚着斗篷下面的剑。太阳升高，温暖的金色阳光洒在她脸上。她看上去淡然又怪异，冷静到不像人类。

我们到了一座小山顶上，能看到黄沼泽地区的最后一个十字路口，

无根之木
UPROOTED

路边有一眼水井，配有一副辘轳。前路空旷无人，尽管道路两侧有很多脚印，人马的都有。我猜不出这些只是平常行人，还是意味着别的什么。卡茜亚给我们打了几桶水，用来喝，用来洗脏兮兮的脸，然后我新和了一些泥巴，修补两头牛：它们走了一天之后，身体多处开裂。斯塔赛克默不作声地给我拿来沾有泥巴的青草。

我们尽可能温柔地跟孩子们说了他们父亲的遭遇。玛丽莎并不完全懂，只是听了很害怕。她几次问起妈妈。现在，她几乎时时刻刻都拽着卡茜亚的裙子，像比她更小的孩子，而且一刻不能离开她。斯塔赛克却懂得太多。他默默听完那消息，后来问我："马雷克叔叔是不是想要杀了我们两个？我不是小孩子了。"他看着我的脸，就好像在他问了那样的问题之后，还用说他不是小孩一样。

"没有。"我吃力地这样说，尽管自己也喉咙发紧，"他只是让黑森林控制了自己。"

我不知斯塔赛克是否相信我，之后他一直很少说话。他对玛丽莎很有耐心，小姑娘也总是缠着他；力所能及的时候，他也很愿意帮我们，但他几乎什么都没再说过。

"阿格涅什卡。"他叫我，在我刚刚修补完第二条公牛的后腿，想要洗掉手上的泥巴时。我扭头朝他看的方向遥望。从这个位置，我们能看到后方很远，好多英里。在西方，有一道浓浓的烟尘在大路上空腾起。它看似在动，在我们看着的同时还在逼近。卡茜亚抱起玛丽莎。我手搭在眼睛上方，眯起眼睛，想在强光下看清楚。

那是一大群士兵在行军：好几千人。前方是高高的枪林在闪着寒光，中间夹杂着马背上的骑手和一面红白两色大旗。我看到一匹栗色马打头，一个穿着银色凯甲的人坐在它背上；旁边是一匹灰马，骑手身披

第二十五章
chapter 25

白色斗篷——

整个世界倾斜，变窄，一下子扑到我面前。索利亚的脸突然跳出来，极为清晰：他正盯着我看。我特别用力地把头甩开，以至于摔倒在地。"涅什卡？"卡茜亚问。

"快跑。"我喘息着爬起来，推着斯塔赛克跑向牛车后面。"他看见我了。"

我们驾车进山。我想要估计清楚身后的军队还有多远。要是公牛们能走得更快，我甚至会鞭打它们，但它们已经是最快速度了。路上到处是碎石，狭窄崎岖，它们的腿开始干裂，泥巴迅速剥落。这里再没有更多泥巴可以修复它们，就算我们能停下来。我不敢用加速咒语：下次转弯之后的路根本就看不到。要是前面有人怎么办？我们可能正好扑进伏兵中间，更糟糕的，要是掉下峡谷呢？

我们左边的公牛突然向前栽倒，它有一条腿彻底碎裂，牛儿撞在岩石上，成了一堆泥土。第二头拉着我们又走了一段，然后就在两步之间散架。车子向前倒，失去平衡，我们都被狠狠摔了个屁股蹲儿，落在一丛树枝和干草上。

我们这时深入山区，树木憔悴矮小，崎岖的山路两边是高耸的山峰。我们向后看不到多远，不知道军队距离有多近。通常来说，步行穿越山口需要一整天。卡茜亚抱起玛丽莎，斯塔赛克站起来，坚忍地走在我身边，毫无怨言地跟着我们加快脚步，大家都是两脚酸痛，喉咙被稀薄的空气刺得生疼。

我们在一处突出的山脊停下来喘息，旁边有一条夏天的溪流，刚好够用手接几口水给大家喝，而就在我直起腰时，一声聒噪的怪叫吓得我跳了起来。一只羽毛光滑的黑乌鸦落在岩缝里的枯树上，直勾勾地看着

无根之木
UPROOTED

我。它又怪叫了一声，特别响。

我们逃跑路上，这只乌鸦一直跟着，从树枝跳上岩石，再跳上岩石。我对它扔了一块石头，想把它赶走。它只是跳到一边，继续怪叫，特别讨厌的那种得意叫声。往前走一段之后，它又多了两个同伴。这段路沿着山脊蛇行，两边是绿草茵茵的缓坡，再往下才是陡坡。

我们一直向前跑。前方道路分岔，一座山向左远离，在它右侧留下让人眩晕的悬崖。也许我们已经过了最高处，但我无法放慢脚步，留出足够的时间考虑路线选择，我几乎是在拖着斯塔赛克跑。在我们后面某处，我听到有马儿嘶鸣：就像它失足摔落，因为在狭窄山路上跑太快而栽下了山坡。乌鸦们飞上高空，盘旋着，看有没有什么可吃的。只剩下一直跟随我们的那一只，还在继续跳来跳去，它明亮的眼睛一直盯着我们。

空气稀薄，我们挣扎着边跑边喘。日影渐渐西斜。

"站住！"有人在我们后面某处大叫，一支羽箭落下来，撞击在我们头顶的岩石上。卡茜亚停住，等我赶上时，她把玛丽莎塞进我怀里，自己断后。斯塔赛克惊恐地回头看了我一眼。

"继续跑！"我说，"继续跑，直到你看见那座高塔！"斯塔赛克埋头向前猛跑，跟山路一起消失在巨石后面。我把玛丽莎抱得高一些，紧贴自己的身体，她也死死搂住我的脖子，两条腿夹着我的腰，我们就这样一起追男孩。那些马儿如此接近，我们能听到它们的蹄铁踏上碎石的声响。

"我能看到它了！"斯塔赛克在前方高处喊。

"抱紧了。"我告诉玛丽莎，以最快的速度向前跑，她的身体跟我的不断撞击。她把小脸儿紧贴在我肩上，不说话。斯塔赛克紧张地回头

第二十五章
chapter 25

看，我气喘吁吁地转过弯，他当时站在山体一侧突出的平台上，这儿宽敞得几乎可以称作一片草地了。我两条腿的力量耗尽，栽倒在草丛里，勉强让两膝支撑了足够长的时间，能把玛丽莎放下，而不是直接砸在身体下面。我们到了大山南麓。在我们下方，大路继续蛇行往复，直到奥尔申卡。

而就在市镇另一端，西山脚下，阳光下闪耀光芒的就是龙君的石塔，还很小，很遥远。它被一群士兵围绕，一小支军队，全都穿着黄色外袍。我绝望地看着他们。他们冲进去了吗？石塔大门还是关着的；窗户里也没有冒烟。我不想相信石塔已经陷落。我想要大喊萨坎的名字，我想要让自己飞过广阔的空间。我吃力地重新站起来。

卡茜亚停在了我们身后的窄路上。见到有骑兵转弯出现，她拔出我给她的那把刀。马雷克跟这帮人一起，在最前面；他的马刺鲜血淋漓，长剑出鞘，露出一嘴凶恶的白牙。他的栗色马直冲过来，但卡茜亚没有退避。她的头发飞散开来，在风里飘着。她两脚叉开，挡住山道，刀锋向前直指，马雷克不得不掉转马头，以免直接撞在刀尖上。

他止住马儿，在小道上掉转马头的同时，剑向卡茜亚劈下去。卡茜亚接住这一下，用蛮力把它挡开。她硬是将剑从马雷克手里磕飞。剑掉在路边，落下陡坡，带着一波碎石和尘土消失在山下。

"拿长矛来！"马雷克在叫，一名士兵把一支长矛抛给他。他掉转马头的同时轻松接住。他把长矛放低，缓缓转了一个大圈，险些划到卡茜亚的脸。她不得不向后跳开：如果对方能把她推下山路，她的强大力量就没了用处。她试图抓住长矛，但马雷克往回收的速度太快。他立即催马上前，扯动缰绳，令它人立起来，铁掌的马蹄不断向卡茜亚头上蹬踏。马雷克在迫使她后退：只要能让卡茜亚退到道路宽阔之处，他和其

无根之木
UPROOTED

他士兵就可以包围她。他们也就可以绕过她身旁来抓我们，抓孩子们。

我吃力地回想龙君的咒语，转移咒。瓦里苏和佐金纳斯，就在试图拼凑咒语的同时，我已经感觉到它们不会成功。我们还没进入山谷，那条路还没对我们敞开。

我感到头晕，因为空气稀薄和绝望。斯塔赛克扶起玛丽莎，正紧紧抱着她。我闭上眼睛，念出幻象咒：我召唤出萨坎的书房，书架在我们周围光秃秃的岩石间出现，鎏金书脊，还有老旧皮鞋的气味，笼子里的发条鸟，俯瞰整座绿色山谷的窗户，窗外那条弯弯的河流，我甚至在幻象中看到了我们自己：山坡上小的像蚂蚁一样的人形，仍在移动。马雷克身后的山道上有二十多个士兵：要是他能冲到宽一点儿的路上，这些士兵就可以向我们冲过来。

我明知龙君不在书房；他在更远的东面，在扎托切克，在黑森林中浅淡的烟柱腾起的地方。但我还是把他放在了书房里，在书桌旁，他棱角分明的脸庞被永不熔化的烛焰照亮。他看着我，还是那副有点儿烦、有点儿困惑的表情：你这次又在搞什么？

"救我！"我对他喊，然后推了一下斯塔赛克。龙君本能地伸开双臂，孩子们一起跌入他的怀里，斯塔赛克叫了一声，我看到他瞪大眼睛仰面看着龙君，萨坎也吃惊地低头看着他。

我向后转身，一半在书房，一半在山中。"卡茜亚！"我大叫。

"快跑！"她大声对我喊。马雷克身后的一名士兵能清清楚楚地看到我，也能看见我身后的书房，他摘下背上的一张弓，搭上箭，正在瞄准。

卡茜亚避过长矛，蹲下来向马雷克的马儿直冲过去，两只手按住它的胸膛，用蛮力把那匹马硬往后推。马儿尖声嘶鸣，人立起来，用后腿向后跳，前腿踢她。马雷克也踢，踢得她下巴仰起，马雷克把枪杆向下，插在两人之间，别到她脚踝后面。他现在两只手都握着枪杆，早就丢开了缰绳，但还是能神奇地让马儿按他的意愿行动。那畜生转体，他同时握住枪杆拧身一挑，把卡茜亚的身体弹到空中。马儿的后腿正面踢中她，她蹒跚后退到山路边，马雷克又快速用力一推。卡茜亚向后倒去：她甚至没有时间惊叫，只在惊慌中说了一句"哦！"就不见了，手拽断了路边的一丛青草。

"卡茜亚！"我惊叫。马雷克转身朝向我。弓箭手射出那支箭；弓弦弹响。

两只手抓住我的肩膀，抓得好紧，是那股熟悉的、出人意料的强大力量。那双手把我向后拖走。书房的墙壁一下子涌到我周围，在那支箭即将穿入之前关闭。风的轻吟声，冷冽的空气，从我的皮肤表面消失。我转过身，呆呆地看着：萨坎就在面前；他就在我身边，是他把我拖回来的。

他的手还在我肩上，我被他抱在怀里。我惊魂未定，心里有上千个问题，但他放开手，后退一步，我才意识到我们周围还有别人。桌子上有张打开的山谷地图，还有个大块头、宽肩膀、胡子比脑袋还长的人，身穿锁链甲和黄罩衫，站在桌子另一端，目瞪口呆地看着我们，他身后还有四个披坚执锐的人，手握剑柄。

"卡茜亚！"玛丽莎正在斯塔赛克怀里哭，想要摆脱他的掌控，"我要卡茜亚！"

我也想要卡茜亚。想到刚才看她跌下山坡，我就浑身发抖。她能掉下多远距离不受伤啊？我跑到窗前。我们距离很远，但我还是能看见她掉落的地方腾起的烟尘，像一条沿着山坡画下的线。她成了山路上一

无根之木
UPROOTED

个小小的深色点，棕色斗篷，金色头发，在她掉落之地下方足足一百英尺。我试图恢复理智，还有魔力，但两腿累得发抖。

"不行。"萨坎说着来到我身边，"停下。我不知道你是怎么完成这些里面的任何一步的，等我搞清楚，估计会更震惊。但在过去一小时，你的魔法严重透支。"他用一根手指对准窗外卡茜亚蜷缩起来的身体，双眼收紧。"图阿利代塔。"他念道，单手握拳，迅速回缩，用手指了下地板空处。

卡茜亚在他指的地方凭空出现，摔在地板上，带来一波棕色尘土。她翻滚了一下，迅速站起来，只是有点儿摇晃。她双臂有些血痕，但还握着她的刀。她看了一眼房间对面全副武装的人，抓住斯塔赛克的肩膀。她把男孩拖到自己身后，横握弯刀，像一道护栏那样挡在身前。"安静，玛丽苏[1]。"她说着，单手迅速摸了下玛丽莎的脸颊，让她安静，小女孩正想让她抱。

那个大块头此前一直在呆看，这时突然叫起来："我的好上帝，萨坎，这个是小王子啊。"

"是哦，我猜也是。"萨坎说。他听起来像是松了一口气。我瞪着他，还有点儿不太相信他就在眼前。他比我上次见时更瘦了，几乎跟我一样邋遢。两腮跟脖子上都有烟灰，还在他全身留下一层细细的灰印，足以在他衬衫敞开处显出一道黑线，把干净和脏分分的皮肤分开。他身穿一件样式粗糙的长皮衣，前襟敞开，衣袖和袍角都被烧焦，上上下下布满了焦痕。他看上去像是刚刚烧完黑森林回来；我不知道是不是自己把他从远处召唤了回来，用我的魔法。

---

[1] 卡茜亚对小女孩的昵称。

第二十五章
chapter 25

斯塔赛克从卡茜亚身后窥探，然后说："弗拉基米尔男爵吗？"他把怀里的玛丽莎抱得更高一点儿，保护着她，一边看看萨坎。"你就是龙君吗？"他问话时，幼小高亢的声音显得有些颤抖，带着猜疑，就像他觉得自己的样子与身份不符一样。"阿格涅什卡带我们来这里，来保证我们的安全。"他说，对这一点更没把握的样子。

"她当然是想这样做。"萨坎看着窗外说。马雷克和他的部下已经在乘马下山坡，人可是不少。长长的军队正在穿过山口出来，他们脚下踢起的尘土被夕阳染成金黄，雾一样飘向奥尔申卡。

龙君回头看着我。"好吧，"他讽刺地说，"你还真的带回了更多士兵呢。"

第二十六章

　　"他一定是把波尼亚南部能拉来的所有士兵都带来了。"黄沼泽的男爵说，他在研究马雷克的军队。他是个大块头，强壮而不臃肿的男人，穿盔甲像穿布衣一样轻松。这副样子要是出现在我们村的酒馆里，也不会显得突兀。

　　他当时刚接到去王城参加国王葬礼的召唤令，马雷克魔法加速过的使者就已经赶到，告诉他王储也死了，还传达了王子的命令：跨过山口，以入魔和叛逆之罪逮捕萨坎，然后设下埋伏，捉拿我和孩子们。男爵点头称是，下令集结他的士兵，等使者一走，他就带了士兵跨过山口，径直找到萨坎，告诉他王城一定有某种邪魔作祟。

　　随后他们一起返回石塔，下面扎营的就是他的士兵，他们正在仓促准备防御工事。"但我们最多也就能守一天，敌方兵力太强。"男爵说，拇指点了下窗外正从山坡拥下的那群人，"所以，你最好还有什么大绝招没有使出来。我之前告诉我妻子，让她写信给马雷克，说我一定是中了邪，神志不清，希望王子不会砍掉她和孩子们的头，但我自己的头，也是保存在原位比较好。”

“他们能把大门撞开吗？”我问。

“如果他们尝试足够长的时间。”萨坎说，“其实要是持续攻击，墙也可以破坏掉。”萨坎指着两辆从山上隆隆驶来的大车，上面是攻城炮的长炮管，“魔法不可能在炮火下支撑太久。”

他转身不再看向窗外。“你知道我们已经输了。”他毫不遮掩地对我说，“我们每杀死一个人，每浪费一种魔法或魔药，都对黑森林有利。我们或许可以带孩子们去找他们妈妈的家人，在北方重新布防，围绕吉纳城——”

他说的这些，其实我早就想到过。即便在我往回逃的路上，也知道自己像只小鸟，是在飞回已经着火的鸟巢。“不对。”我说。

“听我说，”他说，“我知道你的心还在这座山谷里，我知道你舍不得离开它——”

“因为我跟它之间存在一条纽带吗？”我毫不客气地问，“我，还有其他那些被你选中的女孩？”我是突然掉进他书房的，后面有一整支军队追赶，面前还有半打外人在场，没有时间好好谈话，但我并没有原谅他。我想要单独面对他，好好收拾他，直到逼问出真相，然后还要再好好收拾他一番。他不再说话，我迫使自己把炙热的怒火抛在一边。我知道现在不是发火的时候。

“但那个，跟我们目前的状况无关。”我换掉话题，“黑森林可以深入到克拉里亚的国王城堡，距离这里足有一星期路程的地方。你以为我们还能把孩子带到黑森林无法触及的地方吗？在这里，至少我们还有一丝取胜的可能。但如果我们逃走，就会让黑森林夺占整个山谷，我们再也不可能有地方召集士兵，一直打到它的心脏地带。”

无根之木
UPROOTED

"不幸的是，"他尖刻地指出，"我们眼前的这支军队，武器指错了方向。"

"那我们就来说服马雷克掉转矛头。"我说。

卡茜亚和我带孩子们下到地下室，那里是最安全的地方，我们用稻草和衣柜里取来的备用毯子，给他们搭了一个地铺。厨房里存放的食材都不会过期，我们逃了一整天之后，都饿坏了，甚至连忧愁都不能破坏我们的食欲。我从后面冷库里取来一只兔子，加了些胡萝卜、干荞麦粒和水，对它施放利伦塔勒姆魔法，让它至少能吃。我们头碰头地狼吞虎咽，连碗也用不着，孩子们吃完之后，几乎是马上睡倒，蜷缩在一起，他们是真累坏了。"我留下来陪他们。"卡茜亚说着坐在铺位旁边。她把无鞘的刀放在身边，一只手抚摩玛丽莎睡着了的小脑袋。我在一个大碗里揉了一个生面团，材料就是谷粉和一点点盐，把它拿到楼上书房。

外面，士兵搭起了马雷克的营帐——一座白色大帐篷，前面地上竖了两盏魔法灯。蓝色灯光让白色篷布发出非人间的光彩，整个帐篷像是从天上掉下来的一样，我觉得这可能就是他们的设计意图。国王的旗帜在最高的旗杆上飘扬，戴王冠的红鹰张开尖嘴，伸出利爪。太阳即将落下，西山的顾长影子即将吞没整条山谷。

一名传令官走出营帐，站在两盏魔灯之间，煞有介事，身着一套白军装，项上挂一根帮助履行职能的金链。这又是雷戈斯托克的作品了：它把传令官的声音直喷到石塔墙面上，像正义的号角一样威严雄壮。这人正在列数我们的诸般罪名：效忠邪魔，叛国，谋杀国王，谋杀玛戈扎塔公主，谋杀巴洛神父，与叛国者阿廖沙勾结，拐走凯什米尔·斯坦尼斯拉夫·埃哲顿王子和瑞吉林达·玛丽亚·埃哲顿公主——我愣了一会儿，才意识到他们说的是斯塔赛克和玛丽莎——跟波尼亚国的敌人勾结，如此等等。我很高兴听他们称阿廖沙为叛国者，也许这意味着她还活着。

罪状列述完毕，然后是要求我们交还小孩子们，立刻投降。之后，传令官停下来，喘口气，喝口水；又来了一遍，还是同一套陈词滥调。男爵的士兵不安地在塔下打转，时不时侧目看向我们所在的窗户。

"是哦，马雷克还挺有说服力的。"萨坎进屋的时候说。他喉咙、手背，还有额头上都有隐约的油脂痕迹：之前他在实验室调配了几种可以让人昏睡和失去部分记忆的药物。"你弄那个东西干什么？如果你想让马雷克吃下毒面包的话，我感觉行不通。"

我把我的生面团拖出来，放在长桌的大理石表面。我脑子里隐约想起了制作那两头公牛的事，我是怎么让它们活起来的。它们后来的确散架了，但它们只是用泥巴做的。"你有没有沙子？"我问，"或许再来一些铁屑？"

传令官在外面喋喋不休的同时，我把铁屑和沙子揉进我的面团里。萨坎坐在我对面，用笔写出一长串制造幻象和沮丧情绪的魔法，参考了他的多部藏书。一个沙漏放在我俩之间，给在楼下的魔药制作计时；男爵手下的几个士兵闷闷不乐地在旁边等他，这几位站在房间一角，不停在两脚之间倒换重心。萨坎正好在最后几粒沙子掉落时停笔，时间分毫不差。"好了，跟我走。"他招呼那几个人，让他们带着药瓶下楼，带他们去了实验室。

我一边揉面，一边唱我妈妈烤面包的歌谣，按着固定的节奏一遍又一遍重复。我想起了阿廖沙，一次又一次锻造她的魔法剑，每次都给它加入更多魔法。

无根之木
UPROOTED

　　等到我的面团柔韧平滑，我扯下一小块，双手把它搓成一座哨塔形状，放在桌子中央，在一侧加上面团，做成我们身后那道群山屏障的形状。

　　萨坎回到房间里，看着我的作品皱起眉头。"模型挺可爱，"他说，"我想孩子们一定会喜欢。"

　　"过来帮我。"我说。我用软面团捏出一圈城墙环绕哨塔，开始对它吟诵一段土系咒语：弗梅代斯，弗米斯塔，用同样的节奏一遍一遍念诵。我在更外围又捏了一层城墙，然后加了第三层；我一直在对面团轻轻哼唱。一阵低沉的呼啸声，像强风吹过树木，从窗外传来，连我们脚下的地板也在轻轻晃动：那是土壤和岩石，正在渐渐觉醒。

　　萨坎在看，又延长了一会儿皱眉时间。我感觉到他的眼睛一直在背后盯着我。我想起了上次我们在这个房间一起施法的情形：玫瑰和尖刺在我们之间不停地涌出来。我想要，又不想要他的帮助。我想要继续对他生气一小段时间，但我更想要感觉到我们之间的那份纽带。我想要触碰他，想要感受他的魔法给我的手背带来的清爽刺痛。我低着头，继续忙碌。

　　他转身去了一间储藏室，带回一小抽屉碎石片，它们大小各异，看起来跟石塔的灰色大理石完全一样。他把这些石片收集起来，用他的长手指把它们按入我建成的围墙里。他一边忙碌，一边念诵一通修复咒，这是用来填补裂缝、修复石墙的。他的魔法透过黏土团的面团传来，跟我的魔法泾渭分明，接触时放出明艳的光彩。他把石头引入了魔咒，给围墙增加了根基，把我和我的魔法成果一起提升：就像给我提高了起点，让我能把城墙修到空气清新的高处去。

　　我把他的魔力引入我的法术中，双手抚过围墙，我的吟唱仍在他的

第二十六章
chapter 26

咒语陪伴下继续。我快速看了他一眼。他低头看着面团，极力保持皱眉的样子，与此同时，却兴奋得脸泛红潮，他把强烈的无色光芒导引到复杂的咒语中去：他开心，同时也烦躁，因为他在努力不开心。

外面，太阳已经落下。微弱的蓝紫色光闪在面团表层，像坛子里的烈酒在燃烧。在房间中浅淡的暮色里，我只能勉强分辨出来。然后，魔法能力突然加快运行，像干柴上腾起烈火。当时有一次悸动，一次魔法疾流的喷涌，但这次，萨坎做好了应对溃坝风险的准备。就在魔力涌现的同时，他突然远离我。我的本能反应是追上他，但随即反应过来，我将魔力回收。我们各自回到自己的皮囊里，而不是用魔力将彼此吞没。

窗外传来咔嚓声，像冬天冰层的破裂，然后就是人们的惊叫声。我快步跑过萨坎面前去看，感觉自己脸颊发热。马雷克帐前的魔法灯起起伏伏，就像巨浪中的船灯。地面像波涛一样涌动。

男爵的手下纷纷快速后退，靠到石塔外墙上。他们薄弱的防御工事正在倒塌——那不过是大家收集来的成捆木柴而已。在魔法灯光下，我看见马雷克从他的帐篷里弯腰出来，头发和盔甲闪闪发光，一根金链——传令官戴过的金链——握在铁拳里。他后面是一大帮狼狈逃窜的士兵和奴仆：整个中军帐都在倒塌。"扑灭火炬和篝火！"马雷克大吼，他的声音响亮得反常。周围的土地都在呻吟，低吼，发出抱怨一样的声音。

索利亚也跟其他人一样从帐篷里出来。他把一根魔法灯柱从地上拔起，举高，嘴里尖声喊了句什么，让它亮度增强。石塔和敌营之间的土地都在涌动，拱起，像某种懒惰的巨兽正在抱怨着站起来。石块和泥土开始自动堆砌成三层高墙环绕石塔，由新开采的石块组成，其表面布满白色纹路，边缘呈锯齿状。马雷克不得不下令部下赶紧把大炮向后推

无根之木
UPROOTED

移，升起的高墙正在抽走他们脚下的土地。

大地终于平静下来，像长出一口气。最后几波震荡从石塔向周围扩散，像波纹一样消失。灰尘和卵石从新砌的墙上跌落，像一场小雨。魔灯下，马雷克的脸困惑又愤怒。有一会儿他直勾勾地看着我，眼里像能喷出火；我也马上回敬他。但萨坎把我从窗前拉开了。

我气呼呼地面对着他，一生气就忘了尴尬。他说："你把马雷克惹急了的话，他就更不会听从劝告了。"

我们站得非常近。萨坎跟我同时意识到这一点。他突兀地放开我，向后退开。他左顾右盼，抬起手背抹了一下额头。萨坎说："我们最好下去告诉弗拉基米尔，让他不必担心，我们并没打算把他和他的全体手下埋入地底。"

"你们本应该提前警告我们一声。"我们出来时，男爵干巴巴地说，"但我不会抱怨太多，我们可以让王子因为这些城墙付出代价，高昂到他无法承担——只要我们能在城墙之间自由移动就好。那些尖石头把我们的绳索也给割断了，我们需要一条通道。"

他想让我们造出两条隧道，分别在围墙彼此相对的两端，这样，他就可以迫使马雷克每突破一道城墙，都要绕个大圈才能攻击下一层。萨坎和我先去了北侧开工。士兵们借着火把的光芒，在城墙上布设枪矛，让锋利的矛尖朝上。他们还在枪杆上挂起斗篷，搭出晚上可以过夜的帐篷。少数几个人坐在小小的营火旁，用开水泡肉干，搅动锅里的荞麦来煮粥。他们会从我们的通道快速闪开，甚至不用我们开口说话，显然有些害怕。萨坎好像一点儿都没有觉察，我却情不自禁觉得难过，怪异，有愧。

第二十六章
chapter 26

有一名士兵是跟我同龄的男孩，正在用一块磨石灵巧地磨枪尖：每支磨六下，快到足够给两名战友拿去摆到城墙上。他一定是对这件事相当投入，才会做到如此熟练。他并没有显得郁闷或者难过，他是自己选择了士兵的生活。也许他的故事是这样开始的：从前有个寡妇妈妈，她有一个男孩和比他更小的三个妹妹。同一条巷子里还住了一个女孩，她每天赶着父亲的羊群去草场放牧时，总会朝着寡妇家的男孩微笑。于是他把参军的第一笔饷钱交给妈妈，出发去外面的世界做一番事业。他很勤劳，想要很快升职成士官，那之后就做一名少尉，然后他会穿上漂亮的军官制服，把银币交到他妈妈手里，向那个微笑的女孩求婚。

但或许他会丢掉一条腿，满腹悲戚和怨怼地回到家乡，发现她嫁给了一个擅长种地的男人；或许他会借酒浇愁，试图忘记自己为了飞黄腾达而杀人的可怕往事。那样也是个故事，他们每个人都有故事。他们都有妈妈或者爸爸，姐妹或者爱人。他们在这个世界上并非孤身一人，并不是毫无牵挂。把他们像钱包里的零钱一样随意对待，实在是非常不对的。我想要去跟那个男孩聊聊，问他叫什么名字，了解他真实的人生故事，但那也是一种不诚实，只是为了让自己好受一点儿罢了。我感觉，士兵们完全知道，我们就是在算计他们的命——伤亡这么多可以接受，那么多的话，代价就过于高昂，就像每个人都不是完整的似的。

萨坎哼了一声："你到他们中间问问题，对他们又有什么益处呢？你可以知道这人来自德博纳，那人的父亲是个裁缝，还有一个是三个孩子的爸爸，那又怎样？对他们更有帮助的，是你建起一堵围墙，让马雷克的士兵明天无法杀死他们。"

"对他们更有帮助的，其实是让马雷克根本就不要尝试进攻。"我说，因为他不肯理解我而觉得烦躁。我们仅有的，能迫使马雷克谈判的办法，的确就是让攻陷城墙的代价过于高昂，让他不肯付出这个代价。但这还是让我生气，对他、对男爵、对萨坎、对我自己。"你有家人在世吗？"我突然问。

"我说不好，"萨坎回答，"我在瓦萨城第一次放火时，还是个三岁的乞丐，当时是冬天，我只想暖和一点儿。他把我们赶到首都之前，并没有费心找出我的家人。"他说得很平淡，就像他根本不在乎，完全可以跟全世界没有任何关联。"不必对我表示同情，"他补充说，"那都是一百五十年前了，其间有五位国王咽气——不对，六位。"他修正说，"过来，帮我找个缺口开隧道。"

那时天已经全黑，除了用摸的，没什么其他找缺口的办法了。我把一只手放在墙上，几乎马上缩了回来。我手指下的石头嘟囔的声音好奇怪，像一群低嗓门的人在各抒己见。我细听，我们刚刚翻出来的，远不只是简单的岩石和土壤，还有刻字的石板碎块破土而出，那是古老的失落之塔残留的骨架。有些地方刻有古老文字，模糊，近乎被抹平，尽管看不清，但还是能被感觉到。我把两只手拿开，把它们互搓了几下。我的手指感觉满是灰尘，干巴巴的。

"他们早已消失。"萨坎说，但那回音仍在。黑森林推倒了最后一座高塔；黑森林吞噬或者驱逐了所有那些人民。也许他们的经历也跟我们一样，也许他们的心灵也被扭曲，成了同类相残的武器，直到所有人都战死，而黑森林的根就可以静静爬过他们的尸体。

我把两只手放在石头上。萨坎在墙上找到了一条窄窄的裂痕，勉强能伸进手指尖。我们扳住它，反向用力，"弗梅代斯。"我念道，他也用了一种开启咒，在我们之间，那裂缝无声地扩大，像摔在石板地上的瓷盘，翻涌的卵石像瀑布一样喷出。

第二十六章
chapter 26

士兵用他们的头盔和铁护手掘出松动的石块，我们把裂缝进一步扩大。等我们完成后，隧道正好宽大到足以容纳一个全身盔甲的人穿过，如果他弯下腰的话。隧道里，时不时有银蓝色的字母在暗中发光。我尽快穿过这条老鼠洞一样的通道，尽可能不去看那些字母。士兵开始在我们身后挖掘防御壕沟，而我们绕过长长的曲线形围墙，到南端去开通第二条隧道。

等我们完成第二条通道，马雷克的人开始尝试进攻外墙，还不是那么投入：他们在抛射浸了灯油并点燃的破布，还有小小的铁蒺藜球，浑身尖刺的那种。但这样的进攻几乎让男爵的手下更开心了一些。他们不再用看毒蛇一样的眼光看我跟萨坎，而是开始自信地喊出命令，做各种守城准备，他们显然都很熟悉这类事务。

在他们中间并没有我们俩的位置；我们只会碍事而已。我最终也没有尝试跟任何人攀谈，我默默地跟在龙君身后，返回高塔。

他把我们身后的大门关闭，巨大门闩落入铁箍的声音回响在大理石厅堂里。入口和大厅都没有什么变化，墙边那些冷淡的狭窄木头长凳，头顶的悬灯，一切都冷硬、庄重，跟我第一天捧着食物误闯进来时一样。天热，连男爵都更愿意跟手下一起在外面露营。我可以听见他们的谈话声，透过极窄的窗户传进来，但声音很小，就像在很远的距离之外。有些士兵在合唱一首歌，可能是首色情小调吧，曲调倒还优美欢快。我听不清歌词。

"我们至少能安静一会儿了。"萨坎说，从门口转过身，面向我。他一只手抹过额头，在脸上那层石粉中间，擦出一条比较干净的线。他的两只手沾满绿色粉末，还有彩虹色的油迹，在灯下泛光。他苦笑着低

无根之木
UPROOTED

头看看这些脏东西，还有他松松垮垮的工作衬衣，袖子挽起过，又都开了。

有一会儿，感觉我们就像是独自住在石塔里，只有我们两人，外面没有等待开战的两支军队，地下室没有年幼的王室后人，黑森林的威胁也还没有逼到门口。我忘记了自己正在努力生他的气。我想扑进他的怀里，把脸贴在他的胸膛上，嗅到他的气息，浓烟、灰烬还有汗味，全都混杂在一起。我想要闭上眼睛，让他双臂环抱着我。我想要在他身上的泥垢中留下我的手印。"萨坎。"我说。

"他们很可能明早天一亮就发动进攻。"他过于迅速地对我说，在我能说任何其他话之前打断了我。他的脸像那道门一样，关得严严实实。他从我身边退开，手臂向楼梯示意，"目前你能做的最佳选择，就是好好睡一觉。"

第二十七章

这可真是……好有道理的建议。它堵在我肚子里，像无法消化掉的硬块。我下到地下室，躺在卡茜亚和孩子们身旁，蜷缩起来为这句话生闷气。他们轻柔匀细的呼吸声从我背后传来。这声音本来应该让我感到欣慰，实际却在向我示威：他们都睡着了哦，可是你还睡不着哟！就连地下室的凉地板都没有办法让我火热的皮肤凉下来。

我的身体还记得这无比漫长的一天。这天早上我醒来时，还在群山另一侧，我现在还能感觉到马踏石子路的声音从背后传来，越来越近，我慌乱的呼吸本身也成了一份重负，压迫着我的肋骨，当我怀抱玛丽莎疲于奔命。她的脚跟踢到我腿外侧的地方，现在都还是紫的。我本来应该精疲力竭的。但魔力仍在，继续在我的小腹颤抖着，它们太多，无处释放，就像我是一个熟过头的西红柿，想要挣破自己的表皮得到解脱，这时候，偏还有一支军队堵在我们门口。

我可不认为今晚的索利亚会花时间准备防御工事，或者制造昏睡药水。他会给我们的战壕埋下隐藏的白火，告诉马雷克将火炮安置在哪

无根之木
UPROOTED

里，才能杀死更多人。他是一名战斗巫师，已经参加过数十场战斗，而马雷克身后有整个波尼亚国的全部军队，目前是六千人对我们六百人。如果我们无法阻止他们，如果马雷克突破我们建起的城墙，再把石塔大门攻破，杀死我们所有人，抓走孩子们——

我把毯子掀开，站了起来。卡茜亚的眼睛睁开了一小会儿，看到是我，就又闭上了。我悄悄走出去，坐在壁炉的死灰旁边，浑身发抖。我的脑子像是陷入了无法摆脱的怪圈，总在想我们有多容易失利，想黑森林可怕又黑暗的势力占据整个山谷，像一波吞噬一切的绿色狂涛。我试图不再去想，但脑子里还是浮现出一棵林心树在德文尼克村中心广场竖起的景象，它巨大又可怕，就像黑森林势力以内波罗斯纳的那棵树一样，我爱过的每一个人，都被缠绕在它的根系之中。

我站起来上楼梯，想要逃离自己的想象。在大厅，极窄的窗户外面也是漆黑一团，甚至没有一丝歌声从外面传来。所有士兵都在睡觉。我继续爬楼梯，经过实验室和书房，绿、紫、蓝等颜色的光还在它们门后闪耀。但那里是空的。那里没有人能让我大喊大叫，没有人会反唇相讥，说我又在当白痴。我又上了一段楼梯，停在下一层的平台边缘，接近长地毯破损的终端。最远处的那扇门下面透出一道微光，是走廊尽头的最后一间。我从来没往那边走过，从来没去过萨坎自己的房间。曾经在我看来，那里面住的是一只大妖怪。

地毯很厚很黑，上面用金黄色的线绣了一种图案。整个图案只有一条主线：它开始是紧密的螺旋形，像缠起来的蜥蜴尾巴，金色线条越是展开，就越粗大，然后它就左右摇摆，沿着地毯延伸的方向，几乎像是一条小径，通往走廊前方的阴影。我的脚深深陷入软软的羊毛里。我沿着金色线条向前走，直到它在我的脚下变宽，开始有鳞片一样的纹理，

第二十七章
chapter 27

还微微发光。我经过客房，两扇房门相对，过了这里之后，整个走廊就在我周围暗了下来。

我像是在穿过某种压力，一阵风迎面吹来，地毯上的图案轮廓正变得更加清晰。我在一条有着象牙白色的利爪的肢体上方经过，下方还有一双正在鼓动的浅金色翅膀，它的血脉是深棕色。

那风变得更冷。墙壁消失了，成了无尽黑暗的一部分。地毯变宽，直到它填满走廊里目力可及的所有空间，还在向更远处延展。它的触感也不再像羊毛。我站在温暖的、层叠的鳞片上，软得像皮革，在我脚下起伏不定。呼吸声在看不到的空旷窟室墙壁间回响。我的心想要狂跳不止，被本能的恐惧主宰。我的双脚想要转身逃走。

我却闭上了眼。我现在对石塔很熟悉，走廊应该多长，我心里都有数。我在长有鳞片的背上又走了三步，转身，单手抬起，伸向我知道就在那里的门。我的手指找到了一只门把手，温暖的金属在我手指下。我再次睁开眼睛，已经回到走廊里，面对一扇门。再向前几步，走廊和地毯就都到了头。那金色图案在此翻卷，一只闪亮的绿色眼睛仰视着我，那颗头上长了好几排银色利齿，等着解决那些不知道何时转弯的人。

我推开门，它无声地向内敞开。房间不大，床又小又窄，有顶篷，挂着红丝绒隔帘；壁炉前只放了一把椅子，雕工精美，但孤孤单单；旁边小桌子上只有一本书，书旁放了一杯葡萄酒，被喝掉了一半。炉火减弱到只剩闪亮的木炭，灯也熄灭了。我走到床边，拉开隔帘。萨坎平躺着睡在床上，还穿着长裤和宽松衬衣；他只脱了外套。我站在那里，手里捏着隔帘。他眨着眼睛醒来，毫无戒备地看了我一会儿，意外到顾不上生气，就像他从未想象到有人能够在他毫无察觉的情况下闯入一样。他看起来那么困惑，我都没了对他喊叫的兴趣。

361

无根之木
UPROOTED

"你怎么会……"他说着，用胳膊肘撑起身体，终于想到了生气，我把他重新推倒，亲吻他。

他吃惊的声音堵住了我的嘴巴，同时抓住我的胳膊，制止我。"听着，你这难缠的小东西。"他说，"我可比你老一百多岁——"

"哦，小声点儿。"我不耐烦地说，没想到他居然用这么烂的借口推脱。我爬上他床较高的一头，压到他的身体上面，厚厚的羽绒床垫又凹进去了一些。我向下瞪着他，"你真的想让我走吗？"

他握着我胳膊的两只手更紧了一些。他没看我的脸。有一会儿，他甚至都没说话，然后他凶巴巴地说："不想。"

他就势拉我靠紧他的身体，他的吻如此甜蜜、热切、美好，让人迷醉。我再也不用去想别的。林心树在噼里啪啦的烈火中烧得干干净净，不见了，只剩他温暖的手指划过我冰凉的赤裸手臂，让我再一次全身战栗。他一只胳膊揽住我，箍紧。他抚摩我的腰，把我松弛的、本来就即将掉落的上衣向上扯。我低头摆脱上衣，又把双臂从袖子里挣脱，我的头发从双肩垂下，他呻吟着把脸埋在我混乱的发丝里，透过它们亲吻我：我的喉咙，我的双肩，我的乳房。

我紧贴在他身上，无法呼吸，感到幸福，又充满了天真简单的恐惧。我没想到他会愿意——他的舌头滑过我的乳头，把它含进嘴里，我有一点儿退缩，抓紧他的头发，可能会有点儿疼吧。他退开一点儿，我突然感到冷，全身慌乱难受，他叫我"阿格涅什卡"，声音低沉，带一点儿近乎绝望的感觉，就像他还想对我吼，却做不到了。

他带我们翻了个身，把我摆在他身下的枕头上。我双手扯住他的衬衣乱拽，毫无章法。他坐起来，从头上把衬衣除掉，扔到一边，我头向后仰，看床帐顶篷，而他把我复杂到让人抓狂的裙子向上掀。我感觉

362

第二十七章
chapter 27

极度贪婪，急需他双手的爱抚。我一直试图不去回想此前那惊人的完美一刻，当他的拇指划过我两腿之间，自欺欺人那么久。但，哦，我还记得。他指节抚过我的私处，那份甜蜜的战栗再次流过我全身。我激动得发抖，全身抖得厉害，我双腿夹紧他的手，完全是出于本能。我想要告诉他赶紧做，慢点来，两者同时都想要。

隔帘再次闭合。他探身在我上方，眼睛只是床上这个闭塞空间里的一点儿光亮，而他当时的样子极为热切，贪婪地看我的脸。他还可以用拇指碰我的，只要一点儿就好。他就摸了一下。一个声音爬上我喉头深处，像叹息又像呻吟，他弯腰亲吻我，像是想把我吞掉一样，像是要把一切都留在他嘴里。

他的拇指又动了一下，我不再夹紧双腿。他扳住我的大腿，把它们分开，抬起我的腿绕在他腰上，他还在饥渴地观察我。"我要，"我说，特别急切，想要跟他一起动，但他还是老用他的手指摸我。"萨坎。"

"这时候要你耐心一点儿，这要求也不算过分吧。"他说，黑眼仁闪亮。我瞪他，但随后他又摸我，很温柔，把指尖点到我身体里；他在我大腿之间一遍一遍画线，在顶端轻轻转圈。他在问我一个问题，一开始我不知道答案，后来就知道了。我上半身突然抬起，近乎失控，下体湿漉漉地沾在他手上。

我哆嗦着落回枕头上，两只手伸进乱糟糟的头发里，把它们压在我潮湿地额头上，不停喘息。"噢，"我在叫，"噢。"

"好了。"他说，还挺为自己的表现得意。我坐起来，把他向后推倒，朝着床的另一头躺下。

我抓住他的裤腰——他居然还穿着裤子！——说了一句，"**胡尔瓦**"。它"噗"地一下消失在空气里，我把裙子也消失掉。他全裸躺在

无根之木
UPROOTED

我下面，顾长、精干，突然还眯起了眼睛，他两只手都放在我的臀部，脸上的傻笑也消失了。我爬到他身上。

"萨坎。"我说，把他名字里的烟火和雷霆当作战利品含在嘴里。然后滑在他身上。他双眼紧闭，身体紧绷，看起来几乎是有些痛苦。我整个身体的感觉，是特别舒服的那种迷迷糊糊，快感还在像不断扩大的波纹一样传遍我全身，像一种紧绷的痛。我喜欢他深入我体内的感觉，他在喘息，呼吸声长短不均，拇指用力压在我臀部。

我巴住他的肩膀，在他身上用力摇晃。"萨坎。"我又叫他。我把这声音放在舌尖品尝，探索它的每一个绵长黑暗的角落，那些隐藏最深的地方，而他无助地呻吟着，不断踊跃身体顶我。我两腿盘住他的腰，紧紧缠绕，他一只手搂住我，把我扳到侧面，压倒在床上。

因为床小，我蜷起身体，舒服地贴在他身边。我的呼吸渐渐平复。他的手在我头发里，脸盯着顶篷，有点儿尴尬，又有点儿茫然，就好像他不完全记得这一切是怎么发生的。我的四肢都灌满了浓浓的睡意，就像要用上大扳手，才能让它们抬起来。我靠在他身边休息，最后终于开始问问题："你为什么要把我们弄来？"

萨坎本来在心不在焉用手指梳理着我的头发，把打卷的地方捋直。这时动作停止。过了一会儿，他叹口气，鼻息吹过我的脸颊。"你们跟山谷之间存在天然纽带，你们所有人都生长在这里。"他说，"对你们来说，这是一种限制。但本身也是个施法的渠道。我可以用这个渠道，把黑森林的实力削弱一些。"

他抬起一只手，在我们头顶的空中平着挥动，一道浅浅的纹路出现在他手掌经过的地方：是我房间里壁画的简单框架，是一幅地图，标示了山谷中魔力的流转线路。其主脉是闪亮的斯宾多河，还有从山里流出的，它所有的支流，奥尔申卡和我们所有的村子，都像星星一样在图中闪亮。

不知为什么，这些线条并没有让我感到意外；就像是我早已了解的东西，它一直都在，藏在庸常表象的下面。深井里回荡的木桶溅水的声音，有时会在德文尼克村的广场上响起；还有夏天里，斯宾多河激流的絮语。

它们一直都充满魔法，充满力量，就等着被汲取出来。所以，萨坎一直在拓展灌溉渠，在河水进入黑森林之前，让更多魔力消失在农田里。

"但你为什么需要经过我们呢？"我说，还是很困惑，"你本可以直接——"我做了一个手捧水的姿势。

"但那样，我自己跟山谷之间就会产生纽带。"他说，就像这样能解释一切。我在他身边完全安静下来，内心产生了一份困惑。"你无须担心。"他干巴巴地说，严重误解了我的意思，"如果能撑过明天，我们会找到一个办法，让你摆脱那份羁绊。"

他的手掌向后一抹，擦掉了那些银色线条。我们没有再说话；我不知该说什么。过了一会儿，他的呼吸在我脸上渐渐变轻。厚厚的丝绒床罩四面环绕着我们，就好像我俩都躺在他重重设防的内心里。我当时没有了被恐惧攫住的感觉，内心却在刺痛。一些泪水在刺激我的眼睛，滚烫，酸楚，就像它们在试图冲刷掉进入眼里的杂物，但泪滴又不够多，做不到。我几乎宁愿自己没有上楼来。

我还从未真正考虑过以后，在我们制止了黑森林幸存下来以后；看起来很荒谬，还要想象如此艰难的目标实现以后要怎样。但我现在意识

无根之木
UPROOTED

到，我在没有经过认真考虑的情况下，就已经默认了自己将会在这座石塔有一席之地。我在楼上有自己的小房间，高高兴兴跑到书房跟实验室捣乱，没事就折磨一下萨坎，像个邋遢鬼魂，常常搞乱他的书，或者推开他的门，迫使他去参加春节庆典，并待足够长的时间来跳舞，直到一两支乐曲结束。

我已经知道，无须说出，我在妈妈的家里已经没有立足之地。但我知道，我并不想一生在世间流浪，住在一间长了腿的房子里，像故事里的亚嘎女巫一样；我也不想待在国王的城堡里。卡茜亚曾想自由自在，曾幻想全世界的大门都为她敞开，我从来没有。

但我又不属于这里，不能跟他一起长居此地。萨坎长年把自己封闭在一座高塔里。他一个接一个掳来我们这些女孩，利用我们跟山谷之间的纽带，只为让他自己不必有同样的牵绊。他从不去山谷中生活，是有原因的。我不用他告诉，也已经知道：他不能来奥尔申卡跟大家转圈跳舞，却又完全不在本地生根；而他并不想扎根。他有整整一个世纪躲在这些石墙后面，醉心于古老的魔法。也许他会准许我进入，但他会在我身后紧闭大门。他毕竟做过这样的事。我曾用丝裙和魔法做成绳索，以便离开此地，但我不能迫使他爬出窗户离开，如果他自己并不想这样做。

我坐起来，离开他。他的手从我的发丝间滑落。我把让人气闷的床罩撩开，悄悄下了床，拿起一条小毯子裹住身体。我来到窗前，打开挡板，把头和肩膀伸到露天的深夜空气里，想让微风吹到我脸上。风没有吹来，石塔周围的空气静止着，完全静止。

我愣住，两只手扶住窗台。现在是午夜时分，周围还一片漆黑，多数野炊的火堆都已经熄灭，或者减弱了好多。我看不清地面的任何东

第二十七章
chapter 27

西。我倾听我们建成的围墙上那些石头的声音，听到它们在嘟囔，受到了打扰。

我快速回到床前，把萨坎摇醒。"不对劲。"我说。

我们快速穿衣，瓦纳斯塔勒姆让一条新裙子从我脚踝边绕转着升起成形，又束了一件新上衣在我腰上。他手里捧着一只肥皂泡小精灵，这是他哨兵里面个头比较小的一只，正在让它传口信："弗拉德，叫醒你的手下，要快：敌人想趁夜捣乱。"他把肥皂泡吹出窗户，我们快步开跑。等我们到了书房，下面战壕里有火把和灯笼点亮。

但是，马雷克的营地里几乎没有灯火，除了少数哨兵手里的灯笼，以及他帐篷里的灯。"没错。"萨坎说，"他确实在搞小动作。"他回头看桌子：他施放了五六种防御魔法。但我还留在窗前，凝视下方，皱起眉头。我能感觉到魔力在聚集，其中有索利亚的气息，还有另外某种东西，某种移动缓慢，极其隐蔽的东西。我还没看出任何端倪，敌方只有几名哨兵来往巡视。

马雷克营帐里面，有个身影经过那盏灯和帐篷墙之间，把侧影投在篷布上：一个女人的头部，头发扎得很高，能看出她头顶金冠的尖端。我从窗口愕然后退，喘息起来，就像已经被她看见。萨坎回头看我，有些吃惊。

"她来了，"我说，"王后在这里。"

现在没有时间去想，这件事到底意味着什么。马雷克的大炮开始咆哮，炮口喷出橙色火焰，轰鸣声震耳欲聋，大团的泥土飞散，最初的炮弹击中外墙。我听到索利亚大叫一声，马雷克的整个营地灯火亮起一片：士兵们正把火炭丢进稻草和碎木片中，他们早就把这些引火物摆成一排。

无根之木
UPROOTED

　　一堵火墙腾空而起，正对我的石墙，而索利亚就站在墙后：他的白色长袍被染上橙红两色光芒，从他大张的双臂放射出来。他的表情看起来很紧张、很吃力的样子，就像在举起某个很重的东西。火焰呼啸声中，我听不到他在念什么，总之一定是某种咒语。

　　"试着做点儿什么，对付那团火。"萨坎告诉我，他只向下面快速扫了一眼，就回到桌旁，拉出之前准备的一条卷轴，那是一套用来抵挡炮火攻击的咒语。

　　"但具体——"我想问，他已经开始念诵，长而繁复的章节像音乐一样展开，我错过了提问时间。外面，索利亚两膝弯曲，双臂高举，像在抛出一颗大球。整个火墙都跳到空中，绕过围墙，向男爵手下藏身的战壕扑去。

　　他们的惨叫声跟火焰噼啪声一同响起，我愣了片刻。头顶的天空开阔晴朗，挂满无数星辰，没有一片云彩能供我挤出雨水。绝望之下，我跑向房间一角的水罐：我觉得，既然我能把一片云变成一场暴风雨，或许我也能把一滴水变成一片云。

　　我把水倒进自己的掌心，轻轻念诵祈雨咒，告诉那些水滴，它们可以变成雨水，可以化作风暴，开始只有薄薄一层，但随后就有了水银似的一汪，在我手掌上闪光。我把这些水洒向窗外，它们还真变成了雨水，伴着一声雷，然后涌出一些直接泼到战壕里，浇灭了一个地方的火焰。

　　火炮还在坚持怒吼。萨坎现在站到窗前我的身边，举起魔法护盾对抗火炮，但每次重击都像是打中他一拳。那橙色火焰从下方照亮他的脸，照在他咬紧的牙齿上，他在炮弹冲击下闷哼。我本来还想跟他聊聊，在炮弹没打来的时候问一声，我们是否没事——我不知道我们这边

第二十七章
chapter 27

干得怎么样，也不知道敌人进展如何。

但战壕里的火还在烧。我继续造雨，但是用一捧水造雨很累人，越是继续，就越费力，我周围的空气已经极为干燥，我的皮肤和头发也变得像冬天时一样焦脆，就像是我在偷取周围一切事物中的水分，而制造出的水，每次只能扑灭一个地方的火。男爵的手下在尽力帮忙，用斗篷蘸了流溢出来的水，努力灭火。

两门炮再次轰鸣。但这一回，飞来的铁球上闪耀的，是蓝绿色的火，拖在炮弹后面跟两颗彗星一样。萨坎被重重抛向后面，撞在桌子上，桌角重重地陷入他的腰。他摇晃了下，连声咳嗽，大炮防护咒被破除。两颗炮弹冲破他的防护，几乎是缓缓地深入围墙，就像把刀子插入未熟的水果。在炮弹周围，岩石几乎马上熔化，边缘发红。炮弹消失在墙内，然后是两声沉闷的巨响，它们爆炸了。一大团尘土飞散开来，碎石高速抛出，我甚至听得到它们拍打在石塔表面，就在墙面正中，轰开了一个巨大的缺口。

马雷克把长矛举到空中，大叫："冲啊！"

我不明白怎么会有人听从命令：透过裂开的围墙，火焰还在跳跃、嘶鸣，尽管我尽力扑救，火里的人还是惨叫着被烧死。但士兵们还是服从了他：潮水一样的大队士兵拥上来，把长矛举到齐腰高度，冲进了燃烧着的混乱战壕里。

萨坎吃力地从桌边站起来，回到窗前，抹掉他鼻孔和嘴角的血。"看来马雷克是下定决心不惜血本了，"萨坎说，"刚刚这两颗炮弹，每颗的制造周期都超过十年。波尼亚全国不超过十颗。"

"我需要更多水！"我说，抓住萨坎的手，把他硬拉进我的魔法里来。我能感觉到他想拒绝：他没有准备好跟我的咒语匹配的魔法。但他

369

无根之木
UPROOTED

只是小声抱怨了一下，就给了我一个简单的小咒语，是他早期试图让我学会的内容之一，本来的用意，是把地下水装满手里的杯子。他当时相当抓狂，因为我不是把水洒满桌子，就是只能抽取几滴上来。他自己念这条咒语时，水波动着，顺利上升到完全装满我的水罐。我对着水罐，连同地下暗井，连同所有地下深层的冷水，对它们一起念祈雨咒，把整个水罐丢出窗户。

有一会儿我什么都看不见：狂风带着雨扑打我的脸，蒙住我的双眼，冬季冷雨给人刺骨的感觉。我双手抹脸。在下面的战壕里，倾盆大雨完全浇熄了火焰，只有几处极小的火头残留，双方的披甲战士纷纷滑倒，突然要在没过脚踝的水洼里战斗。外墙缺口处流下稀泥，火熄灭之后，男爵的士兵纷纷拿上长矛拥到缺口，用枪阵把它封住，并把试图冲进来的人刺退。我松了一口气，瘫软在窗台：我们扑灭了索利亚的魔火，我们制止了马雷克的进军。他已经耗费了那么多魔力，肯定无法再这样全力施法，我们还是阻止了他们，现在的王子当然更愿意考虑——

"做好准备。"萨坎说。

索利亚正在施放另一种魔法。他双手分开，高举到空中，所有手指挺直，眼睛看着手指方向，每根手指末端都射出银色光束，又在空中分成三条。那些银色弧线越过围墙，每一条落到一个不同的目标上——一名士兵的眼睛、咽喉处的凯甲缝隙、握剑的手肘、心脏上方的位置。

在我看来，那些线像是一点儿用处都没有。它们只是虚悬在空中，在黑暗中隐约可见。然后，数十根弓弦一同响起：马雷克在他的步兵身后排列了三行弓箭手。这些箭被引入银色线条，循着它们径直飞向目标。

我伸出一只手，这只是无用的抗议姿势。那些箭继续飞行。三十名

第二十七章
chapter 27

士兵瞬间倒地，一下就被集体击倒，这些人还都在守卫缺口。马雷克的士兵挤入缺口，纷纷跳进战壕，后续部队跟着冲进来。他们开始合围，要把男爵的士兵赶入第一条地道。

每一英寸都要经过一番血战。男爵的士兵已经用枪和剑摆成刺猬形战阵，在如此狭窄的空间里，马雷克的手下要冲上来，总会被刀枪刺中。但索利亚又在引导一波羽箭射向守军。萨坎离开窗前，他在翻看笔记，寻找能破解这种新招的办法，但已经不可能及时找到了。

我又一次出手，这次我试着念了一种龙君用过的魔法，把卡茜亚从山那边抓过来的那种。"图阿尔，图阿尔，图阿尔。"我伸出手对那些银线念咒语，它们都偏离了原先路线，粘到我的手指上。我探身出去，把它们丢到围墙上方。羽箭循迹飞来，全都撞到石墙上，纷纷弹落。

有一会儿，我还以为那银光是粘在了我的手指上，还反射到了我的脸上。萨坎大声警告。又有十几条新的银色线条穿过窗户——目标就是我，指向我的咽喉、我的胸口，还有我的眼睛。我只有一瞬间工夫抓起一把，盲目地把它们丢开。紧接着就有一波箭支飞过空中，破窗而入，射中我扔掉光线的位置：书架、地板，还有椅子，插入好深，箭尾的羽毛颤动不息。

我看着这些箭，一开始吃惊到顾不上害怕，还没意识到自己险些身中十余箭。外面，大炮又在咆哮。我有些习惯它的声音了。我看都没看，本能地畏缩了一下，还有些纳闷刚才的箭为什么射得离我那么近。但萨坎突然把整个桌子翻转过来，它倒在地上，纸张到处乱飞，椅子纷纷摇晃。他把我拉到桌子后面，炮弹的尖啸声越来越近。

我们有足够的时间知道即将发生什么，却没有时间来应对。我蜷缩在萨坎胳膊下面，盯着桌底，一缕缕强光透过厚重的木板显现。然后炮

无根之木
UPROOTED

弹穿透窗台，打开的玻璃窗框响亮地破碎；炮弹本身继续滚动，直到被石墙阻挡，发出闷响，它炸裂成碎片，灰烟贴地涌来。

萨坎一只手捂住我的口鼻。我屏住呼吸，认出了石化咒烟雾。就在那灰雾向我们缓缓涌来时，萨坎向房顶招招手，一只气泡哨兵飘到他手边。他在它气泡形壳面上开了一个洞，无声地做了个强有力的手势，把灰烟全都装进气泡里，直到所有灰烟都被装入，像云朵一样翻腾。

他还没弄完，我的肺像憋炸了一样。风正从裂开的墙面上呼啸着吹进来，书籍到处都是，破损的书页沙沙作响。我们把桌子推到缺口前，以免有人掉下去。萨坎用布隔着，捡起一块烫热的炮弹皮，把它放在气泡哨兵面前，就像给狗狗闻味一样。"门雅、凯扎，斯多南、奥利特。"他告诉那只气泡，然后把它推入夜空。它飘走了，灰色的身体渐渐消失，像一团烟雾。

这整个过程也就花了几分钟——不超过我能闭气的时间。但更多的马雷克军士兵拥入战壕，把男爵的士兵赶向第一条隧道。索利亚又成功引导了一波弓箭袭击，为他们清出更多通道，更重要的是，马雷克和他的骑士们就在城墙外骑马督战，驱赶士兵向前冲。我看到他们用马鞭乃至长矛对准自己的士兵，威逼他们冲过城墙缺口。

前排的士兵几乎是被推向了防守方的枪矛，这很可怕。其他士兵拥在他们身后，一点一点地，男爵的手下不得不后退，像瓶塞被用力拔出酒瓶。战壕里到处是尸体——那么多尸体堆叠在一起。马雷克的士兵甚至爬到尸堆上，好居高临下对男爵的士兵放箭，就像毫不在乎踩踏战友的尸体一样。

在第二道防线，男爵的手下开始向墙外的敌人投掷萨坎的魔药球。它们落地会爆出蓝烟，云一样在敌人士兵中间蔓延，雾里的敌人双膝跪地，或者直接栽倒，脸色迷茫，陷入沉睡。但更多的士兵从他们身后拥上来，爬过他们的身体，把他们像蝼蚁一样踩在脚下。

我感到极端恐惧，看到这种情形，不敢相信自己的眼睛。

"我们误判了当前局面。"萨坎说。

"他怎么会这样做？"我说，声音在颤抖。看起来，马雷克完全是求胜心切，不管我们的城墙会让他付出多么高昂的代价。他会付出一切，一切代价，而士兵们也愿意随他赴死，没完没了地牺牲。"他一定是中了邪——"我无法想象还有任何其他原因，能让他这样浪费手下的生命，像水一样轻视人命。

"不，"萨坎说，"马雷克此战的目的不是赢得石塔，他战斗的目标是得到王冠。如果他在此时此地输给我们，我们就会让他在贵族们的面前显得软弱可欺。他被逼上了绝路。"

我并不想懂，却懂了。马雷克真的可以牺牲手中的一切。此刻根本就没有代价过高一说。所有他已经损失的人力和魔法，只会让他更加不肯罢手，就像一个变本加厉的赌徒，因为他无法承担已经输掉的钱。我们不能只是把他挡在外面。我们将不得不让他耗尽最后一兵一卒，而他还有好几千士兵能够投入战斗。

火炮再次轰鸣，似乎想要确认这可怕的现实，然后它们让人欣慰地突然安静下来。萨坎的飘浮哨兵落在他们中间，在火热的钢铁表面爆开。操作大炮的数十人都被石化成了雕像。一个人站在左边炮口那里，用一根长棍捣进炮管；还有其他人在弯腰拉动绳索，让右边的大炮复位；另有其他人两只手抱着炮弹或者火药：给尚未结束的战争建了一座纪念碑。

马雷克马上命令其他人赶到，把那些雕像清理出大炮阵地。他们开

无根之木
UPROOTED

始连拖带拽，把雕像弄走，把他们推倒在泥地上。我看到有人为了扯过绳子，干脆把雕像的手指敲断，感觉毛骨悚然：我想要对他们喊，说那些变成石像的人都还活着，但我估计马雷克根本不会在乎。

雕像很沉，进度很慢，于是我们有了一段不必担心炮火的喘息之机。我站稳脚跟，对萨坎说："如果我们请求投降，他会接受吗？"

"当然会。"萨坎说，"他会把我们两个立即处死，你最好亲手割断孩子们的喉咙，跟把他们交出去是一样的结果，但他会很高兴听到你求降的。"他抵挡了一次羽箭魔法：用手指着念一通误导魔法，下一波银线引导的羽箭就都射在了外墙上。他摇摇手臂和手腕，低头看看。"到了早上，"他最后说，"就算马雷克还想让全军继续送死，士兵也不能连续作战不休，他们还需要吃饭。如果我们能撑到天亮，他就不得不退军休整一下。那时他可能会愿意谈判，假如我们能撑到天亮的话。"

天亮之前，时间好像还很长。

战争节奏放慢了一会儿。现在，男爵的手下完全退入了第二条隧道，还把里面填满尸体，这样马雷克的士兵就无法继续追击。马雷克骑着马，在城外来往奔驰，焦躁、愤怒、不耐烦，看着他的手下吃力地让大炮重新开始射击。在他附近，索利亚满足于有节奏地向第二道战壕里放箭。

他引导箭支的魔法，比我们抵挡的法术要更简单。那些箭头是阿廖沙的作品。它们本身就想要飞向肉体，他只需要给它们一些指引。与此同时，我们却是要让它们违背其天性，这就不只要对抗索利亚的魔法，还要对抗阿廖沙的：对抗她的意志力，对抗她把魔力和意念锻入的锤击，甚至还要对抗羽箭本身的飞行特性。让它们偏离目标，是持续费力的工作，而索利亚却可以瞪大眼睛，随意抛出银色引线，像个播种的人一样自如。萨坎和我不得不轮番上阵，每人一次接一轮，每一轮都很费劲。我们没有时间和力量来施放其他魔法。

这份工作慢慢也有了自然的节奏：把一波羽箭带偏，这感觉就像拖拽一条沉重的渔网，然后停下来喝点儿水，休息一下，萨坎在窗前值守他那一轮。然后我会回到窗前。但索利亚一次又一次要赖打乱这节奏。他让每轮射击的间隔正好保持在让我们最不舒服的长度上：紧张到我们每次想坐一坐，都不得不跳起来接招；有时候他还会故意间隔长一些，或者就把箭射向我们，或者就是两波连射。

"他的箭也不可能无穷无尽吧。"我靠在墙上说，累得浑身酸痛。弓箭手们带了些小男孩，他们负责找回射出的箭，从尸体或城墙上把它们拔下来送回，以便重新射出。

"的确。"萨坎说，他的样子有些心不在焉，也是魔力消耗过度，无精打采。"但他会让每次射击规模小一点儿，他很可能有足够的箭撑到天亮。"

下一轮他的班次结束，萨坎出去了一会儿，从实验室拿回一个封闭的小玻璃罐，里面装满了泡在糖浆里的樱桃。他在书房深处的角落里放了一个大大的银色茶壶，平时里面永远都有茶水：它逃过了刚才炮弹轰击的劫难，但配套的精致玻璃杯掉到地上摔碎了。他把茶水凑合着倒进两个量杯里，把那罐糖水樱桃推到我面前。

它们是那种深酒红色的酸樱桃，来自山谷中段、沃伊斯纳村外的果园，用糖和酒精保鲜。我吞下满满两勺，贪婪地把勺子也舔干净。它们对我来说，就是来自家乡的味道，而山谷里的慢节奏魔法，也沉睡在这些果实里面。他自己只吃了三颗，节省又克制，还在罐口刮掉糖汁，好

无根之木
UPROOTED

像是即便到了眼前这种危险关头，他都不敢吃太多。我看向别处，开心地喝我的茶，双手捧着量杯。那天晚上很热，但我感觉很冷。

"躺下睡一会儿吧。"萨坎说，"马雷克很可能在天亮前再来一轮猛攻。"火炮终于恢复射击，但没造成多大损害：我猜，真正擅长开炮的那些人，可能都被石化咒连锅端了吧。

几颗炮弹落点过近，炸到了马雷克自己的人，或者就是太远，直接飞到石塔另一端。围墙依然屹立不倒。男爵的手下用矛尖和枪杆守住了第二条战壕，还把毯子和帐篷布都挂起来，帮忙挡箭。

我喝了茶之后还是很困，又累又乏，像削了太多木头的小刀。我把地毯对折，当成地铺，躺下来的感觉可真好。但我睡不着。银色箭线时而照亮窗棂，间隔较长，且不均匀。萨坎时而低声念咒语，把箭引向一边；他的声音显得很遥远。他的脸在阴影里，侧面的轮廓投在墙上。我脸颊下的石塔地板和我的耳朵，都时不时因为战斗而颤抖，像听到远处巨人逼近的脚步声。

我闭上眼睛，试着什么都不想，只关注自己的呼吸。也许我睡了一会儿，然后就突然坐起来，被一个不断下坠的梦惊醒。萨坎正从破损的窗户那里向下看。羽箭袭击已经暂停，我爬起来走到他身旁。

骑士和仆人们在马雷克的营帐周围团团转，像一群被搅扰的蜜蜂。王后走出帐篷。她全副武装，一件长袖锁子甲套在简单的白色上衣外面，一只手握着一把剑。马雷克催马来到她面前，躬身说了些什么。她抬头看马雷克，表情像钢铁一样明朗坚定。"他们会把孩子们献给黑森林，就像瓦西里对待我的方式一样！"她大声对王子说，声音响亮到足以让我们听见，"他们想如愿，先砍了我再说！"

马雷克犹豫了一下，翻身下马，叫人拿来他的盾牌，他也拔剑出

376

第二十七章
chapter 27

鞘。其他骑士纷纷下马，索利亚也到了他身边。我看看萨坎，感觉很无助。我几乎认为马雷克该死，在他迫使那么多手下丧命之后。但如果他相信的真是这个，如果他以为我们是要对孩子们做出如此可怕的事——"他怎么会相信这个？"我问。

"他又怎么能说服自己，相信其他一切都是巧合？"萨坎说，他回到书架旁边，"这是个让他求之不得的谎言。"他从书架上双手取下一本厚册子，这个大家伙几乎有三英尺高。我伸手想要帮他，却不由自主缩回了手：它是用一种发黑的皮革装订起来的，摸起来感觉很不舒服，有点儿黏，而且那种东西很难从手指尖抹掉。

"是的，我知道。"他说，并把这本巨书吃力地放在他的阅读椅上。"这是一本亡灵召唤术法书，它很邪恶。但我宁愿重新利用一次死人，也不愿有更多活人牺牲。"

那咒语是用一种瘦长的老式字体写成的。我试图帮他念，但做不到，我甚至从看到前几个词儿就开始畏缩。这种魔法的根源是死亡，它从头到尾的要素都是死亡，我甚至连看看都受不了。萨坎对我的反感表现皱起眉头。"你是在犯小姐脾气吗？"他问，"不，你不是。那到底又是怎么了？算了，你去试试减缓一下他们的进展吧。"

我跳起来逃开，急于远离那本书，快步来到窗前。我从地上捡了些碎石和瓦砾，试着对它们用降雨魔法，就像我对水罐施法的方式一样。沙石像暴雨一样向马雷克的士兵砸下。他们不得不找地方躲避，双手抱头，王后却一刻不停。她已经雄赳赳地穿过城墙缺口。她爬过尸体堆，白色袍角吸入污血。

马雷克和他的骑士们冲在她前面，盾牌高举过头。我对他们丢下更大块的石头和瓦砾，它们落下时也相应扩大，虽然有几个人被砸得跪倒

无根之木
UPROOTED

在地，但多数人还是安全地躲在盾牌下面。他们到了隧道，拉起尸体，把它们拖到一边。男爵的士兵用长矛刺他们。马雷克的骑士则用盾牌和盔甲抵挡。也有挡不住的，六人倒地，尸体还穿着全副闪亮盔甲，被瘫软着扛下去。但他们继续强攻，冲开一道缺口，王后步入隧道。

我看不见隧道里的战斗，但它很快就结束了。血从出口溅出，在火把下是黑色的，王后从另一头出来，原本空着的手里拎着一颗人头。她把人头丢下，死者的脖子被齐齐斩断。防守士兵开始被她吓退。马雷克和他的骑士从她身边两翼张开，砍杀向前，而他的步兵跟在后面钻入隧道。索利亚则抛出闪耀着电光的魔法。

男爵的手下开始快速败退，有人自己摔倒，只为躲开王后。我曾想象过卡茜亚手握利剑，就是这样恐怖的局面。王后一次又一次举剑，连刺带砍，蛮勇，高效，因为对方的刀剑对她全无影响。马雷克在大声传令。最内侧城墙里的男爵爬到墙上，想从上面射王后，箭支也同样无法穿透她的皮肤。

我转身，从书架上拔下一支黑羽箭，这是索利亚向我射来的其中一支，阿廖沙制造的。我把它带到窗口停住，两只手直哆嗦，我想不出还有什么别的办法。他们所有人都挡不住她，但——如果我杀了王后，马雷克更加不会听我们解释，永远都不会。我还不如现在把他也杀了算了。如果我杀了她——只这念头就让我觉得奇怪，恶心。她在地面上，显得又小又远，像个娃娃玩偶，不像是人，她的胳膊还在起起落落。

"等一会儿。"萨坎说。我闪到一边，松了口气，还挺高兴被打断，他开始念诵那段长而惊心动魄的咒语，而我不得不闭上眼睛。一阵妖风从窗口向外吹去，拂过我的皮肤，感觉像是一只油乎乎、汗涔涔的手掌，带着腐臭和钢铁的气息。它不断吹啊吹，稳定又可怕。而在下面的

第二十七章
chapter 27

战壕里，无数的尸体开始悸动，慢慢悠悠站了起来。

他们把刀剑都留在地上，他们不需要任何武器。他们也不去尝试伤害那些士兵，只是伸出空空的手掌，抓住他们，抱住他们，两三个尸体对付一个活人。战壕里的死者比活人要多，而现在所有的死者都被龙君的魔咒控制。马雷克的士兵疯狂地劈砍它们，但死者并不会再流血。他们的脸松弛空洞，了无生趣。

有些死者晃晃悠悠走过战壕，去抓那些骑士，去抓王后的胳膊和腿，缠住她，但她把这些尸体甩开了，穿盔甲的骑士也用巨剑劈砍死者。男爵的手下跟马雷克的士兵一样害怕这种魔法。他们当时既要躲无敌的王后，也要躲行动着的死人。而王后还在向他们逼近。死者把敌军的其他人拖在了后面，男爵的士兵也在斩杀王后周围的骑士，王后却一步不停。

她的衣服上不剩一点儿白色。从地面到膝盖，全都是血污，她的锁子甲完全被血染红。她的胳膊和手也是红的，脸上溅满血渍。我低头看那支箭，触摸到阿廖沙的魔法；我感觉到那支箭再次飞行的渴望，对温暖鲜活肉体的渴求。箭头有一点儿缺口，我用手指把它抚平，用我见过阿廖沙锻造宝剑的手法，让钢铁平顺。我给它注入更多一点儿魔法，感觉它在我手里变得更重，满是死亡。"射中大腿。"我告诉它，仍然不敢杀生。当然，要是能制止王后，应该就足够了。我把箭对准王后，把它射出。

那箭向下俯冲，飞得很直，一路欢快地呼啸。它击中王后的大腿上部，穿透了锁子甲。它就插在那里，一半留在护甲之外，没有血。王后把箭拔出来，丢到一边。她抬头看窗户，只是一瞥。我踉跄后退。她转头继续杀戮。

无根之木
UPROOTED

我的脸很疼，像被她扇了一巴掌，同时在鼻梁上空感觉到一股强烈的压力，让我脑子里一片空白，这感觉特熟悉。"黑森林。"我大声说。

"什么？"萨坎问。

"黑森林，"我说，"黑森林就在她体内。"我们对王后用过的任何魔咒，所有的净化、神器，所有的检验：都没起到作用。我突然之间确信，刚刚就是黑森林在回望我。黑森林找到了一个躲藏的办法。

我转身面向萨坎。"召唤咒。"我说，"萨坎，我们必须让他们看清楚。马雷克和索利亚，还有马雷克手下所有其他人。如果他们看清，王后被黑森林控制的话——"

"你以为他会相信吗？"萨坎这样说，但还是向窗外看了一眼。过了一会儿他又说，"行吧。反正我们的外墙也已经失守。我们把幸存的士兵撤回石塔，寄希望于大门能支撑足够长的时间，来让我们施放那条咒语。"

第二十八章

　　我们跑到楼下大厅，打开塔门。男爵的部下纷纷拥入：他们剩余的人数少得可怜。或许有一百人吧。他们挤进大厅，有些下楼去了地下室，所有人都满身泥泞，精疲力竭，被接二连三的恐怖场景吓得面容惨淡。他们很高兴能躲进塔里来，却躲着萨坎跟我。就连男爵本人也对我们侧目而视。"那件事不是敌人做的。"他说，他站在大厅里萨坎的面前，他的人躲到我们两边，成圆圈围住我俩。"那些死人。"

　　"的确，要是你宁愿牺牲更多活人，麻烦你务必告诉我，下次我会注意，一定留心考虑你敏感的神经。"萨坎很是疲惫，我也一样觉得很累。我不知现在到天亮还要多久，也不想问。"让他们尽可能休息，你们能找到的饮食都可以自由分享。"

　　很快卡茜亚就挤上楼梯，穿过拥挤的士兵。男爵把那些受伤和最为劳累的士兵派到楼下；只剩状态最好的人在他身边。"他们在撬开葡萄酒和啤酒桶。"她小声对我说，"我觉得这样猛喝下去，孩子们会不安全。涅什卡，发生了什么事？"

无根之木
UPROOTED

　　萨坎已经坐到平台上：他正把召唤秘典放在高椅子的扶手上。他低声咒骂。"我们现在最不需要的就是这种乱子了。下楼去，把它们都变成苹果汁。"他对我说。我跟着卡茜亚跑到楼下。士兵们有的用手捧，有的用头盔，有的甚至直接在酒桶上开口，伸头在下面接着喝，也有对瓶吹的。有些开始争吵。喝酒吵架，一定比在各种邪恶魔法前喊叫更安全一些，也比面对活死人和杀人狂安全。

　　卡茜亚把他们从我面前推开，他们看到我在场，就没有跟她对抗。我爬上最大的酒桶，把手放在上面。"利伦塔勒姆。"我说，疲惫地输出一波魔法，身体瘫软下去。魔力从我身上传递到所有酒桶和酒瓶。士兵们继续推推挤挤，抢着喝，需要过段时间，他们才会发现自己并没有醉得更厉害。

　　卡茜亚碰了下我的肩膀，很小心，我转身紧紧拥抱她一会儿，很高兴能感觉到她的力量。"我还得回楼上去，"我说，"请保护孩子们的安全。"

　　"我应该上去跟你在一起吗？"她平静地问。

　　"保护好孩子们就好。"我说，"如果迫不得已——"我拉起她的胳膊，带她回到地下室远处。斯塔赛克和玛丽莎坐在那儿，已经醒来，正警觉地看着那些士兵。玛丽莎在揉眼睛。我把两只手放在墙上，找到那个秘道的边缘。我把卡茜亚的手放在裂缝处，让她搞清楚位置，然后从里面拉出一条魔法凝成的细绳，当作门把手。"把门推开，带他们躲进去，关上门。"我说，随后又把手伸向空中，说声"哈托"把阿廖沙的剑凌空抽出来，交给她。"带上这个。"

　　她点头，把剑背到肩上。我最后吻了卡茜亚一下，跑上楼梯。

第二十八章
chapter 28

　　男爵的手下全部进塔。外墙还能给我们些许帮助：马雷克的大炮依然无法对大门射击。男爵的几名士兵爬到塔两侧的箭台，正在向塔外的敌兵放箭。沉重的撞击不断落在大门上，一度还有魔法光芒闪现，喊叫和喧嚣声传来。"他们正准备放火烧门。"我跑回大厅时，楼上有人向下喊。

　　"让他们烧。"萨坎头也没抬地说。我跟他一起坐上平台。他把那张王座一样的大椅子变成了简单的连体长椅，可坐两人，中间扶手上还有个平整的小桌，沉重的召唤密典就放在上面，等待着；已经熟悉，但仍有点儿怪异。我轻轻坐在位子上，张开手指按住封皮：那金色藤蔓一样的字母，还有封皮下面轻微的嗡嗡声，像是很远处的蜜蜂。我累到手指都反应迟钝了。

　　我们打开封面开始朗读。萨坎的声音清晰稳定，精准地持续推进，渐渐地，我意识中的那团迷雾完全消失。我有时哼鸣，有时歌唱，有时低语，一直陪衬着他的声音。我们周围所有的战士都安静下来。他们坐在屋角或者墙边，就像深夜酒馆里的客人倾听一位优秀的歌者唱一首差劲的歌儿。他们的脸上会有一些困惑，很难跟上这离奇故事的节奏，也很难记住，尽管他们被这咒语深深吸引。

　　咒语也同样拖带着我，我很乐于沉溺其中。这一天所有的可怕之处并未消失，但召唤咒让它们仅仅成为故事的一部分，而且不是最重要的部分。那魔力在积聚，越来越亮，越来越清透。我感觉到魔法力量冲天而起，像是第二座石塔。等我们准备好，我们将敞开大门，把不可阻挡的强光释放到大门前的院子里去。窗外，天空的颜色在变浅，太阳即将升起。

　　门在吱吱响。有东西从它下面钻进来，顶端也有，那东西还穿过

无根之木
UPROOTED

两扇门之间极微小的缝隙。门口的士兵大声示警。细细的、扭动着的阴影正在钻透每一道小缝隙，像蛇一样细，一样敏捷：那是藤条和根系末端扭动的长须，渗入的同时让木柴和石头一起碎裂。它们在木料表面蔓延，像冰霜沿窗框扩展、缠绕、包裹，而一种熟悉的，过于甜腻的气息从它们表面扩散。

这就是黑森林。它现在正肆无忌惮地攻击，就像知道我们正在做什么，知道我们即将揭穿它的伪装。黄沼泽的士兵们心惊肉跳，用刀剑砍削那些根须：他们对黑森林也有足够的了解，能认出这意味着什么。但更多的藤蔓还是接连不断地涌进来，穿过最初那些同类留下的裂缝、小孔。长藤绕住了固定门闩和铰链的铁箍，开始撕扯它们。橙红色的锈迹迅速蔓延，像流血一样快，一百年的腐蚀在转瞬之间发生。那些触须挤到它们内部，绕在螺栓上，疯狂地把它们左右摇晃。铁箍发出吵闹的晃动声。

萨坎和我无法停止。我们继续读，快到口齿不清，以最快速度翻页。但召唤咒有它自身的节奏，故事不能讲太快。在我们高速度的影响下，竖起的魔力之塔开始晃动，就像讲故事的人，开始跟不上她自己故事的线索。召唤咒不肯放过我们。

响亮的断裂声传来，右侧大门有好大一块边角破碎。更多藤蔓涌入，这次更粗，展开之后也更长。它们有的缠住士兵的胳膊，把刀剑从他们手中夺下，再把人抛在一边。其他的找到了沉重的门闩，绕住它，缓缓向一侧拽，一英寸一英寸挪动，直到它从第一道铁箍完全脱落。外面的撞城槌又一次撞来，大门轰然洞开，把人撞到一边，连滚带爬。

马雷克在门外，仍跨在马背上，站在马镫里吹响号角。他的脸上满是怒火和嗜血的激情，急切到甚至无暇怀疑门为什么突然被撞开。那

第二十八章
chapter 28

些藤蔓的根在外面台阶旁的土地上，粗大灰黑的木质根藏在角落里，潜入台阶裂缝中，在熹微的晨光里几乎看不到。马雷克催马直接从上面跳过，都没看脚下一眼，径直冲上台阶，穿过破碎的大门，他所有幸存的骑士随后赶上。他们的剑挥起又劈下，掀起腥风血雨，男爵的士兵在用长矛向他们攒刺。几匹马儿悲鸣，倒地，垂死挣扎，人也在它们周围死去。

眼泪顺着我的脸颊流下，落在书页上，但我还是不能停止念诵。有什么东西击中了我，这记重击让我马上无法呼吸，咒语从我口中滑落。一开始，我耳朵里完全是一片死寂，空洞的喊叫声充斥在我的周围，还有萨坎的声音，压倒其他一切，却像是跟我们无关。他像是在对着广阔原野中的一个狭小风暴眼念诵，我看到四周狂暴的灰雨，暂时还没有触及我，但我知道，只要再过一瞬间——

地面开始裂开，从我们脚下向别处延展，裂缝撕开那本书，撕裂那张椅子，扯断平台，破碎地板和墙壁。它们不是木石中的普通裂缝；它们是整个世界的裂纹。在这道缝隙中没有任何实体，只有单调黑暗的空无。美丽的金色书卷——召唤密典自动合起，像抛入深水中的石子一样消失。萨坎抓紧我的一只胳膊，把我拽出椅子，正在带我离开平台。椅子也在坠落，然后是整个平台，整体隐没在空无里。

萨坎还在继续念诵咒语，更准确地说，是在让它维持原貌，一遍一遍重复自己的最后一句。我试着重新加入，哼几声也好，我的呼吸却越来越困难。我感觉好奇怪。我的肩膀在抽痛，但我低头看时，却好像并没有什么不对。然后我继续向下看，慢慢向下。有一截箭杆从我身上冒出来，就在我的胸腔以下。我盯着它看，有点儿蒙，完全感觉不到它。

高处美丽的彩格窗向外迸碎，发出沉闷的啵啵声，裂缝已经蔓延

无根之木
UPROOTED

至它们，彩色玻璃碎片像雨点一样落下。裂缝还在扩大，士兵也跌入其中，惨叫声在跌落中途戛然而止，被寂静吞没。大段的石墙和地面也在消失，石塔的墙体发出可怕的呻吟声。

萨坎在勉强支撑残余的魔法力面，像一个试图控制疯马的人。我试着把魔力推送给他。他支撑着我全身的重量，他的胳膊像铁一样围在我身上。我的两条腿会互相绊到，几乎是拖在身后。我的胸口现在开始剧痛，强烈到惊人的痛楚，就像我的身体突然醒来，发觉有什么事情严重失常。我每次呼吸都想要尖叫，却没有足够的气力叫出声。还有几个地方有士兵战斗，也有其他人在逃离石塔，试图远离这个行将崩溃的世界。我瞥见马雷克踢开他的死马，跳过另一道正在向他逼近的地面裂痕。

王后出现在破损的两扇门之间，晨光在她身后闪亮，有一会儿，我觉得那里站的并不是一个女人，而是一棵树，一棵有着银白色表皮的树，从地板直到天花板。萨坎带我退回到楼梯，带我下行。石塔在震颤，碎石在我们身后翻滚而下。萨坎每走一步，都要重念他的最后一句咒语，让剩余的魔咒不至于瓦解。我却无力帮他。

当我再次睁眼时，卡茜亚正焦急地跪在我身旁。空气里满是尘土，但至少墙面不再继续颤抖。我靠在地下室的一面墙上；我们在地下。我不记得走下剩余的楼梯。旁边，男爵正在对他残余的士兵大声发令，他们推来酒桶支架和木桶，把铁罐也丢上去，在楼梯尽头竖立壁垒，用碎石将其加固。我可以看到阳光从上面照下来，就在楼梯拐角处。萨坎在我身边，还在一遍遍念诵同样一句话，他的声音开始变得沙哑。

他把我放在一座锁死的金属壁柜旁边；门把手周围有烤焦的痕迹。

第二十八章
chapter 28

他招呼卡茜亚来门锁前。她握住把手。锁头里喷出火焰，但她咬紧牙关，还是用力把门拉开了。里面是一架小瓶子，里面装了微微闪光的液体。萨坎拿了一瓶出来，指指我。卡茜亚看看他，又看看那支箭。"我应该把它拔出来吗？"她问。龙君用手做了个推的手势，向前推——卡茜亚咽了下口水，点头。她跪在我身边，说："涅什卡，坚持住。"

她两只手握住那支箭，折断仍然留在我身体外面的带羽毛的箭杆。箭头在我体内颤动。我嘴巴张开又闭合，痛，却出不了声。我无法呼吸。她加快动作，挑掉最大个儿的碎木片，让箭杆尽可能平滑，然后她让我侧身，斜倚在墙上，特别可怕地推了一下，让箭尖钻透我身体。她捏住从我背后透出的箭头，让整支箭穿过我身体。

我呻吟，热血从身体前后涌出。萨坎打开小瓶，他把那液体倒在手心里，开始涂在我的皮肤上，把它按到伤口里。它有极强的烧灼感，我试图用无力的手掌把它推开。他无视我，把我的衣服扯开，继续涂更多药水上去。卡茜亚把我的身体向前推，他俩从背后把药倒进伤口。我立时尖叫起来，突然能叫出声了。卡茜亚给我一块布，让我咬住，我咬紧它，感觉自己全身不停哆嗦。

伤痛没有减轻，反而更严重了。我从他们手中挣脱，试图靠住墙壁，贴紧那凉凉的石头，就像我想变成它们的一部分，不再有任何感觉。我的手指甲抠进泥灰里，哭泣不止，卡茜亚的手按在我肩上——最严重的疼痛就过去了。失血减缓，停止。我恢复了视觉，接着是听觉：楼梯上的搏斗，刀剑相撞的沉闷声响，石墙、金属剐蹭声，有时一声脆响。血穿过壁垒，缓缓流出。

萨坎倒在我身边的墙上，嘴唇在翕动，但几乎不能继续发声，他的眼睛疲惫地闭紧。召唤咒现在就像海滩上的一座沙堡，一侧已经被海浪

无根之木
UPROOTED

冲毁，其他部分也摇摇欲坠，他在用蛮力维持。如果剩余的魔法力面崩塌，我不知那种空无会不会吞掉整座石塔，吞噬我们所有人，只在这世上留下一个空洞，就像我们所有人都不曾存在过。

他睁开眼睛看着我。他向卡茜亚和孩子们示意，两个小孩都蜷缩在她身边，害怕地从酒桶上面向外看。萨坎再次示意：走。他想让我带上她们逃走，一起瞬间转移，到某个安全的地方。我犹豫了，他的眼睛狠狠瞪着我，怒气冲冲；他用手向身旁空空的地面示意。那书已经不在：召唤秘典已经消失。我们不可能完成咒语，而等到他魔力耗尽——

我深吸一口气，一只手紧握住他的手，重新加入魔咒。他抗拒。我一开始只是在轻声唱，每次都很简短，摸索着找路。我们不再有路线图，而我也不记得咒语原话，但我们以前做过这件事。我记得我们要去哪里，我们试图建造的是什么。我像是给行将倒塌的沙堡城墙多推了一些沙子来，还掘了一道护城河，应对即将来临的海浪；我把护城河加长加宽。我继续哼唱，一点儿故事，一点儿歌谣。我在自己脑子里再次开始堆沙子。萨坎很拘谨，很困惑，不知道怎样才能帮我。我对他唱了一段略长些的歌谣，加入一点儿旋律，就像在他手里放了几个卵石，而他慢慢把卵石还给我，缓缓念诵，语音精准，节奏均匀，像是把石子一个一个排布在沙墙周围，让我们的沙堡地基升高，更加坚实。

魔法结构在强化，又一次坚实起来，我们制止了崩塌势头。我继续前进，到处尝试，找到路途就告诉他。我等于是收集了更多沙子，让他把城墙修整得平滑、匀称。我们一起插了一根带树叶的细枝上去，作为飘摇的旌旗。我的呼吸还是很急促。我能感觉到自己胸口有奇怪的死结，还有深处的抽痛，那是药水在继续发挥作用，但魔法透过我在顺利运行，闪亮，迅捷，近乎满溢。

第二十八章
chapter 28

人们在喊叫。男爵的最后几名手下正从另一侧爬上壁垒，他们中的大多数都丢掉了刀剑，只是在试图逃命。一道光正沿着楼梯向下，其末端发出尖叫声。士兵们抬起手，帮助逃回来的人爬下来。他们人数已经不多。现在没有人再逃回，士兵们把最后一些木片和大铁锅丢上壁垒，尽可能堵塞通道。马雷克的声音在它后面回响，我还瞥见了王后的头，金发很醒目。男爵的士兵用长矛刺她，但矛尖都从她皮肤表面弹开。壁垒在解体。

我俩还是无法从咒语中脱身。卡茜亚站了起来，她正拉开古墓之门。"下去，快！"她对孩子们说。他们快步跑下阶梯。她抓住我的胳膊，扶我起来，萨坎也挣扎着站起来。她把我们推进门，从地上捡起她的弯刀，又从铁柜里取出一瓶密封的疗伤药。"这边来！"她向士兵们喊。他们也都跟在我们身后拥进来。

召唤咒也跟我们一起进来。我在环形阶梯一圈圈地走，萨坎紧跟在我身后，魔法在我们之间歌唱。我听到上面传来摩擦声，阶梯暗下来：一名士兵关闭了入口。两侧墙面上的字母在黑暗中显得明亮起来，轻声絮语，我发觉自己在调整我们的施法方向，以便轻轻滑向他们的魔法。渐渐地，我感觉到我们内心的魔法城堡变了；它变得更宽更大，更多回廊和窗户成形，空中还加了一座金色圆顶，更多灰白色石墙，上面刻有银色字符，就像阶梯旁的墙面一样。萨坎的声音减缓，他也发觉了这变化：古代石塔，失落之塔，来自很久以前。在我们周围，强光乍现。

我们纷纷走进阶梯底端的圆室。这里的空气令人窒息，不足以供我们这么多人呼吸，直到卡茜亚拿起一根铁烛台，用底端敲开了通往古墓的墙壁。砖头纷纷掉落，清凉的空气涌进来，她把孩子们推进去，告诉他们躲在老国王的棺材后面。

无根之木
UPROOTED

我们头顶远处，传来石头碎裂的声音。王后正率领马雷克及其手下进来追杀我们。几十名士兵挤到房间里贴墙站立，一脸惊惶。尽管残破不堪，他们都穿着黄色战袍，所以都是我们一边的，但我没看到一张熟悉的面孔，也没看到男爵。远处又有刀剑撞击声：仍被堵在阶梯上的最后几名黄沼泽战士正在战斗。召唤咒的光芒迅速增强。

马雷克刺死了阶梯上最后一名士兵，他把尸体踢开，让它翻滚着落到下面的地板上。士兵们跳上前迎战他，几乎是满怀渴望：至少他还是个合乎常理的对手，是个有可能被击败的人。但马雷克用盾牌挡住一记猛击，蹲身上前，用剑刺穿第一名对手的身体；他旋转向后，又削掉了另一边那个人的头；完成挥击的同时，他用剑柄砸倒一个人，再顺势前刺，扎到另一个人的眼睛。卡茜亚上前一步到我身旁，大声抗议，举起弯刀；但她还没喊完那一声，身边的人就全部被打倒。

但我们也完成了召唤咒。我唱出最后三个词儿，萨坎随后跟唱，我们又合唱一遍。

强光照耀整个房间，几乎是从大理石墙里照射出来，马雷克向前进入他清出的空地，王后也站到他身后。

她的剑尖向下，滴着血。她的脸平静、沉着，近乎安详。强光照耀在她身上，穿透她的身体，稳定又深入；那里没有任何魔法侵蚀迹象。马雷克也没问题，他身后的索利亚也一样，漫过王后身体的强光，也同样波及站在旁边的他们两个。王子和巫师体内都没有阴影：只有一份强硬到闪亮的自私，高耸如塔楼的骄傲；但在王后体内，连这些都没有。我瞪着她，喘息着，非常困惑。她体内真的没有邪恶魔法侵蚀。

她体内什么都没有。召唤咒的强光可以直接穿过。她的内部完全腐烂到罄尽，她的身体只是一片空洞，外面包了一层树皮。她已经没有

第二十八章
chapter 28

任何人性特征可供侵蚀。我明白得太晚了：我们闯入险境去营救汉娜王后，所以黑森林就让我们找到了想找的东西。但实际上我们找到的，只是一个残留的空壳，只是林心树干的一部分。一个傀儡，空洞的傀儡，等我们完成一切考验，它才会现身，我们自以为一切都没错，然后黑森林就可以伸出手来，拿起控制傀儡的悬索。

强光继续向她身上倾泻，慢慢地，我终于看清了黑森林，就像我重新去看一片云，看到的是一棵树，而不再是一个女人的面孔。黑森林就在那里——也是那里的唯一。她金色的头发来自叶片上的浅色叶脉，她的肢体都曾是树枝。而她的脚趾就是长长的树根，是爬出地面的部分，那些根可以深入地下。

她在看我们身后的墙，看那通往古墓的裂口，还有它的蓝色魔火，她的脸第一次有所改变，这变化就像是细瘦的柳树在强风中折腰，似有风暴卷过树冠。黑森林背后的主宰者——不管它是什么，它都曾经来过这里。

在召唤咒的强光下，汉娜王后奶白色的面孔被揭掉，像流水冲掉一层漆。下面是另外一位王后，全身颜色斑驳，有棕、绿、金黄等，她的皮肤布满桄木纹，头发是近乎黑色的墨绿，夹杂着几丝红、金和秋叶棕色。有人挑出了她那缕金色头发，把它们编成一个圆形小冠，固定在她头顶，中间夹了白色丝带。她还穿了一件白裙子，这衣服在她身上很不对劲，她还是穿着它，尽管这衣服对她本人毫无意义。

我看到那位被埋在此处的国王，他的身体出现在王后与我们之间。他在一块白色亚麻布上被六个人抬着，面容平静，一动不动，双眼模糊，像蒙了一层牛奶。他们把他抬进这座墓室，轻轻放入巨大的石棺；他们把亚麻布折起，盖住他的身体。

无根之木
UPROOTED

在召唤咒的光线里，另外那位王后跟着那些人进入墓室。她弯腰向棺材里看。脸上并没有悲伤，只是惊讶和迷惘，就像她不懂这是什么。她抚摩国王的脸，用奇特的长手指碰他的眼睑，她的指节像树枝节一样突出。国王没有动。她很吃惊，把手缩回来，给其他人闪出位置。那些人给石棺加盖，蓝光在棺盖上燃起。她看着那些人，还是困惑不解。

其中一个在场的男子跟她说话，那人淡如鬼魂，我觉得，应该是告诉她随便在这里停留多久。男子鞠躬，弯着腰从入口处离开墓室，留下她一个人。他转身背对王后时，脸上有种奇怪的神情，甚至在那么久的过去，还是被召唤咒记录了下来，那表情冷酷又决绝。

黑森林王后并没有看到那副嘴脸。她还站在石棺前，伸出两只手放在棺盖上，就像玛丽莎一样困惑不解。她不懂何谓死亡。她盯着那团蓝光，看它跃动；她转了一个圈，看空空的石室，带着一副受伤的、震惊的表情环顾。她突然停住，定睛细看。墙上那个小小入口，正被砌上砖块。她正被封死在坟墓里。

她愣愣地看了一会儿，然后冲上前，跪在残留的入口处。那些人已经用砖块堵塞了大部分空间，还在快速封堵。那个冷面男子在别人忙碌时念诵咒语，银蓝色的光从他的两只手中噼啪响着闪耀，照在那些砖块上，把它们粘连在一起。她伸出一只手，表示抗议。但他不理睬，也不看那女人的脸。没有人看她。他们用最后一块砖封死了那堵墙，也用那块砖，把她的手推回了墓室中。

她站起来，独自一人。她震惊，愤怒，心烦意乱，但她还没有感到恐惧。她抬起一只手，想要做些什么。在她身后，蓝火仍在跃动。四面墙上的字符都被火照亮，发出光芒，完成了楼梯上开始的漫长语句。她回转身，我可以跟她一起读出那个长句：在此永驻，在此长留，不动如

第二十八章
chapter 28

山，永不回还。而这并不只是为长眠的国王谱写的诗句。这不是一座坟墓，这是一座监狱。这监狱本来就是为她建成。她转身，拍打石墙，她徒劳地想要推开它，想把手指插进缝隙里。恐惧在她心中腾起。石块将她围困，冰冷，巍然不动。他们特地从大山的根部采来了这些石料。她出不去，她做不到——

突然之间，黑森林王后把整段记忆抛开。召唤咒的强光消散，像水一样从墓石表面流走。萨坎踉跄后退，我险些顺着墙瘫倒，我们都回到了圆形石室中，但王后的恐惧还在我胸腔内翻腾，就像一只小鸟，在撞击围困它的墙壁。它被囚禁，远离阳光，远离水源，远离空气。但她还是不能死。她至今未死。

她站在我们中间，只是半掩在汉娜王后的脸孔后面。而她也不再是黑暗回忆中的那位王后。不知用了什么办法，她成功脱逃。她赢回了自由，然后她会——杀死他们吗？她的确杀了那些人，而且不只是那些人，还有他们的爱人，他们的孩子，他们的整个种族；她吞噬了他们所有人，成了跟他们同样可怕的恶魔。她制造了黑森林。

她在黑暗中低声嘶鸣，不是蛇一样的咝咝声，而更像是树叶的摇动声，树枝在风中轻微的摩擦声，而在她迈步向前的同时，藤蔓跟在她身后，顺着楼梯翻涌而来，勒住所有幸存人类的脚踝、手腕和咽喉，把他们拉到墙边，摁在房顶，谁都不可以挡在她面前。

萨坎和我还立足未稳。卡茜亚站到我们面前，像一面盾牌。她砍削那些藤蔓，让它们无法靠近我们，让我们保持自由，但其他藤蔓绕过她，进入墓室。它们缠住了孩子们，开始把他们倒拖回来，玛丽莎尖叫，斯塔塞克徒劳地砍那些青藤，直到手臂也被缠紧。卡茜亚从我们面前错开一步，靠近孩子们，她的表情十分痛苦，无法兼顾所有人。

393

无根之木
UPROOTED

　　这时候，马雷克跳了出来。他把长藤砍开，自己的剑刃在闪光。他站在王后和孩子们之间，用握盾的手把他们推回棺室。他站在王后对面，而她也停下脚步，马雷克叫："妈妈！"他很激动，丢下剑，想抓住她的手腕。他低头看王后的脸，而她也缓缓仰头看他。"妈妈，"他说，"摆脱她。我是马雷克——是你的马里切克。请回到我身边吧。"

　　我贴着墙，吃力地站起来。马雷克王子浑身都是决心，都是渴望。他的盔甲到处是血和灰烬，他的脸上也有鲜艳的红色痕迹，但有一会儿，他看上去就像是一个小孩，或者是一名圣徒，纯洁，充满渴望。而王后就那样看着他，把一只手放在他的胸膛上，然后杀死了他。她的手指变成尖刺、树枝和藤蔓；她用这样的手指穿透王子的盔甲，把手紧握成拳。

　　如果汉娜王后还有任何残留，任何一丝意念，或许都在这一刻被她消耗掉了，换来一点点仁慈：马雷克死的时候还不知道自己已经失败。他脸上的表情没变。他的身体从王后手边轻轻滑倒，没有太大变化，只是在胸甲位置多了一个洞，是她手腕插进去的地方。他仰面倒地，盔甲敲响石地板，眼睛依然清朗、自信，他确信母亲能听到自己的声音，确信他还能赢。他看起来像个国王。

　　他那份确信也感染了我们。有一会儿，我们都被这结果震惊到动弹不得。索利亚猛吸一口气，惊呆了。卡茜亚跳上前来，挥舞她的刀。王后用自己的剑挡住。她们相对站定，势均力敌地对抗，磨在一起的锋刃上迸出几颗火星，王后身体前倾，她的剑慢慢压了下来。

　　萨坎开了口，一通跟热力和火焰有关的咒语被他念出，王后两条腿周围的地面上喷射出火焰，黄—红色的火，炙热逼人。火焰靠近卡茜亚时，烤黑了她的皮肤，也吞没了两把刀剑。卡茜亚不得不翻个跟头躲

第二十八章
chapter 28

开。王后的银色锁子甲熔化，一道道闪亮的液体从她身上流下，在地面凝成黑乎乎的一摊。她的衣服起火，腾起黑烟，但火焰没能伤及她的身体。王后苍白的肢体还是完好无损，没有留下一点儿痕迹。索利亚也在用他的白色火焰鞭抽打王后，他的火焰与龙君的火焰相遇，会闪出蓝光，这混合来的蓝色火焰翻卷着烧过王后全身，试图找出弱点，找到入口。

我握住萨坎的手，给他注入魔法和力量，让他继续用火焰打退王后。他的火也在藤蔓上延烧，尚未窒息的士兵们跟跄起身，逃上阶梯——至少他们还能逃。其他咒语，一个接一个出现在我脑子里，但我不用试就知道，它们都不会有用。火烧不死她，刀剑也砍不动她，不管我们试多久。我惊恐地想，也许我们应该让召唤咒失败，用那种巨大的空无把她吸进去，不知能否有用。但我觉得即便那样，也难以除根。她太强大。她应该有能力填补我们在世间开辟的任何空洞，然后仍有足够的部分残留。她就是黑森林，或者说黑森林就是她。她的根扎得太深。

萨坎的呼吸特别迟缓，有时还会间断。索利亚瘫倒在阶梯上，魔力耗尽。我给了萨坎更多力量，但很快他也将倒下。王后转身面向我们。她没有微笑，她的脸上也没有显出得意，只有无尽的怒火和胜利临近的感觉。

在王后身后，卡茜亚站了起来。她从肩头拔出阿廖沙的必杀之剑，用力挥出。

剑刃砍中王后的喉咙，卡在那里，削透了一半。空洞的咆哮声响起，我的耳鼓几乎被震破，整个房间都在变暗。王后的脸静止住了。那剑开始不停吸取、吸取、吸取，它的饥渴无穷无尽，总要吸入更多。那声音越来越尖厉高亢。

无根之木
UPROOTED

那感觉就像是两个无限力量之间的战争，一方是无底的深渊，一方是无尽的河流。我们都站在原地愣住，观望，祈求。王后的表情没有变。那把剑砍中她喉咙的地方，一种黑色光泽正试图向她全身扩展，从伤口向周围扩散，就像滴进清水里的一团墨汁。她慢慢抬起一只手，用手指触摸伤口，指尖触及之处，那种色泽就会消退一些。她低头看伤口。

她重新抬头看我们，带着突如其来的轻蔑，头几乎是轻轻摇了摇，似乎在说，我们一直都极度愚蠢。

突然她双膝跪倒，头、躯干和四肢都在抽搐——就像一只突然被操控者丢下的玩偶娃娃。萨坎的魔火瞬间就点燃了汉娜王后的身体。她短短的金发在黑色烟雾中燃起，她的皮肤变黑，爆裂。灰白色光线从焦裂的皮肤下投射出来。有一会儿，我以为这招管用，也许这把剑打破了黑森林王后的不死之身。

但灰白色的烟雾还是从那些裂缝里呼啸着飞出，像洪流，咆哮着冲过我们身边——逃走了，就像黑森林王后曾经逃离这座监狱一样。阿廖沙的剑还在试图吸光她，追上这波烟雾，但它们飞走得太快，甚至连那把剑饥渴的欲望都追之不及。索利亚护住头，那团烟雾从他头顶冲过，飞上楼梯；还有些扭曲着飞出通气道；还有几股冲进埋葬室，再向上，消失在房顶上一条隐蔽的裂隙里，我肯定找不到这么隐蔽的缝隙，它特别微小。卡茜亚把孩子们挡在身下。萨坎和我蜷缩在墙边，捂住嘴巴。黑森林王后的精魄掠过我们皮肤的表面，带着油乎乎的可怕侵蚀，像老叶陈土的湿热臭气。

然后，它就不见了——她不见了。

失去了宿主，汉娜王后的身体马上碎裂，像燃尽了的木材散落成

第二十八章
chapter 28

灰。阿廖沙的剑铿然落地。我们被孤零零地抛在那里，只能听到自己急促的呼吸。所有幸存的士兵都已经逃走。死者被藤蔓和火焰吞噬，只留下烟熏的鬼魂在大理石白墙上逡巡。卡茜亚缓缓坐直身体，孩子们靠在她身旁。我双膝着地瘫倒，因为恐惧和绝望浑身战栗。马雷克的手张开着，就在我旁边的地上。他的脸还在房子中间，无知无觉地向上注视，周围环绕着烧黑的石头和熔化的钢铁。

黑色利刃随风而化，转眼间就空留下一副剑柄。黑森林王后逃脱了这一劫。

第二十九章

　　我们在朝阳下带孩子们离开石塔，明朗的阳光，不可思议地照在六千人静默的尸体上。现在有好多苍蝇成群结队嗡嗡叫，还有成群的乌鸦聚集过来。我们靠近时，乌鸦就飞上墙头，等着我们离开，别再妨碍它们。

　　我们在地下室看到过男爵，他靠在壁炉墙上，两只眼睛空洞无神，坐在血泊里。卡茜亚找到一瓶还没有开封的休眠药水，握在男爵身旁一名阵亡士兵的手里。她回到最下层打开瓶子，给两个小孩每人喝了一口。他们被带上来之前，就目睹了太多杀戮。

　　现在斯塔赛克软塌塌地伏在卡茜亚背上，萨坎把蜷成一团的玛丽莎抱在怀里。我在他们身后艰难跟随，肚子里太空，不可能呕吐；泪也流干了。我的呼吸还是短促，痛苦。索利亚跟我走在一起，有时伸手扶我一把，爬过特别高的尸体堆。我们没有俘虏他，他只是跟我们一起出来，带着一脸困惑跟在我们后面，像一个明知自己不是在做梦，却感觉像是在梦中的人。在地下，他把残余的斗篷给萨坎，用来包裹小公主。

第二十九章
chapter 29

石塔依然矗立，但摇摇欲坠。大厅地板像碎石迷宫，到处是死掉的根须和干枯的藤蔓，像楼下王后的尸体一样被烧得焦黑。有几根立柱完全倒塌。天花板有个洞，可以直通书房。还有张椅子卡在洞口。我们爬过石块和其他废墟离开时，萨坎还抬头看了一眼。

我们不得不走过为了挡住马雷克修建的整条围墙。当我们穿过隧道时，古老的石材低声向我讲述忧伤的往事，我们沿途都没有遇见活人，直到进入被遗弃的营地。至少那里还有少数士兵，在军需品中翻找值钱的东西；有几个从帐篷里跑出来，见了我们就逃，手里拿着银杯之类的东西。我宁愿付出一打银杯，只要能听到一个活人的声音，只要能确认不是所有人都已经遇难。但他们都在逃，要么就是躲避我们，藏在帐篷或者成堆的补给品后面窥探。我们在寂静的野地里站了一会儿，我想起些什么，说："那些炮兵。"

他们还在，一个石化的连队，被推在一边，空洞的灰眼睛看着石塔，多数人没有被严重损坏。我们站在他们周围，默然。我们没有一个人有足够的力量解除咒语。最后还是我伸手给萨坎。他把玛丽莎抱在另一侧，让我握住他的手。

我们吃力地凑出足够魔力，解除了石化状态。士兵们哆嗦着，抽搐着，从石头变回人样，战栗着适应重新得到的时间感和呼吸。有些人丢了手指头，或者在身体碰坏的地方留了伤疤，但他们都是训练有素的士兵，平时操作的大炮跟任何魔法的威力一样可怕。他们瞪着眼睛避开我们，但当他们看到索利亚，至少还认可他的权威。"您有何命令，大人？"其中一个人不知所措地问他。

索利亚眼神空洞地愣了一会儿，然后看着我们，同样不知所措。

我们一起步行去了奥尔申卡，道路积满尘土，因为昨天被用得太

无根之木
UPROOTED

凶。昨天。我试图不去回想：昨天有六千人沿这条路进军；今天他们已经烟消云散。他们死在战壕里，他们死在厅堂中，他们死在地下室，还有漫长的下行阶梯上。我仿佛看到他们的脸，就在我们脚下的泥土里。奥尔申卡已经有人看见我们靠近，鲍里斯赶了马车出来，让我们上车走完了剩余的路程。在车上，我们像谷物袋一样左摇右晃。车轮的嘎吱声里，我仿佛听到了所有关于战争和战役的歌谣，马蹄声像是战鼓铮铮。所有那些故事，结局一定也是这样，有些人疲惫地返回家乡，身后是堆满了尸体的战场，但从来没有人唱关于这部分的歌。

鲍里斯的妻子纳塔娅让我在玛莎以前的房间里睡下，这是间小小的卧室，洒满阳光，有个旧布娃娃放在架子上，还有条小小的儿童被。她现在搬去了自己的家，但房间还是她在家时的样子，一个温暖又热情的地方，像是很愿意接纳我。纳塔娅放在我额头上的手感觉就像我妈妈的，告诉我睡吧，睡吧，大妖怪不会再来了。我闭上眼睛，假装自己相信她。

我睡到天黑才醒，这是个温暖的夏夜，浅浅的暮色正被暗蓝的夜取代。房子里有一种熟悉又舒适的忙碌声，有人在准备晚饭，其他人忙了一天刚刚回家。我坐在窗口，好半天没动。他们家比我家富裕多了：他们家房子还有个二楼，专门用作卧室。玛丽莎在大花园里跑，跟一条狗和四个小孩一起玩，他们多数都比她大。她穿了一条新裙子，上面染了好多草汁。头上原本精致的发髻也散乱了。斯塔赛克却只是坐在门口看他们，尽管花园里有一个跟他年龄相仿的男孩。就算穿上平民的衣服，他的样子也不像普通男孩，他总是坐得四平八稳，表情严肃得像一座教堂。

"我们必须带他们回克拉里亚。"索利亚说。有时间休息之后，他部

400

第二十九章
chapter 29

分恢复了那种过分的自以为是，自在地坐在我们中间，就像他一直都跟我们站一队似的。

天完全黑了，孩子们上床睡觉。我们坐在花园里，手边有清凉的梅子酒，我感觉自己就像在假装已经长大。这太像我父母做的事，摆上扶手椅和摇椅，带客人坐在森林外的荫凉处，聊庄稼和家里人的事，与此同时，我们这些小孩子到处疯跑，找浆果、野栗子，或者就是简单地玩捉迷藏。

我记得大哥刚刚娶了嫂子麦戈西亚时，他们两个突然就不再跟我们一起疯跑了，而是跟父母坐在一起：一种特别严肃的转变，我曾以为自己一辈子都不会受其影响。单单是坐在这里，感觉都不真实，更不要说还要讨论什么王座、谋杀，那么严肃，就好像这些东西都是真的，而不是歌谣里编造的。

听他们一起争论，更让我感觉很奇怪。"斯塔赛克王子一定要马上加冕称王，并确定摄政人选，"索利亚继续说，"比如吉纳大公爵和瓦沙大公爵，至少——"

"这俩孩子哪儿都不去，只能去他们外公外婆家。"卡茜亚说，"就算我得背起他俩，自己一个人赶去。"

"我亲爱的姑娘，你并没有搞清楚状况——"索利亚说。

"我才不是你亲爱的姑娘，"卡茜亚说，她的语调特别凌厉，足以让索利亚闭嘴，"如果你说斯塔赛克现在是国王，那也好。国王陛下已经要求我，带他本人和玛丽莎去他妈妈的家人那里。所以，他们就会去那里。"

"反正首都离这里也太近。"萨坎甩甩手说，有些不耐烦，懒得理鹰爵。"我的确能理解，瓦沙大公爵不会愿意看到国王落入吉纳大公爵手中。"当索利亚试图打断他时，他挑衅式地补充说，"而我并不在乎。克拉里亚以前就不安全，现在当然没有更安全。"

"但现在没有任何地方安全。"我说，打断了他们，觉得这些家伙让我搞不懂，"都撑不了太长时间。"在我看来，他们争论的内容无关紧要，不过是把房子建在河的这边，或者河对岸，却无视河边树上的春潮水位，明明超过了双方的建房选址。

过了一会儿，萨坎说："吉纳在大海的边上，北方的城堡又适合坚守——"

"但黑森林还是会来！"我说。这点我确信。我曾直面黑森林王后的脸，感觉到那份不可遏制的暴怒冲击着我的皮肤。这么多年来，萨坎一直能挡住黑森林的进袭，像把潮水挡在一道石坝后面；他把对方的力量分散开来，到上千处溪流和水井中去，遍布整条山谷。但这条堤坝本身也不可能永存。今天，下个星期，明年，黑森林早晚会冲破。它将收复所有那些水井、溪流，然后咆哮着冲到山区边缘。有了这些新获取的力量来源，它就将跨越山口。

届时将没有任何力量来应对它们。波尼亚的军队被击溃，罗斯亚军也遭到重创——而黑森林却输得起一场、两场，乃至十几场战争，它会确保立足之地，散布它的种子，就算它被推回一道或另一道山口，最终都不重要。它会持续不断地反击，她会一直重来。我们或许能把黑森林抵挡到斯塔赛克和玛丽莎长大成人，变老，甚至到他们寿终正寝，但鲍里斯和纳塔娅的外孙、外孙女们怎么办，花园里奔跑打闹的孩子们怎么办？还有他们的孩子呢，都一直活在黑森林日渐强大的阴影下？

"整个波尼亚都处在水深火热之中，这种时候，我们无法全力阻挡黑森林。"萨坎说，"罗斯亚国将会渡过雷瓦河，力图雪耻。只要他们听

第二十九章
chapter 29

说马雷克已死——"

"我们根本就挡不住黑森林！"我说，"这就是那些古人试过的，也是你一直在做的。我们必须彻底阻止它。我们必须阻止那女人。"

他凶巴巴地瞪着我："是啊，这主意好棒。要是连阿廖沙的魔剑都杀不死她，那就没有什么能做到。你建议我们做什么？"

我瞪他，在他眼睛里也看出了让我自己心惊肉跳的那份恐惧。他的表情平静下来，不再瞪我。他坐回椅子里，还是盯着我看。索利亚迷惑地轮流打量我们两人，担心地看着我。但其实没有别的选择。

"我不知道能做什么。"我对萨坎说，我的声音在颤抖，"但我一定要有所行动。你愿意跟我一起闯入黑森林吗？"

卡茜亚犹豫不决，她跟我一起站在奥尔申卡镇外的十字路口，很不开心。天空才刚刚泛出一抹灰扑扑的绯红色。"涅什卡，要是你觉得我能帮上忙的话。"她轻声说，但我摇头。我吻了她，她双臂小心地抱住我，一点一点加力，直到把我抱紧。我闭上眼睛，搂紧她，有一会儿，我们像是又变成了孩子，两个小女孩，活在遥远的阴影下，但还是很开心。阳光沿着大路照过来，触及我们的身体。我们放开手，向后退开：她一身金黄色泽，面容坚毅，美得不像人类，而我手里掌握着魔法的力量。我双手捧了她的脸蛋儿一会儿。我们额头向前轻触，她转身离开。

斯塔赛克和玛丽莎坐在马车上，紧张地看着卡茜亚的方向，索利亚坐在他们身旁，一名士兵在驾车。已经有更多士兵走回镇上，那些在最终战斗之前离开战场和石塔的人，有些来自黄沼泽，有些是马雷克的手下。他们都将跟着充当护卫，他们不再彼此敌对，从一开始，他们就不是真正的敌人。就连马雷克的手下，也以为他们是来救国王的后代的。

无根之木
UPROOTED

他们只是被黑森林王后摆到棋盘敌对位置上的棋子，就为了让她能坐在旁边，看人们互相残杀。

马车上装满了全镇送来的补给品，都是本打算今年晚些时候交给萨坎的贡品。萨坎给了鲍里斯黄金，买下马儿跟马车。"要是你肯驾车，他们还会另付钱，"他当时说，一边递上自己的钱袋，"你还可以带上家人一起去。这趟挣到的钱，足够你在另外一个地方开始新生活。"

鲍里斯看看纳塔娅，她微微摇头。于是他转回身来说："我们留在这儿。"

萨坎走开时嘟嘟囔囔，对这种在他看来很蠢的行为很不耐烦，我却在看鲍里斯的眼睛。山谷的轻声诉说也在我的脚下响着，这里是家园。我故意没穿鞋子出来，这样就能蜷起脚趾夹住软软的青草和尘土，并把那种力量引入我的身体。我知道他为什么不肯离开。要是我到德文尼克村，要求我父母搬走，他们一定也会拒绝。"谢谢你。"我对鲍里斯说。

马车嘎吱响着离开，士兵们列队跟在后面，卡茜亚坐在车后看我，她双臂环抱着孩子们，直到行军队伍扬起的尘土像云一样升起，我再也看不清他们的模样。我转身面对萨坎，他严厉又严肃地看着我。"怎样？"他问。

我们从鲍里斯的大房子出发，沿路前进，走向磨房水轮的拨水声响起的地方，河水不断推动它。在我们脚下，道路渐渐变成松散的卵石，然后滑落到清澈的、微微泛起一点儿水沫的河水中去。水边系着几条小船，我们解开最小的那一艘，把它推进水里，我撩起裙子，萨坎的长靴被扔上船舱，我们上船时并没有什么优雅风范，但没有把身上弄湿，他拿起船桨。

他坐下来，背向黑森林说："给我计时吧。"萨坎划桨的同时，我低

第二十九章
chapter 29

声唱起亚嘎女巫的加速歌谣，河岸在旁边一闪而过。

　　升起的骄阳下，斯宾多河清澈又平直，水面波光粼粼。我们快速沿河急行，每滑一桨，就可以前进半英里。我看到波尼兹村有妇女在岸边洗衣，她们从成堆的亚麻布旁边站起来，看我们像蜂鸟一样迅速闪过，途经沃伊斯纳村，还曾驶过那里的樱桃树下，今年的果实才刚刚成形，水面还有落花。我没能看到德文尼克村，尽管我知道何时经过那里。我认出了一段河岸的形状，是村子以东半英里的地方，回头时，就看到教堂尖塔上的铜公鸡。风从我们背后吹来。

　　我一直轻声唱，直到黑墙一样的树木出现在前方视野里。萨坎把桨放在船底。他回头看林木之前的土地，表情很严肃。我过了一会儿才意识到，那里没有土地烧焦的痕迹，只剩下繁茂的绿草。

　　"之前，我们沿着林地边缘把它向回烧了一英里的。"他说。他向南看群山，就像试着估计黑森林已经逼近的距离。我觉得事到如今，这些都已不重要。不管多远，都是太远，而且还没有远到可能达到的程度。我们必须找到制止它的办法，否则就全盘皆输。

　　斯宾多河的水流带着我们，继续漂浮前进。前方，细瘦的黑色林木伸出长长的臂膀，手牵手立在河岸上，像两岸竖起的高墙。他回头面对着我，我们携起手来。他吟诵了一段转移注意力的咒语，让我们隐身，我接过这个线索，对我们的小船轻轻诉说，告诉它做一艘随水漂来的空船，绳索磨损，断开，一路轻轻碰撞岩石。我们试图变成不值得注意的东西，不必被忌惮。太阳高高爬上头顶，一缕强光照在河心水面上，夹在两岸树荫之间。我把一支桨伸到船后当成舵来用，让我们保持在这条明亮的水路上。

无根之木
UPROOTED

　　河岸植被变得更加繁茂、野性，刺丛中挂满红色浆果，还有龙牙一样的尖刺，灰白色，尖利得要命。树木也变得更密集，更巨大，更奇形怪状。它们侧生到河面上空；它们把细长的枝条伸向空处，抢占更多空气。看起来像是有形的嚎叫声。我们的安全通道越来越窄小，而我们船下的水毫无声息，就像它也在隐藏形迹。我们两个蜷缩在小船中央。一只蝴蝶暴露了我们，它是一个小家伙，黑黄两色，可能是在飞越黑森林的途中迷了路。它落在我们的船帮上休息，精疲力竭的样子，然后一只小鸟像黑色飞刀一样冲出树林咬住了它。小鸟也停在了船帮上，破碎的蝴蝶翅膀从它的嘴角露出，小鸟快速连吞三口，把蝴蝶吃掉，它那两只黑豆豆一样的眼睛一直盯着我们看。萨坎想要抓到它，但它箭一样飞回树林里，一阵冷风从我们背后吹来。两岸传来低吼声。一棵巨大的老树大幅下弯，根从地下拔出，吼叫着踏入我们船后的河水里。船身以下河水翻腾。我的船桨被扭到一边。我们抓紧船舷，稳住身体，小船在水面打着转，向前急冲，船头向后。船开始摇摆，河水从侧面泼洒进来，冰冷地浇在我的光脚上。我们还在转圈，在风浪中不由自主。转身过程中，我看见一只树人站在倒地的树干上喋喋不休，就在河岸旁边。萨坎喊了一声："伦德坎、赛尔科兹！"我们的小船自动调整了方向。我一只手指向那只树人，尽管知道现在已经晚了。"波吉特！"我说，它树枝样的后背上突然迸出鲜艳的橙色火焰。但它转过身，还是四肢着地跑进了黑森林深处，背后带着橙色火焰和黑烟。我们被发现了。黑森林注视的全部威力降临到我们身上，像一记重锤。我躺倒在船底，惊骇莫名，冷水突如其来浸透了我全身的衣物。树木都在伸手抓我们，延长多刺的枝条封堵河道，我们周围的落叶突然增多，拖在小船后面。我们转过一个弯，前方出现六只树人，还有一只深绿色的螳螂带队，它们涉水进入

第二十九章
chapter 29

河道，组成一道有生命的堤防。

　　水流加快，就像斯宾多河很想送我们冲过它们，但它们"人多势众"，后面还有更多同伴下水。萨坎站在小船上，深呼吸准备施法，想要用火焰或者雷霆攻击它们。我吃力地站起来，抓住他的胳膊，拉他跟我一起从船后跳进水里，感觉到他吃惊之下在用力挣扎。我们深入河流，再次上浮时就像附着在树枝上的两片叶子，一片浅绿，一片棕色，跟其他叶子一起漂流。这是一种幻象，但又不是。我用全副心力维持着它，除了做一片叶子，别无他求，我只想做一片棕色小叶子。河水攫住我们，带我们进入一道狭窄的急流，兴奋地带我们继续前进，就像它一直在等这样的机会。

　　树人抓起我们的小船，巨螳螂用大镰刀把它切成几段，打成残骸之后，还把大头伸进去看，就像仍在努力找我们。它把闪亮的复眼缩回，一遍遍环顾周围。但那时，我们已经从它们腿边快速穿过。河流短暂地把我们吸入水底旋涡，沉在混浊的绿色寂静里，避开了黑森林的注视，然后在更远处把我们送上水面，一片方形的明亮的阳光下，跟十几片其他落叶在一起。在上游，我们身后，树人和巨螳螂正在搅水搜索，用肢体捕捞。但我们静静地浮在水面漂流，河水带我们继续前进。

　　我们作为树枝树叶，在隐匿状态下待了好久。周围的河道开始变窄。而树木却长到那么巨大，头顶的枝叶如此密集，以至于根本没有阳光投射下来，只有被层层阻隔过的微光。这里的灌木全部死光，因为长年见不到太阳。针叶蕨类和红伞蘑菇一簇簇生在岸边，水面下是灰色水草，河边还有黑泥中暴露出来的根须，从河中吸水。这些深色树干之间距离扩大。树人和巨螳螂们来河边寻找我们，还有其他怪兽：其中一只

无根之木
UPROOTED

是哼哼唧唧的巨型野猪，有小马那么大，肩膀格外宽大，两只眼睛像火炭一样鲜红，长嘴尖端尽是锋利的尖牙。它比其他东西靠我们更近，它沿河嗅探，挖开泥巴和枯叶，离我们小心翼翼漂过的地方非常之近。我们是树叶和树枝，我内心无声地吟唱。树叶和树枝，仅此而已，在我们继续漂流的途中，我看见那只野猪摇摇头，不满地哼哼着，回到了树林中。

那是我们看到的最后一只走兽。当我们从视线中消失，黑森林强烈的愤恨有所缓解。它还在找我们，却不知从何处着手。我们继续向前，那份压力进一步减轻。所有鸟儿和昆虫的鸣叫声都在渐渐消失。只剩斯宾多河自顾自汩汩奔流，水声更响亮一些。它的河道进一步变宽，在一片布满平滑石块的浅滩上，水流加速。萨坎突然开始行动，用人类的肺惊叫一声，把我湿淋淋地拽出水面。不到一百英尺之外，河水咆哮着流下悬崖。而我们并不是真正的树叶，尽管之前的一段时间，我俩都在努力忘记这一点。

河水试图继续带我们向前，近乎哄骗。那些岩石像湿润的冰面一样滑，它们还老是碰我的脚踝、手肘和膝盖，我们一路摔倒了三回。我们艰难地爬上岸时，离瀑布也就几尺之遥。浑身水湿，瑟瑟发抖。我们周围的树木静默，阴沉。它们没在看我们。它们太高大，从地上看，只是长而平滑的高塔。它们的心智多年前就已经成熟，在它们看来，我俩不过是两只松鼠，在它们根部鬼鬼祟祟游荡的小动物。瀑布底部腾起一团巨大的水雾，隐没了悬崖边缘和下面的一切。萨坎看我：现在怎么办？

我走进那水雾中，小心翼翼地摸索前进。脚下的地面湿润肥沃，河水的湿气紧贴我的皮肤。萨坎一只手扶着我的肩膀，我来找落脚和着手的地方，我们一路向下，艰难攀下这怪石嶙峋的悬崖。直到我脚下

408

第二十九章
chapter 29

一滑，重重坐倒在地。他也跟着我摔倒，我们一起滑下了剩余的一段山坡，勉强能保持臀部着地，而不是连翻筋斗。直到斜坡把我们重重丢在一根树干上。这棵树很险地侧伸到水花四溅的盆状水塘上空，瀑布的终点，树根紧紧盘住一块巨石，才没有倒进下面的水塘里。

我们躺在那里，被撞得一时喘不过气，仰面朝天，朝上面呆看。那块灰色巨石皱着眉头俯视我们，看上去就像个大鼻子老头儿，上半截有树根，可当作相当繁茂的眉毛。甚至在满身瘀青和划伤的情况下，我也感觉到一份释然，就像暂时找到了安全的藏身之处。黑森林的愤怒没有扩展到此地。水雾时而涌来，携带着大量湿气，它总是来回摇摆。我透过它看到树叶缓缓地上下巅动，浅黄色的叶子，挂在银色树枝上。我极其想要休息，萨坎低声咒骂了半句，跳起来，又抓住我的胳膊。他拉起不停抗议的我，开始逃走，闯进没过脚踝的水洼里。他在那里停住，正好出了树枝覆盖范围。我回过头，透过水雾向后看。我们刚才躺在了一棵古老的、多瘤的林心树下，它就生长在水边。

我们沿着狭窄的河道逃离那棵树。斯宾多河在这里不过是一条小溪，仅仅宽到可以让我们沿着它拖泥带水地奔跑，溪水底部是灰色和琥珀色的沙砾。水雾减淡，最后的湿气渐渐消减，直到刮来一阵强风，把一切妨碍视线的东西清除。我和萨坎停步，愣在原地。我们站在一片长满林心树的沼泽地里，而它们密密层层包围了我们。

第三十章

　　我俩紧紧拉着手，几乎不敢呼吸，就好像只要不动弹，就能让那些大树不发现我们。斯宾多河继续从我们身边流过，穿过树林，轻轻吟哦。河水如此清澈，我甚至能看到水底的沙砾，黑的、银灰的、棕色的，跟磨平的琥珀和石英混杂在一起。阳光重新又照耀下来。

　　这里的林心树不像在山顶那样，会长成巨大、沉默的参天柱子。它们还是很粗，但只有橡树那么高；它们的树冠范围很大，满是纠结在一起的枝条，还有灰白色的春日花朵。干枯的金黄色叶子铺满树下的地面，这是去年秋天落下的；而在落叶之下，飘出一股淡淡的葡萄酒一样的气味，来自去年掉落的果实，并不难闻。此情此景，让我的肩膀总是不自觉想要放松。

　　这些枝叶之间，本应该有无数鸟儿歌唱，还有小动物采摘果实，然而这里笼罩着一份怪异的宁静。河水继续轻唱着流淌，此外再没有别的动静，再无其他活物。甚至连那些林心树，看上去都一动不动。一阵风吹来，吹动叶子，那些树只是懒洋洋地嘟囔一阵，就静默下来。河水

410

第三十章
chapter 30

漫过我的脚掌，阳光从树叶之间照在水面上。

我终于跨出一步。树里并没有跳出任何东西，也没有鸟儿惊叫。我又迈出一步，然后第三步。河水温暖，投射下来的阳光还足够强，能让我背后的亚麻布衣开始变干。我们在寂静里行走。斯宾多河引领我们，沿着略显曲折的路线，在树木之间，在它们的环绕下前进，直到河水涌入一座小而宁静的水潭。

水潭对面长着最后一棵林心树：树干粗大，比任何其他的树都高，在它前面，有个绿色的土丘拱起，上面落满了白花。土丘上躺着黑森林王后的身体。我认出了她在石塔里穿过的白色丧服：她还穿着那件衣服，或者说，残留的部分。原本长且直的裙子已经破烂，侧面撕开了口子；衣袖也大半被腐蚀。她两只手腕上的珍珠手镯，也被古老的血迹染成棕色。墨绿色的头发披散在土丘侧面，跟大树的根系连接到一起。那些根也爬上土丘，像长长的棕色手指，轻轻环绕她的身体，把她的脚踝、大腿、肩膀和咽喉全都箍住；它们也贯穿她的头发。王后双眼紧闭，在做梦。

要是还有阿廖沙的剑，我们或许可以用剑袭击她，穿透她的心脏，把她钉在地上。也许那样就能杀死她，在此地，她法力的源头，刺入她的本体。但那把剑已经不在。

萨坎取出他残留的最后一点儿火焰之心：红金色的魔药，饥渴地在玻璃瓶中跃动。我低头看看它，没说话。我们来，就是为了结束这一切，就是要烧毁黑森林；而这里，就是黑森林的黑暗之心。她就是那颗心。但当我想象把火焰之心倒进她身体里，看她的肢体拍打挣扎——

萨坎看了一眼我的脸，说："你回瀑布那里去吧。"他想让我免受这份折磨。

无根之木
UPROOTED

　　我摇头拒绝，我并不是不忍心杀死她。黑森林王后该死，该感受一下恐惧：她自己就在播撒恐惧和死亡，煽动它们，扩散它们，永无餍足。卡茜亚在林心树下的无声呼喊，马雷克的脸，赤诚真挚，却被自己的母亲杀死。我妈妈在小女儿带来一围裙黑莓时的恐惧，只因为黑森林甚至不会放过小孩子。波罗斯纳的空房子，断壁残垣，一棵贪婪的林心树笼罩全村。还有巴洛神父，他的身体被扭曲成嗜血的怪兽。玛丽莎幼小的声音，叫着妈妈，却要面对母亲被刺穿的尸体。

　　我痛恨她，想看她被烧毁，像那么多受到邪魔侵蚀的人被烧时一样，他们只是被她控制。但想要做出残酷的事，感觉就像是无尽轮回中的又一个错误抉择。古老石塔中的人们曾经把她困在石墙内，后来被她全体灭绝。她唤醒黑森林，还想要吞噬所有人。现在我们又要把她投喂给火焰之心，让这一汪闪亮的清流里洒满灰烬。这一切看起来都不对，但我当时又想不到还有什么别的选择。

　　我和萨坎一起蹚过那片水潭。这里的水没不过我们的膝盖，我们脚下的小圆石非常平滑。靠近了看，黑森林王后的样子甚至更加奇特，不像是活的。她的嘴唇张开着，但胸部看上去并没有起伏。她甚至可以是用木头雕刻出来的。她的皮肤表面有那种纵纹，就像是竖向劈开，然后表面磨平的木柴，有深浅相间的纹路。萨坎打开瓶子，快速点了一滴火焰之心在她嘴里，把剩余的全洒在她身上。

　　她的眼睛一下子睁开了。衣服着火，那棵林心树的根也燃烧起来，她的头发也起了火，火焰在她周围，像浓云一样腾起，萨坎拉着我迅速后退。她发出嘶哑、狂怒的吼声。烟火从她嘴里喷射出来，火星也开始在她皮肤下闪亮，像橙色恒星放出光明，从她体内的一处扩展到另一处。她在根系之间的土丘上挣扎，绿草迅速化为黑灰。大团的烟雾在她

第三十章
chapter 30

身边、身上翻涌。我看到她体内的肺、心脏、肝脏，像起火房间里的阴影。那些长长的树根被烧焦，卷曲着松开，她从土丘上一跃而起。

她面对我们，像一根在火上烤了很久，如今剧烈燃烧的木柴：她的皮肤已经烧成黑炭，裂开来，显出下面的橙色火焰，惨白的灰烬从她皮肤表面吹走。她的头发变成火焰的怒涛，围绕在她头上。她再次尖叫，喉咙里闪耀着血红的火，舌头就像一根黑炭，她还在继续燃烧。她全身有多处喷出火苗，但新树皮一样的皮肤又会将缺口填补，即便当无尽的热力再一次烤黑了新皮，它还是能自动修复。她跟跄向前，走向水潭。我惊恐地看到这副景象，回想起召唤咒中看到的幻影，还有她的困惑，当她发现自己被封闭在石墓中时。问题不仅仅在于：除非被杀，她可以长生不死。问题还在于：她根本就不知道怎样死去。

萨坎从溪水底下抓起一把沙石，向她扔去，同时念了扩大咒。沙石飞过空中时就已经增大，成了巨石。它们砸在她身上，一阵阵火星腾起，像是被拨火棍戳动的火堆，但即便这样，她还是没有化为灰烬倒地。她一直燃烧，却不见消耗。她继续前进，四肢着地扑倒在水潭里，溪水在她周围咝咝响着，腾起大团的蒸汽。

浅浅的溪流突然加快节奏，急急涌过岩石，就像它知道水潭需要补充似的。即便在清澈的溪水下，她仍在发出火光，火焰之心在她体内闪耀，拒绝被湮灭。她双手捧水到嘴边。多数的水都被她焦热的皮肤蒸发掉了。她抓住萨坎抛向她的一块巨石，用一种奇特的魔法一抖，就把石头中间部分挖空，让她有一个大石碗来喝水。

"跟上我，一起来。"萨坎向我大叫，"让火在她身上保持不灭！"我愣了一下，一直呆看她在燃烧的同时生长。我握住他的手。"波吉特、莫林、波吉特、塔洛。"他念道，而我则咏唱那燃烧的壁炉，关于

无根之木
UPROOTED

轻轻吹火的歌谣。在黑森林王后的背后，燃烧的树根火势更盛，她体内的火也再次闪耀光芒。她从碗边抬头，在狂怒中咆哮。她的双眼变成黑而空洞的深潭，闪耀着火焰。

藤蔓植物从河床上冒出，纷纷缠绕在我的双腿上。光脚的我设法摆脱了它们，但它们缠住了萨坎的鞋带，他摔倒在河里。其他藤蔓马上绕紧他的胳膊，并伸向他的咽喉。我两只手急忙下伸，抓住它们念："阿拉卡拉。"绿色的强烈闪光传遍整条藤蔓，让它们快速逃走，我自己的手指也在刺痛。他快速念了一通咒，重获自由，把靴子留在了水底。我们两个爬到岸上。

在我们四周，所有林心树都被惊醒，它们哆嗦着，挥舞枝条，全都很烦，像是在风里七嘴八舌地讨论。黑森林王后不再理会我们。她还在用那口石碗喝水，但也在向那最大棵的林心树燃烧的根部泼水，想要把火扑灭。斯宾多河的河水正在一点点湮灭她体内的火。她在深潭里的两只脚已经是坚实的木炭样子，不再燃烧。

"那棵树，"萨坎哑着嗓子说，在河岸上艰难地站起来：他脖子上有一圈红色痕迹，像是荆棘印迹做成的项链。"她在试图保护它。"

我站在河岸边抬头看天：时间是傍晚，空气闷热潮湿。"卡莫兹，"我对着天空说，大声召唤。云朵开始聚集，混杂。"卡莫兹。"开始下小雨了，雨点一滴滴打在水面上。萨坎尖刻地说："我们不是要尝试灭火——"

"卡莫兹！"我大喊，双手举起，把闪电从天空拖下。

这一回，我知道将会发生什么，但这并不意味着我能做好准备，根本就没有任何办法准备。闪电再次夺走了我整个世界，我周围只剩下那一个可怕的瞬间，炫目的白色静寂，然后它就从我面前跳开，呼啸着，带着雷声，击中那棵巨大的林心树，地动山摇的一击，沿中央劈下。

那股力量把我向后猛抛，身体在空中打转。我晕头转向地落地，半身没在河床里，脸压在鹅卵石跟青草上，看到空中挂满金色叶子的树枝轻轻摇曳。我晕，我蒙，我脑子一片空白。整个世界都在诡异的宁静里，即便是在耳朵里塞了棉花一样的感官扰乱中，我还是能听到越来越响的尖叫，带着惊恐和愤怒。我双臂哆嗦，好容易用手撑起头。那棵林心树在燃烧，它所有的叶子都着了火，整条树干都被熏黑，闪电击中了树干较低处的主要分枝之一，几乎有四分之一棵树在分离。

黑森林王后在尖叫。就像出于本能，她两只手放在树上，想要把裂开的肢体推回去，但她自己还在燃烧，她碰到的树干也会再次起火。她把两只手缩回。常春藤类的须茎从地面上狂喷出来，爬上林心树干，绕住它，试图让它保持完整。她转身，穿过水池向我逼近，脸因为愤怒而扭曲。我四脚着地，试图爬起来，战栗着，知道这招没管用，她本身并没有受致命伤，尽管这棵树被重创。林心树并不是能够危及她生命的施法渠道。

那道闪电也把萨坎弹回了树木中间。他跟跄着走出，自己的衣服被熏黑，冒着烟，他指着溪水叫道："克杜尔，弗伦干，"在我听来，他的声音像黄蜂一样微弱，几不可闻，但溪水翻腾不定。"图阿尔，克杜尔——"河岸开始崩塌，拓宽。流水犹豫着缓缓转向，进入新出现的宽广河床：远离水潭和那棵燃烧的树。水潭里残留的水，开始冒出大量蒸汽。

黑森林王后转而面向他。她伸出双手，更多植物从水里疯长出来。她把那些藤蔓的尖端抓在手中，把它们向上拔起，然后丢向龙君。那些藤条在空中飞行时仍在生长，膨胀，它们缠绕住他，四肢全不放过，还

无根之木
UPROOTED

不断加厚，变长。它们把他摁倒在地。我试图挣扎着站起来。我双手刺痛，鼻端满是烟火味。但她来得太快，这团活着的木炭，周身仍然翻涌着水汽和黑烟。她抓住了我，我尖声大叫。我闻到自己的肌肉被烧焦，她抓紧我双臂的地方都变黑了。

她把我拖得两脚离地。我疼到看不见，也无法思考。我的衣服在冒烟，衣袖起火，从她紧握的手指之下脱落。她周围的空气像烤炉一样热，泛着水一样的波纹。我转脸避开她，挣扎着继续呼吸。她把我拖过水塘，登上她曾经休息的土墩，靠近那棵正在四分五裂的树。

那时我猜到了她要怎样对待我，尽管在那样的剧痛之下，我还是尖叫着极力反抗，但她的掌控完全无法撼动。我用光脚踢她，只是烤伤了脚。我盲目地搜寻魔法，也念出了半条咒语，但她如此盛怒地猛摇我的身体，结果是我牙齿不停打战，无法继续。她就像是我身边燃烧的巨型火炭，到处都是火。我试过抓住她，挤紧她。我宁愿被烧死。我不想知道她为我设计了怎样的侵蚀方法，把我的力量注入林心树后还有什么计划，当黑森林的核心得到强化——

但她的两只手无比坚定。她把我推过爆裂的木材和灰烬，塞进我用闪电劈开的裂缝里，收紧树干周围缠绕的藤条。林心树干在我周围合拢，像一顶棺材盖猛扣下来。

第三十一章

又湿又凉的树汁流过我全身，绿绿的，还特黏，淹没了我的头发，漫过我的皮肤。我用力推木头，急得发疯，哽咽着念出一通瀚力咒，大树重新裂开。我疯狂地扒住树干，让一只光脚先从裂缝底端伸出来，然后硬是挤出裂缝，回到那片沼泽地上，尖利的碎木片刺进我的手指和脚趾。我在恐惧的主宰下盲目地爬行，奔跑，远离那棵树，直到我跌跌撞撞倒在冷冷的水潭里，再爬起来——这才意识到一切都变了样。

这里没有任何火焰和战斗的迹象。我也没看到萨坎或者黑森林王后，哪儿都没有他们，甚至连那棵巨大的林心树也消失了。还有其他大部分的树也不见了，沼泽地几乎空了一半。我独自站在水潭边，水波悠然荡漾，简直像是到了另外一个世界。这里是光线充足的上午，而不是下午，还有好多鸟儿在枝叶间扑扇翅膀，喋喋不休，青蛙也在水边唱个不停。

我马上意识到自己是被困住了，但这个地方感觉并不像黑森林。它不是那个可怕的、变态的恐怖王国，我曾看见卡茜亚流浪，泽西在一

无根之木
UPROOTED

棵树下昏睡的地方。这里的感觉甚至也不像真实世界里的那片沼泽，那个宁静到不自然的地方。这里的潭水轻柔地抚摸我的脚踝。我转身踩着潭水跑向河床，逆着斯宾多河流淌的方向。萨坎自己无法独自使用召唤咒，不能用这种办法告诉我脱身路线，但斯宾多河是我们的来路，也许就是脱身的线路。

但在这里，就连斯宾多河也不一样，河流渐宽，并且开始加深，但没有水雾升腾的景象等我；我也没听到瀑布的轰鸣声。我终于停在河道转弯的地方，这里看起来至少有一点儿熟悉，我盯着河岸上的一棵小树：一棵细长的年轻林心树，也许有十年树龄吧，长在那棵巨大的老头脸石头上，就是我们在悬崖底部看到的那一块。这是第一棵林心树，就是我们疯狂滑下山崖时撞到的那一棵，当时它在瀑布底端，有一半被水雾吞没。

但在这里，没有瀑布，没有悬崖，老树还小，还年轻。另一棵树跟它遥遥相对，长在斯宾多河对岸，而在这两棵守护者后面，河面渐渐变宽，又深又暗的河水流向远方。我在更远处没看到任何林心树，只有普通的橡树和高大的松树。

然后，我发觉自己并非独自一人，有个女人站在河对岸老一点儿的林心树下。

有一会儿，我以为她是黑森林王后。她看起来很像王后，可能有血缘关系。她也是那副椴木加树皮的样子，同样乱糟糟的头发，但这个人的脸比较长，而且眼睛是绿色的。黑森林王后的身体是金色与褐色交杂，这位则是单调的棕色加上银灰色。她在顺着河流张望，跟我一样，我还没来得及说什么，远方的嘎吱声就顺水飘来。一条船进入视野，轻巧地浮在水面上，这是条长长的木船，刻有复杂精美的图案，很漂亮，

第三十一章
chapter 31

黑森林王后就站在船上。

她好像看不到我。她站在船头微笑，头上戴着花环，一个男人在她身边，我花了点儿时间才认出他的脸。我之前只见过他死后的模样：他是石塔地下的那位国王。现在的他看上去年轻得多，也更高大一些，他的脸还没有衰老的痕迹，但黑森林王后跟墓中的模样几乎相同，还是他们把她困住时候的那副样子。他们身后坐着一个严肃的年轻人，也就刚刚长大成人，但我还是能从他的骨相上判断出他日后的模样：石塔地下那个面容严峻的人。石塔族的更多人跟他们一起在那条船上，在划桨：那些银色盔甲的男子，他们边用桨划水，边警觉地环顾周围的大树。

他们后面还有更多木船，几十艘，但那些都像是临时拼凑成的，更像是过于巨大的树叶，而不像真正的船。上面挤满了我此前从未见过的怪人，他们的长相都有些像树木，跟黑森林王后本人有几分相像：黑胡桃木人、白皙的樱桃木人、苍白的桦木人和温暖的榉木人。他们中有小孩子，但没有老人。

雕刻精美的那条船轻轻靠岸，国王扶黑森林王后下了船。她微笑着走到林中妇人面前，双手伸出。"莉娜亚。"她说，这个词儿我好像有印象，在魔法与非魔法之间，是又不是一个名字。这个词儿的意思是姐妹，是朋友，还是旅伴。这称呼从她口中令人吃惊地传出好远，穿过林木。树叶像是在轻声回应同一个词儿，水波也像在随声附和，就好像它被写入了我周围的一切。

黑森林王后像是完全没有察觉。她亲吻自己姐妹的两边脸颊，拉起国王的手，带他继续前进，穿过两棵林心树，去往前方的小树林。石塔来的人把船系好，跟在两人后面。

莉娜亚静静地在河边等着，看船上其他的人上岸，一个接一个。每条船空了之后，她都会碰一下那条船，然后小船就会变成水面漂浮的叶子，河水灵巧地把它们带进河边一片小小的凹地。很快，河面就空了。最后那些森林人也在走向沼泽地。莉娜亚转身看着我，用低沉又威严的声音——像敲响空心木材的声音对我说："快来。"

我吃惊地看着她。她径直转过身，蹚过水流从我身边离开，过了一会儿，我也跟上她。我害怕，但本能地不怕她。我的两只脚在水中发出声响。但她没声音。贴到她皮肤的水，像是可以直接流过。

我们周围的时间，流逝的方式好像很奇怪。等我们来到那片树林，婚礼已经结束。黑森林王后和她的国王一起站在绿草丘上，四手互握，一条长长的花环绕住他们的胳膊。森林人聚集在他俩周围，松散地站在树林里，静静旁观。他们都非常安静，带着一种不同于人类的恬淡感觉。少数石塔来的人警惕地看着他们，也害怕林心树的沙沙低语声。年轻的严肃脸男人就站在那对夫妻旁边，带着厌恶的表情，看黑森林王后奇特的、树枝一样的长手指握住国王的手。

莉娜亚走到现场，加入其中。她的眼睛是湿润的，闪着光，像是雨后的绿叶。黑森林王后微笑着转头看她，伸出她的双手。"不要哭。"她说，她的声音像小溪水一样欢快，"我又不会走远。那座塔，就在山谷另一头。"

她的姐妹没有回答。她只是亲吻新娘的脸颊，然后放开她的手。

国王和黑森林王后一起离开，跟石塔来的人类同行。那些人穿过树林，静静漂走。莉娜亚轻声叹息，那声音就像风吹过枝叶。我们又是独自相伴，一起站在绿草丘上。她转身面向我。

"我们的族人在这里与世无争很长时间，"她说，我不知道，对一棵树而言，多久才算是很长时间？一千年，两千年，还是一万年？无数代

第三十一章
chapter 31

人的时间，每一年，根都更深入土壤。"我们开始忘记了怎样做人。我们越来越远离人世。"

"当术士国王带着他的人民移居此地，我的妹妹准许他们进入了山谷。她以为这些人可以教我们忆起往事。她以为我们可以得到新生活，也能教导这些人。我们可以互相赐予生命。但他们一直害怕。他们想要生存，他们想要变得更加强大，但他们并不想有所改变。"

"他们学了错误的知识。"在她说话的同时，很多年已经过去，一切都变得模糊，像是雨天、阴天和晴天，全都叠合在一起。又到了夏天，另一个不同的夏天，很久以后，森林人又穿林而来。

他们中很多人走得很慢，显出疲态。有的严重受伤：他们护理着烧黑的胳膊，有一个人瘸了腿，那条残腿像是被草草砍断的木桩，另外两个人扶着他。在残肢末端，我感觉那条腿正在慢慢长回来。有几对父母带着孩子，还有个女人抱着小婴儿。在远处，遥远的西方，一道浓浓的黑色烟柱正在腾空而起。

森林人赶来的路上，他们从林心树上采集果实，用掉落的树皮和树叶做成杯子，就像卡茜亚和我小时候在森林开茶会时做的那样。他们舀起潭中清水，然后在树林里散开，独自或者两人结伴走开，有时三人。我站在原处观察他们，双眼满是泪水，却不知为何难过。当太阳落山，他们中有些人就停在露天里。他们在吃那些果实，喝水。母亲咬下一片果肉，喂到小孩嘴里，用杯子给他或她喝一口水。

他们在变。他们的脚在生长，脚趾伸得好长，伸入到泥土里。他们的身体也在拉长，他们把胳膊伸向太阳。他们的衣服变成棕褐色的叶子或者干草落下。孩子们变得最快，他们突然就变成了巨大美丽的灰色巨塔形树木，枝叶散开到很宽大的空间里，开满白花，银色叶子长满枝条，就像他们体内全部的生命力，都在这愤怒的一息之间全部释放出来。

莉娜亚离开土丘，到他们中间去。有几个森林人，那些受伤的、衰老的，正在艰难挣扎：他们卡在了变身中途。那个婴儿变了身，成了一棵光彩照人的美丽大树，开满花朵。但那位母亲跪在它的树干旁边，蜷缩，战栗，双手扶在树上，她的水杯洒空，脸上满是盲目的痛苦。莉娜亚轻轻触碰她的肩膀，帮这位母亲站起来，从宝贝树旁边走开一点儿。莉娜亚抚摩这位母亲的头，给她吃水果，让她用自己的杯子喝下一口水，用那种怪异低沉的声音唱歌给她听。那位母亲站在那里，垂着头，泪水涟涟，突然之间，她的脸仰起，朝向太阳，她在生长，她的人形消失了。

莉娜亚帮了最后几个困境中的森林人，让他们从自己杯子里喝水，拿另一片果肉给他们吃。她抚摩他们的树皮，用歌声给他们注入魔力，直到他们完成剩余的蜕变。有些变成了小小的、节瘤突出的树，最老迈的那些变成了细小的树苗。这片树林长满了林心树。只剩她一个。

她回到水潭边。"为什么？"我问她，无助地问。我必须知道，但我几乎觉得，自己并不想得知答案，我并不想知道是什么迫使他们这样做。

她指向远方，河流的方向。"他们来了。"她用低沉的声音说，"看。"我沿着水面看去。那里不再是天空的倒影，而是好多人类，坐着精心雕刻的木船；他们带了灯笼、点燃的火把，还有大斧头。一面旗在第一艘船的船头招展。船头站着那位参加过婚礼的严肃年轻人，更老迈，更一成不变、尖酸刻薄的面孔，就是那个把黑森林王后封在墓里的人。他现在戴了一顶属于自己的王冠。

"他们来了。"莉娜亚又说了一遍，"他们出卖了我妹妹，把她囚禁在她不能生长的地方。现在他们来对付我们了。"

"你不能反抗他们吗？"我问。我能感觉到她体内有深厚又平静的魔力。不是一条细流，而是一口深井，深不见底的井。"你们不能逃走吗——"

"不能。"她说。

我愣住。她眼睛里有森林那样的幽深，绿色，无穷无尽的绿色丛林。我越是看她，越觉得她并不是一个女人。我看到的她只是一半：是圆满的树干，繁茂的枝丫，是叶子、花和果实；但在地下，是巨大的网状根系，长而宽广，潜入山谷深处。我也有根，但不是那副样子。我可以被小心地挖出来，抖掉泥土，移栽到国王的城堡里，或者大理石石塔中——也许并不幸福，但我能存活。而她，根本就无法挖出来。

"他们学了错误的知识。"莉娜亚又说，"但如果我们留下，如果我们战斗，我们也会记住错误的知识，然后我们会变成——"她停住，"我们决定了，大家宁愿不记住那些。"她最后说。

她弯下腰，再次装满她的水杯。"等等！"我说。我抢在她喝水之前，在她离开我之前握住她的胳膊。"你能帮我吗？"

"我能帮你变身。"她说，"你的根足够深，能跟我一起走。你可以跟我一同生长，并得到安宁。"

"我不能。"我说。

"如果你不愿来，就会独自留在这世界上。"她说，"你的悲伤和你的恐惧，会伤到我的根。"

我默然站住，感到害怕。我开始明白了：这就是黑森林侵蚀的起源。森林人是自愿变身的。他们还活着，他们在做深长悠远的梦，但这种形态更接近树的生活，而不是人的生活。他们不是醒着、活着、被囚禁，像关在牢笼里的人，永远都想要逃离，他们不是。

但如果我不愿变身，如果我继续做人，孤独、凄楚，我的痛苦就会毒害她的林心树，就像那些长在这片林地之外的可怕大树一样，就算我的力量能让它们活下去。

"那你就不能放我走吗？"我绝望地问，"她把我塞进了你的树——"

她的脸拉长，很难过的样子。我这才明白，眼前的幻境，就是她唯一能帮我的办法。她本人已经死了。树里存活的那个她，深沉，怪异，反应迟钝。那棵树找到了这些回忆，这些瞬间，这样她就能向我展示一条出路——她选择过的出路。但这已经是她能做到的全部。这是她给自己和全体族人找到的，仅有的一条路。

我咽下口水，后退。我把手从她胳膊上拿开。她又看了我一会儿，然后喝下那杯水。站在水潭边的她开始生根，暗色的树根不断延展，银色枝条张开，爬升，越来越高，高得就像是心里那潭无底湖水的深度。她上升，成长，继续成长，花儿开在白色藤枝上，梣木的银色树皮下、树干上有无数年轮涌现。

再一次，树林里只剩我一个人。但现在，鸟鸣声也安静下来。透过树干，我看见几只小鹿匆匆逃走，很害怕的样子，白尾巴一闪，就不见踪影。树叶从枝头飘下，干燥、枯黄，在脚下沙沙作响，边缘沾上寒霜。太阳正在落山。我双臂抱紧身体，又冷又怕，我的呼吸伴着白色寒气，光脚在冰冻的大地上畏缩。黑森林包围着我，而且我无路可逃。

但这时，一道光芒在我背后闪现，强烈、耀眼，又熟悉：召唤咒之光。我突然有了希望，转身跑进一片现在满是积雪的树林：时间又在继续推移，静默的树全都光秃秃的。召唤咒之光像单独一缕月光倾泻下来。水潭映出一片水银光，某人正从水中走出。

那是黑森林王后。她吃力地爬上岸来，在她身后的雪地上留下一带黑土。她倒在岸边，还穿着那件丧服。她躺着，蜷起身体，平复呼吸，然后睁开眼睛。她慢慢用颤抖的双臂撑起身体，环顾这片林地，看到所有那些林心树站在周围，她的脸被恐惧占据。她挣扎着站起来，裙子上全都是泥水，已经开始在她身上结冰。她站在土丘上面，环顾树园。慢慢地，她又回头，仰面看那棵笼罩在头顶的大树。

她犹豫着迈出几步，踏雪走过土丘，两只手放在林心树宽大的银色树干上。她站在那里，身体不住地颤抖，她靠上去，慢慢把脸颊贴在树皮上。她没有哭。她圆睁双眼，没有表情，也看不到任何东西。

我不知道萨坎是怎样一个人成功施放了召唤咒，或者我看到的这个到底该算是什么，但我站在那里，紧张地等待，希望这幻景能给我提示一条脱身之路。我们周围下着雪，在强光下看得分明。它们没有落在我身上，却很快覆盖了她的来路，把地面重铺成一片银白。黑森林王后没有动。

林心树轻轻晃动枝条，一条较低的树枝向她慢慢弯下来。虽然是严冬时节，那里却挂着一朵花苞。它绽放开来，花瓣落下，一颗小小的绿色果实迅速膨胀，变为成熟的金黄色。这果子挂在枝头，靠近她，像一份温柔的邀请。

黑森林王后摘下了那颗果子。她双手捧着它，在寂静的树园里，突然从河面上传来一个熟悉的声音：一把斧子砍进树干里。

黑森林王后停了下来，果实快要送到唇边。我们两个都愣住，紧张地倾听。那砍树声再次传来，她双手下垂，果实掉落在地，消失在积雪中。她从脚边撩起乱糟糟的裙子，跑下土丘，进入河水里。

我跟在她身后奔跑，我的心在狂跳，跟有规律的斧劈声同步。那声

无根之木
UPROOTED

音带我们来到林地边缘。那棵小树已经长成粗壮的高树，它的枝叶覆盖很大范围。有一条雕刻精美的木船系在岸边，两个人正在砍伐另一棵林心树。他们兴致很高地协同工作，用巨斧一人一下轮流砍，每一下都深入树干。银灰色的木屑飞向空中。

黑森林王后发出恐怖的尖啸，那声音在林间回荡。伐木人大吃一惊停下来，抱着斧子茫然四顾。她扑到两人面前，用长手指掐住两人的喉咙，把他们远远丢开，扔进河水里。他们剧烈咳嗽，挣扎着浮出水面。她双膝跪倒在即将倒下的树旁，用所有手指按住斧劈的伤口，就像她还能让它愈合一样。这棵树伤得太重，已经没救了。它严重向水面倾斜，再过一小时，至多一天，就会折断。

王后站起来，她还在发抖，不是因为寒冷，而是因为愤怒，大地都跟她一起战栗。在她脚边，一道裂口突然出现，沿着这片树林边缘向两边分开。她跨过不断拓宽的裂缝，我勉强跟上。那艘船翻进了裂缝里，渐渐消失，河水开始狂啸，从缺口流下形成瀑布。而树园在新出现的断崖边下坠，隐没在水雾里。其中一个伐木人滑进水中，从瀑布跌落，另一个人大叫着，想要抓住同伴的手，为时已晚。

河对岸的幼树跟树园一起沉降。那棵被砍坏的树跟我们一起升高。第二个伐木人挣扎着爬上河岸，努力在震颤的地面上站稳。黑森林王后向他逼近时，他用斧子去砍她。斧头砍在她身上，却被弹开，斧刃铿然作响，从他手中滑落。她并不在意，她的脸空洞，迷茫。她抓住那个伐木人，带他到受伤的林心树下。他在她的掌控下挣扎，但没用。黑森林王后把这人推到树木上，藤蔓从地底涌出，把他捆绑在那里。

伐木人身体弓起，脸上满是恐惧。黑森林王后退开来。那人的脚和脚踝就靠在斧头砍开的缺口上，那些部位开始变形，嫁接到了树干上，

第三十一章
chapter 31

靴子裂开，脱落，那人的脚趾伸长，成了新的根。他挣扎的胳膊硬化成树杈，手指头一根根粘连。他痛苦地瞪大的眼睛消失在一层银色树皮下面。我跑向他，出于怜悯和恐惧。我的两只手无法抓住树皮，而在这个地方，我也无法使用魔力，但我还是受不了袖手旁观。

他设法探身向前，轻声说："阿格涅什卡。"那是萨坎的声音，然后他就消失了。他的脸消失在树干上一道大而且黑的空洞裂口后面。我把住边缘，让自己跟在他身后钻进去，进入黑暗。树根密集，新被转化的土壤散发出湿热的臭气，让我难以呼吸，此外还有残留的烟火味。我想要重新回到外面去。我不想待在这里，但我知道，回头的路是错的。我曾经在这里，这棵树的内部。我推，我挤，我继续向前，克制住一切本能和恐惧。我迫使自己伸出手，感觉到周围被电击，被烧焦木头的碎木尖刺穿透我的皮肤，黏稠的树液堵塞我的眼睛和鼻孔，让我无法呼吸。

我鼻端满是焦木、腐蚀和火焰的气味。"阿拉麦。"我哑着嗓子轻声说，这是穿墙咒，我冲过树皮，穿过烧焦的木头，回到了林心树丛冒烟的残骸旁边。

我走出树干，站在土丘上，衣服上沾满树汁，背后是那棵开裂的树。召唤咒的强光仍在潭水对面闪耀，最后残留的潭水映着它，像一轮新月刚刚升起，亮得让人无法直视，否则会眼睛发疼。萨坎在水潭对面，双膝跪地。他的嘴巴是湿的，手也在滴水，这是他身上没有被灰垢、泥土和烟弄黑的部分：他双手捧着喝过水。喝斯宾多河的水，这水里蕴藏着魔力，他是为了有足够的力量，独自施放召唤咒。

但现在，黑森林王后站在他身后，长长的手指紧紧掐住他的脖子：在他极力挣脱掌控的同时，银色树皮正从河岸上生出，漫过他的膝盖和腿。王后看到我脱身出来，放开他，怒吼着转身面向我，但太晚了。我的头顶传来漫长的呻吟声，那断掉的枝条咔嚓响着从树干上脱离，终于掉落下来，声如巨雷，留下一条巨大的可怕伤口。

我从土丘上下来，迎着她走上湿漉漉的石头地面，她正怒气冲冲向我快步走来。"阿格涅什卡，"萨坎哑着嗓子叫我，伸出一只胳膊，一半扎根在地面上，极力挣扎。但当黑森林王后来到我面前时，她减慢速度，停了下来。召唤咒的光芒从背后照亮了她：她体内有可怕的邪魔侵蚀，长期绝望带来的可怕黑雾。但它也照在我身上，照见了我，穿透了我，我知道在我脸上，她看到了另外一个人正在看着她。

我可以从她身上看出，她从树园离开后，又做过些什么：她如何追杀那些人类，所有那些石塔种族的后裔——巫师、农夫、樵夫，一个都不放过。她如何在深入自己根系的痛苦中，一棵接一棵栽种邪恶的林心树，散布更多的痛苦。混杂着自己的恐惧，我感觉到莉娜亚的怜悯在我体内运行，深厚又迟缓：怜悯、痛苦，还有遗憾。黑森林王后也看到了那些，而这让她停在了我面前，浑身战栗。

"我阻止了他们。"她说，她的声音就像是大风天的深夜里，有树枝刮到了窗户，你会怀疑窗外有什么邪恶的力量，正准备拉开窗户闯进来。"我必须阻止他们。"

她不是在跟我说话。她的目光穿透了我，深入她姐姐的面庞所在的地方。"他们焚毁树木。"她说，在请求一个很久以前的逝者的理解，"他们砍倒树木，他们会一直砍树。他们来了又去，像四季轮回，像不考虑来年春日的冬天。"

她的姐姐已经没有声音可以回答，但林心树的树液还沾在我身上，它的根在我脚下深入地底。"我们本来就注定要离开。"我轻声说，为我们两个人回答，"我们本来就不会永远存在。"

黑森林王后终于开始看着我，而不是看透我。"我不能离开。"她说，我知道她尝试过。她杀死了石塔之王和他的战士们，她给所有的土地新栽上树木，她双手沾满鲜血回到这里，想要跟自己的同胞一起长眠，但她本人始终无法生根。她记住了错误的东西，也忘掉了太多不该忘记的。她记住了如何杀戮，如何愤恨，而忘记了如何成长。最终她能做的，就是躺在姐姐身旁：不完全是在做梦，不完全算是死亡。

我伸出手，从那棵断裂的树上，从垂下来的那根粗枝上，摘下了唯一那颗等待着的果实，它光彩照人，果皮金黄。我把果子递给黑森林王后。"我愿意帮你，"我告诉她，"如果你想要救她，你还能做到。"

她抬头，看那棵开裂的、垂死的树。泥巴一样的泪珠夺眶而出，在她的脸颊上留下深棕色的泪痕，尘土、灰烬和水混杂在一起。她双手缓缓抬起，从我手里接过那颗果实，她长而指节突出的手指小心翼翼地捧着它。那些手指碰到我的手指，我俩对视。有一会儿，透过我们之间的烟雾看去，我简直就是她一直想要的女儿，那个站在石塔人和森林人中间的孩子。她本可以是我的老师，是我的向导，就像亚嘎女巫的书，一直指点我走上该走的路。我们本可以永不为敌。

我弯下腰，用一片卷起的叶子，舀了一点儿水给她，来自水潭里剩下的最后一点儿清水。我们一起踏上土丘。她把果实放到嘴边咬开，果汁形成了浅金色的小道，顺着她的脸颊流下，她闭上眼睛站在那里。我把手放在她身上，感觉到仇恨和痛苦，像用作绞索的长藤一样盘踞在她内心深处。我把另一只手伸向她的姐妹树，伸向后者内心的深井，汲取那份宁静和恬淡。被雷电击中也未曾改变她，那份恬淡还在，即便整棵树都在倒下，即使年华摧残着它，要把它深埋地下。

无根之木
UPROOTED

黑森林王后靠在大树裂开的伤口上，双臂抱住烧黑的树干。我给了她水潭的最后几滴水，把它们倒入她的嘴里，我碰了一下她的皮肤，轻柔地、简单地说了一个词儿："瓦纳勒姆。"

然后，她就开始变。最后一片白色衣裙被吹走，烧黑的表面皮肤大片剥落，新鲜树皮从她周围的地面盘旋而起，像一条宽大的银色长裙，接触到老树开裂的树干，并且跟它合而为一。她最后一次睁开眼睛看我，突然露出释然的表情，然后就消失了，她在生长，她的双脚在旧根的旁边扎下新根。

我向后退开，等到她的根深入土壤，我才转身，踩过空水潭里的泥浆跑到萨坎身旁。树皮已经不在他身体周围生长。我们一起把他解放出来，把树皮从他身上扒开，直到他的两条腿重获自由。我把他从残株上拉起来，我们一起坐下，瘫倒在小溪边的岸上。

我累到什么也想不起来。他皱眉看着自己的双手，几乎是很反感的表情。突然间，他向前猛跑，俯身在河床边，挖那些软泥。我一脸懵懂地看了他半天，才意识到他是想恢复河水流向。我吃力地站起来，伸手帮忙。我一开始参与就能感觉到，他也很不情愿地跟我有同感：我们就该这样做。这条河想要流到这里来，想要注入这片水潭。

其实只要挖掉几把泥，河流就流过我们的手指，自己冲出了剩余的路径。潭里的水再次开始上涨。我们又一次坐下来，更累。在我身边，萨坎试图弄掉手上的水和泥巴，在他全毁的衬衣边角上用力擦，在草地上蹭，在裤子上蹭，但主要的成果，只是把泥巴涂得均匀了一些，他的指甲下面全都有半圆形的泥垢。他终于悲催地长叹一声，任由两只手落在大腿上，他太累，无力使用魔法。

我倚在他身体侧面，很诡异地觉得，他这样发火还挺好玩。过了一会儿，他气呼呼地伸过一只胳膊揽住我。深深的寂静几乎重返了这座土丘周围，就像我们带来的所有火焰和怒气，都只能短暂地破坏这里的宁静。灰烬沉入潭底的烂泥里，被吞没。树木纷纷任由烧坏的叶子掉落在水中，苔藓悄悄爬上被翻开的地面，新生的草叶渐渐舒展。在水潭边上，一棵新生的林心树跟老树缠绕在一起，把它扶住，封严了雷电形的伤口。两棵树都在绽放小小的白花，像点点繁星闪烁。

第三十二章

我在树园睡着了,脑袋空空,精疲力竭。我没感觉到萨坎抱起我,带我回石塔。我醒来的时间很短,只够抱怨他的瞬移魔法太烂,让我肚子不舒服,然后就又倒下接着睡。

再次醒来,我盖着一张毯子,睡在我自己小屋里的小床上。我把毯子从腿上蹬开,坐起来,完全没考虑该穿衣服的事。那张山谷壁画被从中间撕开,是被一块突出的石料撑破的:画布被扯成几片,魔力尽失。我出门来到走廊里,在地板上的碎石块和炮弹残片之间寻路,一边揉我脏兮兮的眼睛。下得楼来,我发现萨坎正在收拾东西准备离开。

"总要有人清除首都的邪恶魔法,以免它进一步蔓延。"他说,"阿廖沙还要很长时间才能恢复,而到今年夏天结束,宫廷就要南迁了。"

他穿了骑装,镶银红皮靴。我还是浑身烟垢和泥巴,衣衫褴褛程度适合扮演鬼魂,只是还嫌太脏。

他几乎没看我的脸,忙着往一口铺了毛毡的箱子里装瓶瓶罐罐,还有一只装满书的口袋,放在实验室桌旁,我俩之间。我们脚下的地板向

第三十二章
chapter 32

一侧倾斜。墙上到处是洞，有的是被大炮轰的，有的是有石头掉落，夏天的热风欢快地从缺口进来，把纸张和药粉吹得满地都是，石板地上红一团蓝一团。

"我暂时把石塔撑住了，"他说，同时把加了木塞、严密封闭的一瓶紫烟放进箱子。"我会把那瓶火焰之心带走。你可以开始重修石塔的时间是——"

"我不住这儿，"我打断他说，"我要回黑森林去。"

"别闹。"他说，"你以为只死了一名女巫，就可以抹掉她以往的一切罪行吗？还是你觉得只要她回心转意，一切危险就马上消弭于无形？黑森林里仍然到处是怪兽和邪恶魔法，将来很长一段时间都不会改观。"

他没说错，黑森林王后也不是真死了。她只是在做梦。但他本人离开这里的真正原因，并不是清除首都的邪恶魔法，或者为了王国命运什么的。他的石塔已经被攻破，他也喝过了斯宾多河的水，他还——握过我的手。现在，他要尽快逃离，给自己找一堵坚固的石墙躲在后面。这次，他要把自己关十年，直到他自己的根枯萎，再也感觉不到缺少它们。

"如果我坐在这里守着一堆破烂石头，那些东西绝对不会自己减少。"我丢下这么一句话，转身离去，留下他继续收拾药瓶和书。

在我头顶，黑森林的天空像是着了火，铺满红色、金色和橙色的云朵，但仍有几朵错过季节的春季花儿，在森林地面上绽开。这周，曾有夏天的最后一股热浪来袭，正好赶上收获季。田野里，收割的庄稼人要顶着毒辣的太阳劳作，但在我这里，繁茂的树冠之下，奔流的斯宾多河之滨非常凉爽。我赤脚踩过地面的落叶，手中的篮子里装了好多金色果

无根之木
UPROOTED

实，停在河流转弯的地方。一只树人蹲在水边，正垂下它柴棍一样的头喝水。

它看见我，静下来，很警觉，但没有逃走。我从篮子里拿出一颗果实递给它，树人挪动僵硬的腿脚，一点点向我靠近。它停在恰好不会被我抓到的地方。我不动。它终于伸出两条前腿，接过果实，把它吃掉，一边吃一边在手里翻动果实，转着圈儿啃，直到仅剩果核。它看看我，又小心地朝树林退回几步。我点头。

那只树人带我走进林木深处，走了好久。最后，它撩开厚厚一层藤条，从远处看，这里就像是一堵石壁。它带我找到了岩石间的狭小开口，从那里，有甜腻的腐臭味传出。我们爬过那条通道，进入一条隐蔽的窄沟。沟的一头长着一棵古老的、扭曲的林心树，被侵蚀成了死灰色，树干上有反常的突起。它的树枝前倾，贴着沟底的草地，上面果实累累，有的几乎能触及地面。

树人紧张地站到一旁。它们都已经听说，我在力所能及时，会净化那些患病的林心树，其中一些甚至开始帮我。在我看来，它们拥有一份园丁的直觉，尤其是在摆脱了黑森林王后怒火的控制之后；或者，也许，它们只是更爱吃没有被腐蚀的林心果。

黑森林里还有些噩梦一样的可怕生物，它们自己怀有太多的愤怒。这些生物通常都会回避我，但时不时，我也会偶尔遇见被撕裂、被败坏的野兔或者松鼠尸体，在我看来，行凶者杀死它们，只是为了要做出些残忍的行为。有时，曾经帮助过我的树人下次出现时身体残缺损伤，一条腿被螳螂的镰刀斩断，或者身体侧面有深深的爪印，如此种种。还有一次，在林中特别幽暗的角落里，我曾掉入陷坑，那洞口非常隐蔽，撒上了落叶和苔藓，跟林中通常的地面完全一样，坑里全都是截断的树枝，还有一种特别讨厌的闪亮黑泥，它沾到我的身上，烧伤我的皮肤，直到我赶去树园的清潭，才把它洗掉。我腿上还有一块恢复很慢的伤疤，就是那次被树枝刺破的。它或许就是一个普通陷阱，用来捕捉野兽，但我感觉不是。这陷阱像是专门针对我的。

我没有让这个阻止我的工作。现在，我弯腰钻过树枝，带着我的水罐来到林心树的树干旁边。我倒了一份斯宾多河的河水在它根部，但是在我开始之前，就已经预感到这棵树希望不大。树里囚禁了太多冤魂，把树向各个方向扭曲，他们也在此地待了太久，没有多少残余能够被取出，而且几乎不可能让他们全都安静下来，慢慢进入永恒的梦乡。

我两只手扶着树干，站了好半天，想要找到他们，但即便是那些我能找到的冤魂，在此也被困太久，甚至不记得自己的姓名。他们躺在阴暗处不动，两只眼睛空洞无神，极端疲惫。脸也失去本来的特征。最终我不得不放弃，走开，身体颤抖，浑身冰凉，尽管阳光依然温暖地照在树叶上。他们的痛苦附着在我的皮肤上，想要渗透我的内心。我又一次弯腰从树枝下钻回来，坐到沟的另一端，阳光照耀的空地上。我从水罐里喝了一口水，把额头抵在挂满水珠的水罐边缘。

又有两只树人钻过窄缝，跟第一只树人站在一起：它们坐成一排，长长的头都伸向前面，直勾勾地看我的篮子。我给它们每人一个洁净的果子，当我开始工作时，它们就都来帮我。我们一起堆了干木片在那棵树干旁边，还在林心树枝干范围外挖出一条宽圆环，盖上土。

等到这些做完，我站起来，伸展疲惫的腰身，我用土搓手。我回到林心树旁边，两只手放在它的侧面，但这次，我没再试图跟受困的冤魂说话。"基萨拉。"我说，把水吸出。我下手很轻，很慢。那些水分凝成水珠，出现在树皮上，然后结成细流掉落在地上。太阳挪到头顶，光线

435

无根之木
UPROOTED

越来越强，树叶纷纷干枯，卷起，更多阳光投射下来。等我干完活儿，太阳已经落到几乎看不见的地方，我的额头黏糊糊的全是汗，双手沾满树浆。我脚下的地面湿润松软，那树却变得惨白如枯骨。它的枝条发出的声音，像是风中的干柴。果实全都萎缩在枝头。

我站到远处，用一句咒语把它点燃。我疲惫地坐下来，尽可能在草地上擦干净两只手，把膝盖缩到胸前。树人利索地蜷起它们的腿，坐在我周围。那棵树没有扑打、挣扎，被烧掉了大半，它烧得很快，也没有多少烟。羽毛一样的灰烬落在潮湿的地面上，像早降的雪花一样融化。它们有时会落在我的手臂上，没有大到造成烧伤，只是一颗小火星。我没有畏缩。仅有我们这几个哀悼者，在见证这棵树最后的终结，送走里面那些噩梦中的人。

野火燃烧的中途，我在某个时间睡着了，因为干活太累。等我第二天早上醒来，那棵树已经烧光，只剩一截黑树桩，很容易就化成了灰烬。那些树人用多指的手把灰烬耙到周围空地上。在原处留下一个小土堆，那是原来那棵树生长的地方。我从篮子里取出一枚果实种在那土堆底下。我还有一瓶生长魔药，是用河水和林心树果实提炼的。我在土堆上洒了几滴，对那果实唱鼓励性的歌谣，直到一棵银色小苗探出头来，一直长到三年树龄的高度。这棵新树还没有自己的梦想，但它继承了树园中那棵老树自身的宁静，那是果实来源的地方。它不会做噩梦。等它结果，树人可以安全食用它的果实。

我留下树人照顾新树。它们在忙着用高处的树枝搭建凉棚，以免骄阳把嫩叶灼伤，然后它们钻过石缝，回到树林里。附近地面上到处是成熟的坚果和一丛丛的浆果，但我并没有采集它们。还要过很长时间，才能安全食用树园之外的其他果实。这些枝条下面曾发生过太多惨剧，仍

第三十二章
chapter 32

有太多林心树在噩梦中煎熬，仍是它们在撑起这片森林。

我从扎托切克的林心树里取出过几个人，还在罗斯亚国那一侧取回过几个，但那些都是最近才被吞噬的。林心树会吸取一切：肌肉、骨骼，而不只是梦想。我现在知道了，马雷克的奢望一直都是痴心妄想。任何已经被困在树干里一两个星期以上的人，都被融入树木太深，无法救回了。

我能把其中一些人安抚下来，帮他们进入长眠。其中还有个别人，甚至可以找到属于自己的梦境。一旦黑森林王后自己进入梦乡，她的煽动力也就此消失。但这之后，还有数百棵林心树残留，其中很多都在黑森林中的隐秘处所。抽取其中水分，再用火焚烧，是我找到的最温和的处理方式了，这样它们才能获得解脱。这还是让我感觉像是杀死了某个人，每次都是，尽管我早知道，这胜过任由那些人继续被困，长年承受折磨。其后，我总会为这些事感到难过。

今天早上，清脆的铃铛声把我从疲惫的迷梦中惊醒，我拨开一丛灌木，看见一头黄母牛一边回望着我，一边若有所思地嚼着青草。我发觉，自己当时靠近罗斯亚国边界。"你最好还是回家去吧，"我对母牛说，"我知道天热，但留在这里的话，你太容易吃错东西了。"一个女孩的声音在远处叫这头牛，过了一会儿，她穿过灌木丛，看到我就站住了，女孩大约九岁的样子。

"它，经常，跑进森林里吗？"我问她，罗斯亚语说得有点儿磕磕巴巴。

"我家草地太小。"女孩说，她抬起清澈的蓝眼睛看着我，"但我总能找到它。"

我低头看她，知道她说的是实话。她体内有一道闪亮的银线，那是

无根之木
UPROOTED

行将显现的魔法潜力。"不要让它在森林里跑太远。"我说,"还有哦,等你长大了,就来找我吧。我住在黑森林的另一侧。"

"你是不是巴巴亚嘎?"她很感兴趣地问我。

"不是,"我说,"但她也算是我的一位朋友吧。"

现在我已经足够清醒,知道自己的位置了。我马上掉头向西。罗斯亚人派了士兵巡视他们一侧的黑森林边缘,我也不想欺负他们。他们还是对我时不时出现在自己国界内不太放心,即便在我送回几名他们失踪的村民之后,我不能完全怪他们。所有那些从波尼亚国传出去的民谣,提到我的地方总是有很多很严重的失实,而且我怀疑,游吟诗人带到我们这一侧山谷的,应该还不是最离谱的歌儿。我听说,上周就有一个人被轰出奥尔申卡的酒馆,因为在他想唱的歌里,我变成了一只狼妖,一口吞掉了国王。

但我的脚步还是更加轻快:见到小女孩和她的母牛这件事,让我肩上的灰色负担感觉减轻了不少。我唱起亚嘎女巫的健步歌,快速走远,朝着回家方向。我当时饿了,所以一边走,一边吃掉了篮子里的一颗果实。我能尝出其中的森林气息,还有来自斯宾多河的魔法,被根系、枝干和果实收集起来,加上阳光,变成我舌尖上的甘甜味道。其中也包含着一份邀请,也许哪天我就会接受。某天,等我累了,想要做一个悠长的大梦,只属于我一个人的那种。但暂时,我想要的只是一扇开着的门,在远方的一座小山上,像一个朋友在远方向我挥手,还有树园里的那份宁静。

卡茜亚从吉纳给我写了信来:孩子们的状况像我们希望的一样好。斯塔赛克仍旧很少说话,但他还是站出来,向贵族议会发表了讲话,在他们被召集起来投票时。效果好到足以让大家选他当国王,并且让他外

第三十二章
chapter 32

祖父担任摄政王。他还同意了跟瓦萨大公爵的女儿订婚的事，这个九岁的女孩显然给小国王留下了深刻印象，因为她能把口水吐过一大片花圃。我对这个婚姻基础有点儿怀疑，但我觉得，这总比担心她爸爸可能发动叛乱而娶她好一点点。

为了庆祝斯塔赛克加冕，举办了一场盛大的比武赛事，而国王选了卡茜亚做他的勇士，让皇外公很不爽。但这事半途变成了好事，因为罗斯亚国也派了一帮骑士参赛，在卡茜亚击败了他们所有人之后，他们在发兵报复雷瓦河之战的问题上会加倍慎重。足够的士兵逃离了龙君石塔包围战，他们带去了无敌金发王后的传说，说她杀敌无数，勇不可挡，而人们把她跟卡茜亚混为一谈。所以，罗斯亚国不情愿地接受了斯塔赛克重签和约的建议。我们的夏天以脆弱的和平结束，两国都获得了喘息之机。

斯塔赛克还以卡茜亚的胜绩为由，册封她为皇家卫队长。现在，她正在学习如何正确用剑格斗，以免在日常训练中意外撞翻其他骑士。已经有两位男爵和一位大公爵向她求婚，另外一名求婚者居然是索利亚，她在给我的信里愤慨地叙述了这件事：

> 你能想象吗？我明明跟他说过，在我看来他就是个疯子，可他还是说，有生之年会一直等我。我跟阿廖沙说起这件事，她连续笑了足足十分钟，除了中间要停下来咳嗽。她说，其实这家伙早料到我会拒绝，他的求婚，只是为了向朝中众臣表明立场，证明自己忠于斯塔赛克国王。我说，我才不会那么无聊，到处吹嘘自己拒绝了谁的求婚，她说等着瞧，索利亚会自己到处传播这件事的。果不其然，其后那个星期，就有五六个人问过我这件事。我差点儿就跑去跟他说：算了，我还是答应

无根之木
UPROOTED

你吧，就是为了让他难堪一下，但我又太害怕他出于某种原因，也表示同意，然后再设法让我无法反悔。

阿廖沙的身体每天都在康复，孩子们也都过得很好。他们每天早上一起去海里游泳：我跟着一起去，只能坐在岸上看，我不能游泳了，一下水就直接沉底儿，而且咸水总让我的皮肤感觉不对劲，就算只泡脚都不成。请再给我寄一罐河水吧，拜托你！我在这里总是觉得有点儿口渴，而且它对孩子们的身体也有好处。如果让他们睡前喝上一小口，他们就不会做跟石塔有关的噩梦。

我今年冬天会真正回去一次，如果你觉得孩子们也能安全返回的话。我还以为他们永远也不会愿意再回山谷，但玛丽莎已经问过我，能不能再去纳塔娅家里玩。

我想你。

我最后加快速度前进一程，回到斯宾多河河边那片空地，我的小树屋所在的地方，这是我从一棵贪睡的老橡树边缘哄出来的。在我房门的一侧，橡树根围出一个大树洞，我在里面铺上了干草。我试着在里面放满树园里摘来的果实，让树人自己拿着吃。那里比我离开时更空了一些，在我房门的另一侧，有人帮我装满了木柴箱。

我把剩下的果实放进树洞，进屋待了一会儿。这房子完全不用收拾：地板是松软的苔藓，早上我起床出门之后，床上的青草垫儿会自己挺直。但我自己，还真是需要收拾，很需要。今天早上，我在又累又烦的闲逛里浪费了太多时间。太阳爬过头顶，正午已过，我又不想迟到。我只拿了给卡茜亚的回信，还有那罐密封的斯宾多河河水，把它们放进我的篮子里，这样我就可以交给丹卡，让她帮我寄走了。

第三十二章
chapter 32

我重新回到河边，又向西迈了三大步，终于走出黑森林。我在扎托切克河桥那里越过斯宾多河，这里有棵又高又年轻的林心树，投下一片荫凉。

黑森林王后曾发动过最后一次反扑，就在萨坎和我沿河漂流去找她的时候，在我们制止她之前，树木把扎托切克吞没了一半。我离开石塔时，半路遇见了逃离村子的人们。我一路跑到，发现少数几名绝望的守卫者正准备砍倒新种植的林心树。

他们留下来是为了拖延时间，以便让家人有时间逃走，但他们这样做的时候，是以为自己会被抓住，被邪恶魔法侵蚀。即便是做了这么勇敢的抉择，他们也都是圆睁双眼，心惊胆战。我估计他们本来也不会听我的，要不是看我破衣烂衫，头发乱糟糟，一身烟灰，光脚不穿鞋：我还真像传说中的女巫！

即便这样，他们还是不知道该不该相信我，当我告诉他们黑森林已经被打败，被彻底打败。我们中的任何一个人，都未曾想象过能发生这样的事。但他们亲眼看到树人和巨螳螂突然掉头逃回森林，而且大家当时都很累。最后，他们就站到一旁，看我忙活。那棵树长出来还不到一天，树人把村长跟他的三个儿子都绑在树上，好让它长大。我成功地把三兄弟救了出来，但他们的父亲拒绝救援：多年来，他的肚子一直疼痛难忍，像是吞了一块炙热的火炭。

"但我能帮你。"我曾说，那老人还是摇头，他的双眼是半梦状态，面带微笑，而他被困在树皮下的骨节和身体突然就在我手下消失。那棵原本弯弯的林心树叹了口气，就此挺直。它上面的有毒花朵马上全部凋落，枝头开出了新花。

我们一起站在银色枝条下愣了一会儿，吸入它们淡淡的清香，完

无根之木
UPROOTED

全不同于那些受侵蚀花朵的甜腻香气。然后，守卫者们才意识到自己在做什么，慌忙后退。他们跟此前树园里的我和萨坎一样，都害怕接受黑森林的和平。我们没有人知道该如何想象这种事：从黑森林里出来的东西，却并非邪恶，充满仇恨。村长的儿子们无助地看着我。"你就不能把他也救出来吗？"最年长的那个问我。

我不得不跟他们解释，已经没有能把他救回的来源；现在这棵树就是他，我太累，解释不了太好，但无论如何，这东西本来就不容易被人理解，即便是山谷里的人。那些儿子困惑地默然呆立，不知道该不该难过。"他一直想念妈妈。"长子最后说，其他人点头。

没有一个村民喜欢在村口长一棵林心树，但他们对我至少有足够的信任，可以留它活下来。从那以后，这棵树一直长得很好：它的根开始跟架桥的木柴扭结在一起，将来甚至有望取代它们。树上结满果实，还有好多小鸟跟松鼠。还没有太多人敢吃林心树的果实，但动物们相信它们的小鼻子。我也相信我的：我又摘了一打果子，全都装在篮子里，继续前进，一路唱着歌儿，沿着土路前往德文尼克村。

小安东赶着他家的羊群在村外，懒洋洋地躺在草地上。我突然出现在他身旁时，他跳了起来，有点儿紧张，但大多数人都习惯了我时不时突然冒出来。我一开始的确不太好意思回家，在发生了那么多事之后，但那天那么可怕，我那么累，又孤单，又生气，又难过，黑森林王后的伤心事和我自己的烦恼都搅在了一起。在我终于净化完扎托切克村之后，几乎没动脑子想，我的双脚就自动掉头，带我回了家。我妈妈在门口看了我一眼，什么都没说，就安排我上床睡觉去了。她坐在旁边抚摩我的头发，唱着歌儿直到我睡着。

第二天我在村子里出现时，人们都大惊小怪。我去找过丹卡，跟

第三十二章
chapter 32

她稍稍说了此前发生的事，然后去看了温莎，又去看过泽西和克丽丝塔娜。我当时太累，也没心情斤斤计较，所以我无视了其他人的怪异态度。过了一段时间，我并没有点燃任何东西，也没有把任何人变成动物，大家也就放松下来。我因此学会了让大家适应我的存在，现在我特意每隔一段时间就在所有村子里出现，每个周六都去不同的村子。

萨坎还没回来过。我不知道他还会不会回来。我听说过第四或第五手的传闻，说他还在首都，正在收拾局面，但他没有写过信。好吧，之前我们也从来不需要什么领主来解决争端，各村的男女村长可以做这些，而黑森林的威胁也不再像以前那样严重。但村子里总有些事需要巫师来解决，如果能找到这样的人。所以，我周游所有村庄，还在号火上施加了魔法，现在，如果他们点燃号火，我小屋里对应的蜡烛就会自动点亮，告诉我有人需要帮忙。

但今天，我并不是回来工作的。我向安东挥挥手，继续溜达到村子里。堆满东西的好多张丰收庆典桌已经摆在草地上，盖了白桌布，中间围成方形的跳舞场。我妈妈在那儿，跟温莎的两个大女儿一起，盛出一盘盘的炖蘑菇。我跑去亲吻她，她两只手抚摩我的脸颊，把我乱糟糟的黑头发稍稍整理一下，满脸都是笑容。"你看看你，"她说着，从我头发里挑出一根银色树枝，外加几片棕色枯叶，"你穿上鞋子多好。我应该叫你回家洗干净，然后再乖乖去坐到角落里。"我的光腿上沾满泥巴，直到膝盖。但她还在笑，特别开心，我爸爸正赶着马车送来木柴，晚上用来点燃篝火。

"吃饭时间之前，我会梳洗一下的。"我说，同时顺走一片蘑菇。我去到温莎家前厅，坐在她身边。她身体好些了，但大多数时间还是坐在窗边椅子里，只做点儿针线活。卡茜亚也给她写了信，口气生硬，

无根之木
UPROOTED

内容干瘪：我不得不念给她听；尽可能让信的语气和缓一些。温莎静静听完。我觉得，她心里也暗藏着一份内疚，跟卡茜亚心里暗藏的反感一样：一个妈妈，却毫无必要地屈从并非必然降临的厄运。这份隔阂需要很长时间才能愈合，假如还能愈合的话。她的确给了我面子，跟我一起来到草地，我看着她跟女儿们坐在一起。

今年没有设什么领主帐篷：只是我们小村子里的人自娱自乐过节。主要庆典在奥尔申卡，跟不选女孩的每年一样：也就是说，从现在开始的每一年。我们大汗淋漓地在阳光下尽情吃喝，直到日影西斜，这是收获节的古怪习俗了。我不在乎这有多傻。我吃掉了一大碗酸制朱里克[1]，上面漂着大块煮鸡蛋，然后是一盘香肠炖卷心菜，再然后是四根布利尼卷[2]，里面好多酸樱桃。我们围坐在阳光下，夸奖今天的食物多好吃，我们如何吃得太撑，小孩子们满地乱跑，直到一个个累瘫，躺到树下去睡觉。鲁德克拿出他的苏卡琴[3]，放在膝头开始弹奏，一开始声音很小，随着更多小孩睡着，更多乐器被拿出来加入合奏，人们随性地唱歌，或者拍手。我们打开啤酒桶，还传递着轮流喝从丹卡家地窖里拿来的冷罐装伏特加。

我跟卡茜亚的兄弟们跳舞，也跟我家哥哥跳，之后还跟另外几个我认识的男孩跳。我感觉他们应该是在暗处打赌，看谁敢跳出来约我，但我不在乎。他们有点儿紧张，怕我召唤火球丢在他们头上，但这种紧张，跟当年的我黎明时摸进老汉卡的果园偷摘大红苹果差不多，涉险偷

---

1 一种波兰和白俄罗斯特有的食品。就是裸麦粉做成的酸汤，里面经常加入猪肉肠、烤肠、火腿片之类。在波兰，有时会装在可食用的碗里，汤碗用面包或者熟西红柿做成。
2 一种荞麦粉做成的小卷饼，做法源自俄罗斯。常见馅料包括酸奶油、黄油、俄式鱼子酱等。
3 一种已经失传的弦乐器，形状像现代小提琴，但琴颈宽大，共鸣箱简单。可以放在膝头，或挂在脖子上弹奏。

第三十二章
chapter 32

来的最好吃。我们都很开心，都在一起，我能辨认出脚下地底河道吟唱的歌谣，那才是我们跳舞时真正遵循的旋律。

我累得喘不上气，瘫坐在妈妈的椅子前面，我的头发又乱了，披散在肩膀上，她叹口气，把我的头发拉到腿上，重新给我扎辫子。我的篮子就在她脚边，我拿出一颗树果来吃，金黄色的果实，熟到几乎要喷出汁来。我正在舔手指，半出神地看着篝火堆，丹卡突然从对面的长凳上站起来。她放下酒杯，用大到足以引起所有人注意的声音说："欢迎您，大人。"

萨坎站在这圈人的缺口处，一只手扶着最靠近的桌面，篝火照亮了他的几枚银戒指、精致的银纽扣，还有蓝色外套边缘的银色刺绣图案：是一条龙，龙头从他衣领上开始，龙身一直盘绕在衣服边缘，直到龙尾重新扬进到对侧衣领。他衬衣的蕾丝边长出外套袖子，靴子亮到能反光。他看起来比国王的宴会厅还华丽，而且出现得完全出乎意料。

我们所有人都在盯着他看，包括我在内。萨坎的嘴巴一紧，我曾经理解为表示不悦，现在知道他只是敏感又怯场。我爬起来，来到他面前，一边舔干净手指。他快速扫了一眼我身后没盖上的篮子，看出我在吃什么，瞪了我一眼说："这真是骇人听闻。"

"它们很好吃的！"我说，"而且现在刚好成熟。"

"只是更适合把你变成一棵树而已。"他说。

"我现在还没想变成一棵树。"我说，我感觉幸福感在体内泛滥，像欢畅的小溪水。他回来了！"你什么时候到的？"

"今天下午。"他一本正经地说，"我当然是来收税的。"

"当然。"我说。我确信他一定还先去了奥尔申卡收取贡品，就为了多装一会儿，说那是他的真正目的。但我其实没能力像他那样伪装，

445

甚至装不到足够长的时间，让他能适应我不会装这件事。我的嘴角不自觉地上扬，尽管我也没想这样。他涨红了脸，看向别处。但这对他没有任何帮助，因为所有人都在兴趣浓厚地看着我们两个，大家喝了太多啤酒，舞跳得太兴奋，已经忘了礼节尊卑。他只好又转回来看我，皱着眉头应对我的笑容。

"来，见见我妈。"我说着，拉起他的手。

致　谢

我知道，主角的名字可能让很多读者感到困惑：读音应该是阿格—涅什—卡。这个名儿来自我小时候总喜欢缠着我妈妈讲的一个童话故事，题目是 *Agnieszka Skrawek Neiba*（阿格涅什卡"别有洞天"），了不起的娜塔莉亚·葛尔岑涅什卡版本。女主角和她那头爱乱跑的母牛，在这本书里也客串出场了一小会儿；而"黑森林"的最初设想，也来自那个故事里狂野又巨大的妖怪"拉斯"。

这本书得到了弗朗奇斯卡·科帕跟萨莉·麦克格雷斯的鼎力支持。创作期间，他们几乎每天都在帮我试读，鼓励我完成作品。我还想感谢赛阿·利维、吉纳·派特森、利恩·洛辛，她们也在创作初期读过书稿，提出过很有帮助的建议。

感谢我优秀的编辑安·格罗尔，还有我的代理人辛茜亚·曼森，他们从一开始就鼓励我完成这本书，用心投入相关工作，同样感谢 Del Rey 专业人士的热情付出。

我最想表示感谢和表达爱意的，是我的丈夫查尔斯·阿达伊，他让我的生活和工作都更加幸福，更加真实。不是所有作者都有我这样的好运——家里就有一名作家同行和优秀的编辑，来充当第一个读者，很荣幸，我是这样的幸运儿！

感谢我的母亲和女儿：我的根和我的小花朵。小埃维丹丝，等你长大到能读这本书，我希望它能帮你理解你的贝布西亚（外婆），还有她给你讲过的故事。我特别爱你们。

星云奖 最佳长篇小说（2015年）

《遗落的南境》三部曲
The Southern Reach Trilogy

[美] 杰夫·范德米尔 著
胡绍晏 译

美国亚马逊年度好书

派拉蒙投拍科幻大片，2017年全球公映！
亚力克斯·嘉兰导演，娜塔莉·波特曼出演女主角！

我超爱杰夫·范德米尔的《遗落的南境》三部曲，很恐怖，也很迷人！

——斯蒂芬·金

在神秘莫测的世界中的探险，意境诡异而幽远……

——刘慈欣

内容简介：

X区域是一处被遗弃的海岸、一片禁地，是政府口中遭污染废弃之地，也是一片无人区。离此区域最近的赫德利小城有一处专门研究X区域的机构，南境局。

南境局派出的第十二支勘探队由四名女性科学家组成。结果她们一位死于神秘生物之手，一位蹊跷从灯塔坠落，一位被队友出于自卫枪杀，只有生物学家一人幸存。奇怪的是，这四个人当中的三个又以"副本"形式回到赫德利。

关于X区域的困惑又多了一重。新任南境局长就是在这种情况下，空降而来，据说他出自"间谍王朝"。他在南境局的工作同样遭遇重重阻力，几乎以失败告终，而这种失败又在某种程度上揭示了一些真相。

神秘的X区域好像具有净化一切的能力。可这种能力从何而来？又从何时开始？南境局的命运又当如何？